海外华文精品书系

纽曼街往事

陆蔚青◎著

中国华侨出版社
·北京·

图书在版编目（CIP）数据

纽曼街往事 / 陆蔚青著. -- 北京：中国华侨出版社，2024.5
ISBN 978-7-5113-9051-6

Ⅰ.①纽… Ⅱ.①陆… Ⅲ.①中篇小说—小说集—中国—当代②短篇小说—小说集—中国—当代 Ⅳ.①I247.7

中国国家版本馆CIP数据核字（2023）第161284号

纽曼街往事

著　　者：	陆蔚青
责任编辑：	桑梦娟
经　　销：	新华书店
开　　本：	710毫米×1000毫米　1/16开　印张：23.5　字数：275千字
印　　刷：	北京天正元印务有限公司
版　　次：	2024年5月第1版
印　　次：	2024年5月第1次印刷
书　　号：	ISBN 978-7-5113-9051-6
定　　价：	69.80元

中国华侨出版社　北京市朝阳区西坝河东里77号楼底商5号　邮编：100028
编缉部：（010）64443056-8013　　传　真：（010）64439708
网　　址：http://www.oveaschin.com　　E-mail：oveaschin@sina.com

如发现印装质量问题，影响阅读，请与印刷厂联系调换。

目　录

去　国 ·· 1

楚雅如的寂寞 ····································· 35

纽曼街往事 ··· 45

乔治竞选 ·· 72

课　业 ·· 112

小隐在蒙特利尔 ································ 131

墙上的阴影 ······································· 148

鱼　缸 ·· 161

安德鲁的那双鞋 ································ 178

柔莉的拼板 ······································· 193

我们的电影 ······································· 204

寻找安妮 ·· 215

奥兰多的白天和夜晚 ·························· 227

纽曼街的春天 ···································· 247

偷自行车的人 ···································· 269

醉花阴 ·· 290

莫妮卡花园 …………………………………………… 307

黑石榴小镇 …………………………………………… 322

日　落 ………………………………………………… 339

去 国

一

莫丽珠到达蒙特利尔那天，小米正在医院生产，徐伟民忙不过来，就请了刘翔去接机。刘翔店里事多，耽搁了一会儿，到特鲁多机场的时候，莫丽珠已经在等待了。莫丽珠穿着一件米色薄料风衣，新烫的大波浪卷发，一张圆脸，两道弯眉，皮肤光亮，有着养尊处优的风度。她站在人来人往的机场里，充满热情与兴奋。刘翔初时没敢相认。倒是莫丽珠十分精明，一见刘翔的神情就说，你是来接莫丽珠的吗？

回来的路上，莫丽珠一直都在说话，这让生性沉默寡言的刘翔很高兴。本来徐伟民让他来接老娘时，他有点儿怯场，不知跟徐伟民他妈说什么。没想到莫丽珠口齿伶俐，在回到纽曼街的30分钟路程中，把自己从小城出发，到北京转机，再到温哥华，如今到蒙特利尔的所见所闻讲了个通透。老太太语言生动，表述清晰，让刘翔很开眼界。说实话，这一路中刘翔不停地将莫丽珠与自己的母亲比较，他对遗传的力量深为叹服，也为徐伟民的能言善辩找到了依据。

一路回到大白楼。刘翔与徐伟民都住二楼，中间隔着大黑狗詹妮一家。莫丽珠一边听任刘翔将大小箱子滑进电梯，一边东张西望，她说这个楼倒是挺大的，你们都住在里面？刘翔说是，每一扇门后面就是一户人家。

纽曼街的这个大白楼，是新移民的理想公寓。在刘翔搬来之前，这里就住了好几户中国人。这公寓聚集了新移民想要的一切因素——房租低，离地铁站近，周围环境也幽静，更重要的是，对面就是传说中的七只鸟小学。大楼管理员朗格先生是个严肃的人，总是板着一张脸。刘翔申请入住时，朗格先生态度不太好，但徐伟民能说爱笑，帮助刘翔解决了问题。他们先买好了租房表格，填上相应部分，只要求朗格先生签字即可。徐伟民说，我们早就知道你对中国人民怀有深厚的感情，在中国租客中你大名鼎鼎，被称为"蒙特利尔排名第一的管理员"，没有之一。你是最好的。

刘翔看到朗格先生的嘴角向上牵动了一下，鼻子以上的器官却不动，尤其是眼神没有任何变化。刘翔想他的控制能力真好，一个人怎么能将脸部五官在同一瞬间，表现出高兴和无动于衷两种情绪？刘翔突然对毕加索的画作恍然大悟，那些所谓的立体主义，毕加索那些一颗脑袋上的好几张脸的画作，都来自朗格这样的形象。

当刘翔敲开徐伟民的房门时，徐伟民露出一张睡眼惺忪的脸，见了他们先打一个哈欠，说终于生出来了，生了一天一夜。人家都说二胎容易生，不知道小米怎么生得这么麻烦。累死我了。然后一边接行李一边说，我是回来做饭，饭还没做，一忽悠就睡过去了。快进来快进来。莫丽珠就问生了个什么。徐伟民说儿子，当然是儿子，小米只会生儿子。

刘翔见他们母子一问一答，自己就撤退了。徐伟民不让他走，说辛苦了，在这儿吃饭吧。刘翔说不了，改天改天。

莫丽珠站在儿子的家里，环顾四周，她从来没有想到徐伟民在国外过着这样的日子。房间不大，家具倒不少，看上去老旧不说，上面堆满杂物。卫生间的天花板倾斜着，一大块墙纸已经开始脱落，好像随时都可能掉下来。莫丽珠从国内来的时候，脑海中描绘的是电影里的画面——外国人的生活，花园洋房，有管家，有厨子。她本来以为儿子出国多年早就住上了花园洋房，如今这个环境，着实让她惊讶。

徐伟民是从来不向母亲汇报生活的。从20世纪80年代出国，这么多年，他从没回去过。不回去的原因只有一个：忙。他从一个学校转到另一个学校，从一个专业转到另一个专业，终于在90年代，将妻子接出来，然后就更忙，要养家糊口。如果不是小米生老二，需要人照顾，莫丽珠还不能来，虽然莫丽珠已经向他申请过好几次了。

莫丽珠脱下大衣，挽起袖子就下厨房。徐伟民去接小米母子回家，莫丽珠问怎么不多住几天？徐伟民说正常生产，没事就让回家了，加拿大是公费医疗，不能多占纳税人的资源。

这是莫丽珠到达加拿大的第一个晚上，但她睡不着。一是时差，二是脑子还没转过弯，好像从一个星球到另一个星球，充满陌生感。她被安排与小米同睡，徐伟民去了另一个小房间，说是小房间，其实就是把客厅隔离出来的一个小空间，里面只能放一张小床和一个小桌子。莫丽珠本来说自己去那边住，但徐伟民不肯，徐伟民说那儿实在太小，本来是给皮特住的，但皮特离不开妈妈，经常要赖不去。

这里的小孩从小就自己睡。徐伟民说，没见过7岁了还同妈妈睡的。

过一个月，再过一个月，我们就自己睡。小米说。

皮特不说话,只管在奶奶带来的食物中翻找。

莫丽珠在国内是妇产科医生,徐伟民的父亲去世早,去世前给她留下了房产和一些积蓄。那时候他们把唯一的儿子送到美国,以为他能出人头地。想到去世的丈夫,看看儿子的现状,莫丽珠不禁悲从中来。清晨起来吃饭,莫丽珠的眼睛还红肿着,见一张摇摇晃晃的桌子上放着几片面包,徐伟民身穿一件圆领背心,正在煮粥。徐伟民此时已年近四十,有些发福,后颈上的肉叠起来形成一个弧形,原来浓密的黑发也开始稀疏,从背影上看过去,竟有几分像他去世的父亲。这让莫丽珠感到既熟悉又陌生,心中顿时升起一种奇异的感觉。

莫丽珠环顾四周,把公寓仔细看一遍。

这是个很小的公寓,进门是一个长厅,一直通到窗子,窗外有些葱茏的绿色,因为背阴,显得有些暗淡。转一个弯是小厨房,本来就小,里面又堆了洗衣机,只有一个人转身的地方。过了厨房向里走,就是卧房,并排放了两张双人床。另外有两个衣橱,她打开衣橱看看就关上。又走出来到客厅,见沙发上堆满了衣物,竟然没有坐的地方,一个高高的白色铁架子,好像超市中的货架一样,堆满了东西。莫丽珠能看出来主人试图整理过,因为有些衣服还折叠着,虽然折叠得十分潦草,另有一些衣服杂乱地堆着。一些夏天的短衫短裤,都皱巴着,没有一件平整。墙是暗黄色的,有些斑斑点点,想必好久没粉刷过了。再看地板,没有油漆的地方倒比有油漆的地方还多,那些少量的油漆好像已经厌倦了挂在地板上,有些碎片的四周翘起来,只需一碰就脱落了。

在莫丽珠的心里,儿子儿媳都是好学向上的青年,而且出国二十多年,他们经历了什么,把日子过得一团糟?莫丽珠早年住过比这更糟糕的房子，但无论怎样，她都会把房间收拾得干干净净，即使在农村下放的时候，一铺土炕，两个木箱，她也会把东西整理好，她绝不会把一堆衣服床单杂七杂八地堆在铁架子上，这种行为很没有隐私。

莫丽珠开始收拾房间，她把那架子上的内衣全部拿下来，按人头按季节分类整理，然后将有窟窿的床单一分为二，把衣服包裹起来，她刚才看过了，卧室里的衣橱是空的，完全可以放进这些东西。

除了对生活状态的不理解，莫丽珠更想了解儿子的经济情况，但儿子对此有所抗拒。

"就是这样。"他简单地说，"我们两个人都读书，靠魁北克政府助学金生活，每个月下来都没有余额，大家都这样。"他有些生硬地说。

既然大家都这样，莫丽珠就没什么好说的。但她对此质疑。她很想了解别人的生活，比如刘翔一家。刘翔是她到这里认识的第一个人。

"他们开店。"徐伟民说，"早七晚十一，世界上最辛苦的工作，而且没有前途。"

莫丽珠便释然。虽然儿子至今一事无成，但毕竟一直都在努力读书。

但这样的生活不是办法。莫丽珠是一个总是有办法改变生活的人。虽然初来加拿大，时差还没有倒过来，但莫丽珠已经开始想办法，她相信通过努力可以改变生活。在国内，到处是可以挣钱的事情，走在街上总是能遇到各种做小生意的。比如小学校门前卖食品的小车，医院门前也有许多食品摊位，卖什么的都有，烤饼、油条、米粥、小菜、饺子。这些小食摊热火朝天，生意兴隆，把医院的食堂都快挤垮了。加拿大人为什么不做这些生意呢？

饺子，这个名词一出现，莫丽珠的心中就突然一亮，她想完全可以在马路对面的小学校卖饺子啊。她努力回忆医院门前饺子车的样子，她需要板车、铁锅、玻璃罩，自己穿上白大褂，戴上白帽子，显得卫生干净可靠，当然还要有锅碗瓢盆等家什。这样想着，莫丽珠好像要干一件大事情，她要自己创业。虽然莫丽珠退休前是医生，但年轻时也当过铁姑娘，这世界上什么不能做？什么都能做。她这样想时，就沉浸在自己要创业的想象中。她感到一种奋斗的激情，世界上最伟大的就是母亲，为了让儿子孙子过上美好的生活，她是什么都能做，什么都能奉献的。

但是当莫丽珠说出她的想法时，遭到儿子儿媳的反对。

"你说什么呢？"儿子不以为然地说，"你以为这是在中国？这是加拿大。没有人这样做。"

"没有人这样做，不等于不能做。"莫丽珠说。

"加拿大不让这样做，不能在学校门前卖东西。"小米说。

"有规定吗？"莫丽珠说，"你们见过吗？"

儿子儿媳面面相觑，他们当然没见过，他们从来也没想见过。

"就是。"莫丽珠说。她有些得意，她说："别说你们没见过规定，就是有规定，咱们也可以偷偷地卖，有人来管，我们走就是了。"

第二天，莫丽珠就开始实行自己的计划。她决定不告诉他们，他们胆子太小了。难怪他们一直过着穷日子，不战天斗地，不解放思想，怎么能致富。她心中对儿子和媳妇有些不满。都是读书读的，读书把人读傻了，读糊涂了。

儿子一走，老太太就开始和面切菜。她一面在肉馅里面加了海米、鸡精、白菜、香菇，一面想，一定要质量过关，皮薄馅儿大。

第一天，即使是赔本也要赚吆喝，让那些老外一吃就上瘾。不是说如今是一个全球化时代吗？外国人都开始学中文了，他们也一定会爱上我的饺子。

莫丽珠一边想一边干，脑子里一激灵，就给自己的饺子起了个名，叫莫氏饺子，她想这个饺子是空前绝后的好吃——调料按照莫氏秘方，加了必不可少的白胡椒和蘑菇精。她包的饺子皮薄馅儿大，一个人，一条流水线，揪码，擀皮儿，和馅儿，忙得一头是汗，很快就包了五十个。莫丽珠把饺子一个个摆好，满心喜悦，这些天的不愉快也一扫而光。想到自己来到陌生的国家，为了家庭而做的自我牺牲，她对自己又心疼又满意。人都说留学生多么艰苦，我是没赶上，我若赶上了，也能将日子过得有滋有味。莫丽珠就是这样一个不服输的女人。

饺子煮好了，莫丽珠就用塑料袋装，一袋五个，一袋十个。价格也想好了，她在超市里看过，这里的超市价格喜欢带9，她想五个就卖3块99，十个就卖6块99。多买少算，便宜一块钱。

莫丽珠就是怀着这样快乐的心情到小学校门前的。她走在路上都是快乐的，她并没有想到会大败而归。没有城管，学校门前是葱茏的绿地和树，一道铁门里，孩子们在奔跑喧哗，她悄悄推门进去，也没有人注意，但她一个也没卖出去，她站在那里，突然发现自己不会说话。

"饺子！"她细声细气地说了一句。没有人理睬她。后来有个身量极高的洋人来问她什么事，铁塔一样，将她整个笼罩在阴影里。她听不懂，她有些不知所措，然后就默默转身回来了。

那天晚上徐家吃饺子，皮和馅儿都分离了。徐伟民做了一锅汤，饺子成了云吞。莫丽珠一声不吭，也没吃饭。徐伟民和小米不敢大声说笑，一家人沉默着。只有皮特在打电脑游戏，一关过了，就伸出胳膊喊一声：yes！

二

　　饺子行动之后，莫丽珠很是消沉了一阵子，她说加拿大这地方真怪，做生意不容易。她开始留意楼里人的生活，左手的大黑狗一家，住着一个叫詹妮的金发女人，身材健壮，每天晚上出门遛狗。她的狗是一个大黑狗，昂首阔步，肌肉健壮。徐伟民说那狗本来是德国黑贝，军用犬，后来杂种了一下，功能就下降了，不过也还是一流的好狗。莫丽珠对此深有感触。因为白天楼道没人时，她的脚步一出现，就能听到大黑狗的吠叫声，无论她多么小心，大黑狗从来没有玩忽职守过。詹妮有两个男朋友，换班来，一个是黑人，另一个也是黑人，两个人都很高大，莫丽珠分不清谁是谁，徐伟民分得清，他说怎么会分不清，一个是江森，另一个是琼尼嘛。莫丽珠就不再问，在她眼里，老外长得都一样。无论是谁，两人一狗走在一起，都是雄赳赳气昂昂、凛然不可侵犯的样子。

　　莫丽珠从来不跟他们打招呼，尽管她现在学会了哈喽，也会很友好地同楼里的人打招呼。莫丽珠不知道大黑狗一家怎样生活，她也从未想过了解，她只关注这楼里的另一些中国移民，比如饺子事件后她重新思考刘翔一家的开店生活。她问过徐伟民是不是他们也买一个，她可以把国内房子卖了支持他们。但徐伟民不以为然，他说开店有什么好，就是用手抓钱，我们还是要用脑挣钱。孔子说万般皆下品，唯有读书高；又说学而优则仕，我们即使不仕，也要做一个白领工作。读了这么多年书，不能体脑倒挂。

白领工作是好的，莫丽珠同意这个观点。因为顾晨来看她的时候，穿一件长西裤，翻领小西装，高跟鞋，有一种职业女性的爽快。徐伟民介绍说顾晨在一家会计师事务所工作。顾晨说我们都是老邻居，原来在凡尔登住在一起，那时我和小米还一起在衣厂打工。

我也是先在这儿上学，现在毕业刚找到工作。找到工作一切就会好起来，不用着急。顾晨说。顾晨原来就在大白楼住，如今搬了家，她在岛西买了房子。

徐伟民就对莫丽珠说："你看，只要找到工作，生活立刻就天翻地覆，一夜之间你就可以住上花园洋房。"

莫丽珠对儿子的高远之志又气又喜。气的是年过四旬，一无所成，还是不肯做简单的事情，如此眼高手低，以后的日子如何是好；喜的是儿子的志向，还没有被生活磨损，依然有理想。徐伟民的回答让莫丽珠无话可说，她既不想让儿子荒废学业成为蓝领，又不想让儿子过这种寒酸窘迫的生活。莫丽珠一时不知如何是好。

除了刘翔之外，她很快发现一楼也有一家中国人，认识了，女主人叫萧萧，他们也在读书阶段。萧萧很有计划，她读会计，丈夫读计算机。

"鸡蛋不能放在一个篮子里。"萧萧说，"虽然加拿大如今就业不是很好，但会计市场却是好的。万一我的专业不好，他的专业也会好，总有一个人会读出来找到工作，那就一切OK了。"她说。

莫丽珠非常欣赏这样有远见的女性，相比之下，小米就没有计划。

小米的能力明显不行。小米是个慢性子。莫丽珠洗澡10分钟清清爽爽，小米进了卫生间，一个半小时还不出来。

她怎么这么慢？莫丽珠说。

她就这样，你又不是不知道。徐伟明一边在电脑上操作一边回答。徐伟明说他在编程序。莫丽珠看到屏幕上写满密密麻麻的英语。

"这是什么？"她说，"为什么两个屏幕，有黑的还有白的？"

"白的是程序，黑的测试程序。"徐伟明说。

每当这时，退休医生莫丽珠就感到自己孤陋寡闻，就会感到儿子是高大的，是见多识广的，是有知识的。这样想时，她就坚定了要与儿子共渡难关的想法。

"面包会有的。"当年瓦西里说。

"牛奶会有的。"莫丽珠想。

面包牛奶果然很快就有了。有一天，莫丽珠看见萧萧去上工，原来每个周日，萧萧在一个茶楼推小车送早点。莫丽珠也想去，萧萧说："您在家里带孩子多好，打工很累的。"莫丽珠说："我不怕累，总在家里也厌烦。我跟你一样，只打周末工，不耽误带孩子。"萧萧就带她去了，叫富泰茶楼。萧萧介绍她是莫太，这个称呼让莫丽珠听着有些别扭，但见大家都这样称呼，入乡随俗，也就应承着。

老板钱小满是个五短身材的男人，平头，圆脸，眼睛细长，眼裂很大，眼神却混沌，好像还没睡醒。老板娘倒比老板个子高，一张尖脸，眉毛细挑，眼睛上下转着，是一个精明伶俐的样子。老板说店里刚走了一个员工，是陪读母亲，儿子毕业了，她就回国了，莫丽珠可以顶替她。老板娘上下打量着莫丽珠，眼神飘过她保养很好的脸庞、挺括的薄呢风衣，说："你干得了这个？"莫丽珠说："怎么干不了？人嘛，什么都干得了。"

老板娘就让她当场试工。莫丽珠戴上白围裙白帽子，推着送餐小车，用眼睛瞟着其他人的工作流程。她有样学样，每到一张桌前就放慢脚步。顾客大多是华人，说粤语的多。莫丽珠不会英语、法语，连粤语也不会，但这并不能阻挡她的工作。莫丽珠是一个聪明的女人，善于察言观色。她把送餐车推到客人面前，将小笼屉一一打开，笑脸相迎，他们指哪个，她就上哪个，然后在单上画一下（单子上是中文字），这就算完了。

老板娘见她有条不紊，问她：以前干过？她说没干过，在国内是医生。老板娘就把她留下了。

莫丽珠因此走上了打工之路。在茶楼，她叫莫太。

茶楼的生意不咸不淡，却也累，人手太少，一站就是一天。一天下来，莫太的两条腿灌了铅一样，沉得抬不起来。晕头晕脑地回到家，用热水泡了脚，就把两条腿抬高，让血液循环，莫医生有自己保养的方法。虽然辛苦，莫丽珠心里却是开心的，路过商店去买了食品，特地给皮特买了小零食。莫丽珠在为家庭做贡献，累着心里也舒服。莫丽珠是一个有奉献精神的人，为儿子孙子奉献，她心里是甜的。

当然也有西洋景，让莫太开眼界。有一天一个西人开口跟她说中文，把莫太吓一跳，好像看到猫说人话一样。那人问她，府上哪里人？她一时不知如何是好，好像电影一样不真实。那西人倒很自然，说他太太是台湾人，他在台湾学的汉语。

那时候莫太还没有习惯与老外打交道，对西人有一种莫名的敬畏之情。那西人个子不高，说一共三个人。莫丽珠就给他找了三人位。那人坐下开始点餐，每次小车推到他身边，他都将所有菜点上一遍，一会儿工夫，他的桌上就堆满了各种小笼屉。莫太想这个人还真是大胃口，这样想着就留意了这个人，见他一张脸都埋在盘子里，吃得兴起，不肯抬头。莫太推着小车走一圈，回来见到西人的桌上三个小瓷盘中，都有咬得参差不齐的残羹剩菜，筷子横七竖八地放着，是一副几个人进餐的样子，却没有见到另外两个人，倒是一张空椅子后面挂着一个黑呢短上衣，另一张上搭一条长围巾，看似客人刚刚离开。

　　桌上的小笼屉倒是越堆越高。莫太一边在大厅里卖食物，偶尔也会向那个西人瞟上一眼。这一早晨，莫太就见到三四个中西家庭。靠左前方的一张桌子，是一大家子人，四世同堂，坐在上首的是一个满头白发的小老太太，只比桌面高出一点儿，挨着她的大概是儿子、儿媳，都有六七十岁的样子。两对小夫妻领着三个孩子，那洋女婿坐在座中格外显眼，生得一脸络腮红胡子，人高马大，一手举着一个小孩子。小孩子在他身上好像小猴子。那边厢是一对中女西男，虽然女人是亚洲脸，两个人倒都是浓眉大眼，大嘴巴，胖瘦也相似。莫太想他们一定是生活很多年了，才能换来这样的夫妻相。见那一对相对而坐，相互夹菜，莫太心中突然生出一缕酸涩。想起丈夫老徐去世多年了，都没熬到退休。她想如果老徐活着，儿子一定比现在过得好些，老徐是个有计划有主意的人。

　　等到莫太转一圈回来时，那个西人已经不见了。莫太问萧萧。萧萧说那人打过招呼了，说下楼看看他朋友来没来，一会儿就上来。萧萧一边说，一边忙着做事情，她今天站在柜台里面，照常炒河粉、油条、麻团、装盒饭。

　　又过了十几分钟，那西洋人还没有回来。莫太说那个人怎么还没有回来？老板娘听了，就走了过去，掀开那些小笼屉，见每一种食品都被咬得残缺，有的只咬了一口，也不说话，径直往下撤盘碟，又将那半旧的呢大衣和长围巾都挂在衣架上。萧萧叹一口气，说这是吃了霸王餐，不付账就跑了。莫丽珠问："这衣服的主人呢？"萧萧说："哪有什么主人。那个人穿了两件冬装来，旧的一件挂在椅子上，好的那件自己穿走了。"莉丽珠恍然大悟，原来是金蝉脱壳。就说外国人也逃单？萧萧冷笑说："这世界只有好人和坏人，哪有什么外国人中国人。"

晚上回到家，莉丽珠将这一出金蝉脱壳的故事讲给家人听，讲完了对皮特说，咱们中国人可不干这个。皮特说好人都不干。莉丽珠想起萧萧说的话，想孙子小小年纪，倒比自己眼界宽阔，知道种族并不能限制人，各种肤色下面流的都是同样的血。忍不住在皮特脸上狠狠亲一口。皮特嫌疼，哇哇大叫起来。

三

事情发生在临近圣诞节的时候，莉丽珠已经在富泰茶楼打了两个月的工。那时她已经适应了茶楼工作，打工生活变成了新常态。

这是莉丽珠到加拿大之后第一个圣诞节，她对此充满憧憬。莉丽珠看到街上挂起的彩灯，大黑狗家门上也挂起了圣诞花环。电视里开始播广告，从帽子手套到睡衣睡裤，什么都有。所有东西都在打折，圣诞老人穿红衣服，背着礼品袋，麋鹿马车飞上天空。莉丽珠也想多赚一些钱，到了12月，儿子儿媳都放假了，小孙子也放假了，那时候一家人可以在一起过节了。

但是徐伟民说他想去美国，这让莉丽珠有点儿惊讶。徐伟民说趁圣诞节他去美国打两周工。美国这时候餐馆忙，他的朋友在纽约开餐馆。他这样说时，小米的脸色变得很难看，慢慢变成青灰色。小米说哪里不能打工，难道只有美国有餐馆？徐伟民说："我还不是为了这个家。"声音也大起来。莉丽珠听着，脑子飞快旋转。

虽然莉丽珠站在小米一边，极力反对，但徐伟民还是走了，而且乘早班灰狗。他前一天半夜才考完试，真是一分钟都不耽搁。那时莫丽珠什么都不知道。直到小米见徐伟民走了，大哭起来，莫丽珠说到底怎么回事呢。小米才说，谁好好的不在家过圣诞节，明摆着他是美国有人了。

徐伟民在移民加拿大之前是在纽约留学的，后来美国实在留不下，才办了加拿大移民。而小米和孩子一直在蒙特利尔。

"我早就觉得不对劲。"小米说。

"那你有什么证据吗？"莫丽珠问。

"我能有什么证据？我一次纽约也没去过。"小米说。

"那你就是胡思乱想。"莫丽珠说。

"你也别胡说八道，吓坏了孩子。"莫丽珠压低声音说。

皮特坐在窗前玩电脑，平时都是鼠标乱动，此时倒是安静得很。莫丽珠见皮特竖着耳朵，正在听他们说话。皮特只能听懂中文的日常用语，但如果说得比较快或者用书面语时，他就听不懂，只能愣愣地望着你。

"夫妻的事能瞒得了谁。"小米压低声音说，声音中带着哭腔。"要不是在纽约留不下，他也不能回来，他根本就不想回来。"

"这不是去打工赚钱吗？"莫丽珠说，"你想得太多了。"

话是这样说，莫丽珠到底心里不踏实，小米说的也不是完全没有可能。徐伟民独自一人在纽约读了五年书，这期间的生活从来没对她说过，谁知道呢？

徐伟民在纽约住了两周，一直到新年过了才回来。这两个周末莫丽珠决定加班，她不愿意在家中看着小米流泪。

圣诞节期间茶楼不休息，客人更多了，莫太也有了加班机会。有一天老板娘问她会不会打麻将，她说钱小满的娘打麻将三缺一。

莫太在国内本来是常在麻将桌上的,听了这话麻瘾上来,就答应第二天去玩。莫太当然不只想玩麻将,认识人很重要,每个人都有一条道路,认识的人越多,越可能了解不同人的道路。而这些人即使是偶遇,也可能把你带到一个未知的道路上。莫丽珠有丰富的人生经验,对此深信不疑。

钱小满家住在市中心,是一个黄白建筑的三层小楼,外观是欧式,进了门就好像回到中国。家具是红木的,仿古式,坐着没有沙发舒服,倒是很气派。墙上挂着富贵牡丹,桌上是景德镇瓷瓶,瓷瓶边上是发财白菜,还有一个招财猫端坐着。之前莫太只看见过一只猫胳膊招财,第一次看见两只胳膊一起招财的。发财猫金光闪闪,与瓷瓶、发财白菜摆在一起,有点儿不伦不类,但想到这些都是平安发财的象征,莫丽珠就释然了。

钱小满的娘跟儿子长得截然不同,是个瘦瘦的小老太,虽然眉毛如今只剩下短短半截,眼睛却还清亮,还能看出年轻时的些许风韵。莫丽珠不知道怎样称呼她,别人称她钱太,自己也就叫她钱太。本来钱太、黄太、马太和程太是一桌,但最近程太回国了,就缺了一角。莫丽珠第一次去,就感出了阶级的不同,同她们那种安适相比,自己是个外来人,显得有些毛躁。但莫丽珠并没有自卑,莫丽珠从来没有自卑过,她相信阶级是流动的。莫丽珠由一个乡下铁姑娘成为赤脚医生,后来又成为正式医生,她从没有认输服人。

她很快了解到黄太现在以出租房子为生。黄太年轻时在衣厂车衣,干得十分辛苦,好在她脑子灵光,"9·11"之后房市萎靡,她就买房出租,赚了一些钱,也赚了一身病,如今孤身一人。马太的儿子是医生,本来以为马太可以享福,却偏是她经常不能来,因为她在衣厂打工。莫太说:"你儿子那么有出息,你还要打工?"马太天生一张平平常常的小圆脸，一把短发用小小的铁发卡别在脑后，说话不急不缓。她说："他的钱是他的，我自己赚的才是我的。我再过几个月就回国了，看见国内的亲戚朋友不能空手。我若让他买礼物，那是不公平，我自己去打工赚钱给亲戚朋友买礼物，是一个心意。"

打了几圈，钱太便说打不得了，肩抬不起来。莫太就顺手给她按了几下，钱太说："舒服多了，没想到你还会这个。"回家的路上莫太想，这未尝不是一个病人群体，如果我做按摩，也能赚钱。这样想着，心胸开阔了些，回到家，将推拿按摩的小册子找到，认真研究了一会儿。

过了一周打麻将的时候，马太去衣厂加班没有来，钱太说："你再给我按摩一下，我这个腰也是疼得紧。"莫太就给她按，一边按一边拉着家常，手下却认真，一旦感到钱太有紧张的反应，就改变手法。钱太十分满意，说前一条街上有一个中医按摩的，她去过几次，费用贵，还不见效果，后来打听说那人不是科班出身，后改行，跟网上学了学，就开诊所，可不是个江湖骗子。又说："如果你开一个诊所，可比他们强多了。"

莫太说："开诊所是不行的，我就是探亲，过一年半载就回国了。不过倒也可以为病人服务，我们医生的天职就是给病人解除病痛。"钱太揉着肩说："那我就是你的第一个病人了。"

莫丽珠心里很高兴。对小米说："你看只要有技术，到哪儿都赚得到钱。"她就建议小米学，以后养家。小米自徐伟民走后就无精打采，此时也不搭话，只管低头逗弄孩子，不知道想学还是不想学。莫丽珠就住了口。

过了新年，徐伟民回来了，一进屋就打电话，向纽约的朋友报平安。声音一会儿高一会儿低，中间还跑到卫生间去，关了门，不知道在说什么。徐伟民打电话的时候很激动，看来在纽约玩得很高兴。小米倒平静，既不抱怨，也不问候，好像徐伟民刚放学回家一样。莫丽珠的心却是揪着的。她想要弄个究竟。

徐伟民也没有瞒着母亲的意思，他开门见山，说："你还记得红闵吗？她在纽约。"莫丽珠就什么都明白了。红闵是许伟民的初恋，当年还是因为莫丽珠不同意被迫分手。莫丽珠心中一阵难过，她说："你太对不起小米了。"徐伟民低头说："你让我怎么办？红闵那边还有一个女儿。"莫丽珠就呆住了。她想是我造孽，还不如当年让他们好，如今怎么办？徐伟民说我也不知道怎么办，这样说时眼泪长流，他说我要知道怎么办就好了。这些年两头操心，我哪有心思读书，还找什么工作——这一生都毁了。

莫丽珠说："小米知道吗？"

徐伟民愣一愣，说："我没告诉她。"

四

莫丽珠的新工作进展顺利。她虽然是妇产科医生，却肯学，随身带一个中医推拿按摩小册子，在地铁上都看，把经络穴位记得大概。见了钱小满的娘，就拿出当医生的架势，亲切自然。钱小满的娘有了莫丽珠的按摩，竟是一时也离不开。莫丽珠做了两次，让钱太感到舒服之后，就不再去。钱太传话过来，莫丽珠只说忒忙，钱太明白莫丽珠的意思，说明码实价，每次都付钱，莫丽珠才去了，到了钱家，口中说："都是朋友，哪里用得上钱？我是真忙，小孙子太小。"钱太说："我懂得，你也不容易。"自此每周一次去推拿按摩，挣得比茶楼多，莫丽珠就把茶楼的工辞了。那时莫丽珠也厌烦了茶楼的工作。钱小满是个黑心店主，客人吃剩的肉舍不得扔，剁碎了拌云吞馅儿。莫丽珠看着都恶心。

莫丽珠借此就从钱小满的厨房进了钱太的卧房，钱太虽然儿子赚钱，不必如莫丽珠那样吃苦力，身体却不好，是个病秧子。虽然与莫丽珠相差没几岁，老得好像都撑不住了，两肩后背都塌下去，两条腿麻秆儿一样，向前走一步都要扶着墙。莫丽珠见了，心中很安慰，自己虽然没有钱，家中也有操心事，却后背笔直，两脚生风，人长得风韵犹存，待人落落大方，亲切得体，心里感叹老天还是公平的。

莫丽珠的风度也不是一天练出来的。钱太原是市井小民，到了近年，儿子发财，她才翻身。然而如今莫丽珠必须承认，落魄的凤凰不如鸡，与钱太金钱上的不对等，让她如今成为一个上门服务的推拿师，本来的麻友，在麻将桌上也不平等起来。但莫丽珠并不认为病人有什么高低贵贱之分。每到按摩时，莫丽珠就进入了角色，虽然在加拿大不能行医，给太太们推拿也是为了赚钱，但每次推拿的时候，莫太就变成了莫医生。而在莫医生努力认真的治疗中，钱太的疼痛开始减轻，走路姿势好看了很多，脸上居然有了笑容。

钱太对莫太产生了身体和心理的双重依赖，她不再叫莫丽珠莫太，她叫莫医生、莫大夫。她的改变引起了一系列变化，就连挺胸叠肚的钱小满对莫丽珠也客气起来。莫丽珠并不知道她的敲门之举不仅打开了一扇门，而且推开了多米诺骨牌。钱小满的娘还有其他一些老太闺蜜，这些老太大多是来看望子女的，而且大多是企业家移民。物以类聚，人以群分，这几个老太偶尔通个电话聚餐一下，莫丽珠就在钱太家认识了一些人。这些有钱却没有地方去的老太太，就成了莫医生的病人。

最让她担心的还是徐伟民。自从知道了儿子的秘密，莫丽珠的一颗心就悬起来。她不知道儿子的未来如何，对小米多了一分客气。以前看小米做事慢她就着急，现在也不着急了，反生出恻隐之心。以前看儿子读书不用功着急，现在体会他的焦虑不安，不再说他，反倒会到厨房去给他做点夜宵。最让她心疼的是皮特和二娃，她想如果徐伟民和小米离婚，孙子们就成了没爹或者没娘的孩子，莫丽珠就落下两滴泪，又不敢让别人看见。有时坐在地铁上想得心焦，莫丽珠就后悔让儿子来这里。美国，加拿大，现在有了两个家，这边吊一吊，那边吊一吊，徐伟民还有什么上进心，都让这情债给毁了。

这样想时，莫丽珠就恨那个在纽约的狐狸精，但想到她也是孤身一人，带着孩子，没名没分，心里又多了几分感慨。这一局乱糟糟的棋，莫丽珠不知道怎么结束。

一向爽快利落的莫丽珠如今变得深沉了许多，连走路都沉稳了。203的大黑狗不知道是习惯了莫丽珠的脚步，还是更喜欢她的沉稳，每次莫丽珠走过时，竟然不再吠叫，而改成了小声地长鸣，一种撒娇式呻吟。这种呻吟再一次引起莫丽珠的不适应。本来她刚刚习惯了大黑狗的吠叫。她从大黑狗的吠叫中听到一种熟人的亲昵，让她想起家乡的大黄狗。每次回家，大黄狗都会立起身子，把两个爪子搭在她肩膀上，尾巴摇得像拨浪鼓一样欢。

莫丽珠想自己迟早是要回去的，儿子已经年过四旬，自己对他的生活也无能为力。莫丽珠刚来蒙特利尔时那一腔热血和改天换地的激情，被儿子生活中的难题打倒，她觉得自己都抑郁起来。她仔细观察大白楼里其他居民，虽然大多靠助学金过日子，虽然生活得艰苦，却也看不出任何家变的痕迹。转念一想，谁也不知道谁家门后面的故事。俗话说夫妻合心其利断金，莫丽珠亲身感到，夫妻分心，日子是绝对过不好的。如今莫丽珠的想法又后退了一步，她想其实住什么房子，有没有钱并不重要，重要的是一家人快快乐乐的。心里有秘密的日子并不好过。如今她到太太们的家里做推拿，不只为挣钱，竟然有了放风的感觉。

坐在钱太家，同老太太们说说家常聊聊天，回忆一下过去，莫丽珠感到放松了许多。尽管她们每次说得都差不多，都是车轱辘来回转，但这些看似无聊的话题，却是让她们心情愉快的良药。有时聊完了也没怎么推拿，太太们却都感到自己身体好多了。她们对莫医生的精湛技艺感到惊讶，黄太夸莫丽珠真是神医。只有莫丽珠自己知道，今天她心情不太好，用的力气是平时的一小半儿，太太们感觉好，只是因为心情好了。这个发现让莫丽珠有了另一个想法，她又动心想把手艺传给小米，小米有了手艺，以后可以靠这个生活。

总是要对得起人家。莫丽珠想。

夏天小米毕业了，拿到了计算机毕业证书，却找不到工作。小米本来是学哲学的，如今改行，吃苦耐劳地学了四年，面试了好几个单位，均不成。小米就不再执着于专业市场，什么招聘就应聘什么，后来在牙医诊所找了一个接电话的工作。小米慢性子，诊所里事无巨细，只有她一个人，有时正在洗床单，电话却响了，跑过来接，电话却沉默了。小米急得一头汗，两个星期后就被辞掉了。

对于莫丽珠的建议，小米本来是不愿意的，但经不住一再地找不到工作。后来就跟着莫医生去钱太家，也亲眼看见了婆婆工作的不遗余力，但她还是不想干。开始她说自己又不懂穴位，又不懂推拿，莫丽珠说："我教你，也不用全都懂，慢慢来，关键在于察言观色。你按的地方病人龇牙咧嘴，那就是痛穴，又叫阿是穴。"

徐伟民问，为什么叫阿是穴？莫丽珠说："病人一痛，就会'阿是'一声，你就多按。"有的穴位，你按了，病人没有反应，那就不再按，通则不痛，痛则不通，就是这个道理。徐伟民听了，就笑说，原来推拿是骗人的，跟算命有一比。莫丽珠很不满，怎么是骗人的，经络是科学。

徐伟民从纽约回来之后，家庭生活又步入正轨，小米也没有再提去纽约的事，好像什么都没发生一样。这让莫丽珠刮目相看，小米虽然性子慢，心里却有数，到底是学哲学的，会思辨。她与徐伟民的关系就像一层纸，捅破了就要有结果，没有捅破，大家还可以糊涂着混日子。想当年小米是倒追，与徐伟民和红冈三个人的关系是个直线性。后来造化弄人，小米与徐伟民结了婚。小米虽然心中有嫌疑，到底吃不透，她也不想吃透，那样只对自己不好。小米是大智若愚。

五

莫丽珠并没有想到计划没有变化快，周六去钱家，钱太说他们就要搬走了，莫丽珠问搬到哪儿去，钱太说搬到多伦多去，她娘家侄子也在那里，如今是个大富豪，两家要合起来做生意。莫丽珠说："那大富豪比你儿子有钱？"钱太就笑，青白的一张脸上泛起光来，说："我们只是小指头，人家才是大手指。"莫丽珠见钱家已经开始收拾，各种皮箱堆了一地，发财白菜也不见了，一片狼藉。一个细高个子却腆着肚子的男人正在帮钱小满将招财猫往箱子里装。两个人一高一矮，不太配合。钱小满就抬头看那个细高男人，眼睛不像往日混沌，有一种贼亮的光。钱太说房子已经卖了，然后努努嘴，说就是卖给那一个人。莫丽珠心中有些不舍，想着失去一个病人，钱太好像看透她心思说："我跟黄太她们都说了，她们还找你推拿。"

钱家很快就搬走了，房子卖得干净利落。原来是一个古堡式的小楼，上面住人，楼下是茶楼，如今新房东都买下了，改了门面，楼下开起了超市。

钱家一搬走，树倒猢狲散，一台麻将散了伙。马太回国了，固定的客人就只剩下黄太。黄太是个节省的人，不到痛得厉害，她也不找莫医生。如果找了，莫医生就上门服务。黄太将钱太的按摩床半价买下来，躺得舒舒服服。黄太颈椎和肩都有问题，她说这些都是攒下的病，早年生活艰苦，白天在厂里干活儿还不够，带了活计回家也做，恨不得24小时都干活儿。常年的劳损，颈椎都是弯的。

说起钱家搬到多伦多，黄太就笑，说钱家这次真是卖了一个好价钱，只房产就翻了好几番。

莫丽珠说房价不是在跌吗？怎么会翻倍？

黄太说遇到好买主了。买主是大陆刚来的客人，不了解这个地方，又急于安顿下来。

说到这里，黄太就笑笑，一张脸的褶皱里都藏着故事，偏不说，等莫丽珠问。莫丽珠也不问，反正自己买不起，她只是迎合着聊聊天儿。见莫丽珠不说话，黄太只好自己说下去。她说新主是钱小满的哥们儿，原本也是做餐馆的。后来做中药，这几年人们得富贵病的多，爱养生，不管什么药，只要说通血管降血压就买。人常说三年劫道，不如一年卖药，他们赚得盆满钵满。如今陪孩子来留学，到了这里，不懂市场，又不懂法律，还不会说法语，盲人骑瞎马，每一步都是战战兢兢，如履薄冰。在国内财大气粗，如今到了这里，出门都不敢，开车生怕遇见警察，一心依靠钱小满，如今果然依靠上了。

钱小满的茶楼这几年没赚什么钱,一听那个人说发了财,钱小满就跌了一跤,差点儿没起来,从此起了贪心,要把房子和店卖给他。钱小满说:"这样的人不宰,我不是白活了。"那新主不明就里,还千恩万谢的呢。

莫丽珠听了,心中有些惊讶,却原来是宰熟。心中有气,手上就用了点力气,黄太的一张后背被揉得十分舒坦,说话也说到了兴头上,然后咯咯笑。说想必那新主也不在意多花钱,那么多钱留着也没用,大家分一分也好。

莫丽珠便转话题说,听钱太说他们去多伦多做生意。黄太就笑。黄太说,他们去给人家做管家和保姆了。莫丽珠说他们那么有钱,还做这个?黄太说人外有人,天外有天,钱小满也不能说没钱,但与真金主比起来就不行了。听说那人住两千万的大屋,买四百万的海岛,车都是法拉利和劳斯莱斯。

听到这里,莫丽珠就耳鸣起来。莫丽珠不知什么时候得了耳鸣这个毛病,平日里不犯病,若有人说谁谁多么有钱的时候,莫丽珠的耳朵便嗡嗡作响,什么都听不见。这时候莫医生的脑子就开小差溜走了,留下一个肉身,坐在黄太对面,看黄太一双小刀片一样的嘴唇上下翻飞,一会儿就将钱小满一家剔成了一根骨头。

小米没有跟着婆婆学推拿,自己倒是找了一个事情做,就是直销。从多伦多来的讲课先生麦克,站在他们面前,第三手指上戴着一个巨大的鸽子蛋。这鸽子蛋晃瞎了徐伟民的眼,也乱了他的心。徐伟民本来是反对小米做直销的,如今被麦克的三寸不烂之舌说得动了心,竟然也加入其中,做起直销来。

徐伟民那时又一次毕业了,出国二十多年,他不知走了多少学校，自己都懒得算。学生贷款要从有工作开始还，他没钱还，就一直读下去。如今从职业培训到研究生他都读了一遍，还有一个没写完的博士论文挂在那里。如今再没有学校录取他。他去问教育局，教育局的人说他不应该再读书了，应该为社会服务。徐伟民没办法，只好走向社会。

他先是在一个股票交易所做了几天红马甲，实在跟不上交易速度。那种大市来临时，人们的疯狂他也受不了。徐伟民虽然能说爱笑，却缺少旺盛的精力和强健的体力。又去应聘一个海运公司，是个调度的工作。那边是温哥华一个渔港，每天随着温哥华的渔船进港，就开始日常工作，一边接电话一边在电脑上登记，将各种鱼按名字、吨位分类，然后进仓库、储存、发货。工作间坐着一个广东女人，一口流利粤语加英语，双手在键盘上上下翻飞，好像长了十五个手指，快得让徐伟民数不清楚。徐伟民常年在学校里混时光，看书还行，遇到这种要速度的工作是绝干不了的。他倒也有自知之明，看了环境和工作，自动请辞。

到了第三轮，徐伟民就去仓库搬东西。早晨三片面包夹上火腿肠，做一个超大巨无霸。然后再带一瓶两升的可口可乐。据说可乐解渴还少去厕所，可以少些麻烦。一天下来，一头栽到床上就起不来了。顾晨曾经帮他找工作，有一个工作应聘时要 MA，打了电话让徐伟民去。徐伟民却只是吞吞吐吐。顾晨比徐伟民还着急，第二天亲自开车来接，徐伟民只好说了实话，说在纽约虽然上了好几年大学，最终并没有拿到学位。顾晨的脸就呆一呆，再没说什么。

徐伟民权衡再三，认为自己的长项是以口谋生，他是一个天生的推销员，他在直销的领域里有无穷潜能。

对徐伟民的选择，小米坚决支持。小米相信直销是一个真正的市场，何况所有直销产品都让她心动，那些短期能让眼袋消失的眼霜、美丽颜值的大西洋深海之谜、醉酒之后不伤脾胃的橙色保护液，都让她爱不释手。尤其是欧米伽三号，麦克说了，市场上任何一种产品的含量都达不到标准，唯有他们的产品才能真正拯救人类。小米被这个拯救人类、重新打造美丽人生的事业迷住了，她坚信这些产品都是世界上最好的东西，而做直销的人就是给人类传递真情的天使。直销人——这个名字代表着一种光荣，为了传播这些美好的东西，小米在家里开沙龙，凡是来客，她都会送上一次免费的海泥面膜。她也曾经去钱小满家给钱太和小钱太做，得到她们一致的赞赏，但做过之后，她们并没有购买这些产品。

那段时间徐家发生了一些变化，徐伟民和小米的交流明显多起来，而且观点一致，好像一个合作团体，他们的家庭成了一个公司。他们谈论公司前景，谈论如何达到指标，成为红宝石蓝宝石钻石级的大佬，谈论谁的下线成了两条腿，而不是像他们这样刚刚做成一条腿，谈论哪一种演讲方式能够吸引别人，让他们和他们一起走上康庄大道，成为战友，进而脱贫。他们面对相同人群，参加相同聚会，回来后分享心得。他们做得十分投入，热火朝天。

六

为了给麦克办讲座，徐伟民调动了一切可以调动的力量。那时一楼的萧萧已经毕业了，运气好，很快找到会计工作，搬到了中产阶级的居住地岛西，与顾晨做邻居去了。莫丽珠去过萧萧的新家，与大白楼不可同日而语，前面的小院子里种了很多玫瑰。萧萧说是前房主的，花开得盛的时候，有一千多朵。萧萧说话时也加上更多的英语，莫丽珠不好意思问，只是猜测大概意思。刘翔和郁欢还在，生活没什么改变，大概开店也没挣到多少钱。徐伟民就来找郁欢，说："快来我家听讲座。"郁欢正在电话线上，全神贯注得很，剩的一点儿精力只够点点头。徐伟民就回家招呼其他人。过了一会儿，郁欢来了，见徐家此时已经成了一个会场，三五个客人，都不是平日的牛仔圆领衫，衣着尽量体面，相互交谈，看摆在桌上的保健品。麦克是穿皮鞋扎领带，米色西裤，白衬衫，头发整齐，虽然浓眉大眼，倒有尖尖下巴，好像一个倒三角，不成比例。徐伟民见了郁欢，说："大小姐就等你了，然后就拍手说开始，开始了。"郁欢环顾四周，这才明白为什么等自己——坑多萝卜少，小板凳还坐不满，实在有些寂寥。

　　直销麦克就开始讲，讲的什么郁欢没听。她的注意力都在麦克的衣着上，她轻易地看出麦克的一身行头都很廉价，在大卖场五块钱就能买到，却都是崭新的。裤线和衣服上的折叠线像刀切一样，麦克一动，就发出脆响，好像要折断一样。麦克无名指上圈着一个硕大的鸽子蛋，每次他挥手时，鸽子蛋就发出刺眼的白光，那白光让郁欢眼睛很不适应。麦克偏偏喜欢摆弄那鸽子蛋，每次手伸出时，鸽子蛋都直对着众人。如果不是做拳击状，麦克就会温柔地抚摸，好像那鸽子蛋是生命和爱情。

　　郁欢只敢看，不敢笑。麦克的动作和表情好像在小剧场演戏，而郁欢只看表演，不听台词。刘翔说郁欢的聪明从不用在正地方。比如看戏，人们都是看剧情的，郁欢专看演员哪里露怯。有一次演员在悲伤中突然停顿下来，观众都以为她太悲伤了，只有郁欢嘻嘻笑伸过头对刘翔说，忘词了。

　　刘翔对郁欢这种能力哭笑不得，这种聪明不是智慧，但什么是智慧，郁欢不甚关心。她更关心那些幽默滑稽的事情，她对人们讨论的世界大事也不严肃，与其严肃地对待人生，不如戏谑地对待人生。她没有参加徐伟民的直销，也没有被麦克的鸽子蛋迷惑，她对别人充满了不信任。唯心的时候，她对灵魂充满好奇；唯物的时候，她对名牌反复研究，但对于购买名牌，她持唯心态度，所以不会买。当她面对灵魂的时候，又唯物起来，说人死了，躺在棺材里，不知道明天。刘翔认为郁欢是一个矛盾体，但是谁又不是矛盾体呢，刘翔想。于是听任郁欢自我成长。快乐是一种福气，能自找快乐是天生的福气。

演讲结束送走客人，徐伟民就跑来问郁欢对直销麦克的看法。郁欢笑个不停，说："不瞒你说，这个麦克还真是会说话，只是手上的戒指露了怯，阳光一照闪闪发光，一看就是假的呀。"徐伟民说："怎么是假的，难道钻石不发光？"郁欢说："钻石的光是宝光，玻璃的光是贼光。"

徐伟民就动员郁欢参与。郁欢说参与就能挣钱吗？徐伟民说参与就有收获。郁欢说："那我只参与，不买，也能挣钱吗？"徐伟民说："不买肯定不行，你买了强身健体，也是非常好的投资，健康投资。你看刘翔工作那么辛苦，你买了给他健身，不是比生病吃药好吗？"郁欢就笑，说谁不生病，谁不死？如今人们想方设法地长生不死，好像死不起了一样，看那些医闹，给了钱就得活命，世界上有这个道理吗？钱又不是长生不老药。然后打趣说："什么时候开始流行五石散？吃了像嵇康一样啸傲山林，你有那个我就买，好歹也搏一个竹林七贤、魏晋名士。"说完哈哈笑着走了。

莫丽珠对徐伟民的直销不置可否，她说："这不就是老鼠会吗？还不如我打工按摩，是个技术活，也能养家。"但她的看法遭到了儿子儿媳的反对。小米说这怎么是老鼠会，这是让人们生活得更美好更科学。儿子说："你那是老观念，直销之所以有广阔前景，是把推销成本，比如投入广告建立商店所需的成本降低为零，将做这些的经费分给直销人。这些直销人代表着资本市场的另一种便捷方式，比现存的市场方式更合理，它代表着一种崭新的具有革命性的意义。"

徐伟民的慷慨陈词让莫丽珠无话可说。内心里，莫丽珠十分看重儿子的观点，尤其是在她丧偶进入老年之后，她对儿子有一种莫名崇拜。开始她以为自己是封建的三从四德，后来当她发现钱太、黄太都是如此的时候，她突然醒悟到那是人到老年能力下降之后，对年轻人的一种欣赏和让步，是衰老对年轻的让步、软弱对力量的让步，是黄昏日落对正午太阳的让步。而这种让步是代际相传的。当皮特操着一口流利的法语说话时，小米眼神中也充满了欣赏与羡慕。这种眼神被莫丽珠捕捉到之后，莫丽珠长长地舒了一口气。

有什么办法呢？即使徐伟民四十岁依然没有工作，即使一家人住在廉价出租屋里，不能成为社会精英分子，莫丽珠也接受这个现实。徐伟民身后站着的皮特，是他们未来的希望。

钱太一家搬走后，莫丽珠的客人就少了很多。黄太除了自己按摩，不办派对，更没有给莫丽珠介绍过病人。莫丽珠挣过钱，如今不挣钱心里就痒痒。莫丽珠是一个闲不住的人，有一天路过钱太的古堡，特地去看了看，如今茶楼变成了一个中国超市，里面堆满了各种方便面和酱菜。莫丽珠进去转了一圈，才在角落里找到老板。那个老板她从前在钱太家见过，当时瘦归瘦，腰身是挺拔的，如今窝在柜台里面，腰身都弯了，还柱了拐杖，说是腰椎间盘突出。老板说本来是想在加拿大一展身手，没想到完全不是想象的样子。身体又不好，加拿大医生说要手术，他不想手术，只想保守治疗，一年倒有半年在国内做牵引。本来请了两个留学生做工，如今放假回国了，只好自己上阵。那老板大概寂寞得很，见到莫丽珠，便开始说话，说个不停，好像很久没人说话的样子。

莫丽珠见柜台上摆着二维码，说还能微信付款？老板说卖的都是中国食品，顾客大多是留学生。莫丽珠本来是想给自己找工作，见小店如此冷清，就是老板雇她，她也不想干。莫丽珠不怕累，怕的是寂寞，有活儿干有人说话，时间过得才快；没活儿干没人说话，在这里傻坐着熬岁月，莫丽珠受不了。莫丽珠便说要走了，老板依依不舍，从柜台里慢慢蹩出来，一路送她到门口。

莫丽珠过了马路，回头看店老板还站在门前，阳光猛烈，照得那老板身后是一道短小的影子。街上人来人往，年轻人喧哗笑闹，好像在沙滩上，恨不得什么都不穿。那老板木雕一样站着，显得格外孤独。

等到莫丽珠找到自助餐店的工作，她的心情已经像一个老移民了。对于身边的很多事情，她见怪不惊，就连蒙特利尔夏天精彩的露天演出，她也不去凑热闹。她实在是忙。那时候徐伟民已经回国抢滩，二娃还没排上政府廉价幼儿园，莫丽珠就和小米轮番带娃儿，抽空出来打工。

莫太并没想到儿子比自己回国还早。本来她的签证是一年，现在就快到期了，莫太有时想起来，感到自己这一年的生活不知丰富了多少，干了许多以前没干过的活儿，认识了许多以前不曾认识的人。看到有些客人的饕餮之相，她简直都不敢相信，那人吃了一盘又一盘，莫丽珠想他大概一个月都不用吃饭了，问题是这样吃，他不会撑坏吗？不会撑死吗？她看到那人最后一次去取食物时，已经走不动了,他腆着肚子吃力地坐下,然后他真的吃不下了,他抱着脑袋歇了一会儿。莫医生从生理学的角度想,这时候他的血液已经流到胃部,去消化如小山一样的食物,大脑开始乏氧,他已经陷入了昏昏欲睡的状态。莫医生很担心他突然垂下头,倒在桌上或者地上。莫丽珠很紧张地注视着那个人。这时听到炒锅刘叫她去端菜,新出锅的左公鸡等着上柜台。

莫丽珠在国内从未听说过左公鸡,这道菜倒是最受欢迎的。说起来并没有什么难,就是将鸡块切好了放油锅里炸,然后浇上一大堆又甜又酸黏糊糊的汁液,据说全称是左宗棠鸡,简称左公鸡。刚来时莫太说这个看起来不错,炒锅刘说千万别吃,这都是糊弄洋鬼子的,咱中国人谁吃它,又甜又腻。"你知道什么食物一油炸,就去了腥腻味道。"炒锅刘说着就住了口。莫丽珠说,听说这个是从四川传来的菜。炒锅刘说左公鸡只有国外才有,国内倒没有,大概是祖宗们自编自导自演的。莫丽珠喜欢听炒锅刘说话,风趣幽默,学识渊博,古今中外,不管什么事都带着调侃的语气,忍不住问他在国内干什么,炒锅刘说炒锅嘛,在哪都是炒锅。

莫丽珠说对于一个炒锅,你真太聪明了,应该去读书。炒锅刘突然就住了口,一下午都没再说话。

七

徐伟民以海归的名义回到北京。他对直销事业倾注了全部心血。他说必须现在就回去抢滩,因为国内现在还有暴富的机会,而在加拿大不可能。加拿大的经济体制已经成熟,从 20 世纪 70 年代到如今,都处于波澜不惊的状态,别的国家都有 GDP 增长多少,加拿大从来不讲这个。人家都发展科技，加拿大也发展得很少。加拿大人喜欢谈论的是保护环境、乡村生活，所以在加拿大是不可能暴富的。莫丽珠在徐伟民的慷慨陈词中，看到儿子的雄心壮志。这才是她熟悉的儿子，她满意地想。这样想的时候，肩膀就松一松，好像卸下沉重的担子。

儿子的内心之火终于被燃烧起来，虽然莫丽珠有些担心他不会成功。小米对徐伟民的决定十分支持。莫太看到他们在共同目标之下重新结成联盟，这也让她的心安定下来，她想这才是好生活，夫妻俩重归于好，又对生活充满热情。莫丽珠还有什么可说呢？她当然只有赞成了。

现在莫丽珠的心情平静下来。小米又找了一个诊所工作，继续接电话，儿子海归图谋发展，皮特上了小学，小孙子也排上了幼儿园。莫丽珠的签证到期，就向老板辞工，说明自己就要回国了。老板说："你要走，要提前两周告诉我，这样我好找替工。又说今天可真是的，两个人辞工。"莫丽珠说："还有谁辞工？"老板娘拉长声音说："还有炒锅刘。放着好好的薪水不赚，要去学校读书了。"莫丽珠激灵了一下，想起自己对炒锅刘说的话。这时却听老板说人家在这里本来就是屈就，那是个博士，去读书也好。老板娘说："博士做生意的多的是，难道你不是？"老板就住了口，半晌才说："咱们老了嘛，小刘还年轻，刚来站住了脚，再图发展，才是对的。"

老板没有难为她。做完了这一天，结了账，告了别，莫太乘地铁回家。一路上看那些金发碧眼、棕发灰眼的各色人等，竟有些不舍之情。回到大白楼，没有大黑狗的呻吟。前几天大黑狗不幸去世了，詹妮哭红了双眼。郁欢说詹妮和两个男朋友分手时都没有哭。詹妮说男朋友不算什么，这个走了，还有下一个来，但狗不一样，狗才是她的亲人。

没有了狗叫，莫丽珠也若有所失。朗格先生在对面公寓中刷房子。房门大开，朗格先生头上戴着报纸叠的船形帽，站在梯子上，上下挥舞着刷子，从容不迫。他见到莫丽珠就咧一下嘴，皮笑肉不笑一下。莫丽珠也笑一笑。莫丽珠想让他给自己家也刷一下房子，朗格比画着说，只有搬走的才给刷，没搬的就这样住着，这是规矩。

小米还没有回来，莫丽珠想到出国之前，以为外国人都生活豪华，豪宅名车管家女仆，径自笑一笑，也不知是自嘲还是酸涩。豪宅是有的，只是不是自己的。莫太对着镜子看了看自己，出国时烫的头发，大波浪已经松散，成了一片细碎的小荆棘。她忍受不了乱蓬蓬的长发，自己用剪刀剪了前面，让小米将后面剪了，虽然不甚整齐，倒也利索。

薄呢大衣好久没穿，一直放在柜子里，莫丽珠想起第一天去试工也穿过，老板用奇怪的眼神看他，第二天自己就换了下来。一个打工的太太的穿着当然要符合环境。莫丽珠想什么叫时装，在什么环境里穿什么衣服，环境与衣服搭配，就是时装。比如在餐馆切墩就要穿切墩的衣服，跑堂就穿跑堂的衣服。有一天她看见一个客人坐在那里吃饭，身上穿着白衬衫黑马甲，一恍惚间，她以为是哪个侍应生坐下来吃饭，后来果然那男人与侍应老陈打招呼，原来二十年前他们都在一个餐馆跑堂，只是如今那人不跑堂了，说是做了跨国生意，老陈还在跑堂。不过那人不跑堂了，还穿着白衬衫黑马甲做礼服，这让老陈感到纳闷。老陈说也许他还在做跑堂，在某个餐馆做跑堂，又不肯说。谁知道呢？

这么想着，莫丽珠就从柜子里拿出薄呢风衣，在手里抚摸了一会儿，那细腻的条纹光滑柔润，让莫丽珠感到舒服。这件衣服是在名牌店买的,当时好几千块,莫丽珠舍得花这个钱,她不想给儿子丢脸。那时她还担心到了加拿大这个穿不出去,果然没穿出去,如今还是新的。她就将那风衣穿上,看到镜中的自己,好像又回到以前的模样,看了一眼,好像又不是了,莫丽珠感到镜中的这个女人有点儿陌生,是莫太呢?是莫医生呢?还是莫丽珠自己呢?她有些捉摸不定,她穿着这件不合时宜的衣服,在徐伟民的客厅里走了一圈,觉得十分违和,于是她脱下这件出国礼服,放在沙发上,自己也顺势坐下。

这时电话却响了,原来是黄太。黄太已经好久没有音信,莫太就高兴起来,一双眼睛笑得弯弯的。莫太说:"你一向还好吗?"黄太就笑说好,好着呢。顿一下说,你知道钱太家出事了吗?莫太说不知道。出什么事了?黄太说出大事了,听说钱小满把他亲戚杀了。莫太说怎么会,黄太说网上炒得沸沸扬扬。莫太说:"我不知道,我也不上网。"黄太说:"是一桩大案子,警察已经把钱小满抓走了。"莫太本来想告诉黄太她就要回国了,见黄太语调兴奋,还急着通知其他人,就住了口。

放下电话,莫太发了一会儿呆,看见窗外树影婆娑,好像皮影戏中那些傀儡的身影,一会儿高一会儿低,上下翻飞,在太阳的阴影中,兀自欢愉,如在无人之境。忽然听到走廊里有两个孩子说话的声音,她侧耳细听,原来一个是皮特,另一个是楼上的吴杰森。皮特说:"你知道吗?我爸爸有两个家。"吴杰森说:"不可能,一个爸爸只有一个家。"皮特说:"我爸爸不仅有两个家,那个家还有一个小孩,像我一样。"吴杰森说:"那你爸爸是哪个家的爸爸?"皮特说:"我也不知道。他现在去那个家了,应该就是那个家的爸爸了。"

就像一年前刘翔把莫丽珠接回到大白楼一样,今天,他送她回国。当刘翔来到徐伟民的家，却看到莫丽珠坐在沙发上，一大堆东西还没有装箱。刘翔说该走了，国际航班要提前三个小时安检。莫丽珠抬起眼睛，刘翔才看出她刚哭过了。莫丽珠说："我不走了。"刘翔说："机票买好了，护照也到期了，怎么不走了？"莫丽珠说："那我就黑到这里吧。"刘翔愣了一下，说："这次黑了，以后就麻烦了，不好再入境。"莫丽珠就崩溃了，她说："我走了，孩子们就没有爸爸了。"

　　刘翔从来没看过莫丽珠如此语无伦次。那一刻，两个人相对无言。

发表于《湘江文艺》2021 年第 3 期
《北京文学－中篇小说月报》2021 年第 6 期转载
《小说选刊》2021 年第 7 期转载

楚雅如的寂寞

自从认识威廉之后，楚雅如常常感到寂寞。这寂寞来得很突然。奇怪的是，寂寞的来临，都是同威廉在一起的时候，而她独自一人却并不寂寞。这些年，她有严格的作息时间，又有很多事情做。比如读书，同朋友聊天，写作。她有一本小说一直没有完成。同威廉在一起，她需要说话，而威廉却不说话。

"你为什么不说话？"有一次她说了很久，威廉也不说话，她忍不住问。

"我只看着你，听你说话就行了。"威廉说。一副沉浸在爱情里的样子，少年维特的样子。

楚雅如习惯与人对话，并在交谈中学习新的知识或者看法，这是她知识的来源之一。她并不常读书。这并不是因为老花眼，她年轻时也是这样。与读书相比，她更喜欢与人交谈。但威廉明显不是，他本来是个书斋里的人，如今从书斋走出来，只是想见到她。

楚雅如就沉默下来，因此有了被迫陪客人而浪费时间的寂寞。

这样想着，却不好意思扫威廉沉浸在爱情中的雅兴，楚雅如只好转一个弯，问威廉："你有没有寂寞的时候？"

"有呀。"威廉说，"当我见不到你的时候，我会感到寂寞。"

这句话倒引出威廉谈话的兴趣，他便坐直本来靠在沙发上的身体，兴致勃勃地说起来。

他说人生好奇怪，在原来的婚姻中，他并没有感到寂寞。那时他看书，看电影，回到家，凤已经做好饭，他们就在宽大的桌子旁坐下，说一点儿无关痛痒的话，就像马路上随时可能遇见的人，聊两句有关天气的话。

有时凤也有点儿新闻。

"你知道吗？燕燕的丈夫对她很不好，还在外边养了外室。"她张大眼睛，很兴奋地告诉他。

但这与他有什么关系呢！他不喜欢这样的话题。

"是吗？"他刚想这样说话，却连同米饭一起咽下去了。这样说无疑是在鼓励她，把这个腐烂的话题继续下去，耳边会传来更多的噪声和污染，干扰他平静的心情。他于是只管低头吃饭。

没有对手，凤也会感到寂寞。其实她很久以前就知道威廉是不爱她的。当年若不是威廉孤身一人寂寞难耐，也不会与她结婚。说到底，她只是坐船来加拿大的难民，而威廉是坐飞机来的，是让她敬仰的大学教授。

但这样的生活，威廉并没有感到寂寞，因为他不想说话就不说，他有满满一室的书要读，还有一些文章要写。没事时他会独自去图书馆，看电影。楚雅如就是他在看电影时认识的。

那天是泛亚电影节。楚雅如本来说好同素素一起去，素素却抽不出身。新移民的生活，比楚雅如刚来时难得多。魁北克这几年失业率又高。素素说老板让加班，本来头昏昏了，只等着下班去看电影。如今不敢拒绝老板，失业可不是好玩的。

楚雅如就一个人去了。买票时，遇见了威廉。

威廉看见一个头发花白的亚洲女人，正在翻看手中的电影日期单。她保留了白头发，并没有像怕老的女人们那样，染成漆黑一团。她穿着亚麻色的长裙，闲闲地半靠在栏杆上，好像慢慢的时光就是她，她就是慢慢的时光，不着急也不松懈，不匆忙也不动摇。

他忍不住要同她说话。

嗨，今天天气真是好极了。他说。

凤是个乖巧的女人，知道看他的脸色，会适可而止。他吃饱饭，站起身，施施然走进书房里。残羹剩饭他是一律不管的。他进了书房，读书，写信。他过他自己的生活。他并没有感到寂寞。那时他是浑然一体的，身心没有空缺。

因为那时爱情是沉睡的。他想。当爱情沉睡，他也承认年老如他，很难找到爱情，于是他便清清静静地生活。他不知道爱情并没有遗忘他，还会在电影院的售票口等他。

他看到楚雅如时，很有点儿一见钟情。她不仅风度翩翩，还说一口流利法语，这在亚裔移民中很少见。

"我喜欢看这个，关于华格纳的生平的纪录片。"他向她推荐说。

"华格纳，也是我喜欢的。但是听说至今犹太人还是不喜欢他的音乐。你以为音乐是不是没有国籍的？"她说。

"当然。"他说，"有一句话说得好，音乐是没有国界的，但音乐家是有国籍的，比如肖邦的爱国主义。"他很高兴。这个女士不仅风度好，看样子脑子也很好。他喜欢聪明女人。

他们就这样走进同一个影厅。随后的几天，他们也结伴同行。

威廉失眠了。每天晚上，满脑子里都是楚雅如的影子，甚至还能听到她说话的声音。幻影移动了。楚雅如无处不在。威廉知道，自己有麻烦了。

但威廉是个勇敢的人。他这样对自己说："年龄老了，去日无多。

我是不是还要守着凤这样无趣的人过完人生？"

在最后一场电影结束时，他的手掌出了汗。他决定伸出这个手掌，不然，今夜他又会失眠，他会因为自己的懦弱而责备自己。

他颤颤地拉住了楚雅如的手。

楚雅如没有缩回她的手，却用另一只手捂住了惊讶的嘴。

现在他却常感到寂寞了，尤其当他一个人在公寓里时，他会想起楚雅如，这时他就会感到寂寞难耐。他以为看书能让他平静，却不能；他以为写信能让他平静，也不能。时光无声逝去，他的心焦躁不安。这时，他就会打电话过来，但楚雅如并不是每天都想见他。

"爱我少一点儿。"终于有一天，楚雅如这样对他说。

他知道为什么。自从在咖啡馆里马修扬长而去，他们之间晚间的问候也简短很多。以前每晚电话道晚安时，他会说：我爱你。楚雅如会说：我也爱你。但经过那次谈话，楚雅如不再说这句话。

"我欣赏你，我相信你，我爱你。"他最后说，"我愿意改变我自己。"他像一个20岁的痴情少年那样说。

他已经不再奢望她会做他的妻子，即使在他从和凤的家里搬出来，住在离楚雅如家一个街区的单身公寓之后。

楚雅如对威廉这种炽热如火山喷发的感情很不适应。

在经历了两次婚姻和数次交友之后，楚雅如对人生的认识早已与众不同。单身的女人扎堆，大多谈如何交往男友，好像人生中除了男人之外，其他都是附庸。女人的一生一直向前走，都是朝向男人的。楚雅如不这样想。楚雅如在自己的经历上圈圈点点，最终总结出，女人在往前走，遇见的不是男人，而是自己，只有自己是自己的终身伴侣。确定了这样一个人生观念，楚雅如对男人的依赖立刻锐减，好像从一个茧中蜕出来了，变了蝴蝶一样，立刻就变成了不一样的女人。

这个对女人自身的态度问题,其实是威廉和楚雅如之间最重要的问题。威廉虽然叫着洋名,其实是个第二代的华裔;楚雅如倒是中国名字,却是个由里到外都西化了的中国女人。

导致楚雅如必须说出自己的想法的,是因为那天咖啡店里的事情。

那天楚雅如约了马修喝咖啡。马修一度是她的上司,如今住在老人公寓中。威廉很希望认识楚雅如更多的朋友,所以楚雅如也约了威廉。威廉来得稍早,于是他看见楚雅如正姗姗来迟。楚雅如穿一身淡蓝色的长衣长裤,挽住马修的手臂,正缓缓走在繁茂的树荫之下。两个人不知说什么,说到兴头,楚雅如开怀大笑,笑得花枝乱颤,一个包着印花纱巾的头歪在马修的肩上。

这两个人,完全就是一对情投意合的伴侣。威廉的心好像被刺中了一样。

他很不快乐。聪明的马修立刻就看出来了。所以在沉默地喝了半杯咖啡之后,马修一拍脑门,恍然大悟地说:我突然想起我还有另一个约会。

马修摊开手,做出一个戏剧性的姿态,好像在演戏一样。

马修知趣地退场后,楚雅如和威廉第一次相对沉默。

"你就是喜欢西方男人,是不是?"威廉开门见山地说,他的气愤让他不再扮演绅士了。

"我只是想挽着个肩膀。"楚雅如说。楚雅如是个老牌好莱坞电影的追随者,只要身边有男人,她就会挽着男人的臂弯。

"那你为什么不挽我的?"威廉说。

"你——对我来说,有点儿矮。"楚雅如说。这样说时,自己都感到了刻薄。威廉是很在意他的形象的。照相时，他喜欢站在高一节的台阶上。

威廉的脸色立刻拉黑下来。

"好了，好了。"楚雅如息事宁人地说，"上帝造人，是让我们快乐，不是让我们愤怒。"

楚雅如大笑着说。楚雅如的笑其实是可以分成几种的，当她想化解矛盾时的笑声，很大，有点儿夸张，有点儿化装舞会般的矫饰。

威廉沉默了一会儿，然后说："我是无条件爱你的。如果你需要一个器官，我会捐给你。"

"你这并不是无条件。无条件的意思是什么都没有，而你是有的。"楚雅如说。

"我没有。我有的只是爱。"

"你有的。就像你坚持我做你妻子一样，你要我的自由。"

"这是最大的条件。"她叹了口气说。

"啊，原来条件可以这样来理解。"威廉说，"可是，那是因为我真心爱你，我才会真心要求你做我的妻子。"

"可是，做别人的妻子，是要牺牲自由的。"楚雅如这样说。

他们相识不久，去商店买东西。一个金发碧眼的售货员看到他们，以为他们是白头偕老的一对。

"先生，你妻子挑选的樱桃在这里。"他说。

这句话让威廉感到喜悦。

"我喜欢别人说你是我的妻子。"威廉兴奋地说，脸上放射着光彩。

那时楚雅如以为他是因为爱情。但有一天威廉说，像我们这样的年纪，还被人男朋友女朋友这样地叫，别人会认为我不是正经人。

楚雅如不以为然。楚雅如一辈子都被人这样叫的。早前的男友约瑟，他们交往了近三十年，没结婚，两个人住在各自的房子里。人与人的关系不要太亲密，太亲密了就没有空间了。

如果两个人生活在一起会是怎样呢？想到房间里突然多出一个人，他会在你身后看着你，即使是满怀爱意的眼神，但终究是一双别人的眼睛。而且在身后。楚雅如不禁打了个冷战。

"遇见你，我的幸福指数由零上升到一百分。"威廉情意绵绵地说，"你呢？"

"我吗？"楚雅如认真想一想，"九十到九十五分，可以吗？这么说吧，以前我是快乐的，现在我是幸福的。五个点，说明两者不同，足够了。"

"你是在用理智爱。"威廉有些不满地说。

"理智不好吗？感情太多伤身体，我们都偌大年纪了。"楚雅如说。

他们会在字词上纠缠，也会在感情上纠缠。他们不像两个老人，相反，好像两个不谙世事的青涩少年。

"也许我唯一的错误就是爱你太多。"威廉很悲哀地说，"但爱也是错误吗？"

"重要的是我们不平等，爱情总是不平等的。"

这完全是他未曾见过的课题。他想。

他想起他的第一个妻子，她患脑癌去世。她本来就是不爱说话的，很爱他，非常爱，给他做饭，给他生儿育女，话不多，却爱笑。无论他说什么，她都笑，笑里含着无限爱意，好像他是一个永远高大正确的英雄。也许她那时就有脑癌了，他后来想，只是他们不知道。

第二个妻子，就是凤，也很东方。请求他娶她时，只是哭，说："朋友们都知道我们在一起了，你若不娶我，我就是人们眼里堕落的女人。"

威廉从未见过像楚雅如这样的女人。有头脑，有感情，有一双媚眼，有一整套自我实现的生活方式，而且，还能指导自己。

"我是两个博士呢。"威廉说。他是经济学和哲学博士。经济学在美国读的，哲学在巴黎读的。

"可是你的博士都不能指导生活，生活是另一回事。"

"你好像是个博士导师。"威廉笑。

"人生哲学并不一定需要上学，我在生活中学习。"楚雅如说。

在楚雅如的眼里，威廉是个住在象牙塔里的呆板的人，不爱笑，也不爱开玩笑。

"你应该学会笑。"她说。她让他在书桌旁放一面小镜子，练习笑，"笑是对生活的态度。"

楚雅如周末去学唱歌，唱歌老师第一项，就是让他们笑。

张开嘴笑，只要你可以呼吸，就可以笑，可以笑，就可以歌唱。唱歌老师这样说。

楚雅如就笑，她笑得很欢快，好像回到年轻的十八岁。笑完她顿了一下，她很惊讶，好像好久没这样笑了。"是我的生活让我不快乐了吗？"她反问自己。

楚雅如从来都不是寂寞的，然而现在，楚雅如却是寂寞的，尤其当威廉在他身边时。她不愿意浪费时间。

但是，现在的问题是，她不能明白地告诉威廉她已经不爱他了。因为她，威廉离了婚，正在卖房子、分财产、询问法律问题。

楚雅如根本没想到，当她年近七十，还会有人这样爱她，爱到丧魂失魄不知如何是好的地步。这让她开心，同时也让她烦恼。身边有个绅士是件好事，但如果你不再爱他，就成了负担。

楚雅如是个漂亮的女人，但生不逢时，那时她还在大陆，第一次婚姻，是个退伍军人，总说她是小资情调。所以后来走不下去，也在情理之中。第二次婚姻，是个英雄救美的故事，报恩或者寻求保护，总是缓兵之计。好在当楚雅如认识约瑟之后，丈夫放开了她。这让她常想起那个老歌，《放开我》。

放开我，我已不再爱你

放开我，让我再爱一次——

其实寂寞到底是什么呢？楚雅如用她丰富的情史诠释这个词，寂寞就是不再爱了。不爱了，才会在面对他时感到寂寞。

"天好冷。"威廉说。这几天这个城市好像被冰冻住一样。树枝上都结满冰雪。

"其实你应该去佛罗里达。"楚雅如说。威廉的女儿在那里。

"我不知道我是不是应该去。"威廉挣扎着说，他听出了楚雅如的话外音。他感到他的心在寒冷中缩紧，他抱住臂膀，好像要温暖自己一样。

"我舍不得你。"他挣扎说。好像一个溺水的人，在用尽全力高喊救命。

"这要看你认为健康和爱哪个重要。如果你的身体重要，你就应该去。但是，如果没有了健康，那又怎么能谈到爱呢？"楚雅如眼睛盯着窗外，仿佛自言自语地说。

威廉也盯着窗外。窗外的树上结满了冰，形成了美丽的树挂。

这树挂已有好几天了。这个城市的冬季，平均每天日照时间是三小时，这就意味着，很多天是没有太阳的。太阳却在这时露出笑脸，树挂在太阳的笑脸和渐渐和煦的风中轻轻摇晃，不几时，就开始显出树枝被湿润的黝黑色，昨日那美丽炫目的冰挂，转瞬就烟消云散了。

　　威廉和楚雅如都陷在寂寞之中。他们坐在对方的对面，无言地寂寞着，因为爱情那矛盾而复杂的多面娇娃。

　　在天空最后一丝光飞走之前，楚雅如说："等你离婚手续办完了，房子也卖了，我们一起去巴黎玩玩。在那里，你可以充分发挥你的长处，我们也可以每天在一起，你可以尽情展示你的法语和哲学的魅力，让我折服你、崇拜你，或许，那是我们走在一起的最好的机会。"

发表于《青年作家》2017年第6期
收录于外研社出版海外华语小说集《离岸芳华》

纽曼街往事

圣诞节前的一个早晨，刘祥知道了阿瑟的死讯。是蒙特利尔大公报的新闻，说在纽曼街中心公园发现了一具尸体，发现的人说，也许是昨天风雪太大，这个人走迷了路，也有人说这个人看起来像流浪汉。因为他衣衫不整，随身有购物袋，购物袋里还有两瓶啤酒。他很瘦，身高5尺。在他的口袋里，找到了他的医疗卡，他叫阿瑟·布鲁斯。刘祥那时正坐在温暖的办公室里，面前摆着一杯刚冲好的咖啡，他盯着这则消息，完全惊呆了。

往事就像漫天大雪纷纷飘落，刘祥望着窗外，陷入回忆。

"9·11"一声巨响，IT行业就业率直线下降，这给还在康考迪亚大学学习的刘祥带来极大困扰。眼看着毕业就失业，还有一家人要养活，于是，他狠狠心，步余晓东的后尘，在纽曼街开了家便利店。

魁北克是加拿大唯一的便利店可以卖酒牌的地方，而法裔又以喝啤酒著称，这就意味着魁北克的便利店是一个利润比较好的行业，更何况所有的食品，包括牛奶面包香烟啤酒，都是可退可换的，最早的中国留学生，很快就发现了这个行业。

这个行业，有点儿像中国刚刚改革开放时的出租车，本钱小，利润大。比他早来几年的余晓东说。余晓东是他的大学同学，从认识开始，余晓东就是他人生的上线。当时这个行业大多掌握在韩国人手里，第一代韩国移民经营数年，第二代韩国人已经可以在风景如画的高尔夫球场打球了。

　　这个店坐落在圣布鲁克街和纽曼街交叉口，圣布鲁克街是蒙特利尔的一条主街，而纽曼街是一条小街。虽然在主街上，这一段却安静，隔一个街区就是康考迪亚大学，所以顾客以大学生居多。除了大学生，还有纽曼街里面公寓楼的住客。

　　刘祥就是在这里认识的阿瑟和他的朋友们。

　　开店的第二天，刘祥还处在卫星掉在地球上的眩晕状态，老店主秦叔宝正坐在靠窗的椅子上，指导刘祥把商品一笔一笔敲进收银机，这是买卖公证里的一条，老店主必须尽的义务。店中无人，秦叔宝的目光就朝窗外望，窗子对着纽曼街的另一半，中间隔着圣布鲁克大街。

　　老阿瑟来了。秦叔宝说着，脸上浮起一丝笑意。

　　刘祥也朝外望，见一个穿灰色上衣戴帽子的中年男人，正站在马路对面东张西望，试图能安全地过马路。

　　秦叔宝就笑，说老阿瑟就是这样，什么都怕，过马路也怕。

　　两人正说着，门开了，阿瑟已经走到门口，却不进来，就站在门前，在防滑毯上蹭他的鞋，左一脚右一脚，蹭了很多次，然后用脚尖沾一沾地板，好像生怕把便利店的地板画上痕迹。秦叔宝说，进来吧。阿瑟便走到柜台前，笑一笑，很拘谨的样子。然后说，我来想问问我能赊两瓶酒吗？你知道我可以拿30元信誉，而且过了明天就是后天，后天我就可以拿到救济支票，还你的赊账没有问题。

　　刘祥看着秦叔宝。秦叔宝点点头说，可以。然后对刘祥说，这个店，只有两个人给赊账，一个是他，我每月给30元；另一个是他的朋友格兰，他是对面楼的管理员，比阿瑟支票多，我给他50元，他们的信誉都很好，月初支票来的时候就会来还钱。看阿瑟已经把两瓶啤酒放在柜台上，又叮嘱说，别早给，等到月末再给，比较保险。

算好账，刘祥把借条挂在柜台下的夹子里。阿瑟拎着袋子，点头哈腰地道谢，像来时一样，轻手轻脚地去了。

刘祥说这个人很有礼貌，语言又清晰流畅，怎么会拿救济过日子？秦叔宝说还真是的，不过也没跟他们聊过，也许是有病吧。

格兰来时就不一样了，格兰偌大的身材牵一条小狗，头高高地仰着，垂肩的白发压在帽子下，丝丝缕缕飘在四月的小雨中。格兰却穿得厚实，一件冬衣又长又厚，把身体裹得严严实实，他进了门就说话，嗓门又粗又高，张嘴就要赊账。刘祥按照秦叔宝说的给他50元，他却瞪大眼睛说："我是公寓管理员，有好的收入，完全可以拿到100元，你若不给我，我就去别的店买酒。"

刘祥是个新店主，秦叔宝说什么他就执行什么，并没想有什么改变。刚接店有什么改变？最聪明的做法当然是"按既定方针办"，于是格兰甩一甩他的长发，走了，再没来过。

这让刘祥感觉不好。谁也不想开门就有顾客跑掉。

每几条街街角的每个店，都是被福利人士或者嗜酒者养活的，走了一个酒徒就走了一笔固定收入。店里有时清静，刘祥无聊，就会站在门前望，纽曼街25号小楼里住着白人黑人亚洲人各色人等，每天都有他的客人走来走去。

除了格兰、阿瑟之外，还有一个叫托尼的瘸腿人，拄着拐杖。他人不常来，钱却常来，他是残障人士，又有社会救济金。每次没有钱时，阿瑟就会用托尼的银行卡来买东西。

真正的故事发生在第二年春天。阿瑟带了一个人来。此人穿一身笔挺的西装，系一条银色花纹领带，身材匀称，胖瘦适宜，一头金发，浅黄色眼珠，说话用词语法严谨。阿瑟向刘祥介绍说，这是皮埃尔，我们的朋友，很多年没见了。皮埃尔向刘祥行了个鞠躬礼，然后买了几瓶酒，走出去约几分钟，却又折回来说，酒瓶打碎了，让刘祥赔。

按规定是这样的。皮埃尔一本正经地说，手里拎着一个碎酒瓶，酒瓶里的啤酒滴滴答答地滴着。他的表情好像坐在谈判桌上一样，直盯着刘祥，咄咄逼人。

这是魁北克的法律。他又说。

这时刘祥已经开店一年，有了许多这方面的经验。中国人在魁北克开店的很多，还专门有自己的组织和网站，经验交流，消息传递，法庭法律的问题，更是店主们关注的问题。中国人在海外最大的问题是什么？就是语言问题，最怕的事情是什么？就是官司。但刘祥不怕。刘祥说："你已经出了我的门，商品再损耗就跟我没关系了。"

皮埃尔也没想到刘祥这样淡定，立即就泄了气。他双肩向下一沉，头向下一垂，口里还做了一个唉声，心情表达得淋漓尽致，与刚才那种气势判若两人。刘祥不禁笑了出来，皮埃尔因此对刘祥很有好感。他说你来加拿大几年了？你倒了解这里的法律。一般来说，我这样做是可能得逞的。他笑一下，有点儿无赖地说，我知道你们中国人一向胆小，有些人不太会说英语，我知道你们的课本上是这样说的：How are you？

Fine，thank you. And you？

他这样说着，就笑起来，一边弯下腰把碎酒瓶扔进垃圾桶里，一边快快地又取了一瓶酒准备付账。皮埃尔走起路来，脚步轻盈犹如舞步。

刘祥把钱收了，对他说："再见。"

他们真的再见了，而且从此后天天见面。开始刘祥以为皮埃尔是个访问者，过了几天才知道详情。有一天皮埃尔在店里接电话，是他儿子打来的。皮埃尔握着电话痛哭流涕，说："我的儿子啊，好好照顾你奶奶，我是不能回去了，我什么都没有了，我破产了，怎么办，我连住的地方都没有，不过你不用管我，你只管好你自己就好了。等我有了钱我就买回珠宝店，我就回家看你们，现在让我安静地自己待一会儿，祝你们愉快，祝你们全都好——我的儿子——"

自从皮埃尔住进阿瑟的公寓，日子便每况愈下。开始时他每周都会拎着衬衫去隔壁韩国素姬的干洗店洗衣服，但慢慢地越来越少。黑西服还是那一套，却不再笔挺，褶皱了不说，上面还黏了许多动物的毛。他说那是格兰的狗干的好事，但酒却每日不断，着实给刘祥带来些生意。慢慢地，皮埃尔不修边幅起来，隔着柜台刘祥开始能闻到他隔夜的酒气。如今，皮埃尔每天喝得烂醉，格兰和阿瑟也飘飘欲仙。纽曼街25号如今开始有了酒鬼的气味了。

酒鬼是店主们对每天喝酒人的称呼。这个鬼，大概还有洋鬼子的意思。中国人爱这样称呼西人，比如鬼佬、鬼妹，并没有贬低的意思。刘祥这样理解。

就在这时又来了一个人，这就是后来成为大人物的鲁尼。

鲁尼是挑着一卷行李进的刘祥的店，据阿瑟说，鲁尼是他从街上捡来的。

换言之，鲁尼是个流浪汉。皮埃尔现在自己租了一间房，阿瑟的政府补贴就只能住房而不能喝酒，所以他需要找一个同伴。皮埃尔给他带来的，不仅是半份房租可以喝酒，而且带来享乐的概念，阿瑟因此脑洞大开。他们重新分配了救济金的用处，他们不再用救济金买食品，连面包牛奶都不买。他们去食品救济站或避难所去找吃喝，到穷人中心去找衣服和日用品。他们集中力量把所有的钱都用来享乐——喝酒，找姑娘——有时还买色情杂志——于是阿瑟给刘祥带来了又一个烦恼，他在没有钱的时候，就长久地站在黄色杂志的柜台前翻看那些红男绿女，只看得垂涎三尺口水滴滴答答落在地上——

刘祥想阿瑟其实是一座沉睡的火山。皮埃尔把他的眼睛张开，阿瑟醒了。

醒来的阿瑟身穿低腰裤，低得每次去酒柜拿酒，都露出一圈肥白的腰赘肉，上身穿花衬衫，夏威夷风格的大花，却只系两个纽扣，露出前胸一道长长的黑毛。阿瑟是俄罗斯人和德国人的混血儿，二战时期的或者罗曼蒂克或者悲惨的故事，不知是胜利者的占有，还是奋不顾身的爱情。阿瑟只记得母亲经常唱德国民间歌曲，父亲常常酩酊大醉。

开始时我以为自己不能喝酒呢。有一次他说，本来我以为喝酒是不对的，喝酒时，父亲从不把我当人看，他像踢小狗一样踢我——他的腿很有力，他说他是骑兵团的。但我喝了酒才明白，其实酒很好，它让我感觉良好——不用想起什么，而且很高兴——有很多朋友，我一天都开心——于是我想，也许我应该宽恕我父亲。

但是鲁尼不是皮埃尔，他是一个英格兰汉子。他脸上有色彩鲜明的英格兰烙印，就是夏天阳光下的烤熟的红色大虾色。他五官狰狞，手上常年长满疥疮。他只有一个卷起来的被子，剩下什么都没有。

关键是要有一个住的地方。启蒙者阿瑟对鲁尼说,如果你有住的地方,就可以申请政府救济金,但你没有地址,连救济金也没有。

流浪汉鲁尼终于在阿瑟的帮助下领到了救济金。但救济金每个月只有一次,即使全部用于喝酒,也只能喝三五天,何况他们只要有钱就要昼夜狂欢。那段时间,他们又捡回来一个老女人,叫作吉娜。像每个刚来入伙的人一样,吉娜穿得清洁干净,浅蓝色的衣裤,背一个白色的小包。但没过多久,她就灰尘满面,染上了酒鬼居特有的气味儿,那气味混杂着烟酒体味汗臭诸多气息。

他们后来烟也不买了,不买合法的烟。他们通过地下通道,认识了从印第安区走私的非法烟,两百根只要五块钱。刘祥说:"你必须承认他们真的是煞费苦心——如果啤酒能够有更大的包装,更便宜的货色,或者如果有一个非法走私的啤酒市场——可是没有。"刘祥见到他们的次数越来越少,他们不再只待在酒鬼居里喝酒,他们常常去老港市中心娱乐性场所,甚至酒吧。有一次他们还去游泳池。刘祥不能想象他们的一身混杂的臭味儿,是不是让夏天里乘凉的人们心旷神怡。但是他们是公民,是魁北克的公民,他们享受公民可以享受的一切待遇,对公共游泳池的使用权自不必说。有一天阿瑟还龇着一口洁白闪亮的牙齿来见刘翔,说他刚刚洗的牙,免费的,因为他是福利人士。刘祥就想起自己那个舍不得昂贵的牙医费,忍痛跑回中国的朋友。

一颗牙一千多块,买张机票还有零头呢。朋友捂着红肿的腮,心疼地说。

刘祥也想过为什么中国人就不能去领救济金呢?像阿瑟他们那样领救济金过日子。不过阿瑟告诉刘祥:"如果你要领救济金,就不能坐飞机离开,不能有电视,不能有值钱的东西——"刘祥为自己一时的想法很惭愧，不能坐飞机回国，这是第一件不能容忍的事，本来父母在不远游，自己已经远游了，不能家也不回了。第二件，或者说最重要的一件事是自尊心。你堂堂一个大学教授，来这里是为了什么？为了领救济金像酒鬼一样活着吗？于是想起网上看到的一段话，说当过新四军的老爷子来到美国，对女儿的工作嗤之以鼻，只是女儿住的房子还大，还不算给他丢脸——

阿瑟和鲁尼的狂欢节似的生活终于惹出了事端。那天刘祥没有看到阿瑟，来买酒的是鲁尼。鲁尼说阿瑟出事了，进了局子了，警察当场抓住的。阿瑟本来还想跑，可是他太胖，裤子又低，差一点儿就掉了——警察也不含糊，他们抓住了阿瑟。本来想把他皮带解下来绑他，但他没有皮带，他一直都是半吊着裤子的——刘祥说："你怎么知道？你在吗？"鲁尼就笑，一张脸更是难看得紧，说："我当然知道，我跟他是一伙的，他去拿酒，我放哨。我跑得快，我是有经验的，一旦被发现，你还等什么，抓紧跑吧。"

然后他指指脑袋，阿瑟是傻瓜。他说。他断言阿瑟智力有问题，跑得太慢。

鲁尼没钱的时候，也来偷刘祥的酒。如果人多就会得逞，因为这小店一般只有刘祥一个人，但鲁尼不知好歹，人少时，他也来偷。有一次被刘祥抓住报了警，鲁尼夺门而逃，一边跑一边脱衣服，他的衣服是双面绣，一面是红色，另一面是黄色，他居然在逃脱中反穿衣服，成功地化装上了大巴。

刘祥很看不起鲁尼这样，所以鲁尼来道歉时刘祥就说，兔子还不吃窝边草呢，你去别的地方我管不着，咱们住得这么近，你就别来这里偷了吧？鲁尼眨眨眼睛，一副愚鲁迟钝的神情，冥思苦想了数日，才来对刘祥说，我想明白了，以后不偷你的了。

阿瑟进局子的日子并不多，大概还是以惩前毖后治病救人为主，再说两瓶啤酒的偷盗，警察也不想深究。阿瑟回来时老实了许多，进得店门便点头哈腰，让刘祥想起刚刚接店的那个冬天，第一次见到阿瑟的情景。阿瑟其实是个胆小的人，刘祥想。只是欲望一旦爆发，就战胜了胆小，可见最可怕的是人的欲望。

那段时间，托尼死了，死在自己的公寓里，托尼既是福利人士又是残障人士，银行卡里的钱不少，他死了，酒鬼居并没有凭吊三天，而是当天就狂欢起来，他们终于有钱了。鲁尼阿瑟吉米轮番来买酒，直喝得酩酊大醉。吉米最后一次来，一进门就坐在了地板上，刘祥真是害怕他起不来，他若一命呜呼，刘祥就有事可做了。刚好有几个康考迪亚大学的学生来买东西，拖拖拉拉把他架出去，告诉他别喝了。吉米却不走，只说还要买酒。

鲁尼并没有逃脱法律。他又一次去偷酒，这次没有阿瑟的掩护，于是也进了警察局。

过了不久，皮埃尔搬走了。皮埃尔的搬迁让他躲过了一场浩劫，而使他后来独独地存留在纽曼街上。刘祥后来曾经在杨巧云的店里看见过他，虽然消瘦如大病之后，腰杆也不再挺直，更没有了第一次来刘祥店里时那种华彩的动作和语言，但是曾经在酒鬼居出没过的人，居然还逗留在这里，不能不说皮埃尔还是很有造化。

皮埃尔的搬走与他新交的女朋友有关，他带女朋友来过刘祥的店。那是个南美人，皮肤微黑，五官很端正，不太爱说话，与皮埃尔的张扬造势是两个极端。女朋友长着黑眼睛，无端让刘祥感到某种亲近。后来那女朋友的儿子也来买东西，原来他们就住在咖啡92的隔壁。据说咖啡在92度时是最好喝的，这个咖啡馆的名字起得不错，所以生意也不错。女朋友的儿子也是微黑皮肤，一头卷发，两只眼睛像小浣熊的眼睛一样，不大，却圆圆的，有神。自从皮埃尔搬到他们家住，强尼就跟他们分开吃饭了。刘祥不知道在一个屋檐下三个人怎么各吃各的。但强尼说就是这样。强尼很不喜欢母亲的新男友，像个戏子。他不屑地说。

皮埃尔喝酒明显地减少了，衣着也比以前整洁许多，关键是气质，收敛了许多无赖嘴脸，与女朋友一起来时，居然能表现出某种礼貌和安静。刘祥认为这是阴阳平衡的结果，阴盛阳衰或者阳盛阴衰，都是不符合中国文化的精髓的。刘祥在国内时本来对国粹没有兴趣，如今在遥远的北美，加拿大—蒙特利尔—纽曼街，在这样一个点上，遥遥地望着东方，他突然发现，最好吃的东西是中国菜，最好的哲学是东方哲学。他把苦学数年的英语扔下，重拾起《孙子兵法》和《史记》。只有这样，刘祥每天关在小店中的心，才会飞翔起来。

秋天来临时，阿瑟又捡了一个大个子。这人生得高大强悍，穿着残损破旧的大皮靴，身穿敞开怀的红格子棉衫，黄头发，一看就是干力气活儿的，被唤作杰克。杰克有西部牛仔的味道，也有一份工作。他入住酒鬼居之后不久，就对刘祥说："这里真奇怪，我见过喝酒的，但没见过这么喝酒的，他们什么都不干，只喝酒，天哪！什么都不干！我真的很开眼。"

刘祥听了他的话，也有点儿惊讶。本来以为所有酒鬼都一样，原来这个酒鬼居还有不同，是真正的纯粹意义上的没有任何杂质的酒鬼居。他这样想着，眼睛向窗外望去，看到皮埃尔正在马路对面的巴士站，试图与一个女学生搭讪，刘祥知道他在干什么，他甚至都能听到他在说什么。

"我想要去市中心，可是我没有钱，你能给我一张车票钱吗？你看我并没有喝醉，我是真正的生意人，我有一个珠宝店，我只是丢了我的钱包，只要一张车票，好吗？谢谢你，小姐，你真是太美了，而且这样好心肠，上帝保佑你——"

杰克很快就融进了酒鬼居的活动。刘祥有时想，酒鬼居其实拥有强大的令人堕落的力量。

杰克是个做体力工作的人，两周放一次粮，生活很规律，晚上回家喝酒，白天出去工作。临近圣诞节时，杰克来到店里，请刘祥给他打个电话，叫一辆出租车。出租车来后，他就把一个廉价打折的蛋糕交给出租车司机，同时给他一张纸条，上面写着蛋糕下车的地点。看到出租车绝尘而去，杰克解释说那蛋糕是代表他去看他母亲，那是他给母亲的新年礼物。刘祥问他为什么过节不回家呢？杰克张大嘴没说话，然后说他母亲不想见他。

圣诞节时，福利人士都提前领到了救济金，狂欢从领到钱的那一刻就开始了，他们甚至等不及去银行提钱，他们来请刘祥收下支票给他们钱，然后买酒。那夜酒鬼居人满为患，欢乐异常。杰克是来买饮料的，他提着一个十升的大水瓶子，他买了一瓶两升的番茄酱，然后把它倒进水瓶子里。他说只消再加上自来水，饮料就做成了，花两块钱，一个晚上的饮品就解决了。杰克是个能省下钱的人。

总是有人先花光钱，这就是阿瑟。阿瑟把钱花完之后，立刻由国王变成了仆人。他有钱时让吉米来给他买酒，等到他没钱了，只好给杰克买酒。刘祥以为在这样的团体里，做仆人应该是有一定报酬的，比如分一杯啤酒喝，但事实证明好像并没有固定的规矩，给不给要看有钱人的心情好不好。

圣诞节老港放了满天烟火，照亮了半个天空，纽曼街的酒鬼居很是兴奋了一阵儿。

火灾是夜半发生的，那时刘祥正要关门回家，就听见一阵消防车的尖叫。他探头望去，消防车正向着酒鬼居疾驰而去。刘祥见雪地上站着数十号人，大多穿着睡衣，冻得瑟瑟发抖。消防队员一身戎装，武装到牙齿，手里拎着大斧子，进门就对着阿瑟那间紧邻前门的公寓一脚踢开。阿瑟被救出来时已经被熏得蒙掉了，奄奄一息，脸上都是乌黑。救护车呼啸而来，把阿瑟捆绑在担架上。

刘祥没想到，第二天阿瑟已经来买酒了。没等刘翔问，他就汇报说，那个杰克把他绑在床上，然后在他床下放了火。

杰克要把我烧死！阿瑟气愤地说。他的脸已经洗干净，并没有什么创伤，只是两个眼圈全是黑的，像熊猫的黑眼圈。

这个，是杰克打的。阿瑟指着熊猫眼说。

为什么？刘祥说。刘祥现在的心情与刚开店时迥然不同。那时他与酒鬼们互相厌恶，不知什么时候开始，他发现他们之间的关系进入了一个新的阶段。有一天，早晨刘祥来开门，看见阿瑟坐在门前等他。

早晨好啊，阿瑟说。我今天醒得早，就洗了个澡，听了一会儿收音机，然后我想我该来我的小店看看，看看你，我的朋友，随便买一瓶酒回去。

刘祥想自己大概就是从那次改了心情。如果有人把你当朋友，你能回报的，就是善待他。那时阿瑟还是个老实人，那时皮埃尔还没来。皮埃尔没来之前，阿瑟还没看过黄色杂志，还没去过酒吧，那时阿瑟的救济金交了房租就没有钱了。而眼前的阿瑟去过很多地方，包括监狱，也包括医院，刚刚经历了一场浩劫。

原因很简单，阿瑟说，你记得昨天我买了一大瓶一小瓶酒吗？其实杰克只要一大瓶，那小瓶是我招待我自己的。我已经给他买过很多次酒了，但他从来不给我喝酒，这么没规矩。我和吉米、格兰、皮埃尔是有规矩的，我们让你买酒就招待你喝酒。我应该得到酒喝。

只为了那两元钱的小瓶酒？刘祥很惊讶。

是的。阿瑟直着眼睛说。

那杰克呢？

他被警察抓走了。阿瑟说。他放了火就跑了，但并没有跑远——就在街那头就被抓住了。我在担架上还看到他，我去医院，他去警局，就像电影里一样。

阿瑟刚走，吉米就来了。那时吉娜还跟他们在一处混，吉米也很想告诉刘祥一些事情，但吉娜比他嘴快，说得更快。

"我们现在住在旅馆里，很好的旅馆，床单雪白。只是在你这儿买酒远一点儿。"

"不过我们可以去别的店买酒。"吉娜插嘴说。

"不能。我们要在这里买。"吉米说。

"我们可以去近一点儿。"吉娜说。

"不过这里可以。"吉米说。两个人就口角起来，吉娜说话又快又尖又高。吉米的声音很低，嘟嘟囔囔的，却很固执。

刘祥认为吉米的固执是喝多了的表现，但凡喝多的人，思维就在一个框架里，在一个话题上打转儿。

两个人像一对贫困的老夫妻一样吵了一会儿，然后拎着酒心满意足地走了，刘祥感到他们好像并没有难过，还有点儿兴高采烈。也许他们并没有失去什么，生活却又有了新的变化。住旅馆总是好的，据说还管一顿早餐，早餐可以任点，有鸡蛋，也有咖啡或橙汁——酒鬼居就在刘祥每天回家的路上，大楼里的租客早已搬空，只剩下黑烟燎过的一道道痕迹。正是冬天，那寂寞的窗口和痕迹触目惊心。阿瑟故居的窗户没有玻璃，用木板钉成方块，据说杰克就是从那里跳窗逃跑的。

　　失火后的租客在旅馆只能住七天，这几天是免费的，给他们时间来安排自己的未来。这是一个旅店老板做的社会慈善。那老板童年时因为家中失火，饱受无家可归之苦，所以在他长大之后，发起了这个救援项目。

　　几天之后，他们从旅店里搬出来。这几天，他们只是回味火灾发生的过程，并没有去找新房，现在他们像离家的猎狗，闻着味道又回到老家。这栋沉睡的房子，在格兰哗啦啦的钥匙开启下，一众人等陆续回到自己的房间。但是，这座失火的大楼已经不像以前那样温暖，既没有取暖，也没有照明，甚至不能做饭。

　　他们开始来买蜡烛，刘祥小店里存了一年的几支蜡烛很快就被买光了。但后来他们不再照明了，他们用买蜡烛的钱喝酒。冬天天黑得早，他们也许早早就睡了。

　　格兰有一次来打电话给房东，说他已经一个星期没吃过像样的东西了。

　　"我需要钱。"他对房东说，"如果你再不给我钱，我就放弃这个工作，我早就想周游世界去了。没有工作，对我来说，恰好是个机会。"

　　房东是个中国女人，常年住在中国。平日格兰把租金收上来，留下自己的那份工钱，其余就存在房东的账号里。房东从没另外给他过工钱，如今没有了租客，格兰也没有了工资。而房东迟迟没有给格兰工资。

　　三月时，天气开始有回暖的痕迹，虽然三月的魁北克还会下大雪，雪还会把路边的车埋住，但空气中到底有了某种能够闻到的清新。这天刘祥刚刚把啤酒公司的送货车打发走,就见有人推门进来。

"嗨!"那人说。原来是鲁尼。

鲁尼的胡子剃得干干净净,头发剪得整整齐齐,与以前邋遢的形象判若两人。衣裳尽管有点儿单薄,却也是干净的。更重要的是鲁尼完全不像鲁尼,他说话声音很小,脸上的表情很拘谨,像一个安静的老实人。

"你好!"他伸出手与刘祥握手,好像面对久别的朋友。"我刚刚从吧里出来。"他说。他们管监狱也叫吧,与咖啡店和酒吧一个名字。

我知道这里发生大事了,我们的房子被烧了。我在里面时,格兰给我写的信,告诉我所有的情况。他是这样写的。

鲁尼从上衣口袋里掏出一封信,叠得很好,刘祥看到粗鲁的鲁尼还有细致的一面。

亲爱的鲁尼:

你好!上帝保佑你一切平安。

我要告诉你的却是一个不好的消息,我们没有家了。我们的房子被烧了——我们在旅店里住了七天,旅店很好,早餐很好吃——现在我们又回到家里,可是这里没有取暖,没有灯,没有电,但我们要活下去——

希望你早日回来。希望你回来时我们还在这里。

鲁尼像念遗书一样读着这封信,语气平淡而认真。读完,他把信放回口袋里,说要买两瓶酒去见见伙计们。

他们看见我一定开心极了。他说。

五月时，格兰一行人搬出了纽曼街25号，因为有钱的中国女人把他们的家卖了。新的房东也是中国人，刚买房子时来过刘祥的小店，那人是个中等身材的方脸，身边是一个珠圆玉润的女人，两个人都不太会说英语，遑论法语。落地时间并不长，却有一大笔钱来。

"你开这个小店能赚多少钱？"那女人好奇地环视着刘祥的小店。

"赚不到什么钱，养家糊口呗。"刘祥说。

"你出国这么多年，就干这个？"男人也好奇地说。

"是啊。开始工作过，后来失业了。"刘祥很诚恳，"这里中国人少，见到同胞都很亲切的。"

"你们真是可怜。"那女人说，"现在中国，我们那时的大学生哪会干这个，个个都发财了。我们班同学坐在一起，千万身价的都不敢说话。算什么呀？亿万的在那儿坐着呢。"

刘祥就住了口。这样的对话很打击他的自尊心。对于出国这件事，他也曾反复想过，与其面对着酒鬼们过活，不如换一种活法，身边有些人已经海归，自己是不是也应该海归，趁着同学们当官的还在位，当企业家的也风生水起，他们能辐射到的地盘还很可观——中国现在还有爆发的可能，但不可能一直这样无秩序下去——不像加拿大，成熟社会，想一夜致富，除非中彩票——更主要的是，他总是能闻到陌生的气息，不属于他的气息。

房子要重新修葺。新房东进了格兰的房间，吓了一跳，他差点儿被烟酒混合的气味熏倒在地，他太不能相信这里是美丽干净的加拿大了。

明媚的五月，阳光灿烂的五月，酒鬼居一众人等背着他们的行囊驻扎在了波尼公园里。公园里有一个装园艺工具的仓库，仓库外有个石台，台上还有一个遮风避雨的屋檐——

那时他们还有格兰、鲁尼、阿瑟和吉米。吉娜早已走了，后来刘祥见过她，又恢复了干净的模样，浅蓝色裤子白色上衣，还挎一个小钱包，就像任何退休有钱有闲的老女人一样。她曾经住过酒鬼居吗？真像做梦一样。

流浪的日子、无家可归的日子就这样开始了。现在他们有足够的钱喝酒，他们不用付任何房租水电，他们以天为被、以地为床。他们喝了酒，就躺在蓝天白云之下、如茵绿草之上。在夏日的阳光中，他们晒成了古铜色，个个都像刚刚从夏威夷度假回来一样，所不同的是，他们个个臭气熏天，邋里邋遢，毛发蓬乱，状似野人。

然而夏天的阳光，夏天的加拿大多么美好，夏天就是放纵的日子，喝酒的日子就是享受的日子啊。

好日子总是过得快，像风一样快。一转眼，秋雨就连绵了，有一天，刘祥见他们把被子搭在那仓库的屋檐下，好像一个破旗在招摇。

怎么办呢？刘祥想，冬天就要来了。

刘祥曾建议他们去避难所，但格兰坚决不去。格兰还做着美梦，新房东会召唤他回去。无论如何，他管理这栋大楼二十多年了。鲁尼更不想去。他本来就是个流浪汉，回到公园去住，不过是回了老家。吉米和阿瑟本来就是没主意的，又贪杯，一伙朋友在一起天天喝酒，享受阳光，想想看，什么日子像这样？天堂也不过如此。他们坚决不去。

这是个美丽的夏天。蒙特利尔的夏天都是很美丽的，这个城市坐落在北纬45度，冬天长夏天短，人们习惯于冬天工作夏天狂欢。艺术广场每晚都有爵士乐节、欢笑节。夏天的蒙特利尔是一个节日与节日的连接，一个点击接着一个点击。在海洋里你就是节日，节日就是你。而更热闹的是今年大学生因为政府要给他们涨学费而罢课。罢课的大多是艺术学院的学生，所以活动组织得色彩缤纷。前几天他们在市中心举行的裸体游行，昨天他们在艺术广场卧倒一片，而且还有几个女生身穿白袍胸前画着红十字。今天他们举行了锅碗瓢盆交响曲，他们敲着小锅小碗游行，这是行为艺术。艺术的含义是：我们要吃饭，我们要读书。当然政府出动了大批警察。那些警察，身穿铠甲挡在游行队伍前面。但是没问题，女学生们手里握着鲜艳的玫瑰，纷纷站在身穿防弹服的警察面前照相，你有手枪，我有玫瑰，对比最鲜明的暴力与和平。

阿瑟和吉米经常去市中心，他们喜欢艺术广场。艺术广场有一个大型的喷水池，池中的水湛蓝清澈。阿瑟喜欢把脚放在池水中，夏天的炎热立刻下降了许多。他们还会在那里喝一杯啤酒。美丽的艺术广场，有许多身穿夏威夷风格花衬衫的度假的人。今年人更加多，因为许多学生在游行之后，会在那里休息，他们也把脚泡在喷水池中。阿瑟和吉米坐在一群生龙活虎的大学生中，顿感自己年轻了许多。

学生运动的最高潮发生在同一天。清晨有四个学生在地铁中投掷颜料桶。一声巨响，颜料洒满地铁站，但乘客们并不知道那只是颜料桶，他们以为是炸弹——他们大声惊叫，四散逃跑，一时混乱不堪。地铁站很快关闭，汽车站挤满乘客，整个城市陷入瘫痪。

晚上的行动是他们找到了省长查尔斯的住宅，查尔斯的住宅外面，整夜响着小锅小碗的敲击声。

第二天自由党宣布下台，魁北克独立党上台，组成了少数政府。魁北克独立党承诺不给学生涨学费。当晚魁北克独立党上台的庆典，热闹非凡，然而当党领维玛莉花刚刚登上舞台，举起双臂向支持者致敬，一声枪响，维玛莉花立刻被保镖拥下舞台。

那一晚是蒙特利尔的不眠之夜，也是公园里的酒鬼居的不眠之夜，因为在市中心亲身经历刺杀维玛莉花行动全过程的鲁尼和阿瑟，在混乱的人群中走失。阿瑟平安回到已经喝得烂醉的格兰吉米身边，而鲁尼却消失得无影无踪。

而身在小店里的刘祥，也正在观看维玛莉花上台庆典。突然的刺杀行动，让刘祥和正在买牛奶的乔治大吃一惊。然而更让他们吃惊的是，在警察迅速逮捕的犯罪嫌疑人中，他们竟然看到了鲁尼的面孔。

希腊餐馆的乔治，嘴巴半天没有合上。他盯着电视一动不动，尽管电视节目已经换了画面。现在是播音员一连串的急促的解说和分析，刺客到底是谁？含有什么阴谋？是不是自由党？或者是维玛莉花的私敌？维玛莉花安全如何？这样的刺杀会对魁北克政府有什么影响？会不会导致魁北克再次走上独立之路？刘祥很佩服这些新闻人敏锐的嗅觉和联想，秃头查理本来是主持晨间新闻的，如今迅速与夜间新闻主持重新组合。两个资深主持人立刻把魁北克政局带进了一个更深刻更广阔的历史背景——魁北克要求独立的艰难历程，魁北克数次公投的结果。此次刺杀维玛莉花，会不会引起魁北克再次公投——电视画面再次切换，市中心已经有人在游行，他们高喊的口号是，独立！独立！魁北克是个国家……

然而阿瑟信誓旦旦，他说鲁尼绝对没有去刺杀维玛莉花，他们根本不知道那舞台上是谁在干什么。他们只是在市中心一带闲逛，他们喝了许多酒，醉了，就在这边看热闹，然后拥来很多人，他们穿着漂亮的衣服。男人都是西装革履，女人都是长裙，香气飘飘，他们坐在地上可以看到她们的腿——

鲁尼没有手枪，他从来没有手枪，他怎么会开枪？阿瑟拍着手说。

是的，鲁尼是进过监狱的，是偷过酒的，但他只是想多喝几口酒，他是个头脑简单的人，他没有刺客那样缜密的大脑——刺客不是鲁尼能够胜任的，谁会请鲁尼做刺客呢？刺客需要像《财狼末日》那样的聪明和谨慎。而鲁尼除了喝醉了，他干过什么呢？他什么都不会呀。他甚至都不懂什么叫自由党，什么叫魁独，我们只是想喝酒——

最好的时光到底短暂，转眼就进了秋天，冬天也如一条潜伏的蛇一样，匍匐前进。在人们还没有准备好的时候，一场大雪就覆盖了大地。冬天真的就这样来了吗？阿瑟百思不解地问。是不是太早了呢？夏天也许会再来的。他嘟囔着说。

这时必须寻找住处了，但他们各有各的问题。这几个人中只有吉米是工作过的，他的救济金相对高一些，其他人的救济金都不足以有信誉得到房主的信任，也就租不到房子。酒鬼居的居民都不想离开纽曼街，他们习惯了在熟悉的地方生活。格兰牵着他的小狗走遍了大街小巷，都得不到住房，格兰把所有能证明他身份的证件放在一个揉皱的塑料袋里，贴身放着，无论走到哪里掏出来，都散发着很久没洗澡的臭味儿。谁能把房子租给他呢？何况他誓死不肯放弃他的小狗。小狗的一条腿已经瘸了，格兰贷款给他做了手术——而租房的许多人，都不愿意将房子租给有猫有狗的人。

几个酒鬼一筹莫展。阿瑟跑得最快，他很快在市中心找到住处，据说只有一张床，所以他还承受得起。剩下格兰和吉米，决定两人合租一间房。但他们在公园里住的时间太长，以致周围居民都了解了他们的生活方式——他们那种毫无私隐，把自己暴露在光天化日之下的生活，让许多房主断然拒绝他们租房的请求。他们只好放弃固守纽曼街的愿望，向更远的地区寻找房源。最终，格兰终于在遥远的东区找到了栖身之处。

他们就像露水一样消失了。

刘祥以为再也见不到他们了，还好他们有了栖身之地。刘祥想。

然而有一天，刘祥正在门前贴广告，看见吉米向这边走来。

"嗨，吉米。"刘祥打着招呼，"你不是搬走了吗？"

"是的，但我还是来买酒。"

搬到东区后的吉米，还坚持到刘祥的小店来买酒，实在太远，吉米需要坐巴士坐地铁再坐巴士才能到达，但他坚持不懈。有一次他没有地铁票，早晨起来就往西区走，走了四个小时，才到达刘祥的小店。他饿极了，买了一包面包吃，这是刘祥认识他之后第一次看他买啤酒之外的食物。

从此每月发了救济金，吉米就背一个大购物袋来刘祥的小店买啤酒。以前在纽曼街，刘祥还赊给他一些账，但自从他搬到东区以后就不再给他了。但吉米不在乎，他依然坚持不懈地穿行在东西区之间。月初他拿着支票来，把支票交给这个连名字也叫不全的中国人，除了啤酒他什么都不拿回去。他们的交易采取记账式，每次来买酒，就在支票的数额上做减法——一直到把钱花光，吉米就没了踪影。而第二个月初，吉米还会准时出现，他跋涉了很久，看起来步履蹒跚。

"有人说你为什么去那么远买酒呢？你可以在附近任何一个店里买。"有一次吉米对刘祥说。

是呀，他们说得对。虽然吉米可以给刘祥生意，但刘祥还是不忍心让吉米跑这么远。

  我说不知道,我也不知道为什么。大概因为我喜欢你们吧。吉米一边说,一边把刘祥细心装好的袋子拎起来。吉米瘦得像个老骨架了,肩胛骨嶙峋地鼓起来。刘祥把袋子放在吉米的肩膀上,每次这样做,心里的怜悯就油然而生。

  这是一种复杂的感情。刘祥反思说,刚开始时他真的不认同他们的生活方式,甚至蔑视他们。作为一个来自中国的移民,他来到这块陌生的土地,英语不好,法语要从头学起,然而他努力工作,即使每周工作7天,每天工作15个小时。但他们有流利的英语和法语,有这里的教育背景,从小在这里长大,却领救济金过活。换言之,刘祥每天辛苦地工作,上税,税收却发给了酒鬼居的人,供他们喝酒。

  从什么时候开始,刘祥同情他们了呢?刘祥不知道。这个转变是缓慢的,是某些细小的感触,要想明白,也许需要很长时间,也许很长时间刘祥也想不明白。

  鲍勃那段时间常来小店,他走路一瘸一拐的,他说是因为脚拇指的指甲掉了。他长着一双深凹的细长的眼睛,脸色白皙,头发和胡子却是漆黑一片,好像黑白照片一样清晰。鲍勃也喜欢喝酒,但却有节制,每天买五小瓶啤酒。六小瓶是一箱,一箱是一箱的价格,单瓶是单瓶的价格,所以五瓶比六瓶价格还要贵一些。

  "你为什么不买一箱?那样更便宜。"有一天刘祥忍不住对他推荐说。

  "是吗?我不知道。那么我就买一箱吧。鲍勃说。"

  但他只买了两天。第三天,他又开始买五小瓶。

  "我不能买一箱,那样我就喝醉了。"鲍勃解释说。

"可是你可以留一瓶,第二天喝。"刘祥说。

"那太麻烦了,鲍勃说,我还是买五瓶比较好。"

有一天鲍勃来说:"你以前的客人叫吉米的,他死了,你知道吗?"刘祥吃了一惊,说怎么死的,鲍勃说病死的,他得了癌症。"可怜的人。你不知道,吉米以前很牛的,他赚很多钱。"鲍勃说。

"是吗?"刘祥还没有从惊讶中恢复过来。

吉米以前是飞机检修师,这个行业必须考证书,还要严谨和沉稳。他太太莲娜非常漂亮,是高中时的甜心。莲娜最喜欢跳舞,是学校的舞会皇后。哦,顺便说一句,我们是同一个中学的。

吉米当时长得又高又帅,关键是他有个好脾气。说起往事,鲍勃高兴起来。回忆总是会让人年轻而激动,因为在往事中,每个人都是那么美好。

莲娜是个娇小姐,谁也受不了她的任性,但吉米对她百依百顺,后来他们就结婚了。

结婚之前,吉米到莲娜家去。莲娜的奶奶问吉米:"小伙子,你想过好日子吗?"吉米端坐在客厅沙发上,头发梳得一丝不苟,衬衫也烫得笔挺。他把手放在膝盖上,坐得像任何一个热恋中渴望求婚成功的人。他听到奶奶的问话,就说是的。奶奶站在窗前,伸长手臂指给他看,说:"小伙子,你看到那条大路了吗?你现在就撒开腿快跑,能跑多远跑多远。"

然而吉米没有跑。他太爱莲娜的美貌了,他们结了婚。

"然后呢?"刘祥问。他被吉米的往事迷住了。他只见过潦倒落魄的吉米,从没想过吉米也有年轻的时光、美好的爱情。鲍勃的陈述距离刘祥认识的吉米实在太遥远,好像根本不是一个人。

莲娜就是爱跳舞,她也真是跳得好极了。鲍勃赞叹说。她跳起舞来忘乎所以，即使他们的女儿出世了，她也还是迷恋跳舞。

吉米还有女儿？刘祥又吃一惊。

可惜那孩子没长大。鲍勃叹口气说，有一天莲娜出去跳舞，把孩子放在床上，她凌晨才回来，发现孩子已经死了。那天吉米在拉瓦机场值夜班，回来时悲剧已经发生了。莲娜本来就是个神经质的女人，受到这样的刺激，也精神失常了，真可怜啊！从此吉米就喝上了酒。

"那莲娜呢？"刘祥问。

"莲娜后来死在精神病院里——如今吉米也死了，他们一家三口，终于可以在天堂相见了。我为他们祈祷，希望他们重逢愉快。"

鲍勃虔诚地在额头和胸前画了十字。刘祥在不自觉中也做了同一个手势。如今他终于知道了吉米的故事，可怜的吉米。

"9·11"之后的第五个年头，IT市场有所回升，刘祥也厌倦了小店生涯，刚好有一个新移民来问他买不买生意，他就把店卖了，重新回学校学习。这几年计算机发展得快，他刚落地时学的编程语言早已被淘汰，他需要学习新的语言。这时刘祥已经了解了加拿大社会情况，边学习边找工作，所以没等毕业，就有了工作机会。一旦有了工作，就有了稳定的心情，想起五年来关在小店里的生活，恍如隔世一般。

正值新年，公司在老港附近的餐馆聚餐，那天老港放焰火。只见人头攒动，零下30℃，许多年轻女孩穿着短裙丝袜，各个舞台上都是劲歌曼舞的明星。刘祥的心情被这节日的焰火点燃，心中充满融融暖意，沉浸在欢声笑语之中。放焰火时，同时放国歌，刘祥看身边的人们无论男女老少，都把右手放在左胸口前，一脸虔诚地唱国歌。餐馆里铺陈着牛排红酒，白衬衫黑马甲的侍者斯文有礼，手擎装着红酒的银盘,抖开一角雪白的餐巾,把红酒开盖儿,旋转着倒进高脚杯中,然后把酒瓶放进冰桶。动作一气呵成,潇洒自如。

聚餐完毕,同事们相互恭喜了新年,告别。刘祥一路向坡下走。这是唐人街和老港之间的街道。他无意中看到一个低矮的小门,还有一扇窗,可以看见里面是一些长条桌椅,零零散散地坐着一些人,正在喝简单的汤,原来是避难所。里面的人面色灰黑衣衫褴褛,身旁放着随身的包裹,刘祥看了不禁心酸。刚走出几步,见一个人肩上扛着一卷铺盖,灰黑色的外套又脏又乱,正向避难所一路走来,刘祥忍不住恭喜一声说"新年快乐"。那人便也说一句新年快乐,没想到话音刚落,两个人同时回头,那人正是阿瑟。

两人就站在街角寒暄起来。周围都是高楼,从高楼的缝隙中刮来的风,跟过妖精一样,发出尖利的啸声。阿瑟没说完一句话,就被大风呛得咳嗽了好几声。刘祥就对他说,走吧,我请你吃饭。往前走一段路,就是麦当劳。进了这个温暖之处,坐在一个角落里,刘祥买了两套巨无霸,都被阿瑟风卷残云一般吃得片甲不留。吃饱了,阿瑟就安定下来,脸上也有了光泽。再喝一杯咖啡,阿瑟的脸上就有了满足的表情。

几年未见,阿瑟老了许多,本来就五官不正的脸,因为增加了皱褶,更加纵横交错,看起来像地图一样。不过一旦吃饱了,刚才有些愁苦的表情就没了,换了一副心满意足的表情,两只眼睛居然蠢蠢欲动,看着正在收银的黑小姐眨眼睛。

刘祥便沉默地看着阿瑟。阿瑟看看刘祥的表情,就笑笑,有点儿不好意思的神情,然后正色说,格兰要死了,你知道吗?刘祥说:"不知道,我知道吉米去世了。"阿瑟说吉米是先死的,那时格兰在生病。刘祥说怎么回事?阿瑟说格兰也得了癌症,脚肿得像船一样,他比画一下，没有鞋能装得下他的脚，他只好待在房间里。刘祥说为什么不去医院呢？阿瑟说："格兰不肯去，你不知道他就是倔脾气。""记得你刚开店时，他跟你发脾气吗？半年没去你的店里买东西。他就是那样的脾气。你知道格兰的家族以前是有 le 的。"刘祥不明白，问那是什么，阿瑟解释说："有 de 就是法国贵族，但格兰的姓前缀是 le，所以我们认为他是假贵族。"也许是他祖先有钱，买的贵族头衔，也许是当他们从法国过来的时候，自己在姓氏前面加了 le。但他祖先没文化不认字，所以加错了，加成了 le。阿瑟一边说一边笑，好像他不是一个流浪汉，而是一个语言学家。

格兰就是这样的倔脾气——所以，吉米死了不久，格兰也要死了，本来我想搬过去同他住。吉米那张床还在——你知道我们在纽曼街是过着怎样的好生活——那时我们每天都有酒喝，我、格兰、吉米、鲁尼、皮埃尔，还有吉娜……

"鲁尼现在怎么样？"刘祥问。

"不知道，走丢了。你知道他后来成了大人物，满城的人都认识他了。他在电视上与警察在一起，我可以向上帝保证，鲁尼没有枪，鲁尼不是大人物，可是我再也没见到鲁尼了，再也没有——"

阿瑟说着说着就垂下头，进入了梦乡。麦当劳里很温暖，何况他刚刚吃饱。刘祥没有叫醒他，他轻轻站起来，独自走出门外。门外飘着大雪，许多年轻女孩穿着短裙，站在街角抽烟，穿着黑丝袜的大腿格外醒目。隔壁的酒吧发出震耳欲聋的摇滚声音，霓虹灯像探照灯一样照在街道上，各种光照在行人脸上，眼前的行人就一忽儿是红色一忽儿是绿色。刘祥听不见人们的声音，只看到那些脸上的嘴张开着，好像哭又好像笑。他突然非常怀念母亲，怀念童年时工厂街的家，据说那里如今高楼林立，老街现在已经不存在了。他突然觉得自己是一个无家的人，就好像阿瑟一样。他就一直向唐人街方向走去。走进唐人街，他就能听到熟悉的乡音和和弥漫在空气中的味道，那样他寒冷的心也许会得到某种缓解。

发表于《鸭绿江》2018 年第 6 期
转载于《中华文学选刊》2018 年第 9 期

乔治竞选

乔治的餐馆坐落在刘翔小店的后面，刘翔的小店在一个三角地，前端是梅根夫人的热狗店。梅根夫人不工作，她雇用马克。马克有一张红红的，长满络腮胡子的圆脸，每天无所事事地闲坐在窗前，百无聊赖地望着窗外。热狗店两面都是玻璃窗，前面对着纽曼街，街上车流不断，后面的窗子正对着乔治的餐馆，中间隔一条窄窄的小路。与乔治餐馆的生意相比，热狗店显得寂寞冷清。尤其是最近，乔治餐馆呈现出一片繁忙景象，出出入入的人表现出与平时完全的不同风格，马克瞪圆眼睛看清这一切，他忍不住笑出声来。

乔治的餐馆是一个希腊餐馆，乔治是一个希腊移民，那时希腊还没有破产。当然即使希腊破产了，也并不影响乔治的生意，希腊人民能在举国破产的情况下，依然在海边晒太阳度假，并且全民公投，拒绝还任何债务，充分表明希腊人民的乐观精神。乔治的餐馆经营得很好，这当然是因为乔治本人比较勤奋，但他身后的女人却是不容忽视，如果没有整天坐在柜台后面，忙着又做食物又收钱，把全部精力都投到无限的为餐馆服务中的娜娜，乔治的餐馆早就破产了。

刘翔去过乔治的餐馆，那时候他刚刚买下小店，一身一头的雾水，完全不懂做店的规矩。他从早忙到晚，常常吃不上饭。所有啤酒香烟都有着奇怪的名字，等着他去认识。他需要了解它们的发音。那些来自南美欧洲世界各国的啤酒，一排排站在冰柜里，向他眨着眼睛。当然酒的名字问题不大，客人们可以自己去拿，他只需扫描价格就行了，关键是香烟。西方人把香烟分成无数种，在同一个品牌下面，再细分成轻型、再轻型、最轻型、超级轻型。在每一种类型中再分成不同规格，长的、短的，20支一包、25支一包。刘翔学的是计算机，对西方人日常生活完全不懂，他脑中的加拿大是风景名片上的，是英语中的，是电视屏幕上的，是小说里的，他独独缺乏生活中的。

生活中的加拿大到底是什么样的？这是刘翔面临的问题。

刘翔还必须知道杂货店中所有日用品的名字，知道那些硬币的大名和小名。每一种硬币都有两个名字，25分叫一夸脱，十分叫迪米，五分叫尼克。刘翔突然觉得小店也是一个事业，就像盘下这个店的那天晚上，余晓东对他说的话。余晓东说："恭喜你呀，这就算在魁北克安居乐业了。"余晓东的话让刘翔有一种欲哭无泪的感觉，那时候他不知道这个店是他扎在异国的根，还是背在背上的壳。它能给自己安稳的生活吗？

比尔·银锁·张来过一次，他四处巡视了一番，看了看小店的铁栏杆，不仅窗子上有，门也是双层的，每天关门时候上警报，快快地跑到第一层，给栅栏门上锁，然后快快地跑到门外去，再上锁。在警报结束之前完成锁门的工作，大概一分钟。如果延迟，警报就会响，响的时间过长，警察局就会来电话询问是否被盗。比尔·银锁·张听了刘翔的解释，眨一眨眼睛说，你这是给自己买了个监狱。

比尔·银锁说的也许是对的，但刘翔没有选择。刘翔非富非贵，草根百姓一枚，需要养家糊口。小武明年上中学，郁欢想让小武上私校，刘翔对此不置可否，郁欢就是改不了小姐脾气，她还以为她在报社当编辑，刘翔当工程师呢。但郁欢有一点是刘翔喜欢的，郁欢永远对生活有要求、有憧憬，即使是靠打工生活，郁欢也相信今后的生活会好起来。刘翔不知道郁欢为什么这么想。刘翔有点儿悲观。

或者我们就是混不出来呢？并不是每个人都能混出人样来。刘翔说。看看酒鬼居的阿瑟，一口流利的英法语，转换得像电视频道一样自然流畅，还不是靠政府救济过日子。

但是华人不一样。郁欢说，吃苦忍耐是我们华人的优点。

那时刘翔看不清未来，他不懂郁欢的盲目乐观，他也不知道靠一间小店是否可以让小武上私立学校。但刘翔天生是一个具有道家思想的人，崇尚的是老庄无为而治，他不争辩什么，且听风声。

刘翔是在一次没饭吃的时候去乔治餐馆的。乔治的餐馆是一个小白房子，房顶和四柱是天蓝色的，牌匾上画着一个穿希腊传统服装的青年男子，蓝白长衫，头上裹着头巾，手里托一张卷饼，正奔跑在送饭的路上。牌匾上用有棱有角的花体字写着 SOUVLAKI 几个字。刘翔一进去，就闻到一种陌生的调料味。

店铺不大，只有四五张桌子，里面是厨房。娜娜扎着围裙，见刘翔来了，就问他要什么。刘翔看菜谱上有照片，就用手指一指。娜娜取出一张大饼，在铁锅中烫热了，放上卷心菜和肉肠片，撒上一些黑棕色的粉末，从瓶子里挤出乳白色的黏稠液体，在菜和肉肠片上来回划了两道，然后把大饼卷起来递给刘翔。娜娜是菲律宾人，长着亚热带民族暗黑的皮肤，却是大大的明亮眼睛，笃定有主见的样子。头发也梳得很整齐，态度温和，话却不多。

那时阿卜杜拉经常来小店。阿卜杜拉是新疆维吾尔人，虽然来自中国，汉语说得还不如英语，磕磕绊绊的不说，发音也奇特，两片厚嘴唇好像黏在了一起，让刘翔看着着急。

算了，刘翔说，你还是说英语吧。说英语就容易多了，但下次来阿卜杜拉坚持说汉语。

"我如果不说汉语，就把汉语忘记了。"他说。阿卜杜拉的汉语是在长春学的，那是在他留学日本之前。

长春很好，斯大林大街很漂亮，但是羊肉不好吃。阿卜杜拉说。阿卜杜拉每次来都很匆忙，他在乔治在店里送外卖，客人有时还让他送香烟啤酒或者彩票，阿卜杜拉就来小店买了，一起送过去。

阿卜杜拉口齿不伶俐，却偏爱说话，说起他在长春的幸福生活，少男少女一群人，后来一起东渡扶桑的往事，他会说很长时间。他的前妻就是同学。但他拒绝谈论他与妻子的爱情经历，每到这时他就转变话题。有一次郁欢坚持这个话题，阿卜杜拉的脸上就出现了厌倦的表情，那种表情让郁欢不忍心问下去。本来是别人的隐私，不该问，但阿卜杜拉那种厌倦，让郁欢感到他内心对爱情灰烬般的毁灭。心如死灰，什么都没有了。

一

热狗马克之所以望着乔治的餐馆笑，是因为乔治餐馆不大的院子里，一夜之间堆满了广告牌。这广告牌都是薄薄的合成纸做的，有大有小，上面印满了人头。大纸板上印着上届市长布克的头像，小纸板上印着乔治的头像。马克这才知道乔治是要参加竞选了，他参加的是布克的团队，竞选纽曼区的区长。

刘翔的小店坐落在大学区，有点儿人杰地灵的意思。刘翔最早认识的政要，是省议员考培曼。有一天早上刚开门，就进来一个中年男人，穿着洗得褪了颜色的大背心，一条皱巴巴的短裤，一头卷发乱糟糟，一副没睡醒的样子，只有鼻梁上的眼镜还带着一点儿文气。那人先打个招呼，对刘翔说，坏消息，家里没牛奶，没面包，要破产了。然后抬起眼睛看刘翔，刘翔就笑一笑。第二天早上读报，看到那个人被登在《大公报》上，除了眼镜一样，眼里的神情一样，衣着完全不一样。西装笔挺，扎着耀眼的红领带，喜气洋洋。那天是魁北克财政自由日。

乔治说这个人就住在我餐馆对面的房子里。他可是好大一家人。隔壁热狗店周日打工的女孩就是他女儿，我店里送外卖的小考是他儿子。刘翔好奇地说，热狗店的女孩不是个亚洲人吗？乔治说，那是他们领养的。刘翔见过那个女孩，叫咪咪，长着浅棕色皮肤，梳着又黑又直的长发，一对小眼睛与余晓东的儿子有一拼，又细又长，真正的单眼皮，被西方人称作亚洲眼。法国人大多高鼻凹眼，十分喜欢圆脸细眼睛的亚洲娃娃。

你们的小孩才像娃娃。有一次玛丽亚对郁欢说，我们的不像。

人就是缺什么想什么。郁欢想。中国人多喜欢洋娃娃呀，她小时候，看到眼睫毛会动的洋娃娃，拉着妈妈的手都不肯走。小女孩有一个洋娃娃，那是梦想。

但玛丽亚说怎么会，你们的小婴儿才叫作娃娃，我们都太不好玩了，生下来就像个老人。

咪咪就是一个亚洲娃娃。她有时会来换零钱，刘翔一直以为她是勤工俭学的榜样，并没有想到她是考培曼家领养的。

他们家领养了好几个呢，各个国家的。乔治说。乔治是个喜欢说话的人，他一来就站着打电话，没完没了地打电话，声音很大地打电话，也不管刘翔有没有客人。乔治能看到刘翔不友好的眼神，但他不在乎。每次打完电话，他还要同刘翔聊一会儿，反正店里有娜娜，他能躲就躲。乔治最好是不干活儿，到处闲逛。

你知道当议员年薪很可观。乔治说。搞政治其实也是一个生意。我如果当了纽曼街的区长，年薪十多万，好过我餐馆的生意。

第二天广告牌就挂满了电线杆，整个纽曼街都热闹起来。每个不同的团队，自由党、魁人党、绿党还有大麻党都纷纷行动起来。魁人党致力于独立，绿党是环境保护主义者，大麻党是瘾君子，是要求大麻合法化的政党。

刘翔对大麻党很反感。夏天在艺术广场看露天电影，经常会闻到那种臭烘烘的味道，与啤酒在热气中蒸发出来的气味混合在一起，更加难闻。看电影的人们喝了酒，吸了大麻，东倒西歪，躺在地上，让刘翔深感一种颓废和腐朽的气味。但据说这不算什么，温哥华的大麻节才壮观，瘾君子们坐在广场上，不分昼夜吸食大麻，以呼吁政府大麻合法化。而对魁人党，刘翔也不抱什么希望。魁北克原来是法国殖民地，后来被英国人占领，没有选择地归属了联邦，但法国人一直认为自己被殖民，所以每年国庆节都要闹一次独立。而魁北克也曾公投过，结果是49%对51%，当地魁北克人认为是移民的反对票让他们败北，所以一度排斥移民。

移民是什么？就是拔了自己的根，生生插在别人的土地里。你要耐心，耐心等待它长出根，等待它还了阳，等待它活过来。

而移民最怕的是什么？就是被排斥，魁北克独立了，刘翔就得搬家。他不想搬家，就反对魁北克独立。

二

竞选火热地开始了，火热得像这夏天的天气一样。刘翔和比尔·银锁·张走在回家的路上，遇到乔治迎面走来，他一改平日餐馆老板的样子，西装革履，衬衫雪白，皮鞋铮亮。头发虽然不多，也是丝丝不乱，清洁干净。改不了的是挂在脖子上的大金链子，忠诚地昭示着他的真实身份。他走在被铲雪车铲得坑坑洼洼的人行道上，让刘翔深感他走错了地方。尤其让人注目的是，乔治身后一高一矮、一胖一瘦两个保镖。矮的是瘦猴，刀条脸，棕头发；高的是胖子，红头发，扁脸。

"HELLO，我是乔治。"乔治迎向每一个刚从车上下来的人。他伸出手，西服袖口中露出一截雪白的衬衫袖口，大金链子在胸前就晃上一晃。他微微弯下腰，脸上挂着职业的微笑。刘翔突然觉得，餐馆老板和政客其实是一回事，因为二者都需要隐藏起自己真实的情感，而用笑脸面对别人，即使你不开心，即使你不快乐，你也必须把心情隐藏起来，于是一种虚伪的笑就堆在脸上。这种笑假惺惺的，但为了生意，他们就那么假惺惺的。乔治脸颊上的两块肉像两座小山，他需要的时候就堆在颧骨上，不需要的时候就放下来，好像被起重机吊着一样，没有过渡。

"HELLO！"他对着一个亚裔的年轻女子走过去，"我是乔治，我竞选区长，我与布克一个团队，希望你能选我。"乔治开诚布公地拉选票，随后瘦猴向女子呈上名片。那女子笑笑，她说我是新移民，还没有选举权呢。乔治倒也不失望，保持着彬彬有礼的笑容说，没关系，没关系，脚下却不停止，向着另一个人走去。刘翔忍不住笑，又不想与他费时间，就在乔治转向另一个人兜售他自己时，转到他身后，刚要快步走，却被乔治看见，乔治立刻向他伸出热情之手。

"哈罗！"我的朋友。

"嗨！乔治。"刘翔也伸出手说，"我们可以在这之后讨论这件事，你总是能找到我的。"

离开乔治，比尔·银锁问刘翔，这是什么人。刘翔说就是餐馆老板，他竞选区长。比尔说一个餐馆老板还竞选，行吗？刘翔说不知道，这要看他能得多少票。

早上比尔·银锁·张来到店里的时候，刘翔正忙着打发公司的销售员。如今这个城市开小店的中国人越来越多，每个公司的销售员都学会了几句中文。字正腔圆的"你好"，被他们的洋腔洋调说得怪里怪气。刘翔心情好就会纠正，疲惫时他就听而不闻，有时也会露齿一笑。他越来越感到自己的笑，接近了乔治的笑，越来越感到那种伪饰的善意，这是疲惫生活给予他的职业特质，而不是杜拉斯的英雄赞歌。

刘翔不太喜欢用中文同他打招呼的人，他知道他们并没有恶意，只是想靠近中国文化。同那些蓝领打交道，他们会嘻嘻哈哈地说街头俚语，而刻板的英语老师玛丽亚只说书面英语，语言是流动的。语言是一条长河。而这天来的销售员，比一般人更多了几个中文，他先是嘟囔了几个字，刘翔完全不懂，然后他伸出三个手指。刘翔继续摇头，他急得在三个手指上横着加了另一个手指。啊啊，刘翔终于懂得了他要说什么。刘翔说："你最好跟我说英语，中文不是这样的。"黄头发销售员说："我刚刚去那个店，那个女士就是这样说的。"

销售员走了，比尔·银锁就笑，他说你这儿倒也热闹。

比尔·银锁·张要走了,在魁北克住了几年之后。

比尔·银锁·张的本名叫作张银锁。据他说,他还有一个双胞胎的哥哥金锁。银锁读英语时,外教让他们起一个英文名,银锁想这世界上有两个比尔,比尔·克林顿、比尔·盖茨,他想要成为第三个。英文名和中文名一起叫,他就成了比尔·银锁·张。比尔和刘翔是移民英语班的同学,来到蒙特利尔,自然成为亲密朋友。比尔没有走刘翔自力更生的道路,也没有走继续求学的道路,他甚至没有正经去读一个学位。比尔从一个学校跳到另一个学校,一个专业跳到另一个专业,按照自己的爱好选课,按照自己的爱好生活,喜欢上课就上课,不想上课了,他就去打工做苦力。屈指算下来,比尔干过新移民诸多可能有的行业——夏天时他去农场拔大葱,秋天摘草莓,冬天就躲在餐馆里刷碗,烤面包熨衣服也干过。比尔是一个农家出身的孩子,有着勤恳能干的秉性,他很少花妻子的钱,他也不想看妻子嘲笑的脸。她在国内做电脑生意,这几年发达神速,根本不想出国。妻子听说他在国外打工,说:"你还给别人打工,我这里正缺打工的呢。"说完用眼睛斜睨着比尔,居高临下的样子。然而比尔并不屈服,比尔不想回国,也不想在妻子手中讨生活。因为孩子,比尔·银锁并不想离婚,但比尔也不想伏低做小,而且比尔有一个理由——移民加拿大。多么冠冕堂皇,这个理由着实是萌倒了一大批人,有人说比尔远见卓识,一国两制,一制在国内赚钱,另一制在加国谋身份。等到身份到手了,尽可选择自由生活,海阔凭鱼跃,天高任鸟飞。

一转眼,比尔的身份到手了,三年移民监,考下了公民,比尔却突然急着回国了,比尔没说什么原因,只是把四只大箱子拎到了刘翔的店里。

"我全部家当。"比尔说,"你替我保存着。"

"那你啥时候回来？"刘翔问。

说不准,看看家里情况再说。比尔低着头的样子,有些颓废和沧桑。

刘翔带他回家吃饭,走一路,一路有人跟刘翔打招呼,还有的人隔着马路热情挥手致意。比尔突然说:"像你这样也挺好,安居乐业了。"

三

市级选举有三个团队。A队是艾米莉女士挂帅。B队由棕色皮肤、白牙齿的男士昆独挑大梁。昆是独立候选人。C队就是乔治参加的团队竞选。布克竞选市长,乔治竞选区长。对于竞选者,竞选口号是考验他们智慧的重要部分。布克几年前曾经担任过市长,是一个保守的英格兰人。这几年美国大选创意无限,Yes we can,American great again,都被用滥,布克实在找不出更好的口号。他提出的口号很偷懒,直接把奥巴马的 Yes we can 拿过来,至于我们到底能做什么他没说,留下一个巨大的悬念。独立候选人昆是一个天生的乐观派,他提出的口号是,我们承诺免费公交。他把这个口号和印着他照片的广告牌挂在电线杆上,来来往往的人们驻足看完就笑,郁欢更是笑得前仰后合。她说这人真是理想主义,也没有看看蒙特利尔的体格能不能承受得了。自她来到蒙特利尔十余年,地铁票价翻了一倍还挂零头。

郁欢认为,从未来前景看,公交车票就像房子,只有上涨,不会下跌。站在电线杆下面的人们摇摇头,陆续离开了这个独立候选人的口号。相比之下，艾米莉女士是一个聪明人，她取了一个折中主义的态度，她的竞选纲领是建一条地铁。蒙特利尔的地铁修建于20世纪60年代，这几十年间就没有太大的发展。艾米莉女士是法裔，得到东区法裔天然的好感。西区居民多是英裔，近年来新移民也纷纷向西区靠拢，尤其是中国移民。因为西区有中国移民最为看重的好小学，如果不能进入英语小学，即使在法语小学，到六年级也可以学习一年英语。中国移民与犹太民族一样，以重视教育著称，虽然移民到魁北克这个法语省，内心中依然希望孩子学英语，如今这个世界是英语的世界。

艾米莉女士在高人指点之下，提出由市中心下城横贯西区修建一条地铁，这条地铁将贯穿超级医院等诸多重要地标。这个计划实在很吸引西区居民，连刘翔都说："我们去投票，支持这个粉红色地铁。"

乔治的竞选风生水起。他那时全日制站在大街上拉选票。他已经放弃了餐馆的管理，一切都是娜娜做主。娜娜不仅忙生意，还把瘦猴和胖子分给乔治做保镖，人手也不够。偏巧女儿乔伊娜在学校出了问题，好几科都挂了。学校通知她要么重修，要么转学。娜娜真是忙得一团乱。

乔伊娜那年十四岁，刚刚进入青春期。她长得完全不像十四岁的西方少女。西方女孩发育得早，十四岁已经是成人身材，饱满得像一颗初秋的玉米，而乔伊娜却身材矮小。乔治餐馆的墙上贴着一些老旧的照片，被精心镶嵌在镜框中，这些都是家族的历史。有乔治当年在希腊青年足球队踢球的，有餐馆开张时《大公报》美食栏目的报道，有乔伊娜五六岁时在冰场上花样滑冰的。照片中的乔伊娜，天真烂漫，头上扎着蝴蝶结，一身红色的衣裙，做一个旋转的舞姿。如今的乔伊娜却骨瘦如柴，从尖尖的小脸上看去，竟是未老先衰，像一个心事重重的小妇人。乔伊娜是刘翔店里的常客，她像一个家庭主妇一样，永远有操不完的心。她不仅要买面包牛奶，还要买烤箱用的锡箔纸、洗衣粉、洗碗液。她说话也不像一个十四岁的女孩，更像一个絮叨的老太婆。她睡眼惺忪地对郁欢说，昨夜四点才睡觉，一闭眼天就亮了，她可真不想起床，还要上学。郁欢说："你早点儿睡。"乔伊娜说餐馆两点才关门，怎么早睡。郁欢见过乔伊娜在餐馆工作的样子，就像那些侍应生一样，穿黑色衣裤，把一头长发别在脑后，腰里系着一个小围裙，围裙上别着一支笔，随时记下顾客的要求。

　　郁欢很为乔伊娜抱不平。小小的孩子就这样打工，教育都被耽误了。有一次，郁欢试图劝乔治让乔伊娜少做工，多读书，乔治笑着说谢谢，然后说乔伊娜小的时候就长在餐馆里，三岁时，娜娜问她长大要干什么，乔伊娜说以后要打扮得像妈妈一样漂亮，穿高跟鞋，涂口红，头发做成大花卷儿。娜娜感到好笑，又问她打扮好了做什么，乔伊娜说打扮得漂漂亮亮，到餐馆里收钱。说到这里，乔治哈哈大笑。乔治说："你看你看，乔伊娜天生就是一个餐馆的老板娘，她在这方面真有才华。"

　　郁欢听了就不再说话，从此以后不让小武到店里来，就连刘翔在家里说店里的事都不让。她拒绝让有关店的所有概念进入小武的头脑，她不想让小武了解小店的任何事情。小武来到加拿大，不是为了开小店和餐馆的，小武应该有更广阔的未来。

　　乔治在公交车站与下班人士攀谈拉票的方式，收效不大。下班的人大多饥肠辘辘，或者家里有小孩嗷嗷待哺。人们拖着疲惫的一双脚，很难有人站下，听满面红光的乔治谈他的理想。偶尔有一两个康大的学生十分好奇，与乔治攀谈几句，大多转身离开。因为他们发现乔治并没有政治理念，只是非常简单地要做区长。大学生大多喜欢新奇怪异的高谈阔论，当他们谈论巴枯宁的无政府主义或者小政府的政治未来，或者在利他和利己中的自我选择时，乔治就目瞪口呆，两眼发直，直视前方，哑口无言，大学生们就失望地摇头告别了。倒是瘦猴，每到这时就急不可耐地冲上前去，阻止人们离开。他摊出手臂，一个长长的脖子硬硬地伸着，直伸出几道青筋。他鼓着眼睛叫着说，再聊一会儿，乔治是一个好人！

也不是没有人关心乔治的愿望，威廉就给乔治提出改革方案。威廉住在乔治餐馆后面，一夜之间中了风，幸亏发现得早，虽然半身有些僵硬，但没有大问题。从此他就一改生活规律，恨不能24小时都在街上行走锻炼。每天这样行走，他本来不太好的眼睛就发现了很多问题。他发现乔治餐馆外面的小院不应该有栅栏，应该是开放的，因为栅栏让他行走不便。他把这个意见告诉乔治，乔治欣然接受，回到家就拆栅栏。那蓝白相间的栅栏，本来是希腊餐馆的标志，娜娜不同意。乔治说不同意也要同意，这是选民的意见。瘦猴和胖子用了三天半的时间拆除了总共不过十余米长一米高的小栅栏，他们拆几条喝半杯咖啡，再拆几条喝半小时啤酒。娜娜很不高兴，但乔治认为这样做不是消极怠工，而是恰到好处地展示，让路过的选民看看，他们的票不会投给一个不倾听选民声音的人。

威廉的意见让乔治反思他的选举理念，他必须有所承诺，选民才会投他的票。他与瘦猴胖子行走全区，终于在纽曼街上找到了一个水坑，这坑直径大约一米，摆在马路中间，车子经过，总会颠簸一下，于是乔治承诺，如果他被选上，将会修理这个大坑。

他召集了《大公报》《社区报》的记者，发布了新的施政纲领。

当天晚上，刘翔在店里看电视时，看到当地新闻正在报道乔治的新闻。位于纽曼街的这个大坑，被称为"乔治的大坑"。电视台主持人站在大坑边上，对行人进行随机采访，一个红头发女士牵着一条狗，愤怒地控诉当地政府的不作为，让她每天开车颠簸的时候，小狗都会呻吟一声。这是对小狗的虐待，她气愤地说。那天天气潮湿，女士的红头发在潮湿的空气中，沾了许多的水气，便膨胀开来，好像一个气球顶在头顶。还有一个行人，说他在这里行走，崴了脚，他伸出脚说，政府应该对此负责，对他的伤害有所赔偿。原来那个行人正是瘦猴。镜头转向乔治，乔治的表情痛心疾首。乔治说："我们的政府应该对每一个人和狗负责，如果我当选，我一定会修理这个大坑，让我们社区大道平坦，不会出现人狗伤害。"

郁欢对着电视笑得眼泪花花，她说："我要努力学法语，我要去竞选，我竞选一定比乔治强多了。你看他根本抓不住竞选的要领，他的演讲翻来覆去加起来，使用的单词不过50个，他最大的承诺是修理一个大坑，难道加拿大的政客都是这样吗？加拿大真的没有更高的政治理想了吗？"

四

乔治并没有忘记刘翔在街上对他的承诺——他会在店里听他的竞选演讲。于是有一天，乔治就出现在刘翔的店里，但刘翔不在，郁欢当班。乔治有一个竞选人的优秀特点，就是即使面对一个听众，他也是西装革履、大金链子。唯一不同的是今天他没有带上瘦猴和胖子，组成一个三人小分队。

乔治来的时候，郁欢正在忙，店里不仅有阿瑟，还有雷恩。乔治就像平时一样，满面笑容，伸出手来介绍自己。其实他根本不需要介绍，他的餐馆在纽曼街开了二十年，谁不认识他？但那段时间乔治好像被设定好程序的机器人，见到人，就会按着程序里第一项行动。介绍自己，这是竞选团队训练时的第一课。

阿瑟与他握手之后，就站在对面听他演讲。听乔治演讲，是阿瑟那时的快乐之一。那天阿瑟不知从哪里得到一件夏威夷花衬衫，满身都是椰子树和海浪。阿瑟手里拎着两大瓶啤酒，满脸都是忍不住的笑容。那时是月初，福利人士刚刚拿到政府救济，阿瑟在盼望一个月之后，终于有了酒喝。雷恩与阿瑟不同，他一看乔治进门就想溜，但乔治有效地截住了他的退路。乔治用他希腊足球运动员的身材站在窄小的门口，雷恩被迫听了他关于修整大坑的演讲。

雷恩说："我并不特别在意你要修整大坑的想法，当然这是一个有建设性的想法。我认为这一整条纽曼街都需要修理，你没有看到吗？大坑附近还有许多小坑，坑坑洼洼的路很多。如果你把整个纽曼街都修理了，说明你的政治理念是非常完整的。"乔治的眼睛就发亮，他好像听到了进军号角。乔治现在就缺一个给他创意的人。

"是的是的。"他毕恭毕敬地说，习惯性地弯一弯腰，从郁欢的角度看过去，乔治这时的姿势很像日本式鞠躬。

"那么我怎么开始呢？"他谦卑地问。

雷恩说："这个非常简单，我给你设计一个广告方案，你一定会震惊纽曼街。"

雷恩是顾客中的聪明人，他是一个英美文学博士，具有风流才子的特点。他喜欢穿大背带的牛仔工装裤，蓝白条纹海魂衫，他说那是毕加索常穿的。脖子上常年系着一条红白双色的三角巾，绕着脖子系过来，在前胸垂下两个小角，好像两个小兔子的耳朵。他戴一顶鸭舌帽。与众不同的是,他的鸭舌不在脑门,而在脑后,让雷恩整个人显得年轻活泼而俏皮。其实雷恩已经没有那么年轻了。郁欢与雷恩攀过年龄,雷恩比她大一旬,他们都属兔子。因为这个,两个人互生好感,天下属兔的是一家。通过这个象征,他们也就大概猜到了对方的品性,比如他们都相信轮回。

雷恩相信自己前世是一个东方人。有一次他说:"也许前世我是你妈妈。"这句话激起了郁欢的民族性。郁欢说:"为什么我不是你妈妈?"雷恩就笑,宽宏大量地说:"那你就是我妈妈。"从此就叫郁欢妈妈。开始郁欢觉得消受不起,后来习惯了,每次一笑了之。雷恩的这一声妈妈受益匪浅,他的欠款额一路飙升,一度达到200多元,雷恩也因此销声匿迹。开始郁欢还以为雷恩没有钱不喝酒了,直到有一天她在另一个店里遇见雷恩。雷恩竟然跑过好几条街道,到别的店去买酒喝,郁欢才知道雷恩并不是没有钱,而是有了钱去别的店买酒。郁欢与那店主交流过,得知他在那个店买酒,一段时间后也会欠款。

那店主说,其实雷恩也去韩国人店里买酒,他是好几个店来回跑的,就好像使用好几个信用卡。郁欢这才明白狡兔三窟的含义。雷恩才是真正的兔子。信用社会,可以使用好几个信用卡,也可以使用好几个店,只是信用卡只需数据,而面对店主,雷恩需要使用情商,他认了那店主做大姐。

雷恩是斯洛伐克后裔,父母是移民一代。他极不喜欢自己的名字,因为这个名字是哥哥给他起的。据他说,他出生那年,他哥哥三岁,是一个小屁孩。哥哥站在地上,大叫大闹,说让他叫雷恩。他就叫雷恩。他说:"我父母就是这样对待我的,一点儿不重视。"

雷恩没有稳定工作,他是一个闲散的语言老师,在网上找学生,约好时间就上课，按小时计酬。有时候他喝醉了，学生来了也不知道，有时他就乱说一气。所以他的收入永远是不够付酒钱的。但雷恩有一个固定的收入，这就是由美子。

由美子是他的妻子，日本人。雷恩在二十年前到日本教英语，在那里认识了由美子。由美子是一个温柔宁静的妇人，梳着好哈依的童花头，被雷恩的风情所吸引，离了婚，跟随他到了纽曼街，一直在寿司店打工。由美子与雷恩的不同是勤劳淳朴，对丈夫也有某些幻想。雷恩一直在写一本书，写他在日本的见闻，对东西方文化的比较，但雷恩的这本书永远不能结束，因为他总是不能完成。

我需要喝酒来完成写作。他这样说。

过了几天，郁欢在电视上看到一则新闻。开始的时候她看到乔治，然后看到布克，他们站在纽曼街上，背景是乔治的餐馆。她感到好奇，因为这个竞选团队，每个人都拿着一个高尔夫球杆，然后她听到电视台的解说，原来是布克和乔治的团队在作秀，他们用球杆把高尔夫球打进马路上的小坑，然后说纽曼街的状况如此糟糕，到处都是地洞，这里不适合做马路，而应该改为高尔夫球场。

郁欢看了忍不住大笑起来，想到这是雷恩的杰作，更是笑得流出了眼泪。她对刘翔说，我今天要奖励给我"儿子"一瓶酒，他才应该去竞选。

但雷恩不会去竞选，他对政治不屑一顾。他说他才不选乔治，他能做什么？一个夸夸其谈的人，一点儿不实际，做不了大事。倒是阿瑟听到乔治的演讲很激动，他用一票换了乔治的一顿早餐。阿瑟迫不及待地尾随乔治去吃那顿免费早餐。阿瑟对乔治的早餐赞不绝口，他说这是人间美味。他试图再去免费，但娜娜坚决拒绝了。阿瑟并没有沮丧。阿瑟对这顿早餐的记忆，从夏天一直持续到冬天。

五

　　乔治的大坑工程得到了一些人的赞同，比如马克。马克认为乔治只有这件事是聪明的。马克是乡下进城的魁瓜，说一口流利的法语，英语也非常漂亮。他口齿清晰，表达流畅。当郁欢的英语时态有问题的时候，马克从不自大地指出她的错误，只是重说一遍。他的这种重复教学，让郁欢受益匪浅。有一天她正在工作时，梅根夫人进了店门，同她一起来的还有另一位女士。

　　"就是她。"梅根夫人站在柜台一米远的地方，指着郁欢说。

　　郁欢有些莫名其妙。这句指证性的语言让她恐慌。

　　"我怎么了？"郁欢想。

　　"就是这位女士。"梅根对另一位中年妇女说，"三个月前她还不会英语，现在她能说流利的英语了，这真让人不可思议。"

　　"真的吗？"那位女士说，"好神奇。"

　　郁欢笑一笑，没说话。因为语言不好，她学会了欲言又止。英格力士的道路太漫长。从她上初中开始学英语，她会分析英语的语法，会填空，改时态，会阅读，但她说得不很好，听得也不很好。她把英语当学问做。但在店里，她必须听和说。郁欢的脑海中曾经有过语言风暴，这风暴摧毁着方块字的根基，让那些小蝌蚪一样的拉丁字伸展开来，游动起来。这些风暴来临时是无形的，只有头脑知道。马克在不自觉中充当了郁欢的老师。马克并不知道，所以当马克告诉郁欢，他初中没毕业时，郁欢大吃一惊。

　　这有什么？马克不以为然地说。我们小镇里很少有人毕业。能毕业的，都是聪明的孩子。

但是——郁欢有些思维零散。郁欢生长在大城市，很少见初中没毕业的男孩。

"那么你们做什么？"郁欢转了口气，礼貌地问。

"工作呀，像我，热狗马克。"马克说。

热狗马克是郁欢私下对马克的称呼，以区别于别的马克。西方人的姓名太容易混淆，郁欢认识不下十个马克。他们缺乏那种中文方块字排列组合的无限可能性。

看马克一本正经地叫自己是热狗马克，郁欢不禁笑起来。那时热狗马克的日子不错，梅根夫人不来店里，马克就是经理兼雇员。一间小小的店铺，几张桌子，做热狗操作简单。马克把香肠放在电饭煲中保温加热，有客人来，就捞出来一根，放在铁架上烤热，然后放在面包坯子里，所有的洋葱、酸黄瓜、番茄酱、芥末酱都摆在柜台上，顾客想要什么自己动手。马克的热狗，做得没心没肺、清淡寡味，完全没有夏季烧烤的烟熏火燎、热烈火红，于是热狗店的生意每况愈下。但梅根夫人还支撑着这个店，这是父亲遗留给她的。这绿铁皮的房子也是。虽然看起来很小，但毕竟是资产，何况二楼还可以出租。那时没有人想到梅根夫人会出售这个小店。乔治的选举是压倒这个小店的最后一根稻草。

乔治的选举正在进行中。乔治深感自己已经上了一艘通向未来的大船。昨天考培曼的儿子小考请了假，去参加考培曼议员的政治活动。隔着窗子，乔治看到考培曼一家穿戴整齐，女儿们是长礼服，男孩子西装革履。一向邋遢的小考夫曼，每次来工作穿的都是快断了的一字拖鞋，如今打扮起来，也是一表人才。亚洲娃娃咪咪打扮了一番，一头乌黑油亮的直发，穿着白纱蓬蓬裙，腰间那一条粉红色的缎带，与头上的蝴蝶结相映生辉。而考夫人更是一改往日的模样，黑色裙装，新染了头发，一家人上了汽车。

乔治看着有点儿发呆，乔治想这才是生活呀，我要让娜娜和乔伊娜也过上这样的生活。

但怎样把选票拉上去呢？这是乔治面临的大问题。

乔治正坐在那里冥思苦想，乔伊过来打招呼。乔伊说："我的老朋友，你发什么呆呀？"

说起来，乔伊是乔治的大客户，每天早餐就吃两顿。乔伊在乔治的餐馆吃早餐，十年前的价格与如今大不相同，但乔治为了留住乔伊，采取了割肉手法，他坚持给乔伊十年前的价格。而乔伊也没有辜负乔治的美意，他不仅吃光了手中的钱，而且开始抛售他父亲留给他的遗产：银质的刀叉和烛台、几十年前的硬壳书、来自英格兰的烟斗、与丘吉尔的合影、母亲的首饰。从钻石到绿松石，一直到人造珠宝。他不向任何人卖，他只用它们换乔治的早餐。一个银烛台可以吃十顿，一个银戒指可以吃两顿。有时乔伊心有不甘，但肚子不争气，乔伊只好换了。对乔伊来说，他并不感到损失什么。这些莫名其妙的劳什子，在散发着霉味的老房子里，对于乔伊的意义，还没有一顿早餐实在。

开始乔伊一掷千金，但后来随着肚子越来越大，值钱的老东西越来越少，乔伊对乔治的态度强硬起来。平心而论，乔治在乔伊的货物中占了不少便宜，现在乔治的地下室里已经堆满了乔伊家的旧货。这些都是近百年的老货物，这些东西在乔伊年久失修的房子里闲置多年，已经生出锈斑。这些长期不被使用的东西，沾染着故去人的气息。乔治在刚拿到这些东西时，曾经给娜娜戴过。娜娜戴上手镯，胳膊就生出一圈青晕，不像是硌出来的，也不像是生病，就那样青蒙蒙的。娜娜摘下来，青晕第二天就消失了。

有人说这些旧货需要消除前面主人的信息，要送到店里清洗，或者请通灵的人做法事。但乔治是一个不信通灵的人，他也没时间送去店里清洗，清洗的钱比换一个东西都贵。

等到有时间再说。他这样想：等有时间了我就去拍卖，一定能卖出好价钱。

如今乔伊几乎把他家的所有东西都搬到了乔治家的地下室，他每况愈下，今天只有一些旧画报，他想用这些换一顿早餐。

乔治说这玩意儿值钱吗，乔伊仰天长叹，面对乔治的没文化，乔伊不知说什么才好。

但他的肚子咕咕叫，乔伊拿他日渐隆起的肚子没办法。

"换一顿饭。"乔伊低声下气地说。

"不换，我的朋友。"乔治今天心情不好，他不耐烦，但"我的朋友"是乔治的口头禅，乔治永远有朋友。在大街小巷遇见任何人，都是他的朋友。

"我很饿。"乔伊说，"那用我的选票换一顿餐可以吗？"

乔治突然瞪大眼睛。乔治现在的敏感点就是选票，如果乔伊投他一票，给他白吃一顿饭，乔治是情愿的。

太好了，乔治一拍手掌，乔治说一言为定！

六

第二天，刘翔的小店里来了好几个人，手里都拿着一张折扣券。

乔治餐馆在哪里？那些人说。

那些人有贫困的大学生、无家可归的流浪汉、吃了上顿没有下顿的酒鬼，他们站在刘翔的小店门口，打听着乔治餐馆。

怎么回事？刘翔想，乔治的餐馆一下子火起来了。

一直到乔伊来买牛奶，才解开这个谜。乔伊这时的胃已经被每天两顿早餐撑大了，他现在的肚子就是莎士比亚笔下的福斯塔夫。从他的眼睛看过去，只有肚子，看不到脚面。乔伊挺着肚子在街上走着，他的肚子像一座小山。郁欢想，如果他有一个小婴儿，是可以在乔伊的肚子上玩滑梯的。在短短的几年里，乔治半价的早餐，让乔伊拥有了占身体比例两倍的肚子。

乔伊曾经在香港工作过一段时间，那段时间是乔伊一生最快乐的时候，红酒，美女，金钱，美丽的维多利亚港湾。乔伊对中国抱有好奇心和好感。他的哥哥在香港娶了一届港姐的季军。

"你看看。"他从怀里掏出一沓照片说，"这是香港。"他指着那一街灯红酒绿。他又指着一张照片说，"这是我哥哥结婚照。"

"看看这个新娘子多漂亮！当她说 I DO 的时候，她都哭了。她妹妹给她递了面巾纸，那是多么感人的情景。"乔伊说着，用胖胖的手背揉一揉眼睛，郁欢感到他也快哭了。

乔伊振奋了一下："这个是我。"他指着中间一个风流倜傥的男子说。

"这是你？"郁欢不相信地问。

"是我。怎么样，英俊吧！"乔伊很得意。

"这几年发生了什么？"郁欢问乔伊。她想不明白人生中发生了什么，乔伊才变成了这个样子，一个是英俊潇洒的金融公司经理，一个是肚子大到看不到脚面的饭桶。

"发生了什么？"乔伊不解地问。他唯一没变的是眼睛，他有一双细长而深邃的蓝眼睛。

你为什么从香港回来？郁欢试图从另一个角度了解乔伊。

因为我退休了。乔伊无辜地说。他想把画报卖给郁欢,今天他还没有吃上乔治的早餐。

我给你这个银勺子,和画报一起卖给你,我从不骗人。乔伊说着从裤袋中掏出一把玲珑的小勺子。他那肥大的裤袋,好像阿里巴巴的山洞。我跟你换 24 块钱,我想吃顿早餐。他说:"这些我也可以跟乔治换,但今天我不想跟他换,这些年他占我便宜太多了。"

郁欢掏出 24 块钱给乔伊。她认为仅 1970 年的那些画报——《巴黎时报》,就值这个价钱。

乔治餐馆半价的早餐引来了许多客人,这些客人进了乔治的餐馆,就迎来了乔治满脸堆笑的脸。

这是我的名片,我将参加这届选举,希望得到你珍贵的一票。乔治站在窄小的过道里,开始了他的竞选演讲。乔治终于把拉票行为从大街转移到了餐馆。对此乔伊娜颇有异议,因为她的服务被打乱了,虽然她像猫一样转身,尽力把身体缩小,从父亲扬起的手臂下钻过去,但她依然会倾斜盘子,有一次还打翻了一盘早餐。而且,她根本听不到客人想要什么。父亲的声音太大,而吃饭的人声音也大,小小的餐馆中充满喧嚣与骚动。

瘦猴和胖子终于回到了工作岗位,瘦猴去烙饼,胖子去送外卖。虽然半价早餐损失了一些钱,但娜娜想到乔治能够因此得到年薪十万的新位置,也就默许了。娜娜是一个精明的生意人,做生意总是要先投资后赚钱。娜娜懂得这个,所以成了乔治身后的女人。

那段时间,乔治的早餐已经成为纽曼街的名牌,而他因为政治行为激发的经济行为,引起了街上商家的反对,同时赢得了这一带居民的热评。六块钱的希腊早餐,那是十年以前的事情。有些半身不遂的威廉,捻着有数的几根胡须说。吃过乔治早餐的居民们,纷纷表示他们会投乔治一票，因为乔治带给了他们热气腾腾的早餐。乔治是一个好人。

然而谁也没有想到，乔治的早餐打破了乔治餐馆、热狗店、韩国餐馆的平衡三角形，热狗店的生意一落千丈。

梅根夫人再次出现在刘翔的店里时，是为了让刘翔帮助她把热狗店卖出去。

"我想请你帮我在中文报上做一个广告。"梅根夫人说，"我知道，现在这座城里，有许多有钱的中国人，他们喜欢买店做，我可以给他们优惠的价格。"

七

刘翔按照梅根夫人的授意，在华文报纸上刊登了一条广告。来看梅根热狗店的人络绎不绝。

早晨郁欢打发走了早班顾客，见一辆黑色吉普车停在路边，从车上下来的，是本区地产经纪人唐纳德。他穿一身铁灰色西服，扎着粉红和灰色双条纹领带。唐纳德脸上挂着十分职业的微笑，快步从车尾绕过来，开了车门，从里面扶出一位女士。开始郁欢并没有在意，还以为是老唐夫人来做头发。对爱美的老唐夫人来说，头发是她的第二张面孔。但却不是。里面扶出来的，是一个雪白的蓬蓬裙，裙下是一双银色闪闪的高跟鞋。蓬蓬裙的下摆，撩着唐纳德的西服，一只纤纤玉手搭在唐纳德的手背上，这让郁欢产生了好奇。接着探出来的是一个乌黑的云鬓，一卷一卷的头发，就像《叶塞尼亚》里面那个有心脏病的善良妹妹。这种头发在 N 年里，郁欢都没有在大街上见过。郁欢干脆放下手中的活儿，站在窗前望起来，等到面孔抬起来，原来是一个亚洲女士。那亚洲女士扶着小唐弯成弧形的胳膊，款款地向热狗店的方向走了几步。这时郁欢看见梅根穿着当地老太太喜欢的印花套装，颈上戴一串长长的假珍珠项链，向唐纳德伸出手。梅根夫人与蓬蓬裙，是朴素与华贵的对比。

但是这条街上的人，纽曼街上的人，谁会在街上打扮得好像参加舞会的样子呢？

他们进了热狗店不多时就出来了，蓬蓬裙吊在小唐的臂弯里，飘飘地在小店门前走过。郁欢眼睛紧盯着蓬蓬裙的高跟鞋。的确不容易，郁欢想。这么高跟的鞋踩在纽曼街年久失修的街道上，必须高比例地吊在男人的臂弯里，否则很难行走。这时候，郁欢感到"乔治的大坑"的确可以成为竞选的目标。

郁欢从蓬蓬裙的脸上看到气愤，本来画得很精致的妆，如今因为鼻歪眼斜而显得有些狰狞。化妆就是为了突出效果，无论哪一种表情。

过了一会儿，马克来了。马克是个有话憋不住的人，他一进门，郁欢就知道新闻来了。马克站在柜台前，清一清喉咙，这样开场，他说你们华人真有钱。郁欢知道他说的是蓬蓬裙，刚想说有钱的华人并不多，许多还在艰苦奋斗。没等到她说话，马克已经开始叙述。马克说："你知道这世界上没有人能买一栋房子，所有人都必须贷款，这就是银行存在的理由。但你们华人不是这样，好像有许多现金。"

郁欢的话停住："我是华人，但没有那么多现金。"马克这才停下来说："对不起啊，我是说那个蓬蓬裙。"她对梅根夫人说，她可以付更多的现金，让梅根夫人把价格压下来，梅根夫人不明白，蓬蓬裙说："你要那么多钱也是要上税的，不如我给你现金，你不上税。价格上你优惠些，这样对我们双方都好。"郁欢说："那唐纳德不是少赚了？""经纪费是按房价比例分成的。"马克说唐纳德只是笑，还帮着蓬蓬裙说话。他们肯定是有某种交易吧，在桌子底下就完成了。

"那么成交了没有？"郁欢问，心里想着自己是不是喜欢这个新邻居。

马克说，别看蓬蓬裙有那么多现金，但她压价实在太狠了，拦腰一刀，梅根夫人本来说快点出手，听到出价脸都灰了。梅根夫人说，她从来没有听说过这样压价的。很贪婪，又不遵守规则。加拿大怎么可能逃税？上税和驾鹤西去一样，是必需的呀。

马克说完，吹了一声长长的口哨，推开门走了。

对于蓬蓬裙没有买到热狗店，马克并不掩饰他的快乐。热狗店存在着，马克就存在着。他坐在这个三角形的小店里，两面都是玻璃窗，一边是纽曼街的车流，一边是乔治的餐馆。如今乔治餐馆外面贴满了各种颜色的广告牌，上面印着布克和乔治的巨幅头像。广告上乔治挂着职业微笑。马克望着乔治，无论从哪个角度望过去，都好像看到乔治站在收银台前卖大饼。马克无论如何也想不出乔治当区长的样子，这两个角色距离有点儿大。马克望着乔治餐馆里灯光闪闪，他有点儿不明白乔治为什么去竞选区长。在他看来，每天能收到很多钱，就是上好的生活。望着娜娜忙前忙后的身影，他更是这样想，马克想他是爱上了娜娜，因为这许多年来，每个漫长的一天，直到深夜，他都与娜娜遥遥相望。如果不是每天看到娜娜，他不知道自己怎么能忍耐十几年的热狗店生活，而隔着一条小街和两扇玻璃窗，娜娜的一颦一笑是热狗马克生存的动力。

八

阿卜杜拉此刻正奔走在送外卖的路上，这一天他感觉不太好，他开始以为是疲惫。前一段时间阿尔罕来了，他们正式离婚。她从新疆来，在这之前阿卜杜拉并不知道阿尔罕已经海归，从加拿大回到新疆。移民到加拿大之后，阿卜杜拉和阿尔罕走了不同的道路。作为一个物理学博士，阿卜杜拉决定去比萨店送外卖，这让阿尔罕不能接受。

阿卜杜拉是一个穷孩子，从小并没有谁告诉他好好读书，做科学家，他只是聪明。他一上学就睡觉，睡醒了就回答老师问题，从来没有错过，后来老师们都默许了他在课堂睡觉。阿卜杜拉的老师曾经认为他没有睡着，只是闭着眼睛，还有意识地试探过，在他睡觉时突然袭击，用粉笔头扔过去，打在阿卜杜拉的前额上，但他只是激灵一下，睁眼睛看看，接着睡觉。但如果老师提出问题，阿卜杜拉就会站起来，瞪着眼睛想一会儿，却能在老师几乎决定惩罚他的时候，出乎意料地说出标准答案。没有人能解释阿卜杜拉睡眠和解题之间的关系，有一个老师曾经用浅表睡眠来解释，但这并不确切，因为阿卜杜拉睡得哈喇子都流出来了。又有人说阿卜杜拉脑子中计算数学的那部分没睡觉，而且还异常活跃。也就是说阿卜杜拉的脑子是分裂的，他一半在黑甜乡里，一半活跃地演绎着数学。

阿卜杜拉以小迷糊的外号，一路升到大学。即使上大学，他也习性不改，常常在课堂上鼾声大作。但阿卜杜拉没有得到惩罚，知名度却越来越高。越来越多的人对他的怪诞表现出好奇，甚至敬仰。那是1981年，科学正在以其迷人的姿态，召唤着一心想做科学家的孩子们。长大要当科学家，是一个耳熟能详的口号，几乎所有的孩子都这样说，很少有人说长大要当垃圾工，阿卜杜拉却这样说。他觉得每天四处游荡，寻找一些好玩的东西是一种快乐。是的，阿卜杜拉最喜欢的事情就是捡垃圾。他捡垃圾时十分专注。母亲每晚都会在他的衣兜里拿出树枝、小石子、小铁片儿、小铁钉，阿卜杜拉喜欢这些。阿卜杜拉并不知道自己有一个与众不同的大脑。阿卜杜拉在大学快毕业时被选拔去日本留学，在去日本前到长春学习汉语，他在长春遇见了阿尔罕。

阿尔罕与阿卜杜拉的经历完全不同。阿尔罕出生在教授世家，从小受到良好教育和教诲，这个教诲就是继承祖业，当一个教授。阿尔罕的确遵从了这个教诲，她在这种教诲中无视自己的美貌，也无视年轻才俊投来的目光，阿尔罕出类拔萃。但那只是遇见阿卜杜拉之前的事，在遇见阿卜杜拉之后，阿尔罕屈居第二。

她从来没有见过这样一个人，举止粗鲁，大声说话，上课睡觉，考试第一。阿尔罕用好奇的目光注视阿卜杜拉。然后因为好奇而生爱。他们演绎了常见的爱情故事，也将沿着爱情的道路走下去。他们在日本结了婚。阿卜杜拉一直不能忘记上野的樱花。当他们漫步在樱花树下，阿尔罕讲述的鲁迅、藤野先生和那扭一扭脖颈的标志的清国留学生，阿卜杜拉从来没有听说过这些，所有的事情，有趣的事，都是阿尔罕告诉他的，在某种意义上，阿尔罕是他的老师。

然而解题不是阿卜杜拉的本性，简单生活才是。在生存面前，阿卜杜拉回归到自然状况，送比萨、扫垃圾、洗碗，只要能生活就行。阿卜杜拉有一个数学的大脑，但数学并不吸引他。相比之下，阿卜杜拉更喜欢开车在四处游逛，这时他就想起阿妈。

而阿尔罕耐得住清贫和寂寞。阿尔罕回到大学去，很快完成了博士后工作。也就是在这个时候，他们的生活中进入了第三个人。

阿卜杜拉在纽曼街奔跑的时候，他感到饥饿。他想这是因为卷饼的味道着实不错。希腊卷饼用发酵粉制成，然后卷了香肠和青菜，阿卜杜拉的鼻子能辨别出每一种食材的味道。香肠的浓香，卷心菜的清香，发酵饼的面香。阿卜杜拉的胃好像被一只手攥住了一样，他把车停在路边，打开外卖盒子，把饼吃下去，胃得到了略微的安慰。阿卜杜拉休息了一下，想到吃了顾客的食物，没必要再到目的地去，就掉头回到乔治的餐馆。

阿卜杜拉说其实那时他并不知道自己生命垂危。他走进去还是感到饿，胃像一个饕餮怪物，一下子就把美味的希腊大饼吞噬了。阿卜杜拉从来没这么饿过，他向娜娜走去。他说他太饿了，他吃了顾客的食物。

"对不起。"他说，"但我现在还想吃东西，我吃饱了就去送外卖。如果顾客着急，你派别人去也可以。"

娜娜站起来，很惊讶的样子。她说："阿卜杜拉，你的脸色怎么这么难看，你赶快去医院。"

阿卜杜拉很感谢娜娜，没有在他吃顾客食物的事情上纠缠。娜娜是一个明白事理的女人。饥饿就是饥饿，如果不能忍耐，就吃可能有的食物，这是阿卜杜拉的本能。

没关系，我只是饿。他说。

娜娜说："你饿得不对，你去医院，立刻去，要不叫你家人来？"

"我没有家人。"

"那么朋友呢？"

"朋友是什么鬼东西？"阿卜杜拉还没有忘记开玩笑。他开玩笑时自己不笑，很冷。

阿卜杜拉最终听了娜娜的话，娜娜是他的老板。但阿卜杜拉坚持自己开车去，他上了车，挂挡，踩油门，动作像平时一样准确。然后他开着车。在纽曼街上行驶，他经过热狗店，看见马克；经过刘翔小店，猫森啤酒厂正在卸货，两个身材高大的男子拉着刀利车，车上装满罐装啤酒；他经过素姬的韩国快餐店，素姬回韩国度假，新割了双眼皮。她说她一直想找一个男人过日子，但一直遇不见。伊朗女人莎莉站在理发店门口，仰头向上，望着她丈夫正在橱窗上贴广告，一个没有五官的美女面庞，头发像大海的漩涡。这漩涡让阿卜杜拉感到眩晕。

阿卜杜拉忍住眩晕，沿着纽曼街一直向前，两边的电线杆上挂满竞选的广告，他看见乔治在微笑，艾米莉在微笑，昆在微笑。一个绿灯接着一个绿灯，在阿卜杜拉近十年送外卖的路上，从来没有遇到这样顺利的事情，一路绿灯大开，好像前方一直都是顺利的，是一个美丽的田园要引领他。但阿卜杜拉今天没有那么好的心情，他一直饥饿着，之前那两个希腊卷饼已经消失殆尽。阿卜杜拉感到自己变成了一个饥饿的猛兽。如果前面有一桌满汉全席，他会大口喝酒、大块吃肉。

他已经从15号公路转弯进入蒙特利尔英语超级医院。医院门前用铁条做成的大苹果里，闪出耀眼的亮光。阿卜杜拉进入医院，进入急诊，他在急诊室门前遇见接待护士。

"先生，你感觉怎样？"

"我饿。"他说。他坐在椅子上，他很快进入了虚幻状态。人影晃动，白色线条，雾一样飘。有一只手按在他肩膀上。有一个声音说，不要动，你正在死去。

刘翔再次看见阿卜杜拉，已经是两个月以后。阿卜杜拉从门口进来，刘翔都不能相信。浑身散发狂野气息的阿卜杜拉，变成了一个面色苍白的矮小男人。他消瘦疲惫，好像很久没见太阳。他站在刘翔面前，眼睛突然含满泪水。他不说话，解开上衣，一条巨大的蜈蚣一样的伤疤贯穿了阿卜杜拉的前胸。

这里，他指着两条腿，声音绵软地说，还有两条。沿着大腿一直下去，和胸口这条一样大、一样长。

九

刘翔和郁欢的选举权开始于他们到加拿大之后，居住三年可以申请入籍，但申请的时间很漫长。终于有了日期，就加紧开始学习，准备考试。两个人都是在高考独木桥上挤过来的，记忆这一本薄薄的小册子，根本不在话下。到了考试那天，轻轻松松考了满分。

但是到了宣誓的时候，两个人都相对无语了。那天宣誓的只有他们两个中国人，大多是中东人。他们移民的那一年，科索沃难民很多，这一年都到了入籍的时间。从移民到入籍这一路走来，刘翔夫妇并没有想太多，刘翔尤其是一个生性平淡的人。

"就是生活呗。"他说。在哪里都是生活，怎样都是生活。这样说的时候，他并没有将在中国的工程师和在这里的小店主混为一谈，好像之前也没有必要的连接。工程师也好，小店主也好，都是衣食住行，年轻时的理想烟消云散。至于为什么出国，有人说出去看世界，有人说为了孩子教育，有人说追求花园洋房的生活，刘翔对此模棱两可。好像都不是，好像都是，他不太想这些，他是个没有野心的人，老庄门徒。与比尔·银锁·张相比，他清心寡欲。

比尔·银锁·张回来过一次，是被加拿大银行找回来的。他曾经委托银行买了一些股票，他拿一半，银行拿另一半。如今经济形势不好，他的股票暴跌过了50%，银行通知他已经抛售。银行确保自己的利益不受损失，至于他的那部分已经全部赔了。银锁迅速飞回，本来是企图阻止银行抛售的，但银行已经出卖，并拒绝与他交流。银锁对此心灰意冷。他决定永久性海归。这几年金锁做家畜食料生意，迅速致富，银锁在哥哥的生意中看到新生机。他的婚姻如今成了空壳，两个人各得其所。比尔说中国现在发展极好，机会多多。我不能在这里耗着。尽快回去，还能赶上这个浪潮。

后来郁欢曾在大巴上遇到过比尔·银锁。那天天色昏黄，天阴欲雨，郁欢无意间听到一个熟悉的声音，扭头望去，见比尔·银锁正与身边一个女人说话，那女人云鬓半卷，星眸低垂，身上披着比尔·银锁的上衣。两人半拥半抱，十分陶醉。郁欢迅速转过头去，以防双方尴尬。第二天比尔启程回国，这也是人生境遇之一。

比尔·银锁回到国内就泥牛入海无消息，电话也没有一个。刘翔能看到的只是每月准时寄到的银行账单。刘翔把它们放在一个盒子里，等着主人前来认领。这样过了两年，有一天一个穿西装拎皮包的男人走进来。这时刘翔已经做了N年小店主，阅人如江中之鲫，一上眼就知道这人不是顾客，而是公务人员。果然那人拿出身份证明，是税务局的，要找比尔·银锁，因为他已经两年没有报税。刘翔说明情况，又出示一纸盒的银行账单，那人记下刘翔的证词，方才离开。同时嘱咐刘翔不用通知比尔·银锁有人来过。但刘翔还是给比尔·银锁·张打了电话。电话里的女人说，银锁并不在家乡，正在北京闯世界。刘翔又追踪到北京，电话背景极其混杂，男女声音忽高忽低，歌声笑声不断，好像正在一个饭局上。比尔·银锁的舌头有点儿大，他好不容易听清是刘翔，就说加拿大，我可不知道啥时候再去了。大葱草莓拔起来太费劲儿，洗碗的日子也不怎么好。那几个箱子给我留着，至于身份，要不要都行了。中国现在发展得快，机会多，你也回来吧。刘翔听了，就放下电话。那是刘翔最后一次与比尔·银锁说话。从此银行的账单也再没有寄来。

夫妻两个人坐在宣誓官面前，看着加拿大国旗挂在墙上，宣誓官让他们起立便起立，让他们宣誓便宣誓。说法语的宣誓在前，英语在后。那人说一句，他们也说一句。说完了，唱了一首国歌，郁欢听到刘翔的声音越来越低，越来越低，后来就听不见了。她便回头看，见刘翔的头低低的，郁欢的情绪也有些低落。唱完歌，宣誓官发公民证，挨个握着手说了祝贺，人们排着队鱼贯而出。

外面正飘着小雪。圣凯瑟琳大街上出奇安静，人们瑟缩着躲在大衣和帽子里，很少有人说话。蒙特利尔在北纬45度，冬天时候四点多天就黑下来了，路灯光照在雪地上，恍惚迷离。两个人默默走了几步，刘翔伸出手握住郁欢的手。

心里有些不舒服。郁欢说。

尤其是说英女王啊，我忠于你的时候。刘翔说。

有一种变节的感觉。郁欢说。

刘翔不说话，更紧地握住妻子的手。

不管怎么说，我们永远是中国人。郁欢自言自语说，好像安慰自己，也好像安慰丈夫。

即使有了"乔治的大坑"和半价早餐，乔治也没有停止在街上走访选举人的脚步。从某种意义上讲，乔治是一个执着的人。用刘翔的话说，是个轴人。他西装革履，街上游走，完全不顾及生存的饭碗，把一切重担都压在娜娜身上。好在娜娜与他有共识，心中虽然不满，却还是识大体，为了这个家的未来，重担一身担。只是乔伊娜每天熬到深夜，一张小脸变得巴掌一样，两只眼睛迷迷瞪瞪的，更主要的是根本就不去上课。娜娜已经看到了女儿的未来，但娜娜也并不强求乔伊娜去上学，辍学就辍学，读书又怎么样。娜娜从菲律宾移民到加拿大时，拿的是菲佣的签证，她没有读多少书，家境不好。刚来时在西山区给富人家看小孩，后来认识了乔治，结了婚做了老板娘。娜娜身边的人都羡慕她一步登天。那些一起来的姐妹，很多人现在还做着菲佣，有时失业了，就到娜娜餐馆打杂。娜娜认为读书并不重要，重要的是赚钱。开餐馆可以赚钱，乔伊娜的命天生比自己好。

十

选举的日子越来越近，乔治也表现得越来越张扬。乔治餐馆的灯火通明，是团队的人们在讨论事宜。据瘦猴说，他们估计了局势，认为大坑工程和半价早餐推进了竞选票数，他们胜利在望。

晚上刘翔关了店里的门，出来时见已是满天繁星。走了几步，见几个臭鼬正在过马路，一身黑色条纹，两大三小，是一个家庭，虽然匍匐在地上，却走得飞快。刘翔正望着他们好笑，突然看到两个高大健壮的男子站在热狗店的街角，半掩着身体，穿帽衫，看不清面孔。刘翔就有了警觉，本来开车已经出了几条街道，不放心，转身又折回去，见两个黑衣人已经不见了。第二天一大早上班，就见几个警察正在热狗店门口，才知道热狗店被盗了。好在热狗马克前晚收了钱，也没太大损失。刘翔望望自己那个镶着铁栅栏的窗子和门，想起比尔·银锁的话，说他给自己买了个监狱，心中竟然有些感激这个监狱所在，里面多安全。这个念头一闪而过，刘翔突然想，自己是不是出现了斯德哥尔摩综合征。虽然时常渴望到世界各地去转转，但生活的羁绊无处不在，离开这个小店还真是生活不下去。有时去市中心转转，竟头晕，只有回到小店才清醒。这是人在熟悉环境时间久了的疲软，看似安宁，其实是越来越失去弹性了。

在所有电影中，刘翔最爱的是《肖申克的救赎》，不是之一，而是唯一。他认为金写得最好的当然是银行家安迪，他的英雄主义精神，永不放弃的意志。他尤其难忘当安迪从下水道中爬出来，在暴风雨中张开双臂拥抱自由的刹那，刘翔泪流满面。但看过之后久久不能忘怀的却是黑人瑞德。他是多么渴望自由，却没有勇气回到自由的怀抱。刘翔最早买了这个小店，是想在紧张学习中歇一口气，如今这一口气歇得时间长了，眼看着就成了一个"葛优躺"。刘翔在这一瞬间，站在纽曼街上，透过铁栅栏向里望，望到一排排货架，啤酒和香烟，看到柜台里那张为了让自己更舒服而新置的摇椅。他看到椅子上的刘翔站起来，伸着懒腰，打着哈欠，拧开电视，在肥皂剧中慢慢转身，向刚进门的阿瑟、雷恩打着招呼，hello, bonjour, 你好。刘翔的内心抽疼了一下。然后他走进店门，开锁、开门、开灯，开始这一天的日常工作，没有人看到刘翔刚才那激烈跳动的内心，那疲惫生活中久违的英雄梦想。

阿瑟来买酒，他看见那个平静和蔼的东方人，一如既往地微笑着，没有一丝变化。

那一天实在是奇怪的一天。刘翔后来想。早晨他见到了警官，晚上他的门被撞破了。那时他已经开始收拾东西。他把收银盒子、彩票盒子都藏到保险柜里，准备关门回家。这时窗外一个黑影一闪而过，门突然被撞开了，同时撞开的还有玻璃，哗啦一声，碎了一地。刘翔急忙走出去看，见小考培曼站在外面。原来小考培曼要赶在十一点之前来买酒，法律规定十一点后不能卖酒。小考培曼跑得太急，竟一下子撞破了店门。小考培曼留下身份证、电话号码，他身上还有的二十元钱。小考培曼坚持要用这二十块钱买酒，因为有朋友正等着喝。他信誓旦旦，说明天一定偿还修门的钱。

刘翔只好将那二十元兑现成了酒。

小考培曼走后，刘翔给郁欢打了电话，说明情况，不能回家了，在店里住一夜。然后关了灯，独自一人坐在黑暗里。风从门洞吹过来，让这个秋夜显得凄凉而漫长。窗外是一片寒蝉之声。北美蝉有着非常传奇的一生，他们在地下隐藏十七年才能来到地上，经过一夏天餐风饮露的歌唱，最终死去。刘翔听着蝉声，想起柳永的词，寒蝉凄切，对长亭晚，骤雨初歇——突然感到竟如此贴近自己。少年时的喜爱，如今成了深入骨髓的理解，那种发自内心的共鸣，让刘翔第一次感到自己与柳永之间，如同一体。回到古代，回到中国，回到精神的故乡，刘翔突然感到，自己要拿起笔，写下生命的记录。

第二天一早，叫了修门先生，小考培曼却一直没露面，刘翔无奈只好打电话。考培曼夫人居然不知道。听了刘翔的陈述，考培曼夫人来到店里，看了收据，然后说小考培曼周四发薪水，到时候一定让他来付修门钱。刘翔本以为考培曼夫人会替儿子付钱，但考培曼夫人正色说小考培曼已经过了18岁，有公民的义务和权利，债务自己负责。

考培曼夫人走到门口，又回头问刘翔哪个中文学校比较好，她想让咪咪学中文。

她是个中国娃娃。考夫人说，她应该了解中国。

十一

选举日是个阴雨天。雷恩清晨就来买酒，说《大公报》上发表了他的文章，然后把报纸平摊在柜台上，郁欢和雷恩头对着头，看他被刊登的读者来信。雷恩对文章的位置和边框的花边很满意，然后买了两瓶酒，要庆祝一下，走到门口提醒郁欢，今天是选举日。

"乔治没戏。"雷恩断言说。

雷恩不仅不投票给乔治，也不投票给任何人，他根本就不去投票。雷恩不相信任何政客。政客是什么？就是一群喝了酒的年轻人，被权力和欲望刺激了大脑，他们是不可信的。

"他们永远在欺骗，不信咱们走着看。"雷恩说。

而乔伊的态度也很出乎郁欢的意料。本来半价早餐因他而起，他的一票早就卖给了乔治。但乔伊认为世界上没有固定的事情，一顿饭并不能代表什么。所以当郁欢问他投票的时候，乔伊就古怪地笑，打着哈哈说："女人，你记住了，朋友之间有三个事情不能谈：一个是宗教，一个是政治，一个是别人的妻子。"

郁欢很犹豫，她已经答应了乔治的一票，但刘翔认为她没有原则。选票当然是要给为社区服务的人，乔治充其量算一个政客。刘翔坚持投艾米莉一票，他看中了那条传说中的粉红色地铁。郁欢也很喜欢那条蓝图上的地铁，粉红色，很梦幻，有女性的特点，或者应该命名为艾米莉地铁。

两人一时争执不休。郁欢决定先去投票。她走出店门，来到热狗店门前，看到马克一如既往地趴在窗子上，向着乔治餐馆张望。娜娜的身影闪闪烁烁，郁欢心中突然很感动。

在投票站,她遇见阿卜杜拉,他刚刚从中国回来,他说看见了阿妈,心里踏实了。还看见了阿尔罕和她的新丈夫。新丈夫也是阿卜杜拉的同学,一起去日本的。原来阿卜杜拉经历过友谊和爱情的双重背叛。

"不过现在我们回到了从前的亲密关系。"阿卜杜拉叹一口气说,若有所失又有所满足。他的脸色好多了,他说是因为吃了很多马奶子葡萄。

"人生太短。"他总结说。

然后他问郁欢投谁的票。郁欢想起乔伊的三条戒律,就谨慎地问:"你呢?"阿卜杜拉说:"我投乔治,虽然他最好的位置在餐馆,但娜娜救了我的命。"

晚上8点,电视台开始唱票,每个区都有自己的颜色,这些颜色像万花筒一样,不时改变着,忽高忽低。布克团队的颜色是深蓝色,夹在粉红色的艾米莉和绿色的昆之间,开始还不分胜负,渐渐就被挤在中间,成了三明治中份额最小的那部分。郁欢和刘翔像看足球比赛一样,密切关注得分情况。

雷恩说得对。布克团队失势,乔治出局了。

乔治竞选之后的第二个月,刘翔卖了小店,赋闲在家。说是赋闲,其实心中紧张得很,因为一天不工作就没有收入。刘翔一边每天像刷牙一样,定时去网上找工作,一边寻找下一个生意,一颗红心两手准备。郁欢是主妇,只出不入的生活,她过得百爪挠心。这天夫妻俩从超市走出来,迎面遇到乔治,两个人都吃了一惊,谁也没想到乔治被打击得如此厉害,好像大病一场,脸色苍白,头发蓬乱。西装革履的乔治消失了,站在他们面前的乔治,穿着皱皱的短裤和T恤。T恤上还沾了番茄酱的斑斑痕迹,乔治又回到了餐馆老板兼后厨的位置。唯一相同的是，那条大金链子还挂在胸前。

"嗨，我的朋友，你还好吗？"乔治开口说，脸上挂着招牌式的笑容。瘦猴站在他身边。

"我听说了你的事。如果你还没有找到工作，你可以到我店里先送外卖，收入虽然不多，生活没有问题。"

"你店里需要人吗？"郁欢问。那时正是盛夏，打学生工的人不少，找一个临时工作也不容易。

"没问题。"乔治说，"每个人都要吃饭，大家匀一匀好了。"

你知道我们输了。瘦猴说，那么多人来餐馆吃饭，都说会投乔治的票，但票数比我们估计的差很多——这些人不诚实。你记住，乔治是个好人。

乔治笑，不谦虚也不反驳。瘦猴就攥紧拳头说，我们下一届还会竞选。

艾米莉当选了市长。然而她在开始竞选的前一个小时，开了个小范围的记者发布会，说明粉红色地铁修建的不可能性。

"我们没有那么多预算。"她说。

但绝大多数的选民并不知道这个说明。他们依旧做着粉红色的地铁梦。纽曼街上的人们也绝大多数投了粉红色艾米莉的票。艾米莉靠着子虚乌有的一条地铁线，把纽曼街乃至蒙特利尔的人民带入了虚幻之中。刘翔面对失魂落魄的乔治，很遗憾。乔治曾经试图填一个大坑。这个大坑没有抵抗住地铁梦，却是可能达到的。而艾米丽欺骗了所有选民。在记者会上，当有人提出问题时，她很优雅地转动着身体说，每一个人都需要学习。我们正在学习呢。

大选之后，考培曼先生因为政见不同，被迫辞去了省议员的职务。接替他的是一个美女议员，她在关键时刻背叛了魁人党，投靠了对手自由党。作为回报，考夫曼被排挤出了核心。他再次率领一家人上了电视，全家男性西装革履，成年女儿们穿上礼服，排成一队，站在他身后与有关人等一一握手，宣布退出政坛。他们领养的中国女孩咪咪没有参加这个告别仪式。咪咪与考培曼夫人正在去中国的路上。当年考培曼夫人从湖南领养了她，现在她想去那个孤儿院，寻找亲生父母的信息。

发表于《山花》2019 年第 5 期
转载于《长江文艺－好小说》2019 年第 6 期
《北京文学－中篇小说月报》2019 年第 6 期

课　业

一

　　小武来到蒙特利尔的时候，才七岁，第一次随着父母来到附近小学就读，那个班叫欢迎班，是给新来的孩子们补习法语的，过了欢迎班才能进入正式班学习。小武在国内学过一点儿英语，是那种洋泾浜的顺口溜，比如"有个 man 扛着 gun，骑着 horse 还嫌慢，重要情报送边关"之类。有了学过英语的底气，小武自我感觉良好，所以在走廊见到老师，他就用英语说，Hello teacher。但老师没有理睬他，而是向即将离去的刘翔和郁欢点点头，转身径自向教室走去，小武有点儿不知所措。郁欢就说，赶紧地，跟着老师。

　　小武着实是经历了一个与新文化磨合的过程，这是郁欢没想到的，她本来以为只有自己在陌生的环境中备受煎熬，小孩子懂什么呢？他们去玩就是了，但小武的不快乐是那么真实，一张小圆脸都变得愁眉苦脸，他没有朋友，在学校受到打击，这些都明白地写在脸上。他回到家里，在床头呆坐了片刻，就开始看《西游记》、画画。郁欢忙完了去看，看见一张白纸上画着一块大石头，上面还有几卷书，几个小人儿正在忙着。问他是什么，小武说是唐僧西天取经，被老龟扔在海里，正在晒经，那块大石头就是晒经石。郁欢想：我们就是来西天取经的，目前也是狼狈不堪，通往西天的妖怪尚未打完，英语、法语、计算机都是妖怪，即使取得真经，还有神仙掐指算来，说你共有八十一难，如今还差一难——慢慢地晒吧。

郁欢开店之后，认识了旁边希腊餐馆老板的女儿乔伊娜，才十六岁就打工，因为蝇头小利而荒废学业，就禁止小武来店里，但这个小店其实就是郁欢的家，再怎么着，小武都是不可能不来。魁北克政府又明文规定不让十二岁小孩独自在家，如果被政府发现，轻则拘管家长，重则领走孩子，然后给他们找一个代管人家收养，等于将家庭拆散。郁欢当然不敢将小武独自一人放在家里，但小武又不愿意留在放学之后的托管所，那里都是小小孩，小武自认自己已经是个少年。所以有时小武也会在小店过渡一下，等郁欢下班一起回家。小武来了，就坐在柜台后面的摇椅里。雷恩来买酒，爱逗他玩，说："小武你几岁？"小武说十一岁，雷恩说："才不像，我看你像七岁。"小武不说话，紧绷着一张小脸，站起来显示自己的身高，雷恩就作跌足状，拍手叫道，你果然十一岁。

魁北克是加拿大唯一的法语省，原本是法属殖民地，"二战"之后戴高乐将军来过一次，一来就演讲，演讲口号是新法兰西万岁，戴高乐这句话极大刺激了魁北克法裔。本来魁北克是他们祖先占领的，后来打不过英国人，被迫归属联邦法，魁北瓜从此耿耿于怀，一直都想闹独立。戴高乐老先生身高一米九〇，高出某些人数头，振臂一呼，引起魁北瓜们应者云集，山呼万岁，竟有揭竿而起之势，后来被老特鲁多政府镇压下去，那是后话。如今法裔最害怕的事，就是民族性的流失，法律规定在魁北克必须学习法语、说法语，这就是语言法，101法案。魁北克有世界上独一无二的语言警察。如果服务行业的人不会说法语，就要强制去学法语，如果学不会就别做生意了。直接打张单程票，愿意去哪儿就去哪儿。所以魁北克的小学是必须学法语的。小武来到这里，就学了法语。到了小武要考中学的时候，小武早就忘记了有个 man 扛着 gun 的顺口溜。郁欢认为小武亟须学习英语。英语是世界语言，也是上中学要学的第二语言。尽管刘翔反对，郁欢还是坚持给小武找补习老师。

　　小武最早的老师是布朗夫人。刘翔小店面朝纽曼街，后面是一片居民区，那里是刘翔的客源，布朗夫人也住在这一片小区中，她是个身材健壮的妇人，一头稀疏的灰白头发梳成一条辫子，垂在脑后，戴一副白边眼镜。郁欢最早见到她，透过牛仔裤和灰色圆领衫的外表，就看出了她真实的社会身份，布朗夫人伸出的双手纤细修长，非常漂亮，而在伸出这只手接过零钱的时候，永远是五指并拢，表现出一种礼貌和态度，郁欢对此印象深刻。有一天，布朗夫人见郁欢在看书，就说她有很多书可以送给郁欢，第二天她就抱着书来了，她抱来的是英语小说和语法书，还有一本小红书，是英语版的毛主席语录，第一页上赫然印着，全世界无产者联合起来。这本书让郁欢感到某种熟悉的气息扑面而来。那时布朗夫人已经拄着拐杖，每走几步就要停一停。

　　郁欢因此深受感动。

二

　　在小店里交朋友，是魁北克小店的功能之一，因为顾客们都是邻居，见面要寒暄一下，年长孤独的也会在买东西之后与店主闲聊几句。小店原来就有社区中心消息站的功能，但刘翔接手之后，这个功能就丧失了，刘翔和郁欢都不爱传播小道消息，又有语言的局

课 业

限，这着实让居民们很不高兴，但相处一段时间之后，客人们还是喜欢聊一会儿天。布朗夫人也是这样。郁欢因此了解到，布朗夫人原来是英语老师，郁欢就问她能不能给小武补习英语，布朗夫人十分爽快地答应了。至于报酬，布朗夫人坚决不接受现金，她的方法是以物易物，就像孔子教书，要的是一束脩。布朗夫人教小武，就要她平时买的东西，一盒烟、一大瓶可乐、几只香蕉、两个牙买加酥饼。于是郁欢把几样东西装在一起，小武就拎着一包东西去上课。

第一次小武回来，说他到了布朗夫人家，家里有一个中年妇人，是布朗夫人的女儿，听说小武考上的博海尔中学，就尖着嗓子叫起来说，天哪，你是一个天才！那个男校只招天才！小武这样说的时候，有些扬扬自得，郁欢就制止他。在郁欢看来，小武如果考不上这个排名第一的中学才叫怪，考上了是正常的。郁欢说什么天才，哪里有什么天才，爱因斯坦说天才是百分之九十九的勤奋，加上百分之一的天分。小武说还有下一句呢，郁欢说哪里有下一句，小武说下一句是，百分之九十九的勤奋，也不及百分之一的天分。

郁欢说我怎么不知道，我们那时教室里的黑板报上只有前半句，我也从未听说过后半句。小武说，那就是你们老师把最后一句屏蔽了。他加强语气说，但是最后一句是最重要的。

每到这时，郁欢就会惊讶于小武的自信，这个十一岁的小孩说起话来，有一种与他年龄不符的笃定。

去布朗夫人那里补英语，效果不错，小武的英语也有长进。但郁欢不能容忍的是，小武每次回来都带回来一身的烟味。这种烟味不是浮在衣服的表面，而是浸在每一个纤维里，好像小武不是去学英语，而是被泡在大烟缸里。这种被烟熏的味道大大降低了郁欢的快乐，甚至让她沮丧起来。所以每次小武回家，郁欢都把他按在浴

115

缸里，剥下的衣服立刻送进洗衣机。

还好那是夏天，衣服穿得少。到了十月，小武要去上中学，郁欢正犹豫是否让他继续跟着布朗夫人学英语。布朗夫人的儿子小布朗来了，说他们就要搬家了，如果小武想继续学英语，我母亲热烈欢迎。小布朗又说，搬完家我会来告诉你地址。

小武去了博海尔中学，开学考英语分班，小武被分到第一班。这个班的孩子大多来自英法双语家庭。也就是说，家长是一个说英语一个说法语的。小武的父母既不说英语也不说法语。小武仰着一张中国脸，坐在一群白孩子中间，十分显眼。开学第一堂课，校长来到这个班，说谁的家长不说英语和法语，只有小武一个人举手。校长问他家庭语言是什么，小武说是中文。校长就笑，说："以后你是老板，因为现在中国正在崛起。"

布朗夫人搬走之后，小布朗来过小店，他一跛一拐地进来买了一盒烟、一包布朗夫人喜欢的牙买加酥饼。小布朗不说什么，用一双大眼睛望着郁欢，仿佛有话要说，却欲言又止。郁欢发现人在这个时候，是很好看的，含蓄的期待让人类表情丰富而神秘。小布朗长着一张稍显粗糙直白的脸，因为眼神中的含蓄变得生动了很多。郁欢心里明白小布朗没有说出来的意思，他还是很希望小武能到布朗夫人那里上课。郁欢不知道这是布朗夫人的心意，还是小布朗的意愿，但给小武上课让布朗夫人感到高兴，这是一定的。

小布朗一直在说小武是多么聪明，他是怎样让布朗夫人感到教学的愉快。一个老师与一个学生的相遇不是偶然的，他说，对一个老师来讲，有一个好学生是他的幸运。然后小布朗就用一双询问的眼睛望着郁欢。郁欢明白他的意思，却没有说出他想要的那句话。从西区跑到东区去上课，对一个十二岁的小孩太不安全，而如果刘翔去接送，就给他们本来繁忙的生活增加了额外的工作。郁欢潜意识中，最为抗拒的还是布朗夫人家中的烟味。那种烟味，能够在短短一小时内浸透小武的衣服和头发。郁欢不能想象他们家的卫生状况。郁欢不想让小武为了学英语伤身体，夏天通风尚好，冬天关门闭窗，环境更加恶劣。

小武能进双语班，实在是侥幸，真正学起来，小武相差很远。第一次考试，考了倒数第三名。郁欢开始盼着小布朗来，但他却始终没有来。

三

有一天来了一个女士买东西，郁欢开口就说："你是英语老师吧。"那女人就笑起来，她说："你怎么知道？"郁欢说："你一开口我就知道。"那女人说："我开口说了什么呢？"郁欢想说："你咬文嚼字。"但英语不知有没有这个成语，郁欢的聪明，第一表现在她善于拐一个弯儿，把成语转换成日常用语，她说你的腔调特别好。

是的，玛丽亚的腔调特别好，她说一口略带伦敦腔的标准英语。那时候郁欢还不知道她同玛丽亚的友情，因为这一句话持续了许多年，一直到玛丽亚离开人世。

郁欢终于给小武找了一个老师，她不吸烟，解决了郁欢的顾虑。她收现金，比布朗夫人的以物易物前进了一步。玛丽亚到底是比布朗夫人年轻，她不再讲老夫人说的传统，但玛丽亚的教学也很让郁欢开眼界。

玛丽亚个子不高，浅棕色头发，灰色深凹的眼睛，有一个狄更斯小说人物的"坚强下巴"，她语言清晰，性格坚定，注重隐私，她并不邀请小武去她家上课，这让郁欢有些为难。郁欢请她到家里来，她也不接受，她坚持在小店授课。

不用担心，她说，我可以在任何地方授课。我在印度，曾经在地上教孩子们学英语。沙地为纸，木棍为笔。知识是不需要环境的，知识可以在任何地方传授和接受。

玛丽亚很快就成为郁欢的朋友，她们一起去吃早餐、喝咖啡。玛丽亚带着郁欢转过本地的许多餐馆，但玛丽亚坚持不去唐人街吃早茶，尽管郁欢不止一次地邀请她。

"许多东西我都不能吃。"玛丽亚说，"我只吃我了解的食物，我必须知道食物中的成分和配比，我的胃肠不好。"

老店主秦叔宝曾经见过玛丽亚一次，他认为玛丽亚是一个神经质的女人。

"你怎么交了这么一个朋友？"秦叔宝困惑地说。

"她不是你的客人吗？"郁欢也有些困惑。

"从来没见过。"秦叔宝耸耸肩膀。他长着一双细长眼睛，络腮胡子，怂肩的样子像阿凡提，只缺一个小毛驴。

"可是玛丽亚就住在纽曼街上呀。"郁欢说。

"那大概是因为我和她气味不同。"秦叔宝说，"你这个样子才招惹这些神经质的人。"

郁欢听了哈哈大笑。她知道秦叔宝说话的含义。按着秦叔宝的说法，小店现在已经成为附近中国留学生或者新移民的歇脚站，有一个女人经常站在郁欢对面哭。她说她的父母霸占了她在北京的房子，因为出国前她父母以帮她照顾为由更了名，如今成了她弟弟的婚房。黄昏时能看到有人坐在窗台上，与刘翔聊天。那人看起来很苦闷，他说："这地方真不好，老婆天天跟在后面。我在国内时哪里这样,就是后面跟的,也不能是老婆呀。"而被秦叔宝称为另一个神经质女人的,是安兰。郁欢在一次红酒拍卖会中认识了安兰。她有一张端庄周正的脸,肤色微黑,说话时字正腔圆,她们共同走出拍卖场,互生好感。郁欢那时并不知道安兰是一个真正的精神病人。一直到安兰找到她店里,说到犹太商人如何在她的电话上安装窃听器,如何跟踪她去另一个商店买东西,如何将她的卖酒额报告给联邦调查局,郁欢才知道她真实的精神状况。但她一直不知道安兰发病的原因,而这正是她最想知道的。

四

秦叔宝把小店卖给刘翔之后,在麦吉尔大学找到了计算机工作,成功完成了从小店主到IT精英的人生逆转。其实在魁北克的中国新移民中,小店主和IT精英不是一道不可逾越的沟壑,而是有了某种必然的联系,当不上精英就当小店主,不当小店主可能就精英了。去做小店主有时就是生活的过渡,你找不到工作,或者失业。汤姆不当魁北克省省长了,又卖起房子来,他在纽曼街上竖起广告牌,刚下台的省长,如今的地产经纪人,照片沐浴在阳光之中,笑得正欢。

听说汤姆下台与贪污有关,秦叔宝说。他勾结建筑黑帮,很多建筑不合格。这个,秦叔宝扬扬下巴,指着郁欢小店旁的公寓楼,就是其中的一个。

郁欢知道这个建筑有问题,豺狼马克曾经抱怨过。豺狼马克是一个英俊潇洒的年轻人,通常牵两只狗,一条像狼,另一条像熊,他的两条狗都身材高大,走在街上衬得马克十分威武,像一个随时进入战争的狙击手。马克是一个年轻的白领，正在享受既有经济的独立，又没有家庭所累的自由。郁欢从未见过他的女朋友，偶尔有一两个女孩一起买酒，过后就消失了。豺狼马克如今是一个骄傲的自由人，这种自由是短暂而珍贵的，就连小武都知道。

我长大以后会自己住一段时间。小武很认真地说。郁欢对小武这个憧憬感到好笑，他才十一岁。郁欢想起刚来时对他说，这里的年轻人与国内不同，十八岁就会搬出去独立生活，小武的眼泪就涌上眼眶，可怜兮兮地望着郁欢。小武是巨蟹座，宅男，顾家的宝宝。

自那次以后，郁欢再没有提过十八岁独立的话，刘翔认为这个话题让小孩很受伤害。

只过了短短的三年，如今小武说他准备独立了，这种话题让郁欢有些猝不及防。

"可是我还没有准备好。"郁欢可怜兮兮地说。为什么这样说，就连她自己都不知道。

"人生中一个短暂而珍贵的过渡。"小武说，"从一个家庭到另一个家庭之间的自由。德里克说的。"

"德里克是谁？"郁欢经常在耳朵里认识小武的社交圈子。

"德里克是数学老师，人很好，非常好。"小武评论说，"他今年五十岁。过生日那天改了这个名字，以前叫马克，现在叫德里克，他说这是为了纪念五十岁的再生。"

"这个名字改得很好。"郁欢说，"因为叫马克的人委实太多了。"

"这跟多少人叫马克没有关系。这跟马克五十岁的心情有关系。"小武说。

玛丽亚的授课在郁欢的小店后面开始，她和小武各拿一个牛奶箱子坐在上面，中间再放一个牛奶箱子，书本就摆在那上面。在上课的一个小时，好几个客人来买东西。雷恩来过，对玛丽亚的教学方式表示不屑。

教学就是教学，有崇高的一面，你必须让学生有仪式感。他说。同时对郁欢没有请他做小武的老师颇有微词。他是正儿八经的英美文学专业，在日本九年，是职业教师。

乔伊也来过，乔伊脸上戴着口罩，郁欢开始以为他感冒了，却没有。乔伊说，别人才感冒了呢，他戴上这个是为了与别人的空气截然分开，是别人可能传染他。

"你知道吗？中国的空气污染正在飘向加拿大，因为地球在转动。"他的那双绿眼睛今天格外绿，像一只暗夜中的小狼，闪着贼贼的光。

他的眼神让郁欢很不舒服。他拒绝塑料袋，把牛奶装进肥大的裤袋里，他减少任何一个程序，以保证与他人隔离。郁欢对他的变态置之不理。郁欢认为他的忽冷忽热，是由于肥胖导致的荷尔蒙问题。

最后一个来的是对面梅尔街的混江龙，他倒是对玛丽亚的行为赞叹有加。他说一个老师能这样坐在牛奶箱子上教学生，说明是一个好老师。

五

郁欢如今已经记不得为什么称这个瘦高的男人为混江龙。来来往往的顾客着实太多，偶尔来的忽略不计，就是常来的，也叫不全名字。于是他们就给这些人起各种绰号，不仅用他们喝的酒牌子、烟牌子，还开始用《水浒》和《西游记》中的花名和诨名。纽曼街着实是一个江湖，小店中来来往往的人也是千人千面。这样想着，郁欢就坐得端庄一点儿，好像她正坐在岸上垂钓，观过江之鲫。

混江龙刚搬到纽曼街不久，就住在店对面，一街之隔。混江龙有一种江湖浪人的潇洒，常年穿牛仔裤和有领的衬衫，从来都是洗得干干净净，让人很难猜出他的职业。刘翔是坐商，在此开店，谨守的规则之一是从不主动跟任何人搭讪，有人愿意说话就说话，爱聊天就有聊天，不说话的他们从来不问。混江龙刚来时，每次都行色匆匆，郁欢以为他是一个有正当职业的人，后来他看到店里安装了提款机，就说他也做这个生意。他有30台提款机，散布在餐馆和便利店里。

"这个是吃傻瓜钱的。"他说，"因为提一次要付给机主一笔钱，还要给银行一笔钱，提20元却要付3元钱，谁会干这个，只有傻瓜才干这个。提款机在魁北克就很赚钱，因为法裔是一些过着今天、不想明天的人。"

郁欢这才知道他是个混江湖的生意人，又精明，原来是从多米尼加来的移民。混江龙是一个善谈的人，一旦熟了，每次来都忍不住要说话。郁欢认为这是一种心理，为什么很多人喜欢来小店聊天。因为小店是一个无害的环境，在外面工作一天，同事之间都是有利害关系的，到小店来聊几句，这两个来自亚洲的中国人却与他们没有任何利益，就像酒吧里马路上偶遇的人，却又是熟面孔，有一种奇怪的友情。

混江龙在店里遇见苏菲，很快就打得火热。苏菲有一对儿小狗，郁欢叫它们吸尘器，它们长着极短的狗腿，又有很长的毛，一直拖在地上，跑起来完全看不到狗腿在动，只看到一团黑漆漆的毛在移动。苏菲是一个长着雀斑的棕色眼睛的女人，有一个十六七岁的女儿，长得娇艳欲滴。苏菲和混江龙一样，两条修长的腿，常年穿牛仔裤。混江龙第一次在店里看到苏菲，就开始搭讪，这对刘翔来说是一种轻佻，他并没有想到苏菲完全接受这种调情，并且十分友善。然后两个人像多年的老友一样并肩走出小店，这让传统刻板的中国男人刘翔有些目瞪口呆，他想：这就搭上了？是不是太快了？两分钟？

刘翔与郁欢在20世纪80年代末，通过媒妁之言，自由选择。刘翔没有经历过西方酒吧文化，也没在外面勾搭过女人。他对这种偶遇，抱有中国式的戒心——不与陌生人说话。他对小武在电梯中对陌生人笑感到惊奇。

"你认识他们吗？"他说。

小武说不认识。

"不认识就不要对他笑。"刘翔说。

"可是他对我笑了。如果我不笑，是不是没有礼貌？"小武说。

刘翔就有些不知所措，他很害怕遇见坏人。绑架小孩的人总是会在开始时表现友好。但如果这个人不是坏人，是一个好人，如何对待？对于向你表现友好微笑的人，板着脸置之不理，无疑是没有礼貌的行为，但如果那是一个心存恶意的坏人，是不是微笑会放松警惕？刘翔面对如何教育小武适应世界的问题，但他没有标准答案。出国混淆了刘翔的观念，他在以往的生活方式和现在的状况中无所适从，不知如何选择。

混江龙与吸尘器苏菲很快出双入对，但他们并没有住在一起，他们依旧各住各的公寓。沿着小街望过去，混江龙在街口与苏菲分手，苏菲独自一人向小街深处走去，她住在间隔大约50米的另一个公寓里。外面的枫树高大茂盛，苏菲的身影在高大的树下显得很小，而她的两个吸尘器如今只是移动的小黑点儿。它们与苏菲形影不离，即使苏菲和混江龙约会时，它们也一同前往。

六

玛丽亚的教学很有效果，她非常注重语言的逻辑性，她对小武很满意，她说小武的数学一定很好，他的语言逻辑没有问题。第二阶段的考试，小武考了第三名。与此同时，小武交上了一个新朋友，是一个叫哈利的印度小孩，出生在英格兰，说一口流利的英国腔。尤其是他的文章，被老师称为太美了，这引起了小武的注意。哈利住在西山区，是岛上最富的住宅区，里面住满了超级富豪，比如口香糖总裁、啤酒厂老板。哈利的父亲是个医生，已经是行业中的金领，也只能住在边缘地带。

郁欢是一个具有孟母气质的母亲，深信孟母三迁是一条金规则，尤其在小店里，与阿瑟和他的朋友们盘桓数年之后，对西方的教育深有体会。总的讲，无论西方还是东方，教育都是以金钱为基础，好的学校对一个孩子的作用极大，它不仅决定了孩子的成绩，还决定了孩子对待人生的态度，而人生态度是最重要的。郁欢没钱住在西山区，就住在与西山区最靠近的地区，在那里租了房子。小武与哈利，两个少数族裔的孩子很快成了朋友，他们都喜欢海底的生物，比如身体内充气的鱼、身体长满嘴巴的鱼、没有眼睛的鱼。

小武通过哈利对印度人有了新了解。印度人家族传递，是继承父亲的名和自己的姓，这让小武很感兴趣。在印度的种姓制度中，哈利是最高种姓婆罗门，素食。哈利却不管，他在家茹素，在外面鱼肉都吃，尤其迷恋喝酒，这极大地颠覆了父辈的信仰。但他父母对此只是佯装不知。对一个在西方生长的青少年，他们能做什么呢？家族的教育不是学校的教育，两者分裂如水火。任何一种坚持，都可以让两代人的关系变质。哈利的父母继承了印度宗教中的智慧，他们不说话，等待树大自直。

七

这天郁欢看到一辆警车停在梅尔街7号，从车上下来两个荷枪实弹的高大警察，直接进入公寓楼。他们出来时带走了混江龙的儿子皮特。那孩子与小武年龄相仿，一身暗黑皮肤，卷头发，大眼睛。郁欢眼看着那桀骜不驯的孩子，乖乖地跟着警察进了警车，不知道发生了什么事，突然想起来好久没有看见混江龙了。

混江龙生的病很突然，那段时间他没有来店里，郁欢也并没有想起他。开店生活琐碎繁复，郁欢发现自己的记忆力越来越不好了，比如她常常忘记应该干什么，客人的来来往往将她的生活撕成一个个碎片，怎么也不能形成一个连贯的整体。有一段时间她做梦是连贯的，这让她大吃一惊。在梦里她七岁，跟着姐姐去一个小红楼里，然后认识了一个年轻人。第二个梦，他们还在小红楼里，正在谈话，她在看小人书。第三个梦，姐姐结婚了，同那个年轻人，她去当伴娘。这个梦好像电视连续剧，把她日常琐碎的生活忽略掉，将生活的一条被隐蔽的副线变成了一条主线，而且连贯得那么好，让她在碎片般的生活中，突然感到某种潜在的持续性。她想如果梦是现实，而现实是梦，那会怎么样？这样想时她有些恐惧，想着自以为清明的白日生活，其实是大梦一场，就如庄子梦蝶。想到自己在黑夜的睡眠中，有可能进行着另一种人生，在那个人生中尚有许多事物没有呈现，自己都不知道的故事，突然又有了憧憬。她想如果连续睡一个月，或者可以完成梦中人生，却睡不着，很是遗憾。转念一想，人生其实还是有某种意义的，只是这个意义经常被掩埋在各种衣食住行和吃喝拉撒之后，以某种深邃的形式存在。这个发现，让郁欢突然开始重新审视自己的生活。

这时她就会感到某种困惑，有点儿不知是庄子还是蝴蝶。她神神道道地去查周公解梦，然后再去看弗洛伊德，还去看十二星座。这是个神秘世界，她力图了解完整。她同时想起自己的生活，还有在生活中遇见的各色人等，那些即使很熟悉的面孔，好像也含有某种寓意。

她坐在椅子里，慢慢向后仰一仰。窗子外的人就更远一点儿。纽曼街此时安静，沿着梅尔街一直望进去，高大的枫树掩映着街道，一只黑猫正在过马路。它走得缓慢而从容，好像这是它的世界。郁欢好像在看一幅画。距离产生美。这样的瞬间，无聊而似有所悟。郁欢突然感到，所有的忙碌都没有意义。她就这样，又出世又入世地活着。月亮很美，但她需要六便士。

混江龙就是在这个时候突然出现在店里，他的出现把郁欢的所有思想拉回到现实。郁欢几乎不能相信这是混江龙，他健壮均匀的身材，如今形销骨立，一张脸灰得像烧灰烬一样。郁欢不禁张大嘴。混江龙瑟瑟地站在郁欢面前，说自己得了癌症，前几天在医院手术过，如今回来看看儿子和家人。混江龙的儿子，与他生得全然不同。混江龙无疑是一个白人，儿子却是个黑孩子。

"他不是我亲生的。"混江龙说，他说得很直接。

"我和前妻结婚时候，她带来了皮特，可皮特也不是她生的，是她领养的。我们在一起过了三年，很快乐的时光，但后来她爱上了别人，就走了，把孩子留给我。我很幸运，就这样有了一个儿子。他是一个天才长跑运动员，他的速度飞快，他让我骄傲，但他有一个问题，自从吉娜走了，他就很少说话了，我也不知道他在想什么。但我想他没有问题，他很阳光。你从他的眼睛里能看出来，他很安静，很柔和。但现在警察带走了他，说他涉及一个贩毒集团，这个我不敢相信，我只知道他是个好孩子。"

混江龙的脸色十分难看，郁欢一时不知如何安慰他。

"我不知道能不能再看见他，我快死了。"他说。

混江龙死得很快。两天之后，郁欢的店里来了两个女人，她们都有与混江龙一样的细长身材和脸庞，她们说来告知一下，她们是混江龙的姐妹，来处理混江龙的后事。吸尘器苏菲和她们一起来，两姐妹十分礼貌地微笑着，腼腆而友好。郁欢能看出她们应该是生活在小城的女子。苏菲和她们并肩而站，让郁欢对苏菲深有好感。混江龙或者有复杂的人生和许多女人，但他最后的这一个女友却是好的，她接待了混江龙的家人。

混江龙的姐妹带走了皮特，这是皮特人生的再一次转移。没有人知道皮特在被领养之前走过多少人家，他总是被陌生人领走，进入陌生人的家庭。

"祝他好运。"吸尘器苏菲说。

八

那时候玛丽亚已经成为郁欢的好友。她们不仅一起喝咖啡，也去逛商场。每次逛了商场出来，玛丽亚喜欢在街上走走。她们每走一条街，玛丽亚总是会告诉郁欢一些事情。比如每一栋房子里的主人是谁，他是干什么的，长得什么样。玛丽亚在这个社区住了六十年，她认识很多人，了解他们的生活，这些故事让郁欢感到好奇。她并不知道这些房子，在被几易其手之后还存在许多古老的故事。

玛丽亚致力于将郁欢变成一个自由党的投票人，因为下一年她的儿子也许会参选。玛丽亚是上过《大公报》的人，原因是车祸。她丈夫在那次车祸中丧生。玛丽亚也身受重伤。郁欢认为身体的痼疾是让人神经质的原因之一。

玛丽亚已经不再教小武英语，小武开始拒绝母亲对他的安排。他认为作为一个学生而请家教，是一件有辱人格的事情。

"只有需要的人才会要家教。"小武说。

小武认为自己的能力完全可以学好功课，这是一个人生态度。

尽管对小武的成绩，郁欢并不满意——他的成绩从来没有在顶尖上出现，一直都在平均分上徘徊——但小武所表现出的强硬态度，让郁欢放弃了自己的想法。她在小武的强硬态度后面隐隐感到了一种力量。这种力量不仅来自小武，还来自小武每天出入的那个学校，学校里的老师和整个教育体制，乃至教育体制后面的理念。那个沉默的或者生气勃勃的理念，郁欢对它很陌生，但它通过小武向她展示一种精神，小武的自信就是这种精神的体现。

我们的教育是这样的。有一天小武拿着一张纸给郁欢看。

一个金字塔。在高中毕业专科毕业那里形成一个巨大的阶层阶梯。上大学的孩子不多，升到金字塔顶的更少，但那些高中毕业的孩子也是对社会有益的，他们尽自己的力量做有意义的事情。

"就是说，很多人高中毕业就工作了？"郁欢说。

"是的。每个人都不一样，每个人按着自己的能力和心愿生活。并不是所有人都必须上大学或者当医生。"小武说，他说得老气横秋。

在灵魂上，说不定小武比她老。郁欢不止一次这样想。

转一年，小武升到了初中二年，人也开始长个儿，而且长出了淡淡的小胡须，这让做母亲的郁欢又感动又有点儿不愿接受。那个在怀中猫一样的小婴儿，如今长成了一个生机勃勃的生命。这生命让她回顾自己的青春，唏嘘不已。

两年，小武从一个小孩变成了一个青少年。现在他长出喉结了，说话发出京剧小生一样的声音。性格也改变了很多，他不再喜欢跟郁欢一起上街。有一天他们下地铁时，郁欢习惯地想拉他的手，却没有拉到，小武躲开了。这让郁欢很失落。当然还有更失落的事情，当郁欢认为重金属音乐过于喧嚣不能接受时，小武说：世界是我们的。

世界是小武他们的，他们开始走向人生舞台。而郁欢看到自己，开始从舞台上向后退，或者走下舞台，站在观众席上，给小武们鼓掌喝彩。小武的骨骼开始硬起来，晒黑的脸上出现了自由奔放的表情。有一天，郁欢收拾东西，在抽屉里看到一卷纸，是刚来时小武画的《西游记》。郁欢一页页翻，看到那些幼稚的画，有一种丰富的喜悦。翻到最后一页，却是那张晒经石。郁欢将那晒经石举起来，对着阳光看来很久，看那块大石头上面一卷卷经书，有些平摊着，有些卷曲着，是如此生动形象，几个小人有蹲有站，都在忙碌。郁欢想，经历了这两年的光景，小武如今终于习惯了英语法语，很少看《西游记》了。他还记得这块晒经石吗？还记得那些被打过的妖精吗？郁欢这样想时有些感伤。她想明天去买一个镜框，将这张晒经石框起来挂在墙上，人生有许多必经之路，每个人的生活中其实都有一块晒经石吧。

有一天下雨，店里生意惨淡，一团团雾气在冰柜上形成一层薄雾。郁欢没事干，就在薄雾上练书法。写得正兴起，一张雨伞挡在门口，看不清雨伞下的人，那人收了伞，一跛一拐地进来。郁欢才看清楚，竟是布朗夫人的儿子小布朗。小布朗买了一盒烟，是布朗夫人以前买的那一种。郁欢就问他，布朗夫人还好吗？小布朗叹一口气，说他母亲已经去世了。郁欢连忙说，真是遗憾。

小布朗说她已经过世好几个月了。

郁欢说是什么病？希望她没有太多痛苦。

小布朗说："不是生病，是我姐姐爱丽丝把她推下去的。爱丽丝想跟母亲要钱买酒，她本来已经喝醉了。你也许知道爱丽丝精神不太好，她离婚之后就同母亲生活在一起，酗酒成性，母亲一直很宠爱她。但那天母亲确实是没有钱了，然后爱丽丝就把母亲推下台阶，我们把她送到了医院，但是太晚了，就这样。"

玛丽亚与郁欢的友情保持了很多年，那时候她们以姐妹相称，一直到玛丽亚去世。郁欢去参加了玛丽亚的葬礼，那时候她原谅了玛丽亚的某些偏见。在玛丽亚最后的那段日子里，她的偏见常常是莫名其妙的。她总是谈到危险，她对食物的恐惧越来越多，以至于她坚强的下巴越来越突出。她们还会出去吃早餐，但玛丽亚会没完没了地询问任何一种食物的成分，最终还是定义为危险食物。郁欢这时就会想起秦叔宝的话，秦叔宝一直认为玛丽亚是一个神经质的女人，也许他是对的。

发表于《山花》2019 年第 11 期

小隐在蒙特利尔

小隐坐在闹哄哄的教室里,看到艾米丽从教室门走进来。像往常一样,艾米丽头上顶着一头乱糟糟的金发,一个圆滚滚的身子裹在花色连衣裙中,连衣裙外是一件黑色的长大衣,上面沾满了白色的纤维。小隐知道那是猫和狗的毛发。艾米丽与几只猫和狗住在一起,她喜欢在讲课时不断地讲猫和狗的故事。艾米丽一只手抱着厚厚的英语词典,一只手拉着行李箱,走到讲台前,把外套脱下来放在椅子后面。那件大衣的一半在地上。不过没有关系,衣服的后摆本来就沾满了泥土。艾米丽实在是一个邋遢的女人。她把英语词典放在桌上,弯下腰,打开行李箱。艾米丽并不是刚刚远行归来,她的远行只是从公寓到教室。每次上课她都拉着这个行李箱,在蒙特利尔春天满是雪水和泥泞的马路上,姗姗而来。行李箱是艾米丽的法宝,里面装满各种英语字典,每堂课她都把这些词典摆在桌上,下课时再把它们放回行李箱。她从来没有用过,但每次上课都这样,好像在进行一个仪式。这个仪式每次浪费掉一堂课的最初十分钟。

自从移民到蒙特利尔,每一分钟对小隐都很重要,因为每一分钟都需要学英语或者法语,学习计算机课程。做十分钟的无用功是一种奢侈,小隐是一个珍惜时间的人。

教室里照例是乱糟糟的，所有人都在讲话，朱小春正在同春丽交换电话卡。

"有百分之二十的折扣。"朱小春说，"一张五块钱的卡只用四块钱。这是我朋友店里的，他们不挣我们的钱，多少张？"

"就一张。"春丽说。她有一张血色充盈的脸，像红苹果一样，小隐肯定她童年是在乡村的田野上奔跑过的。

"那你呢？"朱小春对小隐说。

"我也一张。"小隐说。

"最起码两张吧。"朱小春有些不满地说，"你打一张，还要留一张，谁知道什么时候你需要给国内打电话，可不是总有这么便宜的电话卡。有些钱能省，但给国内打电话是不能省的。"

朱小春这样说的时候，翻了一下白眼，口气中有明显的不屑。小隐听出了这种不屑，却没有回应。朱小春的两只手飞快地翻着电话卡。那双手白皙又年轻，是一双灵巧漂亮的手。与朱小春的面庞形成鲜明的对比。相比之下，她的五官摆布很随意，皮肤倒也白皙，只是布满麻子和红雀斑，凸凹不平。

艾米丽开始叫名字，小隐以为是点名，却只叫了几个姓名就停下来。菲律宾姑娘绿走到艾米丽的桌前，捧着笔记本。原来艾米丽要当堂批改作业。小隐在国内是中文系老师，笃信批改作业是老师课下的工作，她还是第一次看到老师在课堂不教课，只批改作业。

课堂更加乱起来，就好像一个市场。艾米丽不管学生们，她只管坐在桌前面看作业。朱小春转过身向后座，问谁还买电话卡。很多只手臂在空中晃动。小隐的作业已经做完，就从书包中翻出 C++ 看起来。

"看这个没有用的。"朱小春说，"现在计算机都开始用 Java 编程,谁还用这个版本。这个学校拿了政府的钱,净开一些没用的课程。"

小隐看了看表,五分钟过去了,绿还坐在艾米丽对面。

"这一堂课是轮不上批改自己的作业了。"小隐想,她感到无所事事地紧张。

窗外的天慢慢暗下来,在北纬45度的冬天,五点钟天就暗了,小隐的心忐忑不安。她不知道李岩是不是回了家。妮子是一定放学了,如果李岩没有回家,就只有妮子一个人在家。她会害怕。

小隐在艾米丽宣布下课的第一时间,冲出教室,冲到车站。这一个下午白费了,她想。真不如逃课去打工,或者待在家里,如果自己在家,妮子下课该多高兴啊。

能不能在这座城市里找到工作呢?小隐不知道。

吃完饭,李岩说要报税了。小隐说:"我们只是学生,还要报税?"李岩说每个人都要报税,这是在加拿大,又不是中国。说话的口气好像他们不是一起来的。小隐心里明白,这是一种学位的歧视。李岩读了博士就优越起来,全然忘记了小隐本来是大学老师。小隐却不说话,这是事实,有什么说的,自己在出国前没努力学英语,又是个学中文的,没有一技之长,如今只好先补课,是自己鼠目寸光。

李岩说,不知道怎么报,还要请洛平过来帮忙。见小隐不说话,李岩说人家也挺忙的,自己家的还没有报。小隐就说好啊,麻烦她了。

说话间洛平就来了,姗姗地来。袅袅婷婷的身段自带一股悠闲。小隐把一只苹果切开来,削了皮,切成半大不小的块儿,装在白瓷碗里,给妮子一碗,给洛平一碗,上面插着牙签儿。洛平接过碗看看，说:"你切得好奇怪，要么是小块，要么不切，这是什么？""老外都是拿着一个苹果吃的，这里的苹果也不用削皮儿，老外的苹果健康，没有那么多化肥。"小隐并没有想到一碗苹果会惹来这许多话，却也不辩解。洛平就和李岩开始讨论报税的事情，一堆表格堆在桌上，密密麻麻，上面都是小隐看不懂的字，小隐瞄了一眼就离开桌子，对妮子说:"你不是要买铅笔吗？咱们这就去一元店。"

小隐走在街上，好像失神一样。她抓着妮子的手，不知不觉越抓越紧。妮子说:"妈妈你干啥抓得这么紧，你抓疼我了。"小隐这才回过神来，心疼地揉揉女儿的小手。妮子有一张刁嘴巴，吃东西古怪得很，好吃的一口吞下，不好吃的嘴唇一张一闭就吐出来，好像天女散花。不好好吃饭的结果是人长得小，七岁的年龄，看上去只有五岁的模样。但到底是年龄大了，心眼儿也机灵，看出了妈妈的失神。威灵顿街道两旁的路灯都是圆的，好像月亮，只是这么多的月亮，层层叠叠地挂在街两边，让小隐心慌。她不知道此时是像嫦娥一样奔月，还是像后羿一样射下几个，只留下一个更好。小隐此时的心情就是这般的杂乱。她不明白的是自己，为什么见了洛平就胆怯，居然还领了妮子在街上逛，难道梅尔街57号不是自己的家吗？既然是自己的家，为什么要跑出来，把家让给丈夫和他的女同学？是什么让自己出来？是大度？是小气？是胆怯？是自卑？小隐想了想，牵着妮子的手，原路走回家去。

周一照常去上课，朱小春坐在小隐身边，手指飞快地敲打着电脑。那是一堂网页设计课，老师是来自上海的陈教授，讲台上下大多是中国人，却用英语讲课。小隐听得囫囵一片，晚上没睡好，精神也萎靡不振。朱小春就斜一下眼睛说:"你没休息好，有什么事情吧？"小隐对朱小春的敏感吃了一惊，这个五官不正的丑女孩有一种让人惊讶的读心术。朱小春笑一笑说:"其实你担心什么?有本事的人,让他们去读博士硕士找工作,我们这些副申请也是要活的,你听我的话,去开个店,赚了钱就买房子当房东。"小隐说哪里有钱买房子。朱小春说:"只要买下来一个房子就好,然后抵押,一个抵一个。这是多少前辈的经验,一定行的。我们现在坐在这里熬春秋,着实是耽误时间。"小隐说:"那你还不去干。"朱小春一笑,说我例外,我得先把我老公弄下来。小隐不解,朱小春说:"他读博士,找了工作,哪里还有我的地位,所以一定不能让他读完。"小隐说读博士是好事,怎么不让他读完?

朱小春说:"他读完了找到工作,我的地位就危急了。"说着从兜里掏出钱包,钱包的小夹层里放着一张照片,原来是朱小春的结婚照。新郎新娘都是中式大红袄,虽然化了浓妆,朱小春还是鼻歪眼斜,新郎却五官周正,眉清目秀,差异实在太大。

"看看,这就是我老公,博士林峰。"朱小春有点儿卖弄地说,口气中却带着一种不屑。

小隐好生奇怪,说:"你们是怎么相爱的?"

朱小春说:"本来她是我闺蜜的男朋友,后来他们闹别扭,那时候他正痛苦,我就找他借书。"小隐说借书干什么,朱小春说:"这你都不懂?借书当然是最好的靠近方式,一借一还就可以约会两次。"

小隐听了,真是啼笑皆非。

"那你把他弄下来了?"小隐问。

"那当然。他现在去开便利店了。"朱小春说,"指一指电话卡,这就是他的店卖的。"

"他怎么舍得不读书?"小隐有些费解。

"大姐,醒醒。在加拿大,什么工作不重要,重要的是赚钱。你该换脑筋了。"

见小隐不语，朱小春又说："我知道你有多烦心。下堂课咱们不上了，我带你去看店。我带你看一个，你就懂了，以后你就自己去。"

两个人收拾了书包，偷偷溜出教室，陈教授还在对着黑板写程序，头顶秃秃的，周围是剪得短短的头发，好像罩着一条草裙。白衬衫上套着一件黑马甲，怎么看都更像酒店里的侍者。

朱小春先出来，站在走廊，见小隐也出来了，就咻咻笑。小隐想自己也不是完全不喜欢朱小春，朱小春身上的青春活力，是年近中年的小隐正在消失的。

两个人到了纽曼街和爱德华王子街拐弯处，大楼下有一个招牌，是一个便利店。朱小春一进去就叫，有人吗？抢店的来了！随着话音，从里面走出一个身材短小的女子，五十多岁的年龄，椭圆脸，白净皮肤，一双眼睛有些狐媚。朱小春介绍说，这就是前辈杨巧云。小隐就微微弯了腰，以示尊敬。朱小春问大姐干什么呢，杨巧云说正在练古琴。小隐没想到这样的回答，重新又看了一眼，原来一个略低于柜台的小几上摆着一把棕黑色古琴，一张琴谱斜倚在柜台上，歪歪扭扭的，好像已经累了。朱小春说小隐想开店，问问前辈。然后回头对小隐说，问吧。小隐就涨红了脸，不知说什么。杨巧云解围说开店很简单，还不是营业额多少，费用多少，两项相减，看能挣多少钱就完了。

小隐听了如此简单，就笑笑说，谢谢大姐。巧云说只是时间长，每天 15 小时耗在这里。

"你们家几个人啊？"巧云问。

小隐说夫妻两个一个孩儿。朱小春说她老公不干，在上学，能找到工作。巧云说："那你一个人干？干不来的，还不如你也去找工作。"小隐就呆一呆。小隐见杨巧云的店窗明几净，很喜欢，就问大姐你卖店吗？巧云笑道，我不卖，我指着它吃饭呢。

出了门，朱小春问开店好不好，小隐说好，一个人想干什么就干什么，还弹古琴。朱小春就笑。说你不知道，她还写古诗呢。小隐说好风雅的开店生活，只是一天15小时我干不来。朱小春说巧云姐就是一个人，英语不好，法语不会，就会那几句小店语言，还不会开车，连上货都是拉着小行李车自己干，不也活得好好的。小隐说，真的？就感到信心倍增。朱小春笑道，这是我第二次成功地说服别人开店。我老公也是这样，我给他看了看这个坑，他就自己跳下去。小隐听着朱小春这样说，颇有阴谋论的意思。但她如今顾不得那么多，如果李岩走了，她和妮子要活下去。

小隐跑了一下午，不知不觉已经黄昏。回到家一推门，妮子就扑上来，带着哭腔说："你到哪儿去了？小隐忙忙地安抚说没事，妈妈今天下课晚，爸爸还没回来？"妮子只顾着摇头，此时门却开了，李岩背着书包进来，见母女俩一个坐着一个站着，女儿正在哭，厨房却是清锅冷灶，就问小隐干什么去了，小隐如是说了。李岩说："开什么店，我们出国又不是来开小店的，你快做饭吧。"小隐说朱小春的老公，博士不读都去开店了，"9·11"之后找工作不容易。李岩说："不试怎么知道？你就不能耐心等一等？给我三年时间，不行再另找出路。"

小隐就不再说话。第二天回到教室，中规中矩地读书。朱小春见了，眼珠转转，说也好，你不给他机会他不甘心。那你就再生个孩子吧，不然你来到加拿大不是白来了？

晚上睡在一个床上，李岩还在灯下看书，小隐一边脱衣服一边说，你想不想再生一个？李岩愣了一下，忽然放开手，把书抛在一边，说你让我累死不成，一个脑子读着书，你再生一个，每天大人叫孩子哭，夜里再起夜喂奶，我可受不了。说完转过身，把被子裹得紧紧的，贴着床边，生怕失身一样。小隐叹一口气，也别过身，朝向床的那一边。小隐不知李岩睡没睡着，自己这一夜，眼睛却是半睁的。似梦非梦，好像看见了妈妈。妈妈说还是生一个好，你看我四十岁生你弟弟，现在不是全靠他了？又梦见她和李岩一起考试，李岩全会，她全不会，惊出一身冷汗。

　　到了夏天，洛平毕业了，开始找工作。她先到理发店剪了一个童花头，然后到专卖店去买了蓝灰色套装，同色系包包和皮鞋。她每天像刷牙一样，准时去网站找工作，发简历，关注《大公报》上的广告。几个月后终于找到工作，在美国，合同一年。洛平走的时候来告别，见到桌上的老照片，就说好一对金童玉女，这是谁呀？小隐指指自己，又指指李岩。洛平就哈哈笑，说不像不像，你现在太胖了。洛平走了以后，小隐拿起照片看了很久，然后把照片反扣过去。

　　现在小隐经常与朱小春一起翘课，这叫春丽很不安。春丽说昨天瑞塔点名，我回答了三次到，瑞塔说你到底叫什么。春丽面红耳赤。春丽说，朱小春是个不靠谱的，你怎么能跟她混在一起？小隐明知故问说，有什么不靠谱？春丽把小隐拉到一边，悄声说，昨天我在玛丽皇后大街上，看见朱小春和一个黑人勾肩搭背，绝对是一对情侣，她不是结婚了吗？丈夫不是中国人吗？小隐一听也吓了一跳。小隐说不能吧，她好像很在意她丈夫呢。春丽摇摇头，我跟她说话她还不理，好像不认识一样。这些"80后"的女孩子，我们真的是不懂。

　　这时朱小春在小隐眼里就神秘起来。她不知道朱小春有几张面孔，一边把丈夫从博士拉到小店里，一边又跟着黑人勾勾搭搭。联想到平日里朱小春的心机和懒散，不禁有些害怕。但朱小春到底给她打开了另一扇窗，这另一扇窗，关乎小隐日后的生计。随着与李岩的日渐疏淡，小隐已经不再只想着万般皆下品唯有读书高了。

圣诞节的时候，李岩说要到美国打工。小隐说："你在哪里打工不挣钱，加拿大不能打工吗？"李岩说这里打工是加元，那口气好像加元不是钱。小隐说："那你就去吧！"李岩没说话。到了第二天早晨，妮子去上学，李岩就整理背包，把几件衬衫和袜子放在双肩包里。小隐只当没看见。眼泪在眼圈里转。李岩还从背后熊抱了她一下，那种敷衍是从来没有过的，还不如没有。小隐没有动，等到门在身后砰地关上了，好像一根鞭子抽到了身上，让她忍不住抽搐了一下。小隐就跌坐在沙发上。

小隐后来说她将李岩拱手让给了洛平，朱小春不相信，朱小春坚持认为小隐被抛弃了。小隐对朱小春的抛弃论置之一笑。小隐说她都不明白洛平为什么会看好李岩，除非她是一个对性爱要求不高的女人。要求不高，并不是强烈程度，而是温柔程度。小隐喜欢温柔的男人，但李岩从不顾及她的感受。李岩看起来温文尔雅，做爱时却急得很，又毛躁，他总是拉疼她的头发。与其被他拉疼头发还不如什么都不做。小隐是个有洁癖的女人，精神洁癖。

上课的人越来越少，俄罗斯人斯洛夫是不常来的，来了也早退。他从来都不偷偷地翘课，而是光明正大。他对陈教授说，我两点钟要到比萨店去送外卖，所以不能完成你的课，很抱歉。你知道一个家庭所承担的经济压力。陈教授就点点头，从来不给他记早退。菲律宾姑娘绿也不常来，她已经开始在别的专业选课，到这个学期结束就改学护工，不再学计算机。

"这个专业对我太难。"她说,"实在是应付不了。"

越南阮兄弟每次来都穿沾满油漆的衣裤,他一边给人刷房子,一边上学。如果不打工怎么生活呢?他笑眯眯地说。好像一切都理所当然,生活就应该是这样的。

只有艾米丽的英语课,一如既往的乱哄哄。不过小隐不再着急。她看报纸广告,看哪里卖店,哪里有案头工作。

放学时,朱小春对小隐说,今天我上你家行吗?我实在不想回家,没有人,只有我一个人,冷冷清清的。小隐说,你丈夫呢?朱小春说他一个月没回来了。小隐见她眼里突然有了泪。小隐想自己比朱小春还好,有妮子。上了地铁,朱小春的眼睛已经很明亮了,一对小斜眼四处乱转,望着身边的人,又把一只手放在口中,不停地嗑指甲,五个扁平的指甲让她嗑得七扭八歪。

小隐到底忍不住,对朱小春说,昨天我在玛丽皇后大街看到你了。朱小春说昨天我没去那儿啊。小隐就停下来,不知是继续说,还是就此打住,到底是别人的人生。朱小春却恍然大悟,说你见到的那个人是不是跟一个高大的黑人在一起?那个是我姐。小隐听了,一时心中竟如释重负,说:"是吗?你们长得真像。"

朱小春说,那当然,我们是双胞胎。小隐这才说,难怪我叫你,你也不回答。朱小春咯咯笑,说怎么会回答,朱小珍又不认得你。然后转转眼角,说你不知道,我平生最恨的就是她。小隐不解,朱小春说,就是因为我父母偏疼她,从小什么好事都是她的。我父母让她上大学,我上大专。我俩都要出国,父母说只能供一个,她先出来了。小隐说,真的?朱小春翻翻白眼,说:"当然是真的,骗你干什么,对我又没有好处。"

小隐说姊妹是最亲的,你还真的恨她?

朱小春说："怎么不恨？别人都说姐妹是亲的，在我看来姐妹都是来争命的。既然有了我，为什么还有她？有了她也行，为什么一到分高低的时候总是她比我强？她到底哪里比我强呢？论模样是一样的，论读书她倒是略胜我一筹，但心眼儿还少我一脚呢。我不与她争，争也争不过。我倒是要让我父母看看，到底谁有出息。"她一边说一边咬指甲，脸也涨红了，脸上的雀斑和小红豆就更明显，小小的三角眼闪着光，却是亮亮的生猛。

小隐说，那你怎么移民来的？朱小春叹口气说，靠老公呗。享他的福。我知道他也是靠不住的，现在不读书了，整天待在店里没事干，又与别的女人勾勾搭搭，当我是傻子不知道，我只装作不知道，有一天不想忍了再说。

小隐就无话回答。那天小隐穿一件浅灰色薄呢上衣，朱小春见了，说你穿衣服倒是有品位，这件很像伊斯卡达今年的风格。小隐说是我妈妈买的。朱小春说你妈还给你买衣服，小隐说我的衣服都是我妈买，她逛商店多。又问，你妈不爱买衣服？

朱小春说她爱买，就是只给自己买。给我买过一件，又老气又难看，成心把我打扮得难看。

小隐说别这么说，哪有母亲不想把女儿打扮漂亮的。

朱小春听了就生气，说他们有什么好心，你看他们给我取的名字，朱小春，每次点名都有人笑。小隐知道她指的是英语，姓在前名在后，朱小春就是小春朱，发音就成了小蠢猪。

再看他们给朱小珍取的名字，怎么叫都是小珍珠。我和她有什么不同呢？是眼睛不一样，还是鼻子不一样？

小隐见她怄了气，像个小孩子一样，就笑，说他们取名的时候，也不知道你们会到加拿大，叫成了这个名字。朱小春并不听她的话，只是生气着说:"他们就是对我不好,从来没对我好过。"

到梅尔街下了车,沿着道路一直向前走,朱小春说:"你手头要是有钱,抓紧换一点儿。"小隐说换什么,朱小春说,最近美元涨了。小隐说涨了多少钱,朱小春说两个点。小隐心中快快地算自己那点储蓄,说那也没多少。

你到底要多少呢?朱小春恨恨地说,两千不多,两万也不多,20万的两个点多不多?小隐想我又没有20万。然后就沉默下来。朱小春就说,你这样的人只会让人骗。小隐说我又没钱,又没色,骗我做什么?

走到梅尔街57号楼下,见一个穿蓝色小夹袄的女人,在门前一闪而过。朱小春叫道,那不是莫妮卡吗?朱小春说原来你住在这里,与莫妮卡是邻居,口气中满是羡慕。小隐说这个楼是个中国楼,房东是中国人,居住的六户人家也是中国人,哪里有个莫妮卡。朱小春解释说,莫妮卡也是中国人,原名叫莫丽的,我们一起上法语课,老师就给她起个洋名叫莫妮卡。

朱小春说,说起来莫妮卡真不简单。你怎么什么都不知道?莫妮卡原来是国内有名的电视台节目主播,15频道的,你想起来了吗?

小隐想一想,模模糊糊地竟想起来,这频道是个美容健身的,小隐很少看。小隐说小蓝袄住在三楼,看上去不过是个普通女人,我都没想起来。朱小春笑说,如今是有点儿发福。小隐说,国家电视台的名人也出来,住在这个地方。朱小春说,你别这么说。到底还是不一样。她这只是临时避难所,钱在国内还没有到这里,等钱到了就不是这般模样了。小隐说直接带过来不就行了,朱小春说,关键是钱不在她手里,要一点儿一点儿弄过来。见小隐不懂,朱小春又说,莫妮卡在那边有个人,是见不得光的,要慢慢把钱拿到手再运过来。小隐说不对吧,她有丈夫和孩子。你说还有个人,那这个男人是她的谁?朱小春说是这个丈夫是临时找的,没有这个人,她出不来。小隐这才明白了,就抬起头望三楼,对主持人的临时丈夫遥遥致意。

两个人到了小隐家,妮子跑上来拥抱小隐,母女俩搂在一起,朱小春就撇撇嘴。妮子向朱小春问好,朱小春好像没听见一样,她端着肩,带着审视的眼光,环视了一下屋子说,真是够简单的,你就这一点儿家产,还是都藏起来了?听说在国内做老师的都有灰色收入,不会这么简单吧。小隐从来没遇见这么说话的,一时说不出话来。

妮子饿了,先吃了一小盒意大利快餐面,就进里屋写作业,剩下小隐和朱小春边吃边聊天。朱小春只顾吃饭,眼皮也不抬一下。小隐见她吃起饭来风卷残云,眼见着饭菜就快没有了,就说给妮子留一点儿吧。说着站起来拿一个空碗,朱小春就像没听见一样,看到小隐的筷子出现在盘子里,才抬一抬头,她的嘴角向上牵一下,眼神却是空洞的,那表情像一个傻笑。

小心李岩不回来了。朱小春一边吃一边说。小隐想她是饿极了。

"我已经好几天没正经吃饭了,都是吃一点儿饼干什么的,省钱,一卷饼干一块钱就够了。"

吃完饭,朱小春抹一抹嘴巴,说你家的饭菜还行,只是少一样东西。小隐说少什么,朱小春说,没有汤。

一件挂在柜子里的羊绒衫,朱小春见了说好漂亮,拿在手中爱不释手,然后问小隐,这衣服你还能穿吗?太素雅了,在西方年龄大的都穿新鲜的。小隐笑道,我几岁?还没有到那年龄。

要走的时候,朱小春开门见山地说,那件羊绒衫你不如给我吧，反正你要开店去了，开店的店主又不是大学老师，要干活儿，这么漂亮的衣服你怎么穿？搬箱子拿东西容易剐了，若剐着了你不心疼？还不如叫我穿穿，我还准备去读书呢。再说，我还可以帮你找店。

　　小隐听了感到有些刺耳，好像用羊绒衫做交易。小隐明白朱小春的确是这样想的。但这个想法有点儿玷污了小隐的感情。她将羊绒衫拿在手中，那柔软与温暖再次刺痛了她。这件羊绒衫是母亲送给她的。以后的路，她不知道怎么样，但从前在母亲身边的温暖是少有了，她狠狠心说就给你吧。

　　到了门口终是不舍。小隐又嘱咐说，冬天收拾好，挂在衣橱里换空气，小心虫子蛀了。这一句话说出口，见朱小春也不回头，已经渐行渐远了。

　　想一想自己既没有朱小春将老公从博士拉下来的魄力，又没有小蓝袄的魅力，唯一能做的大概仅仅是自己有限的能力。既然已经出了国，开弓没有回头箭，再怎么也不能哭哭啼啼地回去。小隐咬着牙，决定走开店的一条路。想想当年，出国淘金的华侨们凭着中华民族的忍耐力都活了过来，自己一个大学老师，语言不好可以慢慢来，什么不是人做的呢？

　　虽然小隐并不喜欢朱小春，却好像深陷其中，不能自拔。朱小春又馋又懒，爱占便宜，是小隐不喜欢的。但小隐现在的生活，除了朱小春，却没有人与她分担痛苦。朱小春懂得市场又会讲价，是找生意的好帮手。朱小春有一种出乎意料的坏，也有出乎意料的机智。

　　过了几日，杨巧云给小隐介绍了一个纽曼街上的小店。店主是北京女人，单身母亲，如今儿子找到了工作，终于熬出了头，准备与儿子一起去安大略。小隐去看过，与朱小春商量。朱小春说你不能信她，看她那一双三角眼，吊梢眉，就不会说实话。小隐说那怎么办？朱小春就将一双斜眼向两边额角分开，形成一个大大的八字，说跟店！每天她开门你就去，关门你就回，每一笔生意都记下来，看看每天卖多少钱。小隐说这个我却做不到，那每天不就是 15 个小时，妮子怎么办？朱小春说让她自己在家，别接电话，别开门。小隐说那可不行，她会害怕。

朱小春嘟囔说你事儿真多，那以后开店你怎么办？你要锻炼她的独立精神。小隐说她才八岁。朱小春突然激动起来，她说八岁怎么了？我八岁什么都会做，我会炒菜做饭洗衣服。她指着胳膊上的伤痕说，这是炒菜烫的，指着手指上的小伤痕说，这是切菜剁的。小隐吓了一跳，看她脸上那道伤痕说，那这个是什么？朱小春说这个是我和朱小珍打架，她用铁丝划的，差一点儿划到眼睛，那我就是独眼龙了。小隐说姐妹也掐架，朱小春说怎么不掐，我们一起来，就是争命来的。

这个，她撩起前额的头发，上面是一个伤疤。小春指着说，是夜里睡觉，她把我踢到床下磕的。小隐就不再问，不知道怎么问。朱小春气咻咻地说，这世界上也没有人可以相信，没有亲情也没有爱情。都是骗傻子的鬼话，你若信，就死无葬身之地。何况一个要把店卖给你的人，你快快去跟店吧！

小隐到底没有认真跟下来。每天上午去看看，下午去看看。看看店主，的确是丹凤三角眼，柳叶吊梢眉，就不再去。

小隐最后买的店，是在一个叫朱莉的小镇，距蒙特利尔开车一小时的路程。小镇后面是一条河，还有一个尖顶的古老教堂，小镇只有一条主街，红色小屋顶，白栅栏，像一个童话世界。小隐很喜欢这个店。开始担心资金不够，没想到在银行贷到了小生意款项，让小隐大大松了一口气。最让小隐舒心的是小店后面就是学校，小隐在店里就能看见妮子在操场上奔跑的身影。

　　三个月后顺了手，才开始与以前的朋友联系。李岩在西雅图，偶尔会来一个电话，问一下妮子的情况。有时哈罗之后，他们就没有什么可说的了。小隐暗自庆幸自己的选择，女人最重要的是经济独立，有了经济独立才有精神独立，遇见任何变故都不怕。这样想时，小隐就想起朱小春。也打过几个电话，却没有人接，小隐想朱小春那么一个闲不住的人，不知道又到哪里忙去了。小隐常常想起朱小春的神情，即使在帮助别人，朱小春的眼睛和嘴巴总也掩不住那种恶意。小隐不懂为什么会有这样的感觉。

　　她是一个生硬的女人。小隐想，甚至对小孩子也没有喜爱和怜悯。

　　倒是有一天，春丽打电话来。春丽说你还不知道吗，朱小春出事了。小隐说出了什么事，春丽说，你没听说林峰案？报纸上都报道了。小隐说，我当了好几个月小店主，什么都不知道。春丽说，林峰在睡梦中被打死了，朱小春失踪了。小隐说，怎么回事儿？春丽说，林峰一直有外遇，与他以前的女友好。朱小春发现后就打死了林峰，然后用她姐姐朱小珍的护照成功逃脱，已经回大陆了。警察很快抓住了朱小珍，因为她包中的护照是朱小春的。也就是说，朱小春用了调包计，她打死了丈夫，还把姐姐送进了监狱。

　　小隐听了，半天嘴巴没合上。春丽说，那时候你们在一起，我就担心她把你骗了，那是多坏的一个女人啊，你怎么同她成了朋友？

　　小隐想不起来怎么和朱小春成了朋友，那时候自己太沮丧了，需要别人的帮助。尽管她经常在朱小春那里感到恶意，甚至感到她在操纵自己的命运，但朱小春毕竟以她的行动力，帮助自己走出了困境。这大概也是命运的捉弄。

发表于《广州文艺》2019年第2期
获第五届都市文学奖

墙上的阴影

我站在扣斯扣的柜台前，准备付款的时候，看到了昆山。他穿着员工的红马甲，留着壶盖儿头，头顶上的长发梳成一个小辫子，有点儿像日本武士，今年蒙特利尔的年轻人流行这样的发型，这个发型让我对他有了一种新奇感。因为上次看到他，他还梳着一个小平头，那时他还是妈妈的家宝。这样想的时候，我有点儿心酸，就更加注意他的行踪。他正在另一条收款线上工作，他现在长成了高大健壮的样子，干活儿时胳膊伸得很开，显得大手大脚，很舒展，脸上挂着平和友好的笑，有点儿矜持的样子。我很喜欢他笑的样子。昆山有两道平行线一样的上眼皮，柔软的嘴角，他用英语说 Water 的时候非常柔软，好像水在流动一样，Water 前半个音嘴张得很开，呈圆形，发后半个音时，舌尖抵在上腭，发出短促的声音。刘倩说你听他说得多好听，我怎么也发不出这么好听的声音。但其实刘倩的声音也很好听，这一对母子的声音都有一种微微的沙哑，嗓音很柔软。我以前并不知道济南女人说话的腔调这么好听，在我认识他们之前，我以为山东人都是水浒传里的豪放英雄，女人都像扈三娘一样。刘倩和她的儿子昆山，他们柔软的嗓音颠覆了我对某个地域的看法。

我认识昆山时，他还是一个七岁的男孩。那时我们刚到蒙特利尔，住在圣劳伦河边的低地里，我们住的那条街叫拉夫勒尔，中文就是花街，但那时我们没有将法语和中文对应上，就一直叫拉夫勒尔。那时我还在衣厂打工，等待被大学录取，晚饭后西蒙说想去公园玩，我说哪里有公园，西蒙说就在河边。

我们就去河边，一望无际的野地，终于看到有一个滑梯，一个吊桥样的儿童玩具，在苍茫的河边显得十分渺小。

就在这里。西蒙指给我看。他是个挑食的孩子，七岁看起来好像五岁，还常常黏在我身上。西蒙是一路狂奔着过去的，那里有几个孩子和女人。孩子们在玩沙子滑梯，女人们聚在一起说着什么。风吹过来，女人们的头发在风中飘起来。女人和孩子们在这空旷的河边，不仅显得渺小，而且无依无靠。那时候，我还没有从中国的公园概念中解脱出来。在加拿大，公园就是大地，没有栅栏，也没有门。小公园就是街道交叉地带的三角地。大公园就是一片森林或者一个岛，我们身处的河边低地就叫河边公园。

我慢慢走过去，女人们还在说话，她们看见我，并没有理睬。都是华人说着中文，看样子和我一样是新来的，但比我来得早一段时间。那时花街上已经住了很多新移民，都是朋友间相互介绍。凡尔登是蒙特利尔低收入区，相同的衣物食物，蔬菜水果比别的区便宜，房租也便宜，而且社会治安相对好，住的都是法裔，没有其他族裔。华人正在形成这个区的少数民族。

女人们说着这个新世界的事情，她们说在威灵顿街拐角处有一个太阳店，那里无论什么蔬菜水果都是九毛九一包。还有4100号，一个肤色暗黑、长着小圆脸的女人说，圣凯瑟琳街4100号有罐装酸菜，跟东北酸菜味道一样，特别好吃。女人们站得松松散散，互相之间都隔着距离，站在这大空地儿上已经显得很亲密。有人打量我，但没有人说话。我是一个有些害羞的人，我那时还不太会自我介绍，自我介绍是我后来学会的，无论去哪里，人们首先要自我介绍，这是第一课的内容。无论是学法语还是学技能，即使是去参加一个私人聚会也要先自我介绍，我们来自五湖四海，我们是对方的陌生人。

西蒙拉着一个孩子跑过来，对我说这是昆山。

那是我第一次看见昆山，他先问我好，然后跑到女人圈里，拽着一个女人走到我面前。

我给你介绍我妈妈，昆山说，这是我妈妈刘倩。

刘倩是一个细高身材的女人，额头上有一排弯曲的刘海，脑后梳着丹凤朝阳的马尾辫。她的衣服很合身，脖颈上围着一条小丝巾。他们母子都有细长的眼睛，薄嘴唇，是清秀的脸庞。刘倩是一个贤妻良母的模样，我现在想起她的样子，就是那样地温婉，有好听的嗓音，她是一个好女人，我想。

一

我那时处在一种失重的状态里。在这个城里，我只认识我的丈夫和孩子。我丈夫已经开始打工读书，他经常不在家，只有我和西蒙在家。魁北克规定十二岁以下的孩子不能单独在家里。如果被发现政府就会将孩子领走，去福利院或者让其他家庭领养，所以我的大部分时间不能出门，什么也不能做。在西蒙的影响下，我很快与刘倩有了交往。

我第一次去刘倩家，是在一个下午，他们住在距离我们十米左右的另一栋小楼，他们住在二层。推开门是一堆鞋，一堆完全不一样的鞋，有女人的、男人的、小孩儿的，有女人的高跟鞋，也有平底鞋，当然还有拖鞋，但那些拖鞋大多找不到相同的第二只。

你进来就好了，不用换鞋。刘倩站在一堆鞋的那边说。

我看了一下她的脚，她穿一双粉红色的拖鞋。我很想表现出我的礼貌，但我弯下腰找了半天也没有找到可以穿的拖鞋。

"进来好了。"刘倩再次说。

我就迈进去，跨过足有一米宽的鞋阵，那不是容易的事，而且鞋子之间又没有缝隙。有些甚至摞起来，我想是一年四季的鞋子都在吧。我几乎是跳过去的，不知为什么我有些羞愧，大概羞愧自己的没有礼貌。我择了最近的一张沙发，试图坐下。但沙发上堆满了什物，只有沙发的扶手还有底色，我就斜着身子坐下来。

"我不大会理家。"刘倩说，"我家就这么乱。"

如今我坐在沙发扶手上，有一百八十度的视野，可以看到这个房间的一半。无论是床上、地上还是桌上，无处没有什物，西蒙和昆山正在玩，他们很开心。对孩子们来说，满地的玩具，随时可以坐下来玩，也算是一个乐园。桌上有碗碟，有饮料瓶，瓶里还插着吸管。被子没有叠，就堆在床上。刘倩穿得很整齐，她的衣裤尺寸都很合适，不大不小，让她看起来很利索，不拖拉。她微微弯曲的头发梳得一丝不乱，笑容恰到好处。我现在想起来，她天生就有一头整齐滑润的头发，她从来没有夸张的语气和表情，她就是那么一个安静的女人。刘倩站在她的房间里，就像一个公主站在贫民窟里。刘倩不像这家的女主人，她更像这家的客人。

然后我转过身，看见房间的另一半。那是厨房，工作台后面是橱柜和炉台。然后我在炉台边看到一道晃动的阴影。我循着阴影看过去，看见墙上挂着一个物件，在午后的阳光中，闪着无可名状的色彩。我说这是什么，我站起身，浑然不觉地走上台子，一个铁钉上挂着那东西，干硬，有些油迹，它卷曲着，好像一个抽象的什物。

那是一片猪皮。刘倩说，已经挂了很久了。

"你要做成什么吗？"我很好奇。

"没有。我只是觉得，它或者可以做成什么。"刘倩说着，把沙发上的东西抱起一摞，扔到床上去，现在沙发出现了一个凹陷。

"坐下吧。"她说。

但我不忍心坐。因为沙发上还有一些衣物，衣物中还有昆山的玩具，长方形的积木，小机器人的胳膊，还有一个眼皮会动的洋娃娃。刘倩只有一个昆山，昆山是男孩，昆山玩洋娃娃吗？我依然坐在沙发扶手上，我斜着身子坐着，这种坐姿让我想起与贾雨村说话的门子。

门口出现了一个小男人，精瘦，平头，小脑袋，他正在弯腰寻找落脚的缝隙。然后他抬起头，有客人呀。他说。他的嗓门大得吓人，明亮，宽阔，高音部，完全不像这个小人的声音。他的声音瞬间充满了房间。

"这是昆山的爸爸。"刘倩介绍说。

她介绍的时候，小男人已经走进房来，他脚上套着两只颜色尺码都不一样的拖鞋。

他穿一件黑色短衫，显得身体更加矮小，刀条脸上几乎没有多余的肉，这是一个精瘦且精干的男人。他进了房间，也不急于做什么，而是顺势坐在另一个沙发的扶手上。看得出来他是经常坐在扶手上的，因为他坐得自然流畅，姿势平衡。他坐在那不宽的木板上，怡然自得，好像那天生就是他的王位。我对他的从容自得感到惊讶，我正了正自己的身体——他是对的，我们应该在任何板凳上都保持端正的坐姿。

后来的事情，是夫妻俩你一言我一语告诉我的。他们说话的时候好像说相声，高大的刘倩和矮小的老尹，他们是高中同学，高一时就陷入了爱情。

"我家里当然不同意。"刘倩说，"他太矮了，才到我肩膀。"

"我家也是不同意的。"老尹说，"她太高了，鞋码比我大两号。"

"我们老师也不同意。"刘倩说。

就要高考了，当时影响很不好。老尹说。

可是我们也没分手，刘倩说。她实在是一个平和的女子，她的声音与老尹的声音是没有可比性的，她的声音略略低沉，有点儿无力，没有抑扬顿挫，刘倩的声音毫无特点，她的声音在老尹明亮的声音中，是没有色彩的低音部。

"但是他没有问题。"刘倩说，"他照样考上了大学。我就没有考上，其实我的成绩不比他差，但是女孩子就这样，有了男朋友就学不下去了。他却没事，该干什么干什么，一点儿没有耽误学业。"

"那后来呢？"我对他们的爱情产生了兴趣。

"后来就结婚了。"老尹奇怪地看我一眼。

我环顾四周，对他们的生活有了新认识，两个人怡然自得地坐在一堆杂乱的家居中，杂乱得好像刚被抢劫过。水池中的锅碗还没有洗，熟食物和尚未加工的菜蔬都摆在一起，他们兴趣盎然地与客人谈着青春时的爱情，脸上散发出光彩。老尹说他现在正在读麦吉尔的博士。

很辛苦，不过西洋参对我有帮助。外国同学喝红牛的时候，我含两片西洋参就成，还没有崩溃时刻。他说。

刘倩站在窗子边上，她说你看琼一家回来了。老尹和我就站起来，俯身向街上看。见琼和她的父母，每个人背着一个双肩背包，像一个小分队一样走在街上。琼是一个小女孩,跟昆山西蒙在一个班上。刘倩说,你知道吗?这一家人特奇葩,他们三口人,每天一起出门,母女俩走一站,父亲坐一站地铁,在地铁自动售票机出三张公交联票,然后三个人坐巴士,每天可以省四张车票。我说,真的?能这样?老尹说够聪明的。刘倩叹一口气,说真的会算。但是我知道可以这样,也懒得去做,太辛苦了。我便向琼的一家人看,见三个人站在街上,那男人正在将女儿和妻子的书包都挂在自己身上,我一直盯着看,看他披挂停当,一家人继续向前走了。

我告辞,我们该回家了,西蒙依依不舍。我迈过鞋阵走到房门前,再次回头时看见吊在墙上的那一卷陈年猪皮。

我走到街上,不知为什么心情很好,我想人们总是说爱情是这样的那样的,但刘倩和老尹向我呈现了一个完全不一样的爱情。刘倩不是一个理家的好手,他们的外貌也完全不般配,但你看他们是快乐的,他们相互之间没有挑剔,他们如鱼得水。

二

我的生活慢慢步入正轨,开始打工上学,进入了对异国生活奋不顾身的努力中。就像所有新移民一样,我们需要把生活安顿好,然后付出双倍的努力,去适合这个陌生的社会。我们把一分钱掰成两半花,把一分钟掰成两半用。在汽车上地铁里,别人听音乐,我们听外语;中午休息,别人喝咖啡,我们翻字典。我忘记了许多事情,与许多人少了来往,但刘倩是独特的一个,因为我们的孩子成了好朋友。开朗而清秀的昆山和西蒙在同一个欢迎班里,他们共同对付那些找他们麻烦的当地孩子。我对昆山刮目相看,因为在西蒙口中，昆山与众不同。比如有一天，几个法国孩子堵在学校门口，要和他们打架。一个称自己是老子的四川孩子冲到门前，昆山却拉着西蒙说，走，我带你从后门出去。

放暑假时，刘倩来找我，说她发现了一个学法语的夏令营，问西蒙能不能与昆山一起去，政府给低收入家庭打折扣。

我当时被计算机搞得焦头烂额，有这样的事情当然最好，我因此见到刘倩。她还是老样子，弯曲的刘海一丝不乱，穿合体的衣服，脖子上系着手帕般大小的丝巾，很像飞机上的空姐。刘倩说她在学秘书，她比较满意，课程不多，上午上课，下午就回家了。学的内容也不需要动脑筋，我手快，敲字没问题。她说。

好找工作吗？我问。那时候我们选择任何一个学科，目的都是找工作。好专业是能找到工作的，而不是你喜欢的。比如我最初想去学东亚史，但东亚史很难找到工作，我就放弃了。我当然心有不甘，但我三十多岁，有西蒙，需要钱。那时候我的存在好像不是为我自己，而是为了下一代——人类的代际关系大概就是这样。也许别人不这样想，但我是这样想的，我已年至中年，而西蒙才是初升的太阳，谁是潜力股？生命是一个梯子，现实就这么残酷，生命就这样残酷。

但是刘倩说她不想找工作，她只是在学校混助学金。

你知道老尹在读博士，她沉吟一下说，等他读完找到工作，我就在家当太太。

"一个人工作够用吗？"我问。

也许不会很多，那我也不想工作，我就在家待着。刘倩说，她这样说时很固执，我第一次感到她的固执。

老尹说了，穷太太也是太太。

我们就转了话题，说起那个四川女人。老子的妈妈去了美国，老子的老子在波士顿找到了工作，四川女人在家当太太。原来的邻居安宁去了温哥华，在机场附近开一家炸鸡店，生意很好，安宁的老公本来开中医诊所，倒没有她赚钱多，于是干脆也炸鸡块去了。

我把她送走后开始读书，为了补上与她交谈的两小时，我读书到凌晨。

昆山是一个聪明的孩子，我一直这样认为。他同西蒙一起出了欢迎班，去读四年级，而西蒙读三年级，他那时爱上打篮球，而西蒙更喜欢游泳。后来我们搬了家，西蒙说昆山要回国了，我以为他们海归了，却不是。老尹还在读博士，而刘倩决定带昆山回国住一年。她说昆山如今不会中文了，她要带他去学中文。

中国人怎么能不会中文呢？刘倩说，蹙着眉头。

果然一年后我又见到他们。是昆山来找西蒙，到他家去玩。

我再次站在刘倩家的时候，发现刘倩有了很多改变，首先我没有通过鞋阵就进了她的家，虽然床和沙发上还有些杂七杂八的东西，但比第一次少多了。刘倩穿短袖黑白点的小上衣，依然苗条着，坐在那里不急不缓，说着济南女人有点儿咬舌的语言。一阵风吹来，落下半块窗帘。昆山的玩具堆在一个墙角。昆山现在是大孩子，不再玩那些玩具了。我看到刘倩的第一眼，就想起她说的话，穷太太也是太太。

刘倩是有些太太的样子的。她慢，干什么都慢，行动慢，说话慢，显得从容不迫。她对生活也从容不迫，她并不着急改变自己去适应社会。我有时想，我们都在忙忙碌碌地生活着，从一个学校到另一个学校，从一个工作到另一个工作，假期里去打工，急着想改变生活，每个人都这样。我、开炸鸡店的安宁，但刘倩却不是这样。

她守道安贫，坐在一堆破烂不堪的家具中，安心地做着她的穷太太。她好像小溪中的石头，细水流动着，石头却不动，日复一日地没有什么改变。刘倩坐在她的家中，就像那块感觉不到时间的石头。

或者她打定主意，将生活赌注押在老尹身上，我想。

老尹像几年前一样精瘦，却精神，哈哈笑着，露出一排白牙。老尹说他们两个回国的时候，他很想念他们，如今可好了。他快乐地笑着，赤诚而坦白。刘倩白了他一眼，似嗔似喜。然后刘倩说如今昆山的中文好起来了，他能读中文报纸了，于是她弯下腰，在沙发角里翻出一张当地的中文报纸《七天》，让昆山读。昆山就站在地中央，大声读起来。昆山的口音与母亲一样，有呢喃的鼻音，可爱的济南口音。他读的是一个连载小说，叫《溯流而上》。老尹和刘倩都笑着，望着他，他们的眼里满是骄傲。我后来常常想起那时的情景，那间小屋里的快乐。人并不是有能力才可爱的，在情人老尹眼中，刘倩就是西施。

我们依然忙忙碌碌地生活，慢慢地联系也不多了。倒是从某些人口中，得知刘倩一家人的生活状态。昆山去考过魁北克第一的中学，却没有被录取，这让刘倩很受打击。其实昆山中断了一年在魁北克的教育，能够继续在法语学校读书已经很好。但刘倩对昆山有自己的要求，她认为魁北克的教育进程缓慢，回来补上一两个月就能跟上。但教育其实是水滴石穿的事，快速补习当然能在短时间内去应试，但文化与语言的形成却是需要时间的。

这次失败之后，昆山去了中国人办的补习学校，终于在第二年插班成功。老尹还在读博士，不知是太过疲劳，还是导师刁难，他的论文一直在进行中，却不能通过。后来有一天，我在楼下准备出门时，看到老尹正扶着一个妇人上车。那天下着大雨，老尹将伞罩在妇人头上，自己全部暴露在雨中，淋得精湿。我躲在门廊里，紧张注视，终于看清楚，那妇人不是刘倩。我心中十分诧异，又不知道是不是应该告诉刘倩。后来有人告诉我，那女人是个病人，每周要去医院做透析，老尹就载她去，挣一点儿钱做家用。

　　刘倩还是没有工作，她一直在家中做穷太太。身边的人开始毕业，工作，买房子，走上出国的小康之道，但刘倩一家沉默着，保持着原来的样子。刘倩还是去太阳店买九毛九一磅的水果青菜，穿国内带来的衣服，从容缓慢地过自己的日子。有一次我们打电话，说起陈年往事，说起琼一家。地铁站早就停止了用自动售票机出联票。我们笑说琼家的秘密被发现了。地铁站并没有抓住蹭票的人罚款，而是改变了制度。刘倩说琼已经跟着父母去美国了，他父亲是程序员，在美国找到了工作，年薪很高。

　　我倒不羡慕。我虽然穷，倒不钻制度的空子。刘倩说。

　　转年刘倩生了一个男孩。

　　有一段时间，我常去扣斯扣买东西，有时路过，并没有采购计划，也会进去一下。开始我不知道自己为什么，后来发现自己进去就到处看，希望能找到昆山的身影。昆山看起来过得不错，健壮有力，他的身材和五官都很像刘倩，但脸上的神情却很像老尹。他现在已经是一个小头儿了，经常在不一样的位置上工作，有时在办信用卡，有时在收银，有时在烟草专卖柜台上。昆山是一个茁壮的年轻人，他穿扣斯扣职员的红马甲，梳一个日本壶盖头。他的神情恬然安静，工作效率很高，他有一种迅捷的精干，这不像他妈妈。但他微笑的样子让我想起他的母亲，于是有一天我走上去叫他，他只瞬间就认出了我。

　　"你好，阿姨。"他说。他的舌头还是很柔软，那种呢喃的济南口音，我想他是不会改变的，他七岁时的口音是这样，就会一直是这样。他继承了他母亲的口音。他说一切都好，父亲在做装修，有时有生意，有时没生意，有就做一点儿，没有就歇着，怎么都挺好的。昆山说。昆山这样说是有一种安然的语气，我从他的语气中听到一种熟悉，那熟悉就像刘倩。我也听出了一种骄傲，我想昆山的潜台词也许是，他可以供养家庭，他的父亲不需要努力工作，而他的弟弟也有他的支撑。他的弟弟也长大了，明年就要上小学了。

昆山十六岁开始在这家店做小时工，那时他还在读高中。他开始是摆货架，做一些清洁工作。面试的那天我曾遇到过他和刘倩，他们坐在一张椅子上，安静得近于胆怯，刘倩说正在等面试。那时昆山很瘦很单薄，还没有刘倩个子高。我以为昆山只是勤工俭学，并没有想到，他一做就做了七年，将这一份打工的工作做成了全职。西蒙说他还开着一家网站，卖运动装。

我并不认为他能卖出很多。西蒙说，因为不是什么品牌。

他们依然住在凡尔登的那间小楼里，我不知道那间房现在怎么样了。我每次想起来就会想起第一次去的时候，那时候刘倩还年轻，梳着丹凤朝阳的马尾辫，脖子上系着一条小纱巾，像空姐一样。我没有看到刘倩生病的样子、衰老的样子，她一直都是年轻的，在我心里，在我的记忆里。我一直想她这些年的奔波，放不下丈夫，又放不下父亲。我后来听说她的父亲是一个老中医，续弦，续弦也早亡了，而刘倩是个独女，她好像还有个弟弟。

"我什么都不能做，我随时都可能要回去。"刘倩说。

我不知道刘倩为什么从中国到加拿大，再从加拿大到中国，翻来覆去地折腾。她在哪里也住不长久，好像不属于任何地方。没有人要求她做什么，她的内心却一直不得安宁，她在两个至亲的人之间跑来跑去，却没有帮上任何人的忙。她总是过几个月就要到另一个地方去，好像被命运呼唤一样，一直到她得了癌症，她才不折腾了。命运最终将她留在了加拿大。她留下丈夫和两个儿子，我不知道她走时有怎样的牵挂。

我每次想到刘倩，就会想起她厨房墙上那块被岁月风干成抽象的猪皮，我不知道那代表着什么，也许什么都不代表。就像刘倩说的，我不知它能做什么，但我想，说不定它能做什么。

从知道刘倩去世，如今也有好几年了，那块猪皮就一直在我头脑中挥之不去。我无数次地想起它在刘倩墙上挂着的岁月，甚至想到它也许今天还挂在那里。我像寻找意义一样寻找它在刘倩生活中的含义，但最终我什么也没有找到。

它可能什么都不是。它只是一片未知的事物，就像命运一样。

发表于《湖南文学》2020年第七期
（原名《穷太太刘倩》，《世界日报》2020年1月3—10日）
收录于《2020北美中文作家年选》

鱼　缸

一

朱丽和丁一站在圣丹尼街上找寻着门牌号。这是蒙特利尔最繁华的一条大街，没有地方泊车，他们只好把车泊在小巷里，一路走过去。

圣丹尼街上房租一定很贵，丁一嘀咕着。他伸长了脖子，仔细看着街牌号码。他这个年龄的许多人都发了福，但他还是像大头娃娃一样，身子细长。

朱丽不以为然。约书亚是医生的儿子，家境优厚，他就应该住在这条法式浪漫的主街上，如果住在别的地方才不对。

从外表看，朱丽和丁一有些不般配。朱丽穿象牙色的亚麻长裙，欧陆风格，是她在法国旅游时买来的。足登西班牙麻编高跟凉鞋，象牙色盘扣，背着红色印花小坤包，时尚中透着高雅。丁一则穿一件皱巴巴的棕色衬衫、一条短裤，两条细细的腿从短裤里面伸出来，短裤显得空荡而肥大。一双比脚大两号的凉鞋，越发显出细脚伶仃。一阵风来，刮过一股老衣服的气息。

或者还有鱼的腥气。朱丽瞥一眼丁一的裤脚，气恼地想。这样想时，就紧走几步，与丁一拉开距离。

自从升职以后，朱丽对丁一越来越有了生理上的反感。如今朱丽在公司里，做到了中级职务，手下也有小猫三两只，而丁一却还在超市里卖鱼，每天回来身上都有鱼腥味。虽然丁一反复清洗，那气味还是会若有若无地飘来，让朱丽有些难忍。本来刚移民时，两个人都是一样的，丁一还是主申请。谁知来了之后，两个人差距越来越大，朱丽去读了硕士，丁一则鼠目寸光。

四十岁的人了，还读什么书，做生意赚钱才是本分。丁一这样打着哈哈。

朱丽最不喜欢说年龄。她也不接受自己的年龄，按着心理年龄算，她接受自己三十岁，虽然那个年龄一去不复返。朱丽鼓足勇气，一年半就拿下了硕士学位。国内名牌大学不是白读的，除了英语口语差一点儿，朱丽的工作能力，让那些当地的年轻人惊艳。当然，朱丽的自信心也不是一天增强的，刚毕业那会儿，她去应聘，人家问她想要多少年薪。

"四万行吗？"她战战兢兢地问。进了公司见了同胞，听说她年薪四万都大吃一惊，说："世界一流的公司，起薪最低五万，你怎么那么少？去要。"

朱丽不敢去，怕把工作要丢了。还是法国人皮埃尔听说了，说我去。他就去了，小头儿居然很爽快，说没问题，年底就涨起来。

如今，朱丽的年薪已经涨到七八万，自信心也随着薪水一路涨上去。

就是这个，圣丹尼街 625 号。丁一如获至宝地说。

两人站在楼下向上仰望，见一个宽大的楼梯直通向楼上，楼是暗红色的复古主义风格，这样的房子在蒙特利尔，大多做了博物馆或者办公室。能住在这里的，是个什么人呢？朱丽对约书亚不禁产生了仰慕之情。

"那就打电话吧。"丁一自言自语地说。

约书亚从楼上下来了,穿着一双拖鞋,一个及膝短裤和白色V领衫,生机勃勃。他站在他们面前,就好像一个希腊神话中的男神,前额宽阔,金发卷曲,鼻梁挺直,唇线清晰,两个赤裸的胳膊,可与掷铁饼者媲美。约书亚的形象让朱丽眩晕,而更让她眩晕的是约书亚手中拎着的东西,一只手中拎着一个红色蕾丝花边镂空的小三角短裤,另一只手拎着一个小鱼缸,里面居然还有一只小金鱼。约书亚把这两样东西像旗帜一样举起来,举在阳光灿烂、人头簇拥的圣丹尼街上,用柔软的美国英语说:"这是咪咪留下的,现在我还给你们。"

丁一飞快地伸出手,想去拿那个三角短裤。手伸到那里,却突然顿住了,他的脸由红转白,气急败坏。犹豫了一下,他的手转了一个弯,终于拿下了那个精致的小鱼缸。

朱丽面红耳赤。但无论如何,她勇敢地伸出手,像夺锦旗一样夺下咪咪的红色三角裤。不夺下又怎么样呢!咪咪给她的难题绝不仅仅是一条三角短裤,她不是都接下来了吗?站在圣丹尼街上,在众目睽睽之下,从年轻男人手中接下红内裤,这只是其中的一项。朱丽有些气恼,心中却有些说不出的感觉。大街上的行人多是无所事事的游客,有一个梳着披肩长发的高鼻子男人看到了,居然笑一笑说,好正的红色。他这样说的时候,脸上有一种调侃的无辜表情。

朱丽经常感到奇怪,为什么有的人在谈论色情的时候,能够表现得非常纯洁。她想这大概是因为法兰西民族就是这样一个民族,他们把性看得自然而纯粹。这样想时,她感到自己必须有所表示,这种表示在于表现自己的开放或者同感。她就对着那个男人笑一下,她笑得很纯洁。

回来的路上，丁一有些不满。丁一说，这些洋鬼子真是的，就那样拎着，站在街上，装在一个塑料袋里也行啊。

朱丽还沉浸在那种街头上晒内裤的莫名兴奋中，她对丁一这种陈旧的理论颇不以为然。

这就是年轻人与我们的不同嘛。她斜睨了一下，朱丽的两只眼睛前宽后窄，像两条小鱼一样游动着。他们是完全不同的，他们多么自然和开放。她又说。

丁一用鼻子哼一声，太开放了。丁一这样说，却也不坚持自己的观点。经济基础决定上层建筑，自从朱丽有了工作以后，丁一基本上没有话语权，有钱才有话语权。

回到家，朱丽照样上了楼，丁一在厨房做饭。朱丽打电话给咪咪，告诉她东西已经拿到，咪咪那边情绪有些烦躁，说拿就拿了，不用告诉，有事情我会给你打电话，说完就挂了。咪咪的态度让朱丽的心情瞬间低落，本来是有讨好女儿的意思，没想到又做错了。

二

对于家庭成员和朋友来说，朱丽和丁一都是性格开朗、与人为善的人，但咪咪从一生下来就表现出与父母格格不入，咪咪生下来的第一个反叛是不吃母乳。那时他们还在内地，医院实行母婴分床，头三天，朱丽的母乳一直没下来，医院就给婴儿喂牛乳。朱丽至今还记得那荷兰牛乳的牌子叫力多精，咪咪吃上这个就不再想吃她的奶了，护士说大概是因为塑料奶嘴长，能一直抵到婴儿的喉咙，吮吸起来极容易，而吮吸母乳就不一样。朱丽的奶头小而短，咪咪需要用力吮吸。但咪咪拒绝用力。朱丽肿胀到疼痛难忍，但咪咪就是不肯吮吸，朱丽记得那小小的身子躺在她怀里，母女相视，她从未想到咪咪的眼神是那样的，成熟而锐利，那眼神是那么明亮、有主见，让咪咪面对她时，竟然不能自已，她惊讶而不知所措，她感到自己面对的并不是一个婴儿，更遑论是自己的女儿。咪咪的眼神如此强大，强大到朱丽不能长久与之对视，让朱丽想起科幻电影里那些来自宇宙的外星人。他们的眼神能让人类瞬间窒息。

"这是个麻烦的小孩子。"婆婆对朱丽说，这么小就这么拗，说不吃奶就不吃奶。

也想过对付这个小婴儿。所有来看朱丽的女人们都说，饿着她，不给她吃奶嘴，她饿了就吃你的奶了。朱丽则忍不住哭，从来没听说过女儿不吃母乳，她感到自己好像做错了事情一样，或者说，生下一个与她心性不合的女儿。

她就饿着咪咪，不给她吃奶嘴，但咪咪坚持不碰她的乳头。她把咪咪抱在怀里，用力贴在自己胸膛上，让她吮吸。但咪咪哭起来，哭得鲤鱼打挺，胸膛里都是气。哭得顺畅时能哭上两三个小时，直到精疲力尽，累得睡过去，就是不吃母乳。到后来母女一起哭，最后朱丽只好撤退，奶慢慢地回了，咪咪最终吃上了力多精。

力多精，到底是什么做的呢？朱丽想。这种人工合成的奶制品比母乳都亲。

从第一个回合之后，朱丽对咪咪的对抗就像多米诺骨牌，一路哗啦啦地败下来。朱丽回想与女儿的交锋，竟然没有胜出的回忆。

咪咪七岁时，一家人移民到了蒙特利尔。那时中国人之间实行合作，搭车合作，接送孩子合作，周末看孩子合作，两三个孩子在家之前相互串着，新移民的父母就可以有时间去读书或打工，英语叫卡普。朱丽的卡普是小平一家，有一次朱丽正在上课，小平打电话过来，小平说你必须现在就来接咪咪！朱丽说："我正上课。"小平说："你必须来。"小平是朱丽多年的朋友，朱丽不知发生了什么，还以为咪咪生了病。小平说，不是咪咪生病，是她把人打出病。朱丽这才明白，咪咪动手打了人。朱丽和丁一赶到小平家，小平不依不饶。朱丽查看了小平女儿的伤情，的确重了一些，是咪咪把小平女儿推下了台阶，额头磕出一个鸡蛋大的肿包，医生处理了伤口，还好小平没有说出是咪咪推下去的。小平坚持让咪咪道歉。

　　朱丽去看了女儿，见她面对墙站着，一张小脸绷得紧紧的，嘴唇也绷得紧紧的。朱丽试图问咪咪为什么，咪咪就大声说："我知道你是来说我的，我告诉你，我没有错！"朱丽没办法，只好向小平道歉。

　　看在我的分儿上，她低头含眉地说，让我们带她走吧。

　　这样大的伤害，小平说，我都应该叫警察。台阶那么高，算我女儿命大。你看看，要出人命的。朱丽去看的那台阶，小平说得有点儿过分，但她女儿的伤也实在很可怕。

　　他们终于把女儿接回家，朱丽再次试图了解情况，但咪咪拒绝与他们交谈。我知道你想让我道歉，咪咪说，但我不会。

　　晚上咪咪的电话果然打过来，开口说："我好累！"朱丽听了就说："那就好好睡吧！"咪咪那边就停下来，说："你能不能不打断我？"

三

　　对于咪咪，朱丽和丁一有完全不同的两极态度。在经历了漫长的二十三年之后，朱丽选择对女儿采取顺从和溺爱，这并不是与生俱来的，而是长期战斗的结果。或者说朱丽在二十三年与女儿的相处中败下阵来，甘心情愿做女皇的臣民。而丁一还没有完全接受这个失败，他还试图以父亲的权威来辖制女儿。但丁一的愿望与现实无疑是不能达成一致的，因为朱丽是咪咪的奴仆，而丁一则是朱丽的奴仆。

虽然当年移民时丁一是主申请，在国内工作是丁一，也是一家的主要经济支柱。但出国之后形势骤变，朱丽先他一步找到工作，而且年薪节节升高。丁一则经历了第一代移民所有的困苦，开杂货店，开快餐店，打工送比萨送花送杂货。在移民的二十年里，经济以无形之手把他和朱丽的社会地位、家庭地位推向两极。如今，朱丽喜欢穿纯白的衬衫、西裤、长风衣或者颜色淡雅的衣服，而丁一则一年只穿一条半裤子。这个意思已经不再是气温和季节的问题，而是经济和社会地位的问题。丁一在冬天只有一条裤子，他拒绝买新裤子，这不仅是因为他在计算了自己给家庭的收入之后寥寥无几，还因为他的生活方式。他本来就是一个平民的孩子，他过得惯苦日子。另一个原因则是他心中的志气，虽然收入菲薄，但他能勤俭持家。他在自己身上省下的钱与朱丽花在自己身上的钱形成对比。朱丽花在她身上的钱越多，丁一心中自责感越小。丁一是男人，他不想吃软饭，他有自己的方式保持和生活平衡。而一旦生活平衡，丁一才有发言权，因为话语权是建立在经济基础之上的。

丁一力图保有家庭话语权，因为朱丽这几年的事业发展真是如踩电门，上升极快。因为上升得快，小巧玲珑的朱丽开始表现出越来越强的气场。她的气场越强，对事情的决断力越强。如果丁一再没有话语权，他就沦为朱丽的厨子和司机。而事实上这种趋势已经形成，他早就是一个厨子，而这也是他吊住朱丽胃口的原因。朱丽是一个喜欢家乡美食的人，而在异国他乡，想吃地道的家乡菜，只有丁一能做得合乎朱丽的胃口。丁一给朱丽煲的中药汤，让朱丽原本黯淡的皮肤光滑细腻，脸色也生动活泼。尤其是那些小厨秘方，竟然阻挡了朱丽白发的发展。这真是让朱丽和丁一都引以为骄傲的事情。此事涉及朱丽的美丽和健康，这也是朱丽离不开丁一的重要原因。

其实，朱丽是多么喜欢那些美丽的事物。她喜欢花朵，喜欢英俊的男生，喜欢浪漫的法国文化——红酒、烛光、约会。除了奶酪，那个让女人们发胖的食物，朱丽是自动拒绝的。她并非不喜欢奶酪的香味，但她更需要保持苗条的身材。

而丁一是多么不情愿只做一个厨子，他还想成为朱丽的对手或者国王，但他悲伤地看到，这种可能越来越小了。每次争吵他都是主动求和的那一方，而每次提出离婚，都是对面这个小巧的女人，她说离婚说得像吃饭一样轻松，在这样的轻松后面是强大的经济后盾。

如果年薪十几万的是丁一，丁一想，那情景将是多么不同！然而那只是幻想。丁一今年五十岁，五十岁的人在加拿大贷款买房，银行都要考虑再三：你有生命保险吗？你有失业保险吗？你有公司保险吗？丁一没有固定的职业，他如今是一个流浪送货人，如果没有朱丽稳定而可观的收入，他无论如何不会成为银行的宠儿，还能贷款买房。所以丁一的性命是拴在朱丽身上的。

当然我们还要谈一谈爱情。丁一对身边这个娇小的女人，依然怀有年轻时的那种爱，情色的爱、性的爱。经常地，他在送货的路上，电话里传来朱丽尚未睡醒的慵懒娇弱的声音，那种女孩一样娇媚的声音让他浑身燥热，不能自已，许多次他都情不自禁，他需要把车停在路边，掐几下大腿，才能控制自己上升的情欲。他想象着朱丽躺在床上的曲线和柔媚，他很饥渴地对电话说："我受不了了，我现在就想和你在一起。"

四

现在丁家的生物链形成了大鱼吃小鱼、小鱼吃虾米的状态。丁一被朱丽死死吃住，而朱丽却被咪咪死死吃住。有什么办法呢！朱丽想。朱丽不会放弃女儿，她也不知道如何放弃，放与弃的权力掌握在女儿手中，而不是她手中。她能做的就是顺从女儿的各种愿望，就像今天，她遵照女儿的要求，去她前男友约书亚那里取东西。

朱丽曾经是多么希望咪咪与约书亚能够有一个未来。约书亚是咪咪从开始约会男友后最认真的一个。在这之前咪咪有过许多情事，最不靠谱的一次是同时约会两个男友，一个是白人，另一个也是白人。朱丽开始时完全不懂女儿如何同时约会两个人，咪咪告诉她是分时间的，比如周一、三、五是威廉，周二、四、六是皮特。朱丽试图以自己的观念告诉咪咪这样的坏处，但咪咪不以为然。咪咪扬起她的头，将齐肩的长发高傲地甩一甩，一张小橘子一样的圆脸显出骄傲和自豪。咪咪说我并没有做错什么，他们都是自愿的。我如实告诉了他们相互之间的存在，他们是接受的，他们愿意让我与他们同时约会。

朱丽想明白约会的具体内容。

"约会包括什么呢？"她战战兢兢地问。

"包括上床。你满意了？"咪咪很不高兴地说，好像对待一个刺探别人秘密的长舌妇。

这其中包括道德问题吗？朱丽对自己的失落很不理解，她试图去理解这一点。

这有什么道德问题？咪咪说。我们三个人都是自愿的。婚姻的存在才是不道德的，因为它违反人性。人性本来不是一夫一妻，这是社会的产物。事实证明婚姻压抑人性。就像你跟爹地，整天吵架，你幸福吗？

咪咪的问话很刻毒，直接捅到了朱丽的痛处。

朱丽便无言。朱丽后来读了一些西方哲学的书，力图通过哲学了解女儿的思想，因为她发现女儿代表着另一种生存哲学。

女儿常年吃避孕药，朱丽对此很担心。但咪咪对朱丽表现出的担心很气愤，母亲是那么老土，她想。现在哪个女生不是这样调节自己，而母亲不仅用老土的观念看待婚姻，还用老土的观念看待自己的生活，她完全与这个世界格格不入。

比如说吧，有一次咪咪在气愤之下说了 Bitch。

因为这个词，朱丽哭了一下午。朱丽不明白自己怎样成了 Bitch。咪咪拒绝对母亲道歉，因为在她看来，母亲真是少见多怪。

Bitch 只是表示不满的一个名词，她说。你看看皮特的母亲，有一次在他家里，他说我们的化学老师是一个 Bitch，他母亲马上附和说，她就是一个 Bitch。

咪咪这样说时，两只眼睛闪闪亮，她说皮特的母亲真酷。

朱丽停止了哭泣，既然哭泣得不到理解和道歉，甚至被鄙视，那还不如也酷一点儿，接受这个称号。

朱丽曾经见过约书亚一次。那次咪咪和约书亚在圣凯瑟琳街上吃饭，咪咪特地邀请了朱丽。朱丽对此受宠若惊。在这之前，朱丽从未见过咪咪的任何一个男友，所有的男友都只是名字，在咪咪鲜红的嘴边滑来滑去，有的滑过一次，有的滑过一段时间，一直到约书亚。

毕业季时，咪咪来电话，说约书亚的母亲从美国赶来参加他的毕业典礼。约书亚说他母亲很想见咪咪，邀请晚上一起吃饭。

朱丽听了很高兴。在朱丽看来，家人之间的会面，就是一种示意，这意味着年轻人之间关系的进步。她正想着，又听见咪咪问朱丽能不能见她男朋友的家人。这让朱丽很惊讶。朱丽有些受宠若惊。她没有犹豫，立刻答应了。

那天她穿了一件湖蓝色的长裙，配了一双半高跟的白鞋子，看起来既端庄又知性。她在镜子前犹豫很久，最后确定自己可以出门。

为什么这么犹豫呢？她问自己。倒好像自己去约会一样。她走在路上，自嘲地想。

晚餐的地点是在圣凯瑟琳大街上的一个德国啤酒屋。以前朱丽和咪咪来过。但这次，咪咪说是约书亚的选择。

远远地，朱丽就看到咪咪和一个身材高大的男孩在门前等待。咪咪穿一件蓝白条纹的连衣裙，肩上是纯蓝色，很像海军的水手服。咪咪不跟随任何时尚，她按着自己的意愿打扮自己。那个男孩身穿简单的牛仔裤、白衬衫，看起来简洁明亮。

约书亚的母亲已经在座位上，见朱丽进来就站起身握手。

我是莎莉。金发女士说。

莎莉看着朱丽，朱丽也看着莎莉，两个初见面的女人不约而同地笑起来。

我们都穿蓝衣服。莎莉快人快语地说，我们是蓝色家族。

莎莉的一句话，让朱丽的拘束感消失了，她立刻喜欢上了莎莉。是的，两个女人穿一样颜色的衣裙，说明她们有相同的审美观，那么，面对小儿女的关系，是不是也有相同的观点？

开始时，他们的话题是随意的。约书亚的毕业典礼很成功，照片都很美好，莎莉把照片给朱丽看，并且说明当时的情况。约书亚是以学院奖毕业的，莎莉以此为骄傲。

他值得这个奖。他每天都在实验室工作到深夜。莎莉笑着说。

几杯啤酒喝下去，他们的谈话更加融洽。

"咪咪是个独特的孩子。"莎莉说，"她很真诚。约书亚和我，我们整个家庭，都很亲密，我们无话不说。"

"是的。"朱丽也很坦诚，她说，"咪咪这个孩子，很多想法与众不同，她很小时就说她一辈子都不会结婚。"

"我以前也这样说过。"莎莉笑起来。

"我喜欢咪咪，她就应该是这样子的。"约书亚说。

咪咪仰起头，用温润多情的眼睛热烈地望着男友。这是朱丽看到女儿最女孩的样子。

这是个美好的夜晚。四个人都很开心。朱丽想起一句话，把所有人当作朋友，事情就会简单得多。朱丽与莎莉都能感到，她们就是这样看待对方的。

分手时，朱丽赞叹约书亚对咪咪的帮助和宽容。

你不要认为这是约书亚对咪咪是宽容，或者迁就，不是这样的。这是他的天性。莎莉笑着说，眼里盛满骄傲。我早就知道，约书亚会选择什么样的女孩做朋友或者妻子。我知道就是咪咪这样独特的女孩。

朱丽很专注地看着莎莉，她很想知道，这是为什么。

让我告诉你约书亚的故事。他小的时候，我们去花店买花，他总是会挑选不太好的、没有人买的，或者被挤在角落里的花。我问他为什么。他说，如果我不拿走，这个花怎么办呢？

朱丽感到有一股暖流涌进自己的心，这么多年的重担，突然被一句话卸了下来。

然而咪咪与约书亚到底无疾而终，朱丽对此很遗憾，因为能够这样看待世界的人并不是很多，但女儿到底错过了。

五

咪咪的电话终于来了，朱丽睁开困倦的眼睛，看看表，已经是半夜。咪咪说明天她就回来，让他们去接机。朱丽唯有诺诺。想着女儿回来之后家中必然充满紧张气氛，不禁长叹了一口气。

这次他们不仅取回了红色蕾丝三角裤，还取回了女儿的鱼缸和鱼缸中的一条小金鱼。咪咪喜欢微型的东西，就像这只小鱼缸，不过像水杯那么大。女儿一直喜欢金鱼，他们养了好几次，却总是养不活，每次小金鱼来了没多久就死掉了。有一次她问朋友，才知道是喂得太多。金鱼是不能给太多食物的，多了会饱胀而死，饿着反而没事。

"三五天给一次鱼食就行。"朋友说。

但朱丽忍不住，每次见到金鱼，她就会喂一点儿。她只管喂，而收拾鱼的排泄物是丁一的事情。

对朱丽来说，咪咪就像她的小金鱼。她需要不断地喂养她，只是喂的不是鱼食，而是金钱。咪咪开始游学，朱丽就必须支付她的所有费用，衣食住行、旅游。

"为什么你不能像别的孩子一样正常生活呢？"有一次她忍不住问咪咪。

"我为什么要像其他人？"咪咪问。

"其他人都待在城里，上学上班。"

"你是认为我花了太多钱吗？"咪咪扬起眉毛说，"这些钱以后我还给你。"

"我是母亲，我想你有正常的生活。"朱丽口气婉转下来。

"你只是一条金鱼。"咪咪说，"而我不想活在鱼缸里。"

咪咪大学毕业之后，没有被任何一所大学录取读研，究其原因，是因为在大四时，她突然发现她选修了许多高级课程，而必修课却没有修。她只有多加一年。咪咪是一个心高气傲的女生，她自认基础课是儿戏，但事实并非如此，直到分数下来，悲催得很，咪咪旷课甚多所以成绩不好。虽然身边的朋友纷纷去了藤校，有了其他归宿，但咪咪坚持自己的选择，这选择就是自由。

她坚持要去一些地方游学，也就是说，不是正式学生，作为旁听生，选一些课。她最早去了耶鲁大学，住在一个偶遇的朋友家中，以买菜做饭的方式交换食宿。中华美食的确让老美快乐，她认识了很多人，因此去了实验室并旁听了课程。没事的时候，她坐在耶鲁的校园咖啡馆里，享受那些政治明星、诺贝尔奖得主喝过的咖啡。她对朱丽说，虽然有时孤独难过，但她想成为耶鲁的一员，即使是短暂的，形式的。

在咪咪开始游学之后，朱丽感到与女儿的关系紧密了许多。

但麻烦一直跟随着她们。有一次咪咪借宿的朋友去开派对，回来不能进门，只好在大街上闲逛。那时是凌晨两点，朱丽只好与她保持电话联系，朱丽几乎一夜没睡。她不能想象，如果电话那端出现异常，比如陌生人的声音，比如抢劫，劫持，甚至枪声。这一年，美国的治安每况愈下，恐怖和反社会事件时有发生。还好，在凌晨五点钟，主人归来，女儿终于进了房门，朱丽的眼睛才得以闭上。

明天，游学一年的女儿终于要回家了。她指定丁一和朱丽一起去接她，本来朱丽还有一些事情，但她全部推掉了，她知道咪咪与丁一在上一次回程中，整整五个小时没有说话，咪咪看丁一是垃圾人，而丁一对咪咪也束手无策。朱丽就像一个中间人，她可以与女儿谈一些无关痛痒的话，无论如何，看在钱的份儿上，女儿对她还是客气的。

黄昏时候，从美国来的飞机就要到了。来到机场，两人分工，朱丽去接咪咪，丁一去泊车。说好泊车就来提行李，朱丽反复叮咛，生怕丁一不泊车在路上转，因为泊车要花钱。丁一在这样的事情上能省就省，他宁可在路上转，让朱丽拉着行李跟着他跑，也不花那几块钱。这是丁一的习惯。

远远地看到咪咪走出来，朱丽连忙招手。咪咪却不回应，只管拉着粉红色小箱子向这边走。朱丽看女儿，就像一朵野玫瑰，盛开着，带着不易亲近的刺。咪咪椭圆形的脸，油黑齐肩直发，嘴唇抿成一朵花的样子。母女俩也不亲热，朱丽急忙弯下身接女儿手中的拉杆。咪咪闪闪身，有距离地躲过了，自己拿所有的东西。两人来到大厅，见廊柱下面，一个金发碧眼的男人手捧一束鲜花，正在等人。朱丽被那束宝血色的魁北克玫瑰完全吸引了，那么美，那么茂盛。朱丽的脚向前走，眼睛却被牵引着，脖子一扭一扭，不愿离开那束玫瑰。

丁一的电话来了。他说他正在门前的环形道上，让她们快速出来，因为这里不能泊车。

"我告诉你把车停在地下车库里。"朱丽厉声说。

"那要花钱的。"丁一说。

"去花钱！"朱丽气急败坏地说，"我付得起。"

"我不想付。"丁一执拗地说。

他就是这样，说好了也会变卦。朱丽收起电话，加快脚步。他的牙没有了，他不去镶；常年穿一条裤子，走到哪里丢人到哪里。我跟他说多少次了，我们是中产阶级，我付得起。

"不要同我讲你丈夫的事情。"咪咪跟在后面，突然说。

朱丽愣住了。难道她的丈夫不是咪咪的爹地吗？

离婚，咪咪对朱丽说。妈咪，爹地完全配不上你，他的生活毫无意义。我不明白你为什么还与他生活在一起。你公司里有那么多白领，那么多法国人，你完全可以有新生活。你没梦想过另一种生活吗？周游世界的生活，两个白领的生活，异族的文化和爱情——

朱丽好像被窥破了心事，她突然面红耳赤。

朱丽想起从前的事情。那次她们去买衣服，那是一个大卖场，所有名牌打折。她和女儿去试衣间，看到许多女人都在试衣服。大卖场在一个剧院里，所谓试衣间，只是一块大幕布，是剧场的后台。许多女人，白的黑的棕色的，高的矮的，瘦的胖的，奇奇怪怪的身体，聚集在偌大的舞台上，做着各种姿态。她们穿衣服，脱衣服，或者半穿半脱的样子，带着一种隐秘的泄露气息。朱丽看见一个身材胖得变形的女人，肚子上的赘肉垂在腰间，她用力把一件连衣裙套进身体，好像把大一号的身体挤进小一号的口袋。她吃力地把连衣裙举过头顶，裙子在用力地挣脱中发出裂缝的响声，裙子卡在蓬松卷曲的头上，头发好像一蓬黄白的杂草。朱丽很惊骇，她张大嘴巴，不知如何是好。

咪咪贴近她的身体，悄悄对她说，妈咪，你看我们多幸运，我们的身材多好看。朱丽低下头看看裹在紧身连衣裙中的自己玲珑有致的胴体，一点儿没有五十岁女人的臃肿。女儿说，他们就是喜欢我身体的样子，他们一定也喜欢你的，我们多么相似。朱丽被女儿的话撩拨得脸色绯红，她想起丁一也是迷恋她的身体的，只是她却越来越感到厌倦。她厌倦丁一扑上来时身上挥之不去的鱼的气息。每当夜晚来临，丁一就散发出隐约的鱼腥味儿，朱丽感到房间越来越像一只鱼缸，他们躺在这个狭窄而黑暗的鱼缸中，感到夜晚的沉重。

咪咪的脸庞再一次清晰地出现在朱丽的眼前。她曾经多么憎恨女儿的生活，她那时还以为是因为咪咪花了太多的钱，还以为她对女儿的担心，是因为咪咪完全不遵守她所秉持的道德。无论她如何成了白领，如何憎恨丈夫的气味和生活方式，但她却不能抛弃他。但在这个夜晚，朱丽突然发现，此事无关金钱，无关道德，那该死的道德。她的内心其实多么羡慕女儿的自由生活。女儿是大海中一条游弋的鱼，可以游到世界的任何海域，而她却只能活在这个鱼缸中。这个狭窄而黑暗的鱼缸中，还有另一条鱼，与她不是一个种类，带着令她窒息的气味，躺在她的身边，与她共同拥挤着这个小小的空间。

发表于《香港文学》2018年第7期

安德鲁的那双鞋

安德鲁坐在转椅上，眼睛向窗外遥望。他把头靠在椅背上，这样他从窗口看出去，看到的是天空。冬日的阴暗的天空，是风雪欲来之前的阴沉天空。冬天是灰色的，冬天是白色的，冬天是黑色的。

安德鲁的眼睛向下望去，他躺在椅背上的头与天空平行，眼皮耷拉下来，看上去好像闭着眼睛睡着了一样。其实他并没有闭上眼睛，相反，他从眯成细缝的眼睛里，射出两道锐利的光。那光从被塔巴称作"亚洲眼"的细长眼睛中射出去，像两道钢丝一样缠绕在街道中央的电线上。

他能听到过妖精一样的风声刮过来。电线颤抖着摇晃，好像要飘走，却又飘不走。它摇晃了几下，疯子一样毫无理智，但最终也只能听天由命地停下来，好像私奔失败的脸，充满了绝望的气息。

安德鲁不动，像睡着一样地沉默着。他望着窗外开阔的街道。街上没有行人。在冬天脱落了树叶的树干，此时只是天地之间的黑线条。街上的房子也沉默着，大多数窗子黑着，只有几个窗子透出幽暗的光。据说这一带居住的人很少。这个小镇如今只有八千多人居住，大多是老年人，年轻人都进城去了。安德鲁可以望到很远，辽阔的地方。

这是安德鲁今年搬的第三个公寓。第一个公寓在蒙特利尔的低地，圣劳伦河边，穷人区。安德鲁租了一个四个半的公寓，那公寓比他刚搬出来的母亲家还大。以前母亲弟弟和他合住在一间三个半的公寓里。所谓三个半，是法国人的叫法，就是一个厅，一个卧室一个厨房，卫生间算半个。其实厅和厨房是连在一起的，中间隔了一个台子。

母子三人住这一套公寓，母亲和弟弟住卧房，安德鲁就住在客厅。他也没有床，一直都睡沙发，高兴时他就把沙发打开铺成床，懒惰时就随意睡在沙发上。舒服不舒服，他并不介意，安德鲁是个随遇而安的人，这点他很像母亲。母亲常常把衣服卷起来当枕头用，好像正在行军途中一样。

那几年同他们一起住的邻居开始买房子搬家。移民十年之后，大多数人都安定下来。每一家搬走，都会扔一些旧货。每一家都好心地送给他们，安德鲁一家就成了旧货收容站，而那些旧货很多本来就是从街上捡来的。

所以他们家总是像一个亟须打扫的战场。母亲很谦和，给什么都要，当然这是不忍拂了别人的兴。更主要的是，这些别人家淘汰的东西，在性能上质量上都好过摆在家里的东西。每次母亲面对这些旧货表现出的满足，都让安德鲁很不高兴。

"为什么我们一直在捡别人不再喜欢的东西？"安德鲁问妈妈。

他开始有一种厌倦和不满。这些旧货来自小邱家、对面杰娜家、楼上毛毛家。每一个物件都带着那家人的气味和历史，如今被抛弃到安德鲁家里，居然还有些骄傲地站立着。安德鲁睡沙发上，夜里醒来，在朦胧的夜色中环顾四周，经常能看到白天看不到的景象，那些冰箱、铁柜子、桌子、椅子，好像在暗夜中活了起来，他们都长着眼睛，倨傲地俯视他。他忍不住踢它们一脚，或推它们一下，弄得房间中乒乒乓乓地响，好像一个人面对钢铁巨侠、堂吉诃德面对大风车。

半夜干什么呢？还不睡觉。母亲的声音就会传过来。她睡得迷迷糊糊的，耳朵却还竖着。

安德鲁还能做什么呢？但他没有放弃。尤尼猫也没有放弃。尤尼猫用爪子抓沙发，把小邱家的沙发抓得百孔千疮。他以为母亲会把沙发扔出去，但母亲没有，她找了一块花布罩在沙发上。这让安德鲁更加生气。他在母亲不在家时，拆毁这些倨傲的家具，他把它们一点点地拆毁，扔出去，他把这些带着别人气味的东西扔出去。那些别人都搬离了这个廉价楼，搬到南岸、西岛、下城去，他们买了房子，成了这个城市的新资产者。他们的脸色越来越好，越来越自信。在他们的话语中，夹杂着越来越多的英语或者法语。他们的衣服越来越光鲜，但他们的思想毫无新奇之处，他们对这个城市的大选、政治完全不懂，他们也不想懂，每次聚在一处，他们谈论中国的段子，他们好像生活在中国一样。

"你们每一年都在说相同的事情。"有一次安德鲁忍不住这样说。

那些叔叔阿姨就笑起来，他们的笑容都是一样的，安德鲁想。他们并不想改变什么。他们为什么要生活在加拿大？只是为了在加拿大的餐桌上谈论中国吗？那么为什么不回到中国去？

这样想着，安德鲁突然感到父亲也许有他的理由。

中国是一个陌生的地方，安德鲁想。但有一天，他想去看看。那里都是中国人，不像蒙特利尔，生活着许多族裔，有来自二百多个国家和地区的人。仅就这一点，就很吸引安德鲁。相同的民族，同样的语言，就像一个人一样。安德鲁看过中国奥运会开幕式上很多人在打鼓，那整齐的阵势让安德鲁惊讶。而且，中国有太多的钱，就连塔巴的哥哥都这样说。他穿着黑色的西装，扎着黑色的领带，他宽阔的嘴上粗大的雪茄仅仅黏在嘴唇上，好像随时都要掉下来，却一直没有掉下来。

一

据母亲讲，安德鲁是一岁来加拿大的，安德鲁对此没有任何印象。他最早的记忆，大概是在三岁。有一天家里来了一个高大的男人，母亲让他叫他父亲。这个戴黑边眼睛的男人，有一张很大的嘴，黑黑的头发，他冲着他笑，牙很大，他感到一座山向他压下来。那座山矮下来，矮到像他一样高，两只大手把他举起来，举到了头顶，他恐惧起来。

"喔，飞了，飞了。"母亲笑着嚷道。他从来没有听到母亲这么大的声音。

但他不想飞，他害怕。那个人居然松开手把他扔到空中，他哇哇大哭起来。

这孩子胆小。那个人断言说，胆小的人干不成大事。

什么叫大事呢。安德鲁想。或者就是从那时起，安德鲁想干大事。他记得父亲脸上讪讪的不愉快，失望的不愉快。

安德鲁没有读完高中就辍学了，他开始自己养活自己。身边的朋友们都去上大学，梦想当医生当律师，那是他们的前途，不是安德鲁的。安德鲁并没有感到自卑或者沮丧。相反，安德鲁为他们高兴，安德鲁认为他们的成功也是自己的成功，那时他已经认识到人脉的重要。他所经历的事情，他所了解的生活，是那些去当医生律师的人们不了解的。夏虫不可语冰。人是不可能了解另一个内心深处的，尽管人们总是做出了解的样子。安德鲁在十二岁时独辟蹊径，走上了自我奋斗的道路，他的经历不为这些被父母宠爱的宝贝们所知。

　　但他还保留着与这些宝贝们的联系。他们是他的相交圆。他们拥有共同的童年。他们在假期时喝几杯啤酒，聊聊天，回忆童年，很愉快，但他不会对他们说真心话。有的人嘴很大，如果他们对他们的父母没有保留，他们的父母就会告诉他的母亲，他不想让母亲知道他的生活。

　　冬冬，他这样称呼母亲。他直呼大名。加拿大本地人都是这样称呼父母的，他很喜欢这样。但他不会这样称呼父亲，他有另一种称呼方式。

　　"冬冬的男朋友。"他说。

　　母亲对他的称呼表示过抗议。"不是男朋友，是丈夫，我们结婚了。"她说。

　　"都一样。"安德鲁说，男朋友就是丈夫。

　　母亲就不再说话。对于蒙特利尔文化，母亲是局外人，她需要了解异族文化，她最好的老师就是安德鲁。母亲对安德鲁的说法很好奇，母亲以为这是西方人的看法，男朋友和丈夫在本质上是一样的。她甚至很欣赏儿子的看穿事物真相的本领。每个母亲都幻想自己的孩子是一个天才。但安德鲁其实只是胡说八道，他并没有这种成人所说的力量。

　　安德鲁辍学后很快就搬出来，在芒克街租了一间公寓，房租是母亲房租的一倍。邻居邱阿姨听说了，撇一撇嘴，对安德鲁说，你这孩子太不懂事，有这么多钱帮衬你妈妈，她就不用起早贪黑地做工。再说实在要搬出去，要那么大公寓干啥？你一个人怎么睡两间卧房？邱阿姨的儿子小邱，龇着空了的前门牙说，安德鲁上半夜睡一间，下半夜睡一间。

大家都笑，觉得小邱很聪明的样子。

安德鲁没有笑。安德鲁长着一张圆圆的娃娃脸，嘴角总是向上的，细长眯眯的眼睛天生一副笑模样，所以人们认为他总是笑的。但今天他没有笑。人们只管大笑着说话，好像没有看见安德鲁不笑一样，安德鲁转身走开了。

母亲没有说话，母亲的眼泪含在眼眶里，但她忍住了，没有流出来。安德鲁并不是不孝顺的儿子。逢年过节，他都给母亲和弟弟发红包。他是个讲究礼仪的人。虽然他三岁时候从中国北方跟随母亲来到加拿大，但他拥有中国南方发利是的文化。这是他跟欢迎班的小广州学来的。安德鲁对中国不太了解，北方与南方更不知何处。

现在让我介绍一下安德鲁，他是1992年出生的孩子，今年26岁。当年他与母亲从大陆移民过来时，父亲安家轩还在美国读书。安德鲁从生下来没见过安家轩，并不知道他就是父亲，也不知道父亲和母亲是应该住在一起的，所以每次安家轩回来，他对这个人都保持着某种敌意，尤其是安家轩对他的猫不好的时候。

尤尼猫喜欢睡在床上，这是它与人亲密的方式，但安家轩一伸手就把尤尼猫扔到地上，有时还会踢上几脚。安家轩不在家时，安德鲁一直要求母亲给尤尼猫买海鲜罐头，但安家轩认为他们太过浪费。

我还没有吃海鲜罐头呢。他说。他说话时嘴有点儿歪，眼睛一个大一个小。安家轩戴黑边眼镜，安德鲁看父亲，有点儿严肃的滑稽。

于是母亲就不再买了，母亲对父亲有一种毫无道理的顺从。但在安家轩回美国的时候,安德鲁还是恳求母亲买海鲜罐头,奇怪的是尤尼猫对海鲜罐头有了反感,一闻就转身走了。安德鲁后来才知道,原来安家轩在罐头里放了垃圾,尤尼猫吃坏了肚子才再也不吃了。

一直到安家轩住下来,安德鲁还是弄不懂安家轩的身份。

"你什么时候回美国?"安德鲁问。

"我不回去了,这是我的家。"安家轩说。

安家轩的回归,彻底改变了安德鲁与母亲的生活。安家轩喜欢做菜,这是他留学美国干餐馆留下的后遗症,但安家轩不喜欢去打工。他说:"我已经打了近十年了,把你们母子移民来了,我也该歇歇了。"

安德鲁也不觉得安家轩爱母亲,相反他有时像踢猫一样踢母亲。但母亲却不报警。她哭,但不对别人说这件事。安德鲁不明白母亲为什么不报警,但安德鲁会把母亲保护在自己身后,那时候安德鲁还没有母亲高。

"你敢过来,我就报警。"安德鲁对父亲说。他恶狠狠的,就像一只小野兽。

安德鲁的房间里有一种阴沉的气息,这个叫玛利亚的风暴,从多伦多那边过来,时速200里,比飙车还痛快。昨晚玛利亚降临蒙特利尔,一夜狂风暴雪,就把安德鲁的窗户掩住了一半,安德鲁感到他好像被雪埋了一样。他趴在窗台上看在他的车,现在是一个白白的小雪球,就像一个白白的小坟包。安德鲁不知为什么这样形容,也许是因为塔巴的死亡。

塔巴是安德鲁的同学,那时候安德鲁刚上中学。学校里大多是穿着垂腰裤的黑孩子。所谓垂腰裤,是邱阿姨发明的,称谓很文雅,其实就是裤子的腰部垂到胯骨上，露出大半个臀部的内裤。穿这样裤子的同学都是拔着步子走路的，他们的步伐迈得很大，腿抬得很高。这种走路的姿势有点儿像机器人。如果额头上再裹上一条花花的头巾，外加一顶棒球帽，就是学校里标准的时尚酷毙的人物。

安德鲁发育得晚。同学们长得人高马大时，安德鲁还像一个没发育的小孩。那时安德鲁很渺小，一点儿不引人注目。那时他很想也有这么一件垂腰裤，于是他把裤裆故意放在腰下面，里面也露出半截内裤。但他在座位上一站起来，裤子就掉了下去。

哈哈哈，他听到后面的强尼没命的笑。

就是那一次，塔巴帮助了他，把他从一群黑孩子的包围中解救出来。塔巴送给他一条裤子，安德鲁才知道其实裤子和内裤并不是分开的，而是缝在一起的。

"这样就掉不下去了。"塔巴说。

他们就这样成了朋友，他跟着塔巴，就像跟上了保护伞，再没有人敢欺负他、嘲笑他、轻视他，而且他开始有了新的经历，开始有了很多钱——

安家轩是在安安出生后的两个月离开的，他在一个夜晚离开。安德鲁睡得很香，并没有听到他离开的声音。清晨起床，安德鲁听到母亲低声的饮泣。

你并不需要一个踢你的人。他劝慰母亲说，我会照顾你和安安的。

在安家轩离开之前，安德鲁并不喜欢安安。自从有了安安之后，本来就忽视他的父亲，就更加无视他的存在。他好像不存在一样。连母亲也整天忙于照顾安安，再没有过问他的事情。如今连责备和惩罚也没有了，让他更加感到自己的渺小，他甚至想破坏点什么让他们注意自己。安安刚刚降生时，安家轩很高兴，他给安安换尿布，还称安安是小宝贝。安德鲁认为安安并不像一个小宝贝，他长得很像安家轩，猪头猪脑，不像他和母亲，他们都有着清秀的线条。安德鲁曾经很憎恨这个猪头猪脑，却得到父母亲宠爱的小孩。

但现在一切都改变了。安家轩的离开，让安德鲁感到一种责任，或者说在安安面前，他产生了一种愿望。

我是一个没有父亲的小孩。他想，但我可以给安安父爱。

安德鲁常常感到自己像一个孤儿。他没有别的小孩可以依靠的父亲。他有父亲，但他不在身边。当安德鲁长到高中快毕业的时候，他突然很想了解自己的父亲。他为什么不回到家里，为什么不同他们生活在一起，为什么不像别的家庭一样，这个住着很多中国新移民的廉租楼里，几乎每一家都有一个父亲，他们很重要。冬天下大雪时候，他们很用力地铲雪，把埋在雪中的车像挖房子一样挖出来。但安德鲁家没有这个人，安德鲁就是这个人。有一次安德鲁铲坏了自己的脚趾，他蹲在大雪中突然哭起来。他并不知道为什么哭，他只是感到很委屈。

高一的暑假，安德鲁决定去中国找父亲。这是他能够平复自己内心的唯一方法。他带上母亲的信用卡，买了一辆二手车，从蒙特利尔出发，一路开向温哥华。在几乎横穿加拿大的路途中，他饿了就吃快餐，累了就睡在车里。他风餐露宿，昼夜兼程，当然也饱览了北美大地的辽阔美丽。他到达温哥华，他把车抛弃在飞机场附近，那车载他到达温哥华，已经不堪重负，病入膏肓，回天无力了。卡里的钱只够他买一张单程飞机票，他就买一张单程票。他后来想，那时他是如此决绝，如此渴望见到父亲，那时他寻根的心是如此迫切，他想了解的事情太多。他甚至想，将父亲带回来，和他们一起生活。虽然多年前他们是陌生人，但父亲是他在这个世界上的源泉，他必须找到这个源泉，才能知道自己来自何处。

安德鲁到达北京，是在一个雾霾的天气，皮肤好像被保鲜膜裹住一样，不能呼吸。

二

安德鲁给安安很多，他给安安买时尚的衣服，带他去看冰球和电影，领他去打高尔夫球。安德鲁模仿身边幸福孩子的父亲，试图以一个父亲的标准要求自己。安德鲁在做父亲时得到快感，他好像因此而报复安家轩。

这并没有什么，他内心对安家轩说。你的离开没有使我们变坏，反而让我们过得更好了。

尤其是母亲去世之后。母亲离世很快。她被发现患肝癌之后，存活了三星期。

带好你的弟弟。母亲对安德鲁说。她消瘦的脸上只有两个大大的无神的眼睛，苍白的嘴唇发出死亡的气息。安德鲁在母亲的病床前感到恐惧，他不知道是恐惧死亡，还是恐惧母亲即将离开。那年安德鲁还不到二十岁。

安德鲁在塔巴死后再次搬家。这次他搬到了满地可的高尚社区，麦吉尔大学附近的公寓。这是城市的心脏地带，优美的大学城。安德鲁曾有一段时间梦想去上大学。小邱后来考进了这所大学，并且即将成为律师。安德鲁对小邱产生了兴趣，他经常在脸书上邂逅小邱，不咸不淡，聊几句近况。在大学生小邱眼里，安德鲁是一个年轻有为的成功商人，对法律充满好奇。小邱在安德鲁的好奇中看到自己的价值。而安德鲁在偶尔相逢时的出手阔绰，也给小邱留下深刻印象。他们将是这个社会的精英。他们在喝酒举杯时这样认为。他们将建立互利互惠的关系，他们的未来是美好的。

在小邱看来，安德鲁的新居很豪华。枝形吊灯倒映在大理石地面上，形成一个光亮而辉煌的场景。客厅里摆放着白色皮沙发，意大利古典式，宽大舒适。小邱不知为什么，想起他们搬家时给安德鲁家的那个灰色布沙发。在被尤尼猫挠了几年之后，沙发被安德鲁扔到大街上。安德鲁穿熨烫得笔挺的白衬衫，喝加了冰块的伏特加。安德鲁向小邱展现了一个成功年轻企业家的光辉未来。在他们那一代移民的孩子中还没有人像安德鲁这样成功，小邱有些眼晕了。

唯一让小邱不解的事情是，安德鲁从来不把安安带在身边。安德鲁把安安送进了寄宿学校。

"安安不需要像我一样吃苦。"安德鲁闲闲地说。"安安将来要去读书，去名校，像你一样，做一个律师，或者做个医生，随他意，我供得起他。"

安德鲁那时开着一个酒吧，但他并不去工作，他手下的人自会经营。这与小邱的概念是完全不同的。小邱的父母也开一间酒吧，但事事必须亲力亲为。因为语言不好，他们甚至不能当侍者，虽然不甘心，也要花高价请当地的吧妹。他们多做清洗扫地修门窗的工作，沉默地注视着酒吧里的客人，还经常被吧妹蔑视，或者被偷钱、被偷酒，他们都一只眼睁一只眼闭。找一个员工不容易，小邱相信，如果他们能与客人聊天说话，留住顾客，让他们自己干所有工作也是愿意的，因为那样能赚更多的钱。

我们第一代移民，能做的就是吃苦，我们都是为了你呀。小邱的母亲常常这样说，这是小邱最不爱听的一句话。这句话让小邱身负重担。

而安德鲁的形象在小邱眼里几乎就是英雄了。他已经完全实现了从自雇到雇人的跳跃，小邱父母终其一生都不可能完成的跳跃。安德鲁是了不起的盖茨比。

塔巴死于一个月以前。安德鲁很快搬了家。那个租来的房子已经不再安全了。塔巴死在芒克街的公寓里，他和塔巴刚刚换了房子。他们一直都是这样搬来搬去的。没有人知道塔巴是怎么死的。在几天之后才被发现，塔巴的尸体有一半都化掉了。塔巴没有留下任何东西，也没有留下任何话语。

塔巴就这样从这个城市里消失的，好像从未来过。塔巴的电话号码变成了空号，脸书上的记录被封闭起来。安德鲁偶尔想起塔巴，想起的是他十二岁时的笑脸。他隔着窗，总能看到塔巴从街那边走过来，剃着极短的头发，即使在寒冷的冬天塔巴也从不戴帽子，不戴手套，他穿一件半截的长大衣，黑色的，宽宽的，让他瘦长的身材显得更加瘦长，好像戳在棉大衣里的一截木桩。奇怪的是每次想起，塔巴都是笑着的，没有一点儿悲寂的表情。

安德鲁不知道塔巴死前发生了什么，他曾经想知道，但塔巴的哥哥阻止了他。

"这是我们意大利家族的事情。"他冷冷地说，"你还是做好分内的事情比较好。"但安德鲁也感到了危险。

"你有什么事情可以告诉我。"塔巴的哥哥说。安德鲁第一次听到这样的声调，每一个字都是相同的，语速没有高音也没有低音。好像机器发出的声音，毫无生气。

但安德鲁还是把安安的学校告诉了他。安德鲁别无选择。前一天晚上他在唐人街的一个街角接头时被警察录像，他对此毫无准备，他正要进那个餐馆吃夜宵,很多年了,那里一直都很安全。现在,没有人知道是怎样暴露的,但他们暴露了。好在他身上什么也没有,当那个深灰眼睛的警察冷冷地望着他,要求搜身时,他拒绝了。他恨深灰色的眼睛,他对深灰色眼睛有与生俱来的憎恨。

是因为琼吗?安德鲁不知道。但如果需要细细追究潜意识,大概只有琼的眼睛让他厌烦。当他第一次走进学校,当他不能发出别人能发出的喉音,琼居高临下的眼神让他从心中萌生出一种自卑和低下。

塔巴说你根本不需要发出那个喉音。我也发不出来,又怎么样?我有钱花。这个世界是钱的世界,你是聋哑人,你有钱,你就是国王。塔巴说,来吧朋友,跟我在一起。

China。强尼这样叫着安德鲁,他从来不叫安德鲁的名字,他喜欢叫他 China。这样叫时,安德鲁好像一个行走的国家。他常常会用怪里怪气的腔调说你好,你好吗,谢谢。几乎每一个人都会这三个词,他们这个随意改变着强调说话时,感到非常快乐,莫名其妙的快乐,有点儿恶作剧的快乐。安德鲁不想回应他们。安德鲁除了一张亚洲脸,他对中国文化一无所知。

安德鲁把脖子抬起来,眼睛紧盯着窗外的电线,电线上挂着一双鞋子,男鞋,42 码,灰黑双色的跑步鞋。鞋子挂在电线上,像两只迷途的小舟,在风中剧烈地摇晃着,他们失去了桨了,只能任凭风雪摆布。却又不能随风飘去,因为安德鲁昨夜爬上梯子,他把这两只鞋子系得很牢靠,他不想丢掉任何一只。

本来就是一双鞋子。他想。

这双鞋子,还是母亲病逝之前给他买的,阿迪达斯。母亲喜欢这个牌子,据说这个牌子的鞋在 20 世纪 80 年代的中国,标志着高级和时尚。

你父亲在结婚前给我买过一双。母亲说。那是她很少提到父亲的时候。

安德鲁不能肯定母亲是否爱过父亲，他对此不感兴趣。他甚至憎恨这个婚姻。他是不应该被生在这个世界上的。他并没想生出来。你们没有征求我的意见，他说，我是你们寻欢作乐的产品。

安德鲁认真思索过人生。他在母亲和父亲的关系中看到丑恶和可怜。他对自己有过切身的反思，既然他不想却来到这个人世，那么这个世界就有些事情是他不能左右的。人们总是说些冠冕堂皇的大道理，并不知道其实谁也救不了谁。我们只是自己的主人，他想。我不想淹没在母亲的眼泪里，我想怎么活就怎么活。

在北京，他满怀希望到达的地方，他本来以为父亲会伸开双臂，就像他小时候一样，把他举过头顶，让他飞。小时候他不懂那是一种父爱，是一种骨肉根系的连接，现在他懂了。他不仅懂，而且渴望，他渴望与父亲有一次畅快淋漓的谈话，有一次心碰心的交流。他想了解父亲之所以为父亲、母亲之所以做了他的母亲的秘密，家族的秘密，血缘的秘密。

但他并没有了解这么多。他的寻父之行以惨败告终。他和父亲永远不能和解，在他看到父亲身边那个花团锦簇的女人之后。

虽然这样想时他的心肠很硬，但他硬的心肠还是有一个软肋，就像阿喀琉斯的后脚跟，那就是安安。敬佩他就像敬佩父亲一样的安安。

小小的柔软的安安，步履蹒跚的安安，像小狗一样跟着他的安安。

今天做这一单生意做完之后，他想去看看安安。如果一切顺利，他想带安安一起到墨西哥去。

接头的人会在这双鞋下面等他,那是接头暗号。

天色暗淡下来,风雪中的黄昏有夜半的感觉。安德鲁的眼睛发出亮光来,因为他看到街那头的鞋子下面有一个人影,已经徘徊很久了。那是个瘦长的身影,穿着一个黑色长大衣,远远望去,让安德鲁想起十二岁时的塔巴。

只是戴了帽子,安德鲁些心酸地想。

已经过去十分钟,那个细长的身影还没有离开。安德鲁知道接头的就是这个人。他从转椅中一跃而起,迅速穿上大衣,戴上帽子。大衣沉甸甸的,里面装着用于意料之外的武器。

安德鲁作风凌厉,但是他在过马路时还是放慢了脚步,以备万一。夜色苍茫,大街上空空荡荡,虽然街上只有茫茫白雪,没有屏障,放眼望去,警车不会埋伏在任何地方,但没有人知道他们会在哪里,在一秒钟之内他们可能出现,呼啸而来——

安德鲁呆立在街口处,不是因为呼啸而来的警车,而是因为街对面的人转过身来,在黑帽檐下露出一张稚气的脸——

安安——

安德鲁失声叫道。

发表于《芙蓉》2019 年第 2 期

柔莉的拼板

在一阵哭闹之后，柔莉终于擦干眼泪，穿上了她杏黄色的滑雪衫，背上粉红色的书包，站起来，从店里穿过，走向大门。

柔莉走了，地上留下一堆散乱的拼板。小筝叹一口气，把拼板收到盒子里，然后她望向窗外，看到柔莉孤独一人，站在马路边等校车。窗外是白茫茫的冬雪，白茫茫的，枫树很高，摇着稀疏的枝条，显得柔丽的身体更小，非常渺小，渺小到无助。

小筝揉一揉眼睛，让视力更清楚一些。她紧盯着柔莉，一直到黄色校车开过来。门开了，柔莉一只手抓住车门，上了台阶，车门关闭，车开走了。

小筝每天都这样目送女儿，一直看到校车开走，她悬着的心才放下一点点。

从搬到这个小镇上，小筝就没有太出门。小筝会开车，只要在车座上放上两个厚垫子，小筝坐在车里与别人无异。小筝长得小巧玲珑，柔莉也小巧，有一次保健医生认为柔莉生长发育不够，当他看到小筝就再没有说什么，遗传的力量让他闭嘴。

但柔莉的小巧与母亲不同，小筝生得小巧，但健康，连医生都说她有漂亮的骨骼，均匀，结实，骨质细密。柔莉却不是，柔莉是一个早产的孩子，她出生时才 27 周，肺发育还没有完成，但医生坚持说没问题，他们给小筝注射了一周肺发育液。小筝对此没有选择。有什么办法呢？她已经四十六岁了，一个高龄产妇，面临不可知的危险。本来是不想要老二的，来到蒙特利尔已经十年，早都没生，也没想生。那个时候干什么去了？

这十年，小筝回忆着。读了三年书，找工作用了一年，然后上班，然后开店，从早八点到夜里十一点，精疲力尽，每天躺在床上都感到明天醒不来了。

"你给我揉揉肩。"她对丈夫说。

"再给我捏捏腿。"她又说。

怎么怀上的柔莉，她不知道。那时候，"老朋友"已经不准时了，她以为更年期来了，她和丈夫也好久不在一起了。给她揉揉肩捏捏腿，丈夫一转身鼾声大作，他也累透了。

快五十的人了，怎么就怀上了呢？小筝想。怀上就要生下来，如今她信了教，相信柔莉是上帝给她的礼物。

放学时候也一样，小筝一边干手里的活儿，或者招呼着客人，眼睛却瞄着窗外。有一次老威廉说话她没注意，引起老威廉的不满，说她对客人不尊重，再不来了。小筝道歉也没用，因此失去了客人。柔莉回来时很沮丧，今天还是没有人跟她玩。当她看到拼板时就高兴起来，她弯下腰，哗啦一声，把拼板倒在地板上，就势坐在地上拼起来。柔莉玩拼板时安静极了，就像睡着了一样。看到柔莉的样子，小筝对老师说的"柔莉注意力不集中"的评语，一点儿也不相信。

今天老师又留言让柔莉吃药，小筝拿着纸条看了又看。夕阳透过窗子照着她，照着地上的柔莉。小筝感到好奇，老师是怎么知道柔莉今天没吃药的呢？她想不清楚。

柔莉在三岁时被确诊是孤独症，确诊得好像很容易，几个医生坐在不同的位置上，让柔莉把一个玩具从一个人手里拿过来，递给另一个人。柔莉照做了，她跑得很快，手脚麻利，给的人也对，但她不看任何一双眼睛。

然后是多动症。孤独症的孩子大多有多动症。上小学时老师说柔莉必须吃药控制，因为她的注意力不会超过15分钟。正上着课，她就站起来随意走动，一边走一边说话，她会被任何一样东西吸引，但一转身就转移了注意力。

"这朵花真好看啊。"她看到花的时候说。

"啊，这个椅子怎么倒了？"她马上转移了注意力。

但小笋不想给柔莉吃药。药有很多副作用，吃了药，柔莉就不吃饭，肚子疼，夜里疼得不能入睡，但老师说柔莉如果不吃药就不能上学，她影响别人。

小笋就减量，她把胶囊里的药倒掉一半，老师的留言就会说，今天柔莉稍好一点儿。小笋受到鼓舞，把药全部倒掉，只给柔莉吃胶囊的皮。老师就说，今天柔莉不太好。这样两天之后，老师就不再留言，不留言的意思是无话可说，老师放弃了柔莉。

柔莉上的是特殊学校，针对孤独症孩子。孤独症孩子不会与人社交，所以老师会教他们如何社交。

见到人就说"你好"，老师说，然后伸出右手，友好问候。

柔莉不是不喜欢社交，相反，她很喜欢。她也喜欢美，像任何一个小女孩一样爱美。她在头上别一排颜色各异的发卡，穿洋娃娃一样的衣服。她喜欢小朋友，但不知道如何表达。她会突然抱着一个小孩，向她表示亲热。但她的这个表现把那孩子吓了一跳，还有的孩子被吓哭了。有一个小孩居然奋力推开她，把柔莉推了一个跟跄，跌倒在地上。那孩子一只胳膊护着前胸，一只手指着柔莉说，别碰我，你若再碰我的身体，我就叫警察。

柔莉坐在地上大哭起来，柔莉的社交就是这样失败了。

其实柔莉班上的小孩子不只是孤独症，还有各种特殊精神疾病。比如杰弗逊家的姐弟俩，都在这个班上。杰克逊一家在小镇上住了很多年，是小镇上的老居民，他们的父母都是安分守己的老实人，但不能生育，就领养了杰弗逊姐弟俩，但没想到两个孩子都性格古怪，对养父母很不好。还有姬娜，她是一个有智力缺陷的小女孩，她比柔莉大四岁，但至今还不会计算十以内的加减法。

柔莉在这样一个班上，让小筝很担心。开始柔莉和姬娜在一起玩，还算相安无事。但今年夏天姬娜退学了，她不再上学，她母亲说想让姬娜学一点儿简单的工作。姬娜今年已经十四岁，再上学没有意义了。

柔莉失去了唯一的朋友。现在班里有八个男孩和一个杰弗逊小姐。杰弗逊小姐开始按照自己的审美打扮自己，她剃了朋克头，扎了耳朵眼和鼻环，脖子上戴上了皮带圈，圈上有一排银色的尖锥，一根根朝向外面。她涂黑色眼影和唇膏，一张嘴黑洞洞的。杰弗逊小姐不与柔莉交往，而是用斜斜的眼光看柔莉，很不屑的样子。她不明白这个穿着中国小旗袍，头发上别一排各种颜色发卡的女孩为什么那么幼稚。小筝第一次看到杰弗逊小姐时也吓了一跳，她没想到与柔莉年龄相仿的女孩已经发育成长腿细腰、胸部饱满，好像含苞待放的野玫瑰。她回头看看柔莉，柔莉身高在杰弗逊小姐肩膀以下，好像一棵小树，站在一棵茁壮的树旁边。梳着一排刘海的柔莉，还是一个小女童的样子，但是问题就在这里。柔莉班上的男孩子也开始发育了，他们说话，发出小公鸡的嗓音。在这个年龄各异的特殊班里，小筝嗅到了危险的气息。

小筝必须把女儿从特殊班里拯救出来。柔莉虽然是孤独症，学习成绩却很好，尤其是法语。她喜欢文科类的课程，也喜欢读书。小筝认为学校没有理由不让柔莉去正常班，她去见过班主任，见过校长，但他们都认为柔莉不能出特殊班。

她不行。班主任说。她是一个身材高大的法裔女人，一件灰毛衣松松垮垮地套在身上。小筝与她说话时，要抬起头仰望那女人。如果那女人不低头，她只能看到她的下巴和嘴唇。她有一个水果刀一样的嘴唇。

她没有去正常班的能力。班主任继续说，水果刀切来切去。她并不对着小筝说话，她面对校长。校长也站着，身材高大。小筝在他们高大的身材中，感到自己很渺小。

没有人同意柔莉去正常班，但小筝知道女儿不能留在特殊班。昨天柔莉回家说，杰弗逊小姐对她说，她用照妖镜看过了，柔莉的爸爸是恶魔，并告诉柔莉晚上不能睡觉，要保持警惕。小筝怀疑杰弗逊小姐有妄想症，不知道是电子游戏打得太多，还是精神有问题。最近她一反常态，经常跟在柔莉身后说这些话。小筝认为女儿正在危险中。

皮特是个好顾客，每天都来买一打酒。模范顾客皮特对小筝说，你当然不能等着他们同意。特殊班的孩子，政府会拨一笔钱，如果孩子们都毕业了，走了，学校就失去了一笔钱呢。

那怎么办呢？小筝说。柔莉不能再在那里，太危险了。

小筝睡不着，越想越害怕，失眠了几天，脸就肿起来，眼袋也肿起来，不知怎么头发也不驯服，戗着的发梢，好像愤怒的猫毛。小筝不敢照镜子。早晨她用眼睛瞟了一下，镜子里站着一个陌生的

197

老妪。

　　柔莉正在拼一个花园，五百块的拼板是一个大工程，但柔莉专心致志，几天之后已经初见规模。柔莉是一个拼板女王，她从一两岁就开始玩拼板，有时她一起拼好几个图案。她把每一块拼板放在不同的地方，地板上堆满了未完成的拼板。小筝和丈夫都踮着脚尖走路，他们不能触动任何一块拼板，那样柔莉就会大喊大叫。拼板是柔莉的命，柔莉是他们的命。

　　花园、大地、一只猫、一只狗或者是一个人，拼板的形状有无数种，这些小小的硬纸片是柔莉最爱的宝贝。

　　柔莉坐在地板上，或者跪在地上，弯着腰，细小的身子像一个小弯弓。柔莉还是一个孩子，完全没有发育的迹象。她光滑的直发像水一样倾泻下来，包住她小小的头。她细细的脖子，露出一圈象牙黄的肤色。脸上还有小绒毛，身上还有若隐若现的牛奶味道。

　　不能等待，一定要做些什么。小筝决定了。

　　她目送柔莉上了校车后，关上了店门，在上面挂了一块"关门"的牌子，然后驱车到蒙特利尔找律师。

　　那个律师坐在办公桌后面，银发，红脸，宽大骨骼。如果穿上红衣服，就是一个圣诞老人。但他看小筝的眼神，却不像圣诞老人。他看小筝的时候，眼神有一种涣散。小筝感到他心不在焉。小筝有些气馁，她整理了一下思绪，更大声地说话，说不标准的英语。小筝在店里工作用法语，但法语只是日常用语，在叙述事情时她习惯用英语，因为她用英语读的大学，她有书面语言的词汇。

　　你不用这么大声。律师说。他低下头整理一下灰色西装背心，背心箍着他的身体。背心有一点儿紧，这半年他发福了。

　　小筝的脸热起来，她感到自己瑟瑟发抖。

你不用这么激动，我听得见。律师又说。他按了一下电话，一个年轻人走进来。

把这位女士的情况记一下。律师对小伙子说。

小筝看到那小伙子脸上的青春痘。如果配上一口牙套，他应该在课堂里坐着。

"好的。"小伙子说。

"必须让他们屈服。"律师说。他突然激动起来，他的左手攥紧拳头，在桌上擂了一下。这次小筝吓了一跳，她不知道律师怎么突然激动起来，本来他睡不醒的样子让小筝很担心。

我会给他们写信，如果他们不同意，就起诉他们。律师的脸更红起来，他站起身有点儿困难，身体卡在椅子和桌子中间。

柔莉喜欢读书，也喜欢书写，在玩拼板玩腻的时候，小筝鼓励柔莉写日记。柔莉写日记很快，一天能写好几页。写几天她就自己装订成册，像一本书一样。柔莉喜欢趴在地上写，一边写一边自言自语。她写什么，小筝不知道。柔莉用法语写日记，小筝是一个法语盲，她能说一些日常用语，但认字不多。她记不住单词，她的记忆力越来越坏了。

所谓文盲就是这样的，只会说不会写。她对自己说。她唯一的担心，是有一天如果柔莉不再想告诉她自己的想法，她会对柔莉的思想一无所知。

小筝在国内是名牌大学毕业，电信工程师。夏天回国，看到这几年同学和同事都暴富，电信这一行发展太快了。

也有人用羡慕的眼神看她，看她的柔莉。

多可爱，多好玩，像花仙子一样。你没白出国，多了一个女儿。她们说。她们的孩子都上了大学，有的已经工作。她们现在逍遥自在得很，旅游，健身，跳舞，把自己打扮得很年轻。

她们不了解她的生活，每个人都是别人生活的局外人。

吃饭时她们会说一些事，小筝听不懂。小筝只管低头吃饭，照顾柔莉。女友们吃得很精致，柔莉喜欢那些小巧别致的茶盏和点心。

中国真好，妈妈。柔莉仰起脸，对小筝说，为什么我们不移民到中国来？

满桌的人都笑起来。

柔莉太可爱了，小七说。你妈妈不就是从中国移民到加拿大的？加拿大多好啊，蓝天白云，人又少，是不是？

小筝也笑。她一边笑，一边爱抚着柔莉的头发，光滑的、细润的头发。小筝抚摸着，像水一样，岁月的流水，心中的流水。那时母亲也这样抚摸过自己的头发。她去了加拿大，母亲去了天国。母亲走时她不知道，背井离乡就是这样的路。

小七继续讲她们的事情，小筝听不懂那些事情的前史，她便不说话。她茫然地望着窗外，纱帘很厚，把外面的风景遮住了。

柔莉的故事是她自己编的，她一边写一边说，她用法语说，有时也用中文。在家里，他们一直都是说中文的，这是异国他乡唯一让舌头舒服的地方了。

海伦说她不想去，但托尼说不行，你必须去，但是艾米莉也不想去，他们不知道怎么办。柔莉口中念念有词，海伦托尼艾米莉，都是柔莉口中经常说的名字。

"他们是谁呀？"有一次小筝问。

"他们是我。"柔莉说。

"怎么是你呢？"小筝没想到柔莉这样说。

"他们都是我。"柔莉认真地回答，"海伦在我的脑子里，托尼在我的肩膀上，艾米丽站在我舌头上，他们有时候睡觉，有时大声说话，他们说话的时候我也必须说话，因为他们是我。但他们也会吵架，他们吵架的时候我会肚子疼，他们在我肚子里开会，我必须参加他们的会，他们玩游戏的时候不让我睡觉。"

小筝奇怪地看着女儿，她奇怪于她丰富的想象。

柔莉画画也与别人不一样。柔莉的画里挤满了小人儿，各种各样的小人儿，有男孩也有女孩，还有长相古怪的小老太太，像一个老巫婆一样。

小筝感叹说孩子太可怜，她想有小朋友玩，但这个小镇却没有柔莉的小朋友。

偶尔有社区工作者来询问柔莉的情况，建议小筝去参加社区活动，这样可以多认识一些人，家长有一些社交，小孩子也可以交朋友。但小筝没有时间，小筝在小镇上开一个便利店，一天工作十几个小时。当年小筝看好这生意，是因为柜台后面的一扇门就是家的客厅，生活非常方便，可以节省时间照顾孩子，时间就是这么宝贵。

小筝没时间去社交，她在小镇上住了十年，除了隔着柜台与顾客说话，她很少与别人说话。小筝并不了解其他人的生活。小镇上还有一个中国人，是嫁给西方人的张薇，现在名字叫莎拉。莎拉偶尔来聊聊天，讲讲小镇的事，也会说到跳舞健身的事情。但小筝听一听就过去了，那样的生活与她无关。小筝很感谢莎拉来。莎拉说："谢什么，我能到你这来说说中文，心里舒服，就像回家了一样。"

她们就笑。小筝的店，也是小镇上的中国。

而让小筝最后决定去找律师的，也是莎拉带来的消息。莎拉说你知道吗，杰弗逊家出事了，他们领养的姐弟俩原来都有暴力倾向。他们把杰克逊太太绑在一把椅子上，好几天不给食物。

从律师楼回来一周了，没有一点儿信息，小筝忍不住打电话过去。是那个戴牙套的年轻人接的电话，他说正在起草法律文书。小筝更加不放心，一个年轻人能写好法律文书吗？小筝很担心。她担心这件事搞不好，赔了钱不说，学校对柔莉的看法会更加不好，反而会影响柔莉进入正常班。暗地里小筝已经开始联系私立学校，走另一条路。但是私立学校很远，在另一个小镇上，没有校车，学费又昂贵。

小筝说那你能不能给我看看你的文书，或者我有些新建议。年轻人说那可不行，我们的文书是直接寄给学校的，这样才有法律作用。小筝没办法，只好反复确定，让他一定要在放假之前寄给学校。因为放假之前有一些学生离开特殊班进入正常班，小筝希望柔莉是其中的一个。

到放假的时候，柔莉果然出了特殊班，小筝悬着的心终于落了地。班主任说，既然你找了律师，我也没办法，学校也不想打官司，我只是告诉你，还是要看好孩子，柔莉真的不具备去正常班的能力，她注意力不集中。你还应该去查一查，柔莉是不是有分裂人格，因为她总是说很多陌生的名字，我们班上并没有这些孩子。

小筝对班主任的提议很反感。他们总是要找出一些病，让孩子一直留在特殊班才好。小筝知道柔莉出了特殊班，已经是大喜过望，对班主任的嘱咐只是唯唯诺诺，既不辩解也不讨论，只要出了这个危险地区，拜拜了就好。

柔莉把她的画剪成拼板大小的小方块，她开始自己做拼板。她是个心灵手巧的姑娘，剪好后她就拼起来。她拼得飞快，她说是托尼在帮助她。托尼是一个聪明的家伙。但那天她拼得不太顺利，因为有一块拼板不见了，柔莉不能控制地大声哭闹起来。小筝把所有地方都翻遍了,还是找不到那块拼板。柔莉闹了两个小时,反复强调一句话,说托尼丢了,快去找回来。一直到夜深,柔莉才呜咽着睡去。

小筝却再不能入睡。

柔莉说,我不快乐,不快乐,老师教的方法都不管用。老师说见到小朋友说你好,我见到他们就说你好,可是他们很惊奇地看我,好像看一个怪物,好像不知道我从哪里来的。他们有的玩跳房子,有的玩捉迷藏,都是一伙儿一伙儿的,我站在那里,没有人理我,也没有人跟我玩,我就是一块失落的拼板呀!妈妈,我不属于任何一块大拼板。

小筝抚摸着女儿的头发,夜一样黑,水一样滑,她想我又何尝不是呢,女儿。其实妈妈也失落了,不属于任何一块拼板,或者我们都是那一块没有名字的拼板,不知从哪里来,也不知道哪里去,不属于这一块,也不属于那一块,我们孤立在所有拼板之外。但是女儿,我们也可以只属于自己。

发表于《长城》2019 年第 6 期
入选《海外华语小说年展(2020)》

我们的电影

朱迪来找我,问我能不能同她参加一个电影晚会,那时朱迪已经开始了她的电影之旅。

在魁北克拍电影并不是什么难事。这个城市有许多征用群众演员的广告。我上大学时曾参加过一次,在联合大学的大礼堂,是好莱坞来拍片。好莱坞经常在蒙特利尔拍片,因为加元对美元的比价很低,所以美国人就来了,他们几乎可以用半价就完成在美国的工作。而蒙特利尔的风景和气质也是一流的,绝不逊于美国的任何城市。我曾在本·阿弗莱克主演的警匪电影里看到我身处的城市,比如皇家山,还有蒙特利尔最大的地铁中转站。这个站的发音很像彼得格勒。我们当然知道它不是彼得格勒,但我的朋友们都喜欢叫他彼得格勒。我曾经听到一个"00后"的年轻人对另一个人说,你知道有些老移民叫这一站什么吗?彼得格勒!他们的法语真够烂的!当时我就站在他们身后,看他们穿着今年夏季时髦的衣服,露着肩膀,袖子像套袖一样吊在胳膊上。他们喜欢染金头发。其实黄皮肤配黑头发很好看,黄皮肤配黄头发,让头发和脸庞的界限有些模糊不清,也很难显露出清晰自然的轮廓。无论中西怎样的标准,简洁清晰永远是好的,可惜许多人不这样认为。

或者这不是标准法语,但那又有什么呢?我喜欢叫它彼得格勒。

这样叫时，我就回到故乡，我们坐在课堂里，唱《喀秋莎》，读《叶甫盖尼·奥涅金》，而我自己正行进在辽阔的俄罗斯大地上，这样的感觉让我心情舒畅。

还是回到拍电影。那时候我靠学生贷款生活。朱迪告诉我，如果我拍电影，一次可以得到80加元，这对我很重要。那时我的房租是380元。拍电影那天，我来得很早，电影还没有开拍。我和朱迪就坐在大厅里等待，工作人员说会在开拍之前通知我们。大厅里挤满了人，很多人都像我一样，是第一次，很兴奋，眼睛发亮。我们东张西望，但主场在另一个白色帐篷里，据说有好莱坞大牌光临。黄色警戒线挡住了道路。开始我们还期待，后来就有些困倦。

天慢慢黑起来，一切还好像没有变化，或者是在等待什么。朱迪已经来过很多次，有了经验，她不仅带来了食物和水，还带来了扑克牌，我们就围坐在人工喷泉下面开始玩纸牌。有一段时间，我们几乎遗忘了目的，好像只为玩纸牌而来，我们玩得很开心。不知什么时候，大厅里安静下来，我回身张望，见许多人东倒西歪，有人在水泥台阶上睡着了。我终于明白了什么叫打电影工。打工的意思就意味着克服一切阻力，随遇而安。

月光越来越明亮，而夜越来越深时，我们玩纸牌都疲倦了。我们不可能玩一夜，明天还有计算机课要上，灰眼睛的法蒂不是好对付的。有一次谈到找工作，法蒂说工作并不难找，在这个城市的各个角落，或者离这里不远，你们都可以找到餐馆刷盘子的工作，或者送比萨和炒面。那里随时等待着不及格的学生——这样说时他的眼神中有一种邪恶，他从来不相信我们这些新移民能够找到专业工作。因为对他说的语言，我们大多表现迟钝，好像一群老人。上课时我们相互观望，他讲笑话的时候我们不笑。我们呆若木鸡。法蒂对我们摇头叹息。

然而拍电影的人们依然迟迟按兵不动，于是我们收拾好扑克牌。朱迪走出去拿了两个睡袋进来。我说你还真有准备。朱迪说拍电影是艺术，艺术就是个耗时耗力的活儿，跟煲汤同理。

我不明白有什么同理。煲汤能看见汤在火上慢慢地变化，而我们进入这个大厅，除了听了一次工作人员的讲解，就没有任何进展。我环视了一下大厅，发现进展还是有的，进来时那些生龙活虎、充满好奇的人，如今都已沉沉睡去。如果此时演月夜下战后的古战场，倒是十分恰当。

我也几乎沉沉睡去了。

凌晨三四点钟时，我被一片嘈杂声惊醒，看到身边有些人已经披上了戏装，工作人员还在逐一发放蓝色长袍，是那种没有面孔的，整个套在身上，只露出两个眼睛，不知是鬼魂还是仙子。每个人都穿上滑轮。我和朱迪相互给对方穿衣服，很简单，从头上套进去就行了，然后自己穿上滑轮鞋，整个大厅发出咕噜噜的响声，然后工作人员让我们举起手，举向空中，一起滑着滑轮。

我想那一定是一个很震撼的场景，因为大厅里至少有几百号人，几百个鬼魂或者精灵，统一的大袍，高举手臂，滑着滑轮，如果配上蓝色灯光，是很有气氛的。

"如果再配上音乐呢？"我问朱迪。

"那要看哪种风格的了。"朱迪兴奋地说。我说朱迪绝对是个当演员的料，她一上戏就人来疯。

这样的场面重复了七遍，在我最疲倦的时候，表演最差的一次，过了。我们的电影生涯就结束了，脱下蓝长袍回到家，天已经开始放亮。过几天支票来了，80加元。我们去唐人街的玉苑溪畔酒家搓了一顿。年底报税时却算作学生贷款之外的收入，被指令贡献出去。从此以后，我再没有打过电影工。

但朱迪不一样，她本来就是学艺术的，拍电影对她来说是一件令人兴奋的事。后来当我与计算机编程大战时，朱迪慢慢地由一个镜头升到三个镜头，由没有台词升到三句台词。而如果能说五句台词，就可以申请进入演员工会。也就是说，说五句话你就进入了演员的系列程序，有一天你就有可能成为影星了。

这个玛雅年的电影晚会，就是朱迪参加演员工会后的第一部作品。这个电影晚会是由魁北克演员工会组织的，有三十部小电影参加评选。它的主题是世界末日，时间是世界末日，是2012年12月31日。除了电影，还有酒会，朱迪兴奋地对我说，每个演员可以有两张邀请票，她邀请了我和莱丝莉。

我们来得很早，但天已经黑了，魁北克在北纬45度，冬天日落时间是五点一刻，圣丹尼街上的电影院门前已经排了长队，大概有十米左右。我们便自动站在后面，那时莱丝莉还没有来，我和朱迪一边聊天，一边等待。前面站着几个化着浓妆的年轻女人，其中一个紧挨着我，高跟鞋，露了洞的黑丝袜，超短的裙子。我几乎看不到她的衣服，因为披肩太大，几乎遮住了上衣。披肩是一件绿色的人工毛皮，绿得十分刺眼，有一种不自然的挑逗意味。那女人梳着同样让人不舒服的人工做的红头发，在飘着轻雪的路灯下，她脸庞上的毛孔出奇地粗大。然后我听到她开始说话，我看到滚动的喉结。

这几个人工女人，让我产生了幻觉。我突然感到自己置身在一个奇特的世界里，或者这就是电影的某个镜头。那一天并不冷，轻雪在半空中打了几个滚，落在地上。雪地上便泥泞起来，人们的脚踩一下，就踩出一个坑，混着雪的水溅起来，溅到另一个行人的靴子上，人们的小腿后面都带着一些泥点，皮靴也慢慢变了颜色。但女孩们并不在意，有些靴子已经灌进渗了盐的雪水，连汽车的底盘都能浸得锈迹斑斑，何况靴子。春天来的时候，马路上都是坑坑洼洼的，那是这个城市特有的景象——盐有超人一样的力量。

这个剧院，据说是蒙特利尔最古老的剧院。真正的欧洲古典风格。天花板上吊着老旧的吊灯，墙壁上是壁画，不知道是来自圣经还是希腊神话。舞台雕梁画栋，充满了繁复的古典意味，一排排座椅猩红地沉默着。人们鱼贯而入时并没有大声喧哗，或者是这剧院有某种静音装置。剧院灯火昏暗，好像进入古老城堡。观众席只有三分之一，椅子后面偌大的空间，放着音响装置和灯光装置，在这些机器的前方，摆着吧台，吧台上方挂满高脚杯，明晃晃的。魁北克出产的啤酒，一排排站在那里，无声微笑着。他们身后没有欧洲的啤酒，也没有美国的啤酒——我明白这是一种昭示，是魁北克独立运动的体现。

魁北克是一个国家。这里的人们爱说这句话。这句话让他们有自豪感，好像炫耀一种独一无二的东西、珍贵的东西。许多年了，尽管加入加拿大很多年了，但魁北克的很多法国人还是认为他们是被英国人殖民的。所以每年的省庆日就变成了国庆日，而国庆日在魁北克是搬家节。当英国人在老港庆祝加拿大的诞生时，魁北克的法国人正在大街小巷里面搬家。他们上午搬出下午搬入，但经常同时搬出又搬入，人和家具挤满小街。这是魁北克独特的景观，以搬家作为无声抗议，我认为这也是一种行为艺术。

莱丝莉是在快开演时到的，她说这附近泊车太难，只好泊在小街里再走过来。莱丝莉是个犹太女人，肤如凝脂。你只有看到她才能明白，为什么有人说女人是奶油做的。莱丝莉有一双浅灰色的眼睛，金黄色头发，她笑的时候眼睛眯成一条缝，几乎看不见，眼里却有一种生动的妩媚，我从来没有看到这样的眼睛。但她的妩媚里还有一种东西，我感觉到却说不出来。或者是一种虚空，我想。

电影终于在一片细细碎碎的低噪声中开演了，所有电影都只有一两个演员，小成本制作。有的电影只是一个人的独白，或者是默片，并没有构成完整的情节，场景取材于街头或房间，有一种熟悉的味道。我看到每天走在的街道上的人们，在他们自己的房间里过着另一种生活，有些窥探个人隐私的感觉，不知道这是因为电影与生活太近，还是电影本身有私电影的意识。法国人的艺术，或者魁北克法裔的艺术，表现出充分的生活化和随意，少有雕琢痕迹。我坐在那里，手里抱着一个世界末日的礼物，那是我姐姐送给我的名牌手包。

"我也得到一个。"朱迪说，晃一晃她手中与我同一个牌子的包包。我妹妹送的。

我们相互笑一笑，上个星期这个牌子打折。

世界末日的礼物。

一切看上去都很正常，就像看一场普通的电影。我看得很专注，一场接着一场，情绪转化有些快，脑子还来不及思考，下一个就来了。感觉有点儿对不起导演和演员。

中间休息时，朱迪突然消失了。我和莱丝莉就在酒吧喝了一杯。莱丝莉一边喝酒，一边娴熟地吞云吐雾。她的眼睛眯得更小，看起来也更加陶醉，她问我在意这世界末日吗？我笑一笑，我说不知道。

"不知道"这三个字是我来魁北克之后最大的收获，你可以在任何场景和情况下用这三个字，没有人对你表示奇怪。"不知道"的因为含义太多，而它所包含的不确定性、开放性或者更深层的意味，都符合法国人自由散漫的心态。在他们的字典中,"不知道"是一种哲学,因为你知道的越多,不知道也就越多。如果你知道的是一个圆,不知道的是圆外的所有事物。所以越多的"不知道",说明你的头脑和心态越开放。而如果你对许多事我都不知道,包括你的人生选择职业选择,人们可能认为你更有可塑性。这种想法与中国完全不同。我并没有那么多的可塑性,我的民族性是固定的。我知道自己会选择一个电脑公司做程序员,会选择毫无新意地组成家庭,按部就班生儿育女。但在蓝眼睛的法国人面前,当我得到"不知道"这三字真传之后,更多的时候我会使用这个法宝,因为它省去我很多解释的必要,而且可能建立与他们相应的虚假人格。而这人格能够让我与他们看似一体。

莱丝莉耸一耸肩。

对我来说,她这样开场。

我看着她,不能确切她是社交还是真心话。

对我来说,我喜欢世界末日。她说,因为我刚刚查出乳腺癌。

这个奶油做的女人很优雅地笑着,并没有眼泪和悲伤。

我手足无措,我从来不会安慰濒临绝境的人。绝境让我感到害怕,而濒临绝境的人让我感到无助和力不从心。没有人能改变"必然",这就是为什么"必然"强大而不可摧毁。

我们又喝了一杯。

世界末日的确是一个很好的主题,魁北克艺术家们在这个题目下做出的小电影五花八门。小电影都是五分钟到十分钟,时间限制了剧情的展开,当然也加速了剧情的速度,故事很精炼。现在正在上演的是一个女人的独白。她躲在地下室里,里面塞满了罐头食品。女人以调侃的口气开始讲各种罐头的用处和来历、保质日期和每顿她吃多少，她能吃多久。她语速平静而琐碎，充满日常生活的诸多细节。在叹一口气之后，她开始想象世界毁灭之会是多么混乱，而她住在地下室里的生活会是多么安稳。这样说时，她的表情莫名欢欣，既虚假又悲哀——我侧身对朱迪说，躲在地下，这个想法不错。这时我看到朱迪呆滞的脸，她的眼睛直勾勾地看着那个女人，好像被深深吸引了一样。

朱迪是在开演后的黑暗中回到座位的。她坐下来，有点儿心不在焉，魂不守舍。当她的电影上映时，她居然又不见了，我走出剧场，看到她躲在角落里哭泣。

发生了什么？我问。她化了浓妆的脸在昏暗的灯光下崩溃，好像一团被画家抛弃的油彩。惨白的女人常会让人有种种联想。许多人喜欢描写夜半卸妆之后的女人，或者需要补妆的女人，因为这时的女人很真实。

没有什么。她说。她掏出一叠手纸，开始惊天动地地擤鼻涕。中国人和西人在行为艺术上的一个最大不同，是中国人小声擤鼻涕，大声打喷嚏，而西方人则大声擤鼻涕，小声打喷嚏。他们打喷嚏会把脸埋在弯曲的胳膊里，让喷嚏消失在自己的肘弯当中。从卫生的角度讲，这样可以防止细菌在空气中传播，但是他们为什么小声打喷嚏？相比之下，也许用力地擤鼻涕会更干净。但人们的行为艺术如此。我想，东西方的巨大差异表现在这样的生存细节中，其实是有原因的。我想朱迪的擤鼻涕完全是一个表明自己身份的行为，她是一个已经西化的东方人。而我认为打喷嚏可以模仿西方人，但擤鼻涕最好保留中国人的特点，在处理个人卫生的标准上，尤其是大庭广众之下，应该保持温文尔雅。

我不再问她为什么哭泣，我只是拥抱她、安慰她。但我安慰她时，她的哭声又大起来，但很快她就控制住了自己的情绪，因为这时我开始哭了。

"你为什么哭？"朱迪停下自己的哭声问我。

我没有回答，我不知道怎样回答。

这时候钟声敲响，世界末日正式结束，新的一天，或者新的一年诞生。

我看到朱迪抬起的脸，她的脸上有一种如释重负的表情。

我们回到座位上，莱丝莉已经从椅子里站起来，正在东张西望，看到我们她很高兴。

我以为你们去了另一个世界。莱丝莉说，眼睛眯成了更小的缝。但我依然能看到她的眼神，莱丝莉的眼睛像一只午夜的猫，形成了一条一字形。

人群开始躁动起来，像波涛一样涌动而躁动不安，有人开始大声说话，但更多人涌向酒吧，酒吧前很快挤满了人，有人从里面出来，手里举着大号的酒杯。

干杯！他叫着，我看到他的围巾，我认识那种人工绿色，但他现在变成了一个秃头的人，红色长发不见了，她还原成了他。然而那裙子，人工绿的披肩，露着洞的黑丝袜，都还是原来的样子。我回身看身边的人，人们熟视无睹地喝着酒，聊天，欢笑，狂欢，没有人表现出异样。我看到某些更异样的人们，他们看起来摇摇晃晃，已经喝醉了。

"干杯！"许多人叫喊着。

这个剧院现在变成了一个巨大的派对，几乎每个人都是不醉不归的架势。酒是棕色的、明黄色的、金色的，还有白色的泡沫，人们好像在泰坦尼克号上劫后余生一样，看见谁都说新年快乐。有的男女开始拥抱接吻。音乐也响起来，是华格纳的音乐，激情浩荡，更增加了命运战胜日历的雄壮气氛。

干杯！我和朱迪、莱丝莉围成一个小三角形，尽管提高嗓音，大声说。

上帝没有收走我们，莱丝莉笑着说，有点儿神经地摇着头。这是一个好征兆。她说。

我们在大厅中走来走去，每个角落都站着狂欢的人们。

古老的窗户浮起一层白雾，东方既白。

到天亮的时候，酒已经喝尽了，人们东倒西歪。

安静、安静，请各位回到座位上，我们的电影节将继续。

然而没有人回应这个电影节，世界末日电影节还在继续，只是人们不再关注荧屏上的事情，人们只关注酒杯里的杜康。人们兴奋地大声说话，尖叫，玛雅人的日历就这样有了新的含义，人类没有在那一天走进绝境，我们得救了。

现在，让我们看真正的电影。巨大的声音回荡在空气中，好像一个巨神来临。

电影开始了，我们看到了刚才的场景。

电影里的我们。

我们站在这个古老而破败的建筑前面，正在排队准备进入，天空阴暗而朦胧，路灯发出昏暗的光线，雪花在路灯光中盘桓，好像扑火的蛾。街道对面的房子有三角形的阁楼，灯光好像紫色的眼睛。汽车飞驰而过，溅起细碎的雪泥。我们进入大厅，充满嘈杂的人声。电影院古老而阴暗的屋顶，我们在笑，我和莱丝莉在寒暄。她浅灰色的眼睛眯成一条线。酒会，电影院里面宽阔的大厅，里面挤满了醉酒的人，有的已经迷醉了，有些还在喝酒，他们身穿各色衣裤，

213

有人在大声叫喊，说着不同的语言。一个高大的红色脸庞的男子突然匍匐在地，拉着别人的衣角。一个围着黑色头巾的老女人跪在地上，向剧院的屋顶膜拜。那些穿着制服的男人，也在擎着酒杯，但他们没有烂醉如泥。他们时而交头接耳，转过头来观察人群，眼中闪着光。这时屏幕上出现了朱迪，她离开我们，躲在卫生间的墙角里贪婪地抽着烟。而莱丝莉凝望大屏幕时，眼中流下滚滚泪水，屏幕上出现了我，我看到我自己，在电影中失恋女子的眼睛里，我看到我自己——

这时屏幕突然黑了，大厅里一片沉默。

我们惊呆在自己的电影里。在这个时候，我才明白，漫长的酒会意味着什么，而所有今天的事情意味着什么。我们就是世界末日，我们就是自己的电影。

发表于《湖南文学》2019 年第 6 期

寻找安妮

今天下午，我们再一次在附近的小镇上寻找安妮。她已经失踪一星期了。

我还记得我们，我和安妮坐在麦当劳里。那是一个初春的午后，那时树上还没有叶子，草也没有变青，这个春天很荒凉。蒙特利尔位于北纬45度，有长达半年的冬天，所以即使在"人间四月芳菲尽，山寺桃花始盛开"的时节，城里的桃花却也如那句"解名尽处是孙山，贤郎更在孙山外"。蒙特利尔的桃花是名落山寺之外的，所以我们面前没有桃花。那天阳光灿烂，有几个西方人坐在外面的座椅上吃炸薯条和三明治。尽管地上还铺着一层积雪。他们身穿羽绒服，戴着绒帽，很享受地坐着。阳光如此之好，我说我们也坐在外边吧，安妮犹豫了一下。安妮说还是坐在里面，外边有风。我们就走进去，要了两杯咖啡，我要黑咖啡。安妮要Double double，就是双奶双糖的那种。我们上了楼，找了一个双人火车座坐下，安妮脱掉浅蓝色的长衣。

我必须找人谈谈，她说。不过这次谈不是因为犹豫，而是因为决心。她坐下来喝了一口咖啡，看着我，我没说话。新买的休闲鞋有些紧，我把左脚向右歪一歪，感到有了一些空间。我的左脚比右脚大，右腿比左腿长，左眼比右眼小。我右侧的身体比左侧身体多五磅，这让我游泳很困难。我浮在水中，身体一侧就向水中倾斜下去，失控。不过我昨天发现我的两个手掌正应和两个眼眶，掌窝扣在眼睛上不大不小，与眼眶相吻合。我突然意识到某种玄机，我身体的任何部分都存在得充满意义。这个发现让我大大感叹了一番造物主的神奇。

你知道我在这桩婚姻中失去了什么？她看着我说，我失去了太多的自由。

我注视她，再一次举起我的咖啡。我不说话，我不知道该说什么，这不是第一次谈论相同的话题。我望一望身边的桌子，左边那个小圆桌，有两把红椅子。如今一个胖女人坐在那里，正在用薯条去蘸番茄酱，她过于肥胖的小臂显得短而弯曲，手异常得小。她举起沾满番茄酱的薯条，油光闪闪。她举到鼻子前面，试图让薯条弯曲下来，但薯条不肯弯曲，于是她伸出另一个手，她用两个手，压迫那一个瘦瘦的薯条。她手忙脚乱了一会儿，薯条终于弯下身躯，前一半进了她阔大的嘴里，番茄酱掠过她的腮，她的腮染上了红色。

昨天晚上我们谈了一次，我下了决心，他也知道这一次不可挽回，所以他说他这几天就搬走。

我抬起头，看安妮的脸色，苍白而疲惫。

他问我是不是有别人，我说没有。这个不是问题的关键，关键是我对这段婚姻厌倦了。我不想再听他的，我想听我自己的。

阳光在窗上游走，画出线条，右侧的电视里一直在播放美国总统的讲话。他就要去朝鲜了，他会在不久的将来与全世界最酷的"80后"金正恩见面。金发飘飘的特朗普喜欢扎一条红色领带，他的英语发音清晰，用词简洁。他称金正恩是小机器人，言辞中带着某种亲切的调侃，绝没有冷战时期大国之间的恶意。特朗普有独特的手势和表情，对于即将来到的与金正恩的会面，他表现出了一种兴奋和新奇。我想除了克林顿，特朗普将是第二个踏上朝鲜国土的人，而克林顿在朝鲜的照片明显是紧张多过有趣的。我脑海中浮现起那张紧张而僵硬的脸。

安妮还在叙述中。

他说他什么都可以为我做——他为我做早餐拼盘成不同的花样，他给我煲汤，精心调制，配制着美容美颜的各种食材，但是如果我不舒服或者拒绝同他性爱的时候，你知道吗？所有这些待遇就没有了。

我笑，她也笑。我们的笑，有点儿莫名其妙，有点儿奇怪。

我知道他们的很多故事。我知道年轻时候的强生。茉莉花盛开的时候，他就骑上单车给安妮送去。他那一双被染料染得变了色的双手，穿一条染得七荤八素的裤子，站在大楼门前等安妮。等到太阳落了，安妮姗姗而来。安妮对他说，别再来了。他就傻傻地看着安妮，他不说话，照样来，不管安妮对他好还是不好。安妮对他怎么样，他不在乎，他在乎他自己的感受，他爱她，这是最重要的。至于安妮是不是爱他，他并不很在意。

左边的桌子被拼成两个，能坐两个人的桌子现在可以坐四个人，但其实只有三个人。十七八岁的男孩子，一个是金发碧眼高鼻的，一个是棕色大黑眼的印度人，还有一个是亚裔，黑头发黑眼睛黄皮肤。我到了加拿大去政府机构办身份时，才知道自己的眼睛不是黑色的，头发也不是。他们把我的眼睛和头发都确认为棕色，我想所有的事情都需要比较。在这里同黑人相比，我们的眼睛和头发的确不是黑色，只能称为棕色。对面的男孩子们背着双肩包，他们坐下来，相互之间不说话，只管玩他们的电脑游戏，三个孩子都留着长头发，额前的头发盖住眼睛。他们眼睛都藏在头发后面，有时会露出一个窄窄的缝隙。亚裔男孩到楼下买了薯条汉堡，三个人不说话，依然低头玩游戏。这一代孩子是和电脑一起长大的，电脑好像他们身体的一个部分、一个零件。他们与电脑保持着与生俱来的关系。他们一生下来，就会摆弄这些成人需要学习的机器，他们不需要学习，他们是天生的机器人。

我常常想起那个下午，尤其是安妮失踪之后。我和安妮坐在麦当劳里，我注意到身边那个肥胖的女人和三个低头看电脑的男孩，我记忆深刻。因为那个圆桌和那个拼起来的桌子依然摆在那里，这个在路德山坡的麦当劳还在那里，女人和男孩子都已经不在那里了，我们也已经不在那里了。我们那些坐在火车座上倾心交谈的时光，一去不复返了。

我不记得我们曾经谈论过的另一些话题。后来安妮有了新的男朋友，安妮离了婚就变成了一个自由的女性。她长发飘飘，行走在市中心下城。而我还过着日出而作日落而息的居家生活。我们来往得越来越少了。

我上一次见到安妮是在印度音乐会上。印度音乐是一种神奇的音乐。我记得那音乐是两个人表演，主演的人吹笛子，吹奏各种各样的笛子。他盘腿坐着，把笛子们放在他脚边。他先是拿起一支横笛，呜呜地吹，低音部，然后又拿起一支竖笛，吹的高音部。后来又拿起一支更长的竖笛，音乐就在高音部盘旋，好像歌颂在高空的雄鹰。安妮与我中间相隔两个座位，那天她穿大红色的长裙，很配印度风格，她的右边坐着的人是她男朋友。那个面色有些黯淡的男人，穿十字拖鞋，厚得像布袋子一样的牛仔裤、蓝色衬衫，明显没有熨烫过，皱皱巴巴。我觉得他应该是中东一带的移民。安妮介绍说他是一个大学教授。我宁可相信他是一个地道的蓝领，不过我不会说什么。说什么呢，大学老师也有很多匠人，那些匠人穿蓝领正合适。

安妮和蓝领坐在一起。在进入印度音乐之前，她盘起腿。她是一个文雅而规矩的女人，她盘腿的动作全在裙子下面。她把裙子稍稍抬起来，腿缩进去盘好，再把另一条腿缩进去，裙子像一个帐篷。她把腿藏在裙子里，椅子下面是两只小船一样的尖头皮鞋。安妮盘好腿，双手闲闲地放在胸口，打一个佛手印，然后闭上眼睛。离婚后安妮有过很多信仰，她信过基督，也信过佛。那个时间里，她正在信佛。

印度人拿起长笛，这次他吹的是高音，这真是一种简洁的艺术，一个人只要不停地换笛子就行了，不同的笛子形成不同的声部，好像一个乐队。这时我的思想开了小差。我右眼的余光看到那个蓝领将手伸过去，伸到了安妮扣在前胸的佛手印上。两只手在那里缠绵良久。蓝领脸上毫无表情，而安妮的眼睛像之前那样闭着。她这样闭着眼睛，虔诚地听着来自佛国的印度音乐。

后来安妮又换了一个男友。这个男人有一双蓝眼睛，微微的秃顶，他的侧面有点儿像鹳鸟的脸，脸色是一种充满血色的红。我不太喜欢他。我很想对安妮说，如果是我，我不会选择这个人。但安妮说，这个人是她的灵魂伴侣。

这次不一样。安妮笑着说，她笑的时候像一朵花开放。安妮是一个美人坯子，眼睛像月牙一样弯曲，嘴角上扬，露出一口贝齿。她侧影的弧形尤其美好，是一个很典型的亚洲娃娃。

这次是真爱。她说，我遇到了灵魂伴侣。

我的反对票没有投出。我把话咽了回去。

安妮那么甜蜜地望着灵魂伴侣。有些秃顶的法国人，蓝眼睛里露出茫然和无聊。他的腿很长，他坐下时好像比安妮还矮一些，但他站起来时很高大，双肩宽阔，那种健身过度的宽阔。

这个恋爱中的东方娃娃，穿着像芭比一样的蓬蓬裙，束腰，裙摆像花朵一样散开，外套一件薄呢短上衣，一双鞋子在脚踝处盘了一圈扣，显得格外活泼，棕色皮手包大气又端庄。至少在今夜，安妮是幸福的，没有人知道她是否选错了男人，她不知道，我也不知道。

从麦当劳出来，我和安妮再没有谈过和强生离婚的事情。

我常常想起安妮离婚前后的事，那些犹豫，争吵，出言不逊，口出恶语和几乎大打出手。终于有一天他们离异了。我时常想起她，想起她的愤怒。后来她自由了，却一直没有离开男人。她坚决不承认她已经进入四十岁，在心理上她始终是一个二十岁的女孩。她拒绝承认她是一个女人。如果可能，我想她会拒绝承认她结过婚，有过家庭，她只想做一个女孩，一直做一个女孩。

"可你是一个成熟的女人了。"我说。

"但我只想做一个女孩呢。"她说。

安妮失踪之后，我们无数次猜测安妮的下落。警察怀疑过她的前夫强生。因为安妮曾经对我说过，每次他们分居，她都会住在另一个房间，反锁门。强生也曾说过要搬出去，他说为了不干出什么不堪的事情，他最好搬出去。他说他还爱着安妮，他看见安妮时就会忍不住，如果忍不住就会动手，如果安妮反抗就会过激。安妮这样说时，我们正坐在麦当劳里，手里拿着冰咖啡。我们把咖啡放在唇边，同时停下来，莫名其妙地停下来时，对视了一眼，心照不宣地放下杯子。冰块在咖啡杯里咔咔作响，那翻腾起伏的冰块在淡棕色的杯中露出一条透明的线条，很凉，有些入骨的寒凉。无论咖啡多么浓甜，都盖不住冰块带来的寒凉。

我最后一次见到安妮，也是在一场音乐会后。我们在第二杯咖啡店小聚。已经是晚九点以后，好几个人都不再喝咖啡了。雪莉最近发现这里有一款菊花茶不仅好喝还安神，他们都喝好了这一款，但我拒绝这个。对于喝惯了杭白菊的我，这款黄色菊花有一种我不喜欢的陌生味道。我要了绿茶。我还记得那天斜坐在我对面的雪莉，穿一件紧身插肩的黑色小毛衣，脱了毛衣，露出一件暗色中式对襟小袄，颈上是一圈珍珠项链。

"我要优雅地老去。"她说。

她这样说了之后，我们就开始评论她的衣着。安妮坐在鹳鸟身边，我记得她涂了口红。她的口红衬得她的脸格外白皙。她精致的五官线条很好，那口红画龙点睛。

"你今晚很漂亮。"我说。

"我涂了口红，给他看的。"安妮笑一笑说。

谢顶的男人微微弯着肩膀坐在那里，眼睛中出现了一丝茫然。一群中国女人并不迁就他的语言，她们在一起像一群鸟儿，飞快地说着他完全不懂的语言。安妮侧过脸，把大意翻译给他听。然后他笑一笑，他说女人真有意思，坐在这里一直都在谈论雪莉，她的外衣、她的毛衣、她的项链。

我们不理他，飞快地说话。分手前，鹳鸟问雪莉："要不要我送你回家？"

我们哈哈大笑，警告雪莉说，不要当小三。

我几乎不记得我是怎样认识安妮的。我们没有任何人生的焦点，也没有相似之处。我像一只鸡一样生活，下班回家做饭，吃过饭我就同老竹散步,像一对年老夫妇,相守一辈子的夫妇。然而我的朋友们是一些另外的人,她们大多单身,就像今晚上我们相聚在这里,这间咖啡店里。"第二杯"是加拿大人喜欢的咖啡店,但我们不会喝咖啡,甚至一杯。已经太晚了,我们都害怕失眠。雪莉每次都要一杯热巧克力奶,她保持着很好的身材,却吃得多、喝得多,也不畏惧高热量的饮料。安妮喝 D 咖啡,她给身边的法国佬买了一客草莓冰激凌。

在安妮失踪的当日,我们便出发,我们在圣劳伦河两岸寻找。安妮从家中搬出之后,就住进了靠近老港的公寓。我曾经去过她的新家,距离老港很近,步行只要十五分钟。安妮与鹳鸟住在一起,分担房租。她终于过上了理想中的生活。没有人做饭,他们出去吃或者叫外卖。他们看电影听音乐,像年轻人一样漫游世界。

那天安妮在圣母大教堂下面等我,她新剪了头发,齐刘海的中国娃娃头。她的眼睛很黑很大,她穿大色块、掐腰、船领的连衣裙。像时尚的法国女人那样,拎着一个夏日用的草编背包,里面装着长棍面包、新鲜草莓和两支玫瑰。我说你如今看起来很异族,她就笑一笑。她说真是奇怪,最近常常梦见强生。我说那是心里还有他。安妮说哪里还有,想想他的样子就够了。我们便沉默。然后,安妮懒懒地说,只是有时候会做梦,梦见我们在上学,在考数学,我不会做题,我就使劲踢前座的椅子,想问他怎么做,然后前座回过身,却是强生——

新家清新简洁,安妮独住一室,另一间是鹳鸟的。他们分担房租和所有费用。他们是 AA 制的情人。安妮的房间充满了单身女人的浪漫气息,或者说有一种女孩气息。我知道安妮的内心一直住着一个未成年的女孩。

安妮有着那样一些浪漫的幻想,比如她喜欢听爱情故事,听了就会流泪。她喜欢珊珊丈夫回归的故事。她说珊珊丈夫为了赢回她的心,坚持每天背一首唐诗。这样一个粗人,竟然背了半年的每日一诗。到后来珊珊原谅了他——看着唐诗的份儿上。安妮这样说时眼里充满了期待。我不禁调侃说,让强生也给你每日一诗好不好?她的脸突然变色,说她才不稀罕。后来,她说珊珊原谅她丈夫的主要原因是她自己有了一场精神恋爱。她与一个军官感到了一种特别的默契,那是一个闺蜜的丈夫,他们能长时间地谈话,也能长久地沉默。而在那沉默中一点儿不干枯,反而能在沉默中生出无限的活水。活水荡漾在沉默的空气中,充满了花一样的气息。我问后来呢?安妮叹一口气说,没有后来,真正的爱情都没有后来。

我们坐在麦当劳里,特朗普继续着他的发言,电视挂在橘黄色的墙上。我摘下眼镜,对面的墙好像一块橘子皮一样。特朗普不是一个好的政治家,却是好的生意人,他把世界看成利益的分配。在他眼里没有政治,没有经济,所以有人说他不是一个政治家,只是一个资本家。但其实政治与经济从来都不能分开,所以有一门学问叫作政治经济学。

而在生活中还有一门学问叫经济婚姻学。强生在得到更多的家产时才会签字离婚。

我们坐在车里。分手时,安妮说她有点儿害怕。我明白她的意思,明白害怕意味着什么。在这座城里,前几年曾经发现过可怕的事情,有人杀了人,把身体分成几个部分,然后把这些部分邮寄到不同的地方,有温哥华的一所学校,也包括渥太华的政府部门。那个可怕的视频在网上流传甚广。我还记得强生当时说的话,你一定要看看,他古怪地望着我说。那件事情的发生地离我们居住的公寓不远，每次走过出事的那栋大楼，我都浑身寒战，后来我决定搬家，逃离这个噩梦。

我们徒步走到圣劳伦斯河边，我们走过夏日的光影，不远处停泊着废弃的老船，如今被改成水上 SPA。一群身穿白色浴袍的人们站在船头，听不见他们说什么，浴袍在阳光中显得分外洁白。一条汽艇开过来，艇上的女人，一边用手机拍下视频，一边大声和我们打招呼。安妮低下头看着老港的水，我看见她后颈上的新刺青。

一个天使。我说。

一个天使。安妮笑一笑，一个黑色的小天使张着双臂，飞翔。

我需要一个天使保佑，她说。我最近经常做噩梦，还会梦游，有一次我十分惊讶地发现，自己站在河边，是在夜里。

以前有过吗？

没有，她抬起眼睛。我看到她有些消瘦的脸庞。

我们从清晨到黄昏，没有找到安妮。警察也没有找到，我们一直祈祷，祈祷安妮能平安归来。有人说在小镇上看到过她。我和雪莉还去找了一个吉卜赛女巫，她穿大红裙子，暗黑的脸上一双闪烁的眼睛，非常明亮，好像能穿透云彩的闪电。

"很像叶塞尼亚。"小隐说。

我们把希望寄托给叶塞尼亚。叶塞尼亚说你们的朋友就在这附近，她直直地看着我们，伸出手掌要钱。

我们去找过强生，他不在蒙特利尔，离婚之后他就海归回到中国，没有任何线索。我在安妮和强生从前的房子前面站立良久，那里已经有了新的主人，那是一对年轻的中国人，安妮种的玫瑰花还开着，在风中摇曳，不带一点儿人世的感伤。我看到他们亲密地从车中走出来，牵着手去开自家的房门，几年以前安妮与强生也是这样。

我知道安妮一直在寻找自由。自由这个美丽而诱人的字眼。在塞维亚的那个早晨，我们曾经谈到这个字眼。我记得那座热带城市的清晨。塞维亚的早晨是从中午开始的，我睁开眼睛就看到明媚的阳光正从窗帘中折射过来。宽大的窗帘是金色和浅玫瑰色的混合，长长的流苏拖到地上。后窗子很小，但风还是把窗帘吹开一道缝隙。光照在窗帘上，宁静而祥和。窗帘上的玫瑰闪烁着，温柔，却华丽。我们谈论生活，当我说到老竹一直都不放心我一个人出门。这时安妮突然睁大眼睛。她睁大的眼睛改变了她平素温柔的容颜，让她的表情生硬而陌生。她甚至冷笑了一声。

她说："你不觉得你被限制了吗？"

我有些愕然。

以爱的名义被囚禁。她说，或者你很享受男人的庇护？

我慢慢躺回到枕头上，或者我是失去了翅膀的。我突然想。在那一刻我对婚姻产生了怀疑。

"这句话是不是很扎心？"她有些恶意地说。

自由到底是什么呢？在安妮奋力挣脱了强生之后。或者她挣脱了以性爱换得的庇护之后。她走出了家庭，拥有了更大的空间，也有了更大的漂浮感。如今她漂浮而去，我甚至没有找到她的身影。我突然感到我并不认识安妮，她非常陌生。她的某些想法好像也住在我的身体里，只是我一直没有去思考这种感觉。爱，或者依赖，这是我一直住在婚姻中的理由。

警察说蒙特利尔城每年都有失踪的妇女，可以在电线杆上，地铁里看到那些失踪妇女的照片。以前是印第安人，现在是白人、华人，乃至各个族裔。有些人很快找到，有些人终生也找不到。他们问，安妮还有别的男友吗？他的问话让我不知所措。我看看鹳鸟，他站在警察身边沉默不语，一双蓝眼睛茫然而无聊。他让我想起在第二杯咖啡店的那个夜晚，这是个经常灵魂出窍的人。他的房间里站着一只巨大的鸟笼，一人多高的鸟笼。我突然想，鹳鸟也许是一个西班牙人，只有西班牙人才这样热爱鸟笼。

来生我要做一只鸟。安妮总是这样说。

安妮没有隐居在附近的小镇上，没有与任何男人私奔，没有被前夫所害。她的失踪也与现任男友无关。她没有做一只鸟笼中的鸟。安妮只是迷了路，她一步迈进了圣劳伦斯河中，她溺水而死。

发表于《香港文学》2020 年第 5 期

奥兰多的白天和夜晚

一

李杜穿好衣服，背好包，站在门前与小易告别。他说你要是现在说不让我去，我就不去了。小易笑一笑说，我偏不说，我让你去，你快去吧。李杜说，你一个人真的行？小易说放心吧，我保证你回来时候好好的。李杜重又放下包，回过身来说，每天吃的药都在这里，三天的药我都配好了，不要吃错。这个小白片是安眠药，千万别吃多了。小易说你说了好几遍，我都记住了。她一边说一边撩起白纱窗帘向楼下望，看到一辆黑色出租车已经停在马路边。小易伸出手，给李杜整理一下衣领说，你快走吧，车子已经来了。李杜紧紧拥抱了小易，然后重新拎起背包，关了门，一路下楼去。出租车司机已经站在车门旁，是一个包着大头巾的锡克人，用一个手指敲打着车顶，有些不耐烦的样子。李杜坐在车后座上，简单地说，去特鲁多机场。

一路顺利，连一个红灯都没有。有时候就是这样，开始是绿灯，一路都是绿灯。人生也一样，当然也有时恰恰相反。

李杜来到机场，时间还早，国际机场要提前三个小时入关。李杜轻装上阵，随身只有背包，手续简便。他通过安检，找到登机口，只用了一小时。登机口没有人，只有一个屏幕，寂寞地黑暗着，好像已经睡着了。李杜坐下，突然感到很寂寞，像那屏幕一样寂寞。他呆坐了一会儿，掏出手机，找到同学聚会群，发出信息说，我已在机场。

李杜这次去美国，是同学聚会，确切地说，是为了王伟的到来。今天晚上在奥兰多，他们当年的四剑客有一个重逢。很多年前，当他们进入北方哈尔滨的同一所大学，住在同一个寝室里的时候，并没有想到有一天他们会在美国的阳光之城相聚。那时他们还小，李杜 15 岁，是班里最小的，而王伟 27 岁，是大哥。王伟是知青，刚从农村考回来，身体高大，皮肤黝黑，剃着光头，一看见李杜就露出促狭的笑容。

嘿，小孩儿。他叫道，你走错门了吧？该去幼儿园。

李杜长得又瘦又小，刚从家乡出来，进了这个门前有警卫站岗的大学。他本来就有些紧张。他端着洗衣盆，正准备去接水。这个黑大汉站在他面前，挡住了光亮。他一时不知所措。黑大汉哈哈笑着一会儿说："过来，我背你玩会儿。"

李杜不知道是不是应该接受这个邀请，他自认是一个成年人。在大兴安岭的森林里，他种地伐木，什么活儿都能干。

黑大汉不由分说就把他背上，然后沿着走廊跑起来，他一边跑一边笑，一边笑一边跑，跑了两个来回，才把李杜放下来。

李杜摘下眼镜，眼睛有些干涩。他揉了揉眼睛，重新拿起手机，给小易打电话。

"我已经到机场了。"他说，"你怎么样？"

"我很好。"小易的声音很平静。

"那就好。"李杜说,"我一个人,坐在这里看飞机起落,你呢?"

我?小易笑了一声。我正在看微信。到处都在说中美贸易战的事情。你知道吗?特朗普加关税了,有一则消息说,中美进入了边打边谈的阶段。

嗯,李杜说,你别看时间太长,早点儿睡。

可是我想等你报平安呢。

不用等,我会平安的。

李杜从机场一出来,就看到陈卡和王伟正在等他。李杜立刻迎上来,三个男人抱在一起。王伟原来的个子好像缩小了一些,现在李杜能轻易地搂住他的肩膀。王伟是来参加儿子的博士毕业典礼,他比李杜早到一小时。

已是深夜,三个久未见面的兄弟坐在车里,禁不住大声谈笑。陈卡数次回头参加他们的谈话,兴奋得好像喝了酒。也不知道走过了什么路,终于到了陈卡家,一个大房子伫立在黑暗中。陈卡说在外地工作的儿子一家来看他,已经睡下了。三个人便压低声音进门。王伟环顾四周,叹口气说,你这家伙,一个人住这么大的房子,太奢侈了。陈卡咧嘴笑一笑,说有什么奢侈,你还没有看到刘峰的房子,那才叫奢侈,后面有一面湖。

三个人说着坐下来。夜晚的空气潮湿闷热,李杜感到汗从衬衫里浸了出来。长期生活在亚寒带地区,李杜变成了一个怕热的人。他看看陈卡,圆领衫外面还穿着长袖衬衫。陈卡开了冰箱,拿出啤酒说,先喝啤酒,然后喝红酒。

李杜喝一口啤酒,一股清凉之气油然而起,在胸中荡漾开来。他感到身心通泰。李杜曾经非常善酒。他又喝了一大口。他已经好久没有喝酒了,自从小易生病之后,他就戒了烟酒。他知道必须保证自己健康，两个人不能都有病。

小易。他又喝了一口，不知为什么，机场初见同学的那种兴奋瞬间消失了。小易的面容浮现在他眼前，非常清晰，苍白而脆弱。李杜站起身，把啤酒喝光，然后到卫生间去。

到了卫生间，他打开微信，调到视频。小易很快接了。

"你到了吗？怎么样？"小易说。

"到了，都好。"他说。小易那边黑乎乎的，看不清脸。

"怎么这么黑，你没开灯？"

"我眯着呢。"小易说，"现在是凌晨三点多。"

"对不起。"他晕晕乎乎地说，"我记错时间了，你睡吧。"他关上手机，出了卫生间。

他们开始喝红酒，王伟看起来全无睡意。

我是中国时间，正是白天，他说，时差12小时。

桌上摆着王伟带来的松子，他们吃着中国松子喝红酒。

很好喝，王伟说，我最爱吃松子喝红酒，这让我想起金圣叹说的，花生与豆干同嚼，有火腿的味道。

三个人就笑，无数的话题蜂拥而至，他们几乎一夜没睡。

二

李杜醒来的时候，先是听到鸟儿唱歌的声音。从纱窗望出去，对面是一片小湖，湖四周是一片绿色。水面上升着朦胧的雾水。李杜站在窗前望了一会儿，走出房间，在楼梯上遇见王伟。王伟正准备下楼，他戴着一顶白色遮阳帽，短袖衫外套一件长袖衫，旅行腰包挂在微微凸起的肚子上。李杜想起王伟当年背着他在走廊跑的往事。

"我背你下楼吧。"李杜调侃说。

"现在还不用。"王伟说,调皮地眨一眨眼睛。

现在,在过了四十年之后,当年的王伟和李杜,外表上都有了一些改变。李杜的双肩略略塌陷,但后背还挺拔。他穿印有耐克图案的短袖圆领衫,短裤,比王伟显得年轻健康,他们好像两代人。

陈卡抱着三个月大的小孙女站在地中间。王伟凑上去看,小孙女玉琢粉团一样,小眼睛小鼻子,张开的嘴巴含苞待放。王伟抱起小孙女的一只脚,口中啊啊地乱叫着,十足一个慈祥老人的模样。李杜的一只脚还没有下楼,看到这一情景便呆了一呆。李杜与小易没有孩子。早年小易怀过一胎,没有保住。小易还想再试一次,李杜说什么也不肯,李杜说这事我说了算。

李杜在楼梯上顿一顿。很多年了,他没有见过这么小的孩子,好像童话中的花仙子一样。陈卡用一个枕巾紧裹着那个小身体。李杜对这么小的孩子有些不知所措。

抱抱,抱抱。王伟张开手逗着那小孩。小孩突然瘪了嘴,哇的一声哭起来。

呀呀,陈卡笑起来,会认生了,宝贝。

南南微笑着走过来,他的身材比父亲高出一头,相貌斯文。

你给我们照个相。陈卡说。

他们站好,陈卡和小孙女站在中央,王伟的一只手托着小孙女的一只脚,李杜的一只手牵着小孙女的一只手。陈卡说,这是我们的下一代呀。他像捧珍宝一样,捧着那只小脚丫。李杜的手碰到那小婴孩,感到从未有过的一种柔软。这种没经历过的柔软瞬间触动了他,他竟然有一种触电的感觉。他的手颤动了一下,就离开了小婴孩的手指。

　　早餐已经准备好，陈卡的姐姐给他们做了培根煎蛋和烤面包片，牛奶和橙汁摆在桌上，自己服务。对此王伟李杜都有了到家的感觉，当年他们在哈尔滨分了手，陈卡回到上海老家。那时候他们出差去上海就住在陈卡家。后来陈卡去了美国，他们也住在那里，甚至他们都知道在哪里取钥匙。他们去了就住下，买菜做饭喝啤酒，就像在自己家一样。

　　南南和姐姐就要走了，他们开车要八个小时，这一天都将在路上。兄弟三个把姐姐一家送到门口，姐姐在流眼泪，他们上了车，缓缓而去。

　　三个人默默无语，一向多话的王伟不说话，只拍一拍陈卡的肩膀。南南的车刚驶出小区，另一辆车却开了进来，陈卡说刘峰到了。

　　刘峰从车上下来，四个人拥抱在一起。

　　"见到你不容易。"刘峰拍拍李杜的肩膀，"还是大哥面子大，邀请你多少次都不来。"

　　李杜笑一笑，他没有辩解。他的眼前又一次浮现出小易，他在心中暗自计算自己出来已经二十多个小时，小易应该已经吃过三次药了，不知她现在怎么样了？

　　走啦走啦，刘峰说，咱们打枪去。

　　我要去卫生间一次。李杜说。

　　李杜你最小，怎么你先憋不住了。刘峰说。陈卡就笑笑，王伟也笑，笑得意味深长。

　　李杜不理会他们的调侃，但他突然有一种熟悉的感觉从心底升起来，他迈开脚步，腰板突然挺直起来。这种调侃，唤醒了他大脑中某根沉睡的神经，让他感到自己年轻了很多。

李杜进了卫生间，马上拨通了视频，那边很快接通。

我都好。小易还没起床，看起来睡眼蒙眬。李杜看到她浮肿的眼睛。

我们现在要出门。李杜说，大概要好几个小时，我一回来就给你打电话。

你放心去玩吧，不用打电话，我没事。小易一边说，一边伸出手，把一缕头发撩到耳后。小易有一个小巧的耳朵，薄得透明，微微翘着，好像一个小玩具。

兄弟四个都喜欢打枪，在学校军训时，他们的枪打得都不错。很多年过去了，李杜再没有打过，王伟也没有，倒是两个美国华人对打枪保持着热情。美国是一个枪支开放的国家，尽管校园枪击案频仍，但美国人对枪支的喜爱有增无减。

陈卡对枪尚有谨慎态度，平时他把枪锁在抽屉里。南南对此不以为然，他认为父亲的小心毫无意义，枪就是为了用，锁起来就没有用。枪是防身之物，不是玩具。刘峰有四把枪，两把是买的，两把是自己组装的。他这样说时，李杜看到了某种强悍。李杜住市区公寓，开省油的小车，没有枪。

"你怎么样？"刘峰一边把子弹盒打开，一边问李杜。

"还行。"李杜简洁地说。

"还没有找到专业工作？"王伟问。

"没有工程师资格。考证要用法语考试，我对法语实在没兴趣。"

"其实没必要一定要有专业工作。"刘峰说，"我准备不干了。"

"不干了？"陈卡从后视镜里望一眼。

"我自己干。"刘峰说，"我不想再受老杜邦的气。"

刘峰现在管理出租房，都是在美国次贷危机时买下来的。破产房，也破旧得可以，刘峰把房子重新翻修，然后出租。他也喜欢修车，有报废的车他就去，拆了零件，然后自己组装。刘峰是一个动手能力极强的人，在大学做科研时，他就自己搭平台。他对动手的热爱胜过动脑。

　　四个人中，刘峰有着更丰富的生活阅历。比如现在他有五个出租房，两个妻子，三个孩子，在他的房子里住着他的母亲、姐姐一家、后妻的母亲、前妻的父母。刘峰曾在同学群中晒过他的全家福，二十四口人，浩浩荡荡占了三排。他坐在正中间，俨然一个酋长。岳母和母亲分坐他的两边。这其中，人们很容易分清他的嫡系，那些小眯眯眼的是姓刘的。刘峰生就一双小眼睛，随着年龄的增加，他的眼睛越来越小，但这并没有影响他作为男人的魅力；相反，随着财富的增加，他更有魅力了。

　　刘峰的同居女友小夏，是他刚到美国时认识的。但他并不知道，小夏从中学就崇拜他。小夏与他同在一个小城，比他更早来到美国，那时间刚刚离了婚，他们就开始互助，很快住到了一起。小夏有一个儿子，刘峰有妻子和女儿，他妻子叫金。

　　刘锋把金接到美国，他同妻子坦白了一切。不坦白是没有出路的，因为那时小夏已经怀了他的孩子。他答应金的所有条件，税后收入的一半归妻子，他付女儿的教育费，妻子的所有事宜招之即来。三个月后，小夏生下了皮特，刘峰梦想中的儿子，但他一直没和小夏结婚，刘峰在美国过着事实上的两个妻子、三个孩子的生活。那时候刘峰的收入完全不够养活家人，他唯一的出路就是再找一份工作。这是他开始修房子的原因。

三

　　刘峰家里就像照片上一样人丁兴旺。两个儿子正在玩游戏，刘峰的姐姐刚在湖里钓起一条两尺多长的湖鱼，兴高采烈。见到他们，就说今天有鱼吃了。刘峰的女儿也在，三个孩子，一边玩一边笑成一团。李杜见一家人和睦温馨，很为刘峰开心。刘峰对女儿说："今天有客人，叫你妈也来吧。"女儿说他们去度假了。原来刘峰的前妻如今嫁了美国麦克。李杜对刘峰家有客人还叫前妻出席的规则，很是好奇，刘峰说："我们这一大家子本来都是亲戚。"

　　原来刘峰与金和小夏都是同一个中学，两任妻子还是表姐妹，这三个孩子若论起来，还有一层表姐弟的关系。当年刘锋婚变，从大洋彼岸传回故乡，着实引起了一阵骚动，刘峰是小镇的高考状元，与前妻喜结连理时，小城就热闹了一回。后来出国，婚变，刘峰的名字在小镇人的饭桌上停留，不是以一日计算，而是持续了几十年。小城出一个状元不容易，他的所有故事都让小镇人感兴趣，何况如今家人不断拥来。每一个亲戚过来了，都坐上刘峰的小艇，在湖中兜一圈，自拍留念，然后钓鱼，合影留念。刘峰的故事还将继续下去，因为刘峰将再次改变自己的生活。如果他辞去了美国公司高级工程师的工作，做一个房屋装修工人或者汽车修理工，故乡的人会说什么？母校的老师会不会对得意门生失望？

　　但刘峰对此毫无兴趣。

　　"到我们这个年龄，想什么都是瞎扯，比什么都是多余，谁活的长久谁赢。"他中气十足地说。

　　李杜来到刘峰的阳台上，现在蒙特利尔是中午，小易应该已经

235

睡醒了，李杜立刻拨了视频。小易问他玩得可好？李杜说好，然后将镜头转移到刘峰的前院和后院，青草萋萋，一眼望去，一直通向湖边。

小易说："真美。"

李杜说："你好好休息，我明天就回家了。"

李杜回到餐桌上，陈卡喝得有点儿脸红了。小夏正在劝王伟再喝一杯。小夏说刘峰不好，刘峰妈就说，二婚哪有好的。

这一桌人都笑，小夏的妈妈和姐姐也笑。

李杜对刘峰这一家大团圆，十分好奇。陈卡解释说金的洋丈夫不了解中国风俗，所以金的父母过来以后，只住了一周，美国麦克就吃不消，问为什么不住在旅店，还好几天也不走。金没有办法回答他的问题，因为麦克的父母每次来，都不在他家过夜，只是大家吃一顿饭聚一下，如果留在城里，也是自己住旅店，绝不会住在他们家。

金的沉默换来父母又住了两天。麦克说你们再住，我就要在门前插上中国国旗了。

母亲虽然听不懂，却能猜到大概，一时气得哭起来。刘峰知道了，把他们接过来。刘峰家里有他的父母，还有小夏的父母，本来都是亲属，如今亲上加亲，热闹成一团。小夏虽然心里有些不快，却也没办法发作。这样混了两个月，金的父母就要走了。

"我才看不上洋鬼子那一套。住你们家怎么了？"刘峰说，一只眼睛比另一只眼睛明显大出一圈。

他小时候并不是这样的。李杜想。

刘峰具有中国农民的宗亲观念，即使在美国多年，他依然可以这样处理前妻后妻、前岳父母与后岳父母的关系。刘峰从来没有忘记自己是小镇临河人,他也没有忘记在任何时候,要光宗耀祖,要照顾家乡的人。

都说奥兰多是临河人的别墅。刘峰哈哈笑着说,其实他们是不知道我的艰难。他伸出手说,刘峰有一双铁匠一样的手,又厚又硬。

如今金已经结婚,刘峰和小夏都是高兴的。刘峰为金终于有了归宿高兴。而金结了婚,刘峰就不再付赡养费,因此小夏也很高兴。

最艰难的日子终于过去了。我要感谢次贷危机,没有次贷危机就没有我的今天。刘峰说。

他们的餐后酒会又到了凌晨三点,但这是周一的凌晨,刘峰和陈卡明天要上班,他们各自散了。

李杜回到自己的房间,他犹豫了一下,没有联系小易,她一定是睡着了。李杜不想再叫醒她。

让她好好睡吧。他想。

酒后有些眩晕,窗外是热闹的夜晚。从窗子望出去,越过那坍塌的铁丝网,是一片安静的小湖。小湖周围有香蕉树和棕榈树。白天他能看到那些宽大肥厚的叶子,与他所熟悉的蒙特利尔完全不同。他其实很喜欢蒙特利尔,虽然他总是感到冬天太长、夏天太短。而奥兰多的景象给了他一种全新的感受。空气在半夜变得清凉。他清醒了一些,全无睡意,于是他继续站在窗前,看那些巨大的芭蕉叶子,在晨曦中变得清晰起来。

四

陈卡的存酒很多。奥兰多阳光明媚,日照时间长,多是甘甜红酒,质量很好。南南给父亲买红酒,不是以瓶计算,而是以箱计算。

陈卡的生活，独自一人的时间是漫长的，他在这城里朋友极少，除了刘峰，他拒绝所有的邀请。

"我不想给别人增加负担。"他说。自从妻子李玉去世之后，他变得更沉默了。

他看着窗外。窗外的游泳池，用纱网包起来，这里的蚊虫能咬死人。前一阵子台风来了，城里大面积停电，他只好到刘峰家避难。等他回来，纱网被台风掀走了几片，他也没有修。自从李玉走后，他就不太注重这个家的维修了，这偌大的房子其实有许多工作要做，比如李杜住的房间，空调坏了，陈凯的房间天花板掉了两块，后院的栅栏门，三年没有刷过油漆。如果李玉在，是不允许有这样的事情发生的。李玉在的时候，草地永远是整洁碧绿的，家里永远窗明几净，游泳池中的水清洁干净，烤箱中会飘出烤面包或者饼干的香味。李玉也很喜欢请客，他们曾经请过几十个人一起过圣诞节。李玉是一个能干、能折腾、爱热闹的女人。

第二天他们睡到中午，陈卡早已上班，只留下李杜和王伟。本来之前陈卡说，把他们送去迪士尼玩，但总是见他们睡得深沉，就没有叫醒。王伟说他们早已经不是儿童，这把年纪过山车当然也不敢坐，不能玩那些游戏还去干什么。李杜对此不置可否。很多年前他曾与小易相约一同来迪士尼，岁月蹉跎，转瞬即逝。来到加拿大十多年了，他也没有实现自己的诺言，以后就更难以期待，李杜便不说话。

李杜下楼时再次与王伟相遇。王伟还像前一天一样，戴好帽子，短袖衫外套着长袖衫，腰包别在肚子上。李杜说，怎么好像总在街上遇见你？王伟就笑，说旅游嘛，就要像一个游客。

两个人下楼到厨房，面包在餐桌上，烤面包机放在一边。李杜打开冰箱，拿出鸡蛋问王伟，你喝果汁还是牛奶？王伟说牛奶。李杜又问你吃烤面包片还是吐司？王伟想一想说，吐司。李杜做吐司时候，王伟就坐在他身后不出声，等到两人对面坐下。

王伟说，小易的病又发展了？李杜说越来越不好。他不想说这件事，就转了话题，问王伟怎么样，王伟做一个鬼脸说就那样。李杜说嫂夫人怎么没来，王伟说，她愿意跟儿子在一起，就留在南加州了，难得放我几天假。你知道这些年，她寸步不离地跟着我，生怕我干坏事，平时我上班，她就逛街打麻将，最大量花钱，说绝不留给小三。

李杜就笑，说还是没有安全感。

"错，她是太有安全感，她不给自己留后路。"王伟说。

尽管王伟并不想去，陈卡还是来接他们去迪士尼。王伟说我们去能干什么？又不能坐过山车，还不如在家喝酒。陈卡说来了奥兰多，总得看看迪士尼乐园，那里不仅是儿童乐园，也有成人玩的。对王伟和李杜来说，他们来得实在太晚了，面对那些童话般的小房子和儿乐园，老夫聊发少年狂已经不太可能。到了下午，天下起大雨，瓢泼一般，将几个人上下淋透。李杜将一双新皮鞋脱下来拎在手中，原本穿着袜子，后来又心疼袜子，将袜子也脱下来，在大雨的迪士尼一路狂奔，终于上了陈卡的车。

晚上，他们继续喝酒。

他们漫无目的地说着，想到哪里就说到哪里，没有主题也没有局限。说到李玉，大家感叹了一番。那么能干的一个人，可惜寿命短。王伟想起往事，对陈卡说，当年你们差一点儿就成了亲戚，怎么就没成了？陈卡对李杜说，这要问你。

陈卡结婚的时候，李杜还没有女朋友。陈卡就将李玉的妹妹李凤介绍给李杜。李凤生得很美，不知道为什么，两人却不成。不咸不淡地约会几次，就分手了。陈卡很想不通，说多般配的一对，怎么就不行呢？

"我也问过自己，说不清。"李杜说。这样说时，他眼前浮现出第一次见到小易的样子。小易走在他前面，穿一条绿色长裙，长裙下是一截小麦色的小腿，浑圆有力，每走一步，她的肩膀就歪一歪。好像肩膀和脚步在同一个音频上。李杜舍不得将眼睛从这个身体上挪开。她弹响了他心底的一根琴弦。

人生充满了未知数。陈卡说。人生中的未知数自己不知道，要走到那一步才知道，所以人生是一个逆推公式。

对于刘峰的美国理论，王伟不置可否。王伟的儿子博士毕业后准备回国，而不是像当年的刘峰和陈卡留在美利坚。王伟认为现在中国的发展空间更大，前途更看好。而且儿子在身边，心中说不出的踏实。王伟和妻子凡事争吵，只有这一件事达到高度共识。说到前途，王伟对儿子的希望就是在大学教书，做一个教授，把知识贡献给下一代，是最崇高的职业。

李杜很赞同。陈卡也说，其实我们这一代人，搏的就是孩子们的未来。说到这里，他看李杜一眼说，现在人工授精这么容易，你还不赶快做一个试管婴儿？赶快冷冻精子，不然就晚了。李杜笑笑说，我哪里忙得过来，忙得过来也不生。这世界上少我一个后代，也毁灭不了。

后来他们就重新进入了回忆。回忆起哈尔滨，在俄罗斯风格的大学里，跟着导师学习的时候。那些有趣的事情。陈导已经去世了，师母还在。李杜想起要出国时，去和陈导告别。他听说李杜要走，立刻打电话让师母回家，两个人到处找东西。李杜也不知道老师要干什么，只好看着他们翻箱倒柜，把一张大床挪来挪去，终于在角落找到一套宜兴紫砂壶，老师是宜兴人。

"还是我爷爷给我的。"陈导说，"给你吧。"

"师母打人狠呢。"陈卡说，"他们的三个孩子都没少挨打。"

"打得完美。"王伟说，"打出三个博士。"

他们继续喝酒。风慢慢从窗外吹进来。夜半时分，是阳光城最舒服的时候。这几天附近有台风，上午日照，下午下雨，只有夜晚是美好的。然后他们就说到了孔老师。

"孔导出家了。"王伟说。

"出家了？"刘峰正在倒茶的手停在半空。

"是呀，去敲木鱼了。"

"怎么会？"刘峰说。那年我回国去看他，他还好好的，世俗得很，刚刚娶了小师母，比孔导小三十几岁，年轻漂亮，穿一双红皮鞋。我们几个都很惊讶，女生们还撇嘴，说当年师傅和师母感情多好，这才几个月就另娶了新欢。

陈卡说，我还记得师母去世的时候，孔导很痛苦，师母的骨灰他不让埋，也不寄存在殡仪馆，他把骨灰盒抱回家，放在客厅的桌子上，上面盖一块红绸子。夏天开着窗，风吹进来，红绸子哗哗抖动，女生们都不敢去他家。

"大概和红皮鞋过得不好。"陈卡说。

"女人真是奇怪的动物啊。"王伟说，"我能解释动力原理，但我解释不了女人，我一辈子都不懂她们。"

"感情的事不好说。"刘峰第一次不那么确定了。

"你们知道金没有对不起我，当年我们是青梅竹马，人生初恋。后来是我对不起她，我也不明白是怎么回事。有时候想一想，说不定我是中了圈套。"

"你是说小夏给你设了圈套？"陈卡说。

"说不好，也许是命运的圈套。"刘峰苦笑了一下。

王伟笑一笑，他说我给你们来一段《打虎上山》吧。他清清嗓子站起来，先摆了一个姿势，双脚站成人字形，一手叉腰，一手放在前胸。

穿林海，跨雪原，气冲霄汉——

当年在学校，王伟是风云人物。他是班上的大哥，为人豪爽，能唱会跳，是周末舞会上的活跃人物。开学不久，有一天他们去食堂吃饭，从食堂的二楼垂下来一张大字报，白纸黑字，分外醒目，人们都不去吃饭，围在大字报下面看热闹。原来是王伟的农村女友和她的舅舅来学校告状，说他是陈世美，要求他回乡结婚。李杜还记得当年围观的情景，有的人还边看边念，敲盆打碗。那时候更多的人站在王伟一边。1978年，中国发生了巨大变化，太多人的命运发生了巨大变化，城市青年回到城里，农村姑娘依然留在农村。大家都以为王伟会反悔，你可以说他是陈世美，也可以说他是追求真正的爱情。谁是第三者？

但出乎意料，王伟二话没说，就与农村姑娘小芳结了婚。

五

在后来的日子里，李杜曾经无数次想起奥兰多的夜晚，那晴朗或者是阴雨的夜晚。他们坐在敞开窗的房间里，窗外是一片湖泊。透过纱窗，芭蕉叶滴着透明的水滴。那些小水滴委婉地流动着、犹豫着，就像生活一样。游艇飞快划过，桌上堆满啤酒。那些嘈杂的声音随风传来，又随风逝去。奥兰多热闹而潮湿。台风将至，台风尚未到来，台风已经在别处登陆。这个叫苏珊娜的台风，或者有妖娆的气质，但李杜没有看到她，没有看到她的妖娆，也没有看到她摧毁一切的力量。李杜与苏珊娜擦肩而过。李杜在奥兰多的宽叶植物中感到生命的力量。刘峰的孩子们和陈卡的小孙女，也像花朵和植物一样，灿烂地开放着。但有些人开始衰老了。这些开始衰老的人，在夜里说着年轻时的故事。短暂的三天，李杜将回到蒙特利尔继续生活。奥兰多慢慢成为回忆，成为遥远的风景。

在奥兰多，昼夜是分裂的。白天，他们陶醉于世俗的一切，打枪、钓鱼、吃螃蟹、看迪士尼、去肯尼迪航空中心。他们像游客一样到处散步，观看奥兰多的下城。但这时他们常常心不在焉。他们游荡着，却没有游客应有的好奇心。李杜在王伟的脸上看到茫然，王伟大概还有时差，他还在中国时间里睡眠。但他自己也感到茫然，他能感到自己脸上的茫然。他的灵魂好像飞走了，或者是突然离开小易的失重。他感到悲怆，想起以前的日子，那些永不复回的日子。那些小小的苦闷与失意，在生死面前都不值一提。他到奥兰多是放松自己，但他并没有想到奥兰多之行，好像更多了一些沉重。

是回忆让他沉重，他想。本来他忘记了很多事情，现在想起来太多的往事。他本来平静的世界里挤满了人。

他非常惦记小易。他想自己是在一个状况里住久了，产生了依赖，就像斯德哥尔摩综合征。

他是甘愿给小易做奴隶的，他并不认为这是贬义词。有人在爱情中区别地位吗？有人在爱情中试图脱离依赖吗？那只是在不再爱的时候。爱情本身是有责任的，李杜目前最大的责任是爱的责任。

李杜在陈卡和刘峰的脸上也看到了茫然，在一个熟悉的地方，要找到陌生感和新奇感并不容易。陈卡和刘峰在这个城里,已经生活了三十年了,超过了在中国生活的时间,而且,时间还会更长。

然而,到了夜晚,当他们在陈卡的老式沙发上坐下,打开啤酒和红酒,白瓷盘中摆上松子和瓜子,他们的生命好像突然清醒了一样。他们喝着酒,漫不经心地说上几句,有的话题刚刚开始就结束了,有的话题时间长一些。他们毫无心机,毫无目的,随心所欲。

到第三个晚上,怀旧成了他们的主题。他们零零散散地想起一些人,一些事情。这些人和事情,在他们的回忆中,伴着啤酒的气息,在氤氲中蒸发开来。几个人努力拼凑着当年发生的事情碎片,试图让事情恢复原状,然而每个事情都变得断断续续,这种感觉让他们有些不尽兴。更多的时候,四个人的回忆竟然不同。

"我们真的这么老了吗?"王伟说。他这样说的时候,眼睛狐疑地瞪着。

奥兰多的白天和夜晚,越来越呈现出完全不同的质地。奥兰多的白天是明亮的,阳光灿烂。李杜几乎没有看见过奥兰多的清晨,他醒来,阳光已经铺满了房间。那阳光热情奔放,充满热带的明媚。窗外传来草木的清香和花香,植物混合在一起的浓郁味道。这种味道,对李杜有些陌生。在蒙特利尔,有半年时间,他是在凛冽的寒风中,而他的童年和少年是在大兴安岭的森林里,那种风的锐利,比蒙特利尔更胜一筹。在热带,李杜放松了自己的身体,感到汗水从皮肤中渗出来,皮肤变得有了弹性和水分,但同时他感到闷热,他有些头晕。也许是因为温差的原因,他想。

一个在亚寒带出生和长大的人,与热带有着不同的气质。相对于陈卡,李杜显得少言寡语而且冷静刻板。但想到王伟,他就忍不住笑起来。

奥兰多的白天和夜晚

昨晚喝多了，李杜和王伟尾随着上了楼。王伟没有回自己的房间，而是跟着李杜进了房间，然后手脚麻利地爬上床躺下，很满足地叹一口气。两只手举起来，抓住枕头的一个角，那是一种满足的安详，他的姿态让李杜像起上大学时王伟睡觉的样子。

"就睡在这儿吧。"李杜说。

他们并排躺下，想起在大学时，他们也这样躺过。403寝室。李杜闭上眼睛，他觉得只有几分钟的时间，王伟突然爬起来撒腿就跑，李杜伸手一摸，床单上有一点儿湿，李杜有些吃惊。

这么快就老了？

王伟再没有回李杜的房间，直到第二天他们在楼梯上相逢。两个人好像没事一样。

然后他们就睡了，凌晨被警车的鸣笛声惊醒。三个人很快聚在客厅，不知道发生了什么事。陈卡看见有警察从安妮的房子里进出，还揪着一个年轻人，原来抓到了一个小贼。安妮老太在夜半被楼下的响声惊醒，她提着枪下楼，看到一个小贼正在偷东西。那小贼也有枪，一见安妮老太，立刻也将枪对准，两个人以枪对峙。安妮老太很沉着，她说年轻人，你想死吗？我反正已经87岁了。小贼犹豫一下，就放下枪。抢劫罪总比杀人罪好。八旬安妮先制服小贼，然后从容报警。警察来的时候，安妮正在自斟自饮，喝庆功酒。

这是李杜在奥兰多的最后时分。奥兰多的天气好像解语一样，清凉的风吹进了李杜的衬衫，把他的衬衫吹得鼓胀起来。

"你像一个泡泡。"王伟说。他笑着，眼睛里含着依依不舍。

"你像个大泡泡。"李杜也笑，伸手拥住王伟的肩膀。

他们突然热泪盈眶。

李杜转身走，他没有回头，只是向身后摆摆手。

245

他通过安检,进了候机室。候机室没有人,就像在蒙特利尔出发时一样,空荡着。时间还早,李杜告诉了小易已经在机场的信息,然后站起身,想给小易买个礼物,今天是他们结婚三十周年纪念日。

李杜信步走进免税店,看那些每个机场都相同的物品。一样的香水、香烟和红酒,一样的名牌包、漂亮衣服、精美巧克力。李杜一时不知给小易买点什么。三天的旅程还萦绕在李杜的脑海中,许多场景都挥之不去。李杜试图整理这些思绪,却像乱麻一样,找不出头绪。他摇摇头,索性不再回想。他环顾四周,却没有挑到满意的。后来他突然被一双红皮鞋吸引。那是一双高至脚踝的皮鞋,深红色,手感极好,是柔软的小羊皮。李杜拿过来,摩挲再三,爱不释手,他毫不犹豫地买下这双皮鞋。

他捧着这双红皮鞋,坐回到候机室的位置,突然感到一种荒谬。小易是不可能穿这双红皮鞋的,小易很久以前就不能走路了。一个渐冻症病人的生命不会太长。李杜想,不禁悲从中来。李杜不知道怎样应付这样的人生。他多么希望小易能穿上这一双红皮鞋,像年轻一样,袅袅婷婷地向自己走来。他想自己不会像孔老师那样,再娶一位年轻的女子,却不知道自己会不会去做和尚。或者孔导只是比他先走一步,他一直都比弟子们先走一步。

发表于《北方文学》2021 年第 1 期

纽曼街的春天

一

春天来的时候,纽曼街上终于有花开了。蒙特利尔春天来得晚,五月了树上还没有叶子,只有黑色的枝干。倒是草地绿得早。郁欢认为也许草地一直都是绿的,因为整个冬天草地都被雪覆盖,没有被人们看到过。

春天来了,纽曼街就有了新气象,随着白色小花穿透雪在残雪中开出花来,勿忘我也开出小蓝花。郁欢最喜欢穿透雪,这个花名着实富有诗意。她特地在网上查了一下,发现在安徒生童话中穿透雪还叫白日梦,因为这种花整天做白日梦,它以为春天来了,就在梦中开出花来。并不知道,其实它还在冬天。

这或者也是一种幸福吧。郁欢想。人生中其实热烈繁茂的季节并不多,更多的时候,我们必须忍耐冬天的寒冷,但如果人们能在白日梦中微笑,自己开着花,并不在意冰凌顶在头上,也是一种境界啊。

这个夏天,当郁金香开放的时候,纽曼街上出现了好几起新爱情,这些爱情都发生在郁欢的客人中,让这个街角小店喜气洋洋。

"你知道吗？"郁欢对刘翔说。马克爱上了安妮。

马克爱上安妮这件事，郁欢格外开心，因为马克和安妮都是盲人。

马克还有一个外号叫大脾气马克，因为马克在爱上安妮前是一个不通情理的顾客。

那个时候，马克常常是小店里刚开门的第一个客人，店里有一个绿漆斑驳的椅子，是马克专属的，当然偶尔也有别人坐一坐，红鼻子威廉是后备队员。红鼻子威廉有一个像匹诺曹一样的长鼻子，大概因为鼻子太长，温度上不去。他的鼻尖常常是红的，尤其是冬天。他有一个河东狮吼的太太，所以从不敢在家里喝酒。他像一个爱酒的贼，偷偷潜入小店，躲在角落里快快地喝，然后快快溜走。匹诺曹太太曾经来过，非常有礼貌的一个人，郁欢不知道她怎么能把高大的匹诺曹吓成那样。

郁欢在清晨打开咖啡机，然后去做日常工作，随着咖啡机慢慢升温、沸腾、飘出香味，马克的情绪活跃起来。

好味道。他说，伸出一只手摸索着，在绿椅子上坐下。然后把背上的双肩包拿下来，放在膝盖上。这时马克是安静的，他安静地享受咖啡的香味。他坐下来把盲人手杖放在两腿中间，双手扶在手杖上面。他的表情很丰富，他调动耳朵、鼻子和嘴巴，以满足他对咖啡的渴望。

咖啡的香味慢慢弥散开来，冲淡了小店隔夜的气味。马克将一杯咖啡喝得时间很长，他将咖啡从热喝到冷却，他也不说话，只是默默地坐在那里。郁欢也不说话，她干活儿，看报纸，招呼客人，看电视剧，好像马克不在一样。马克喝完咖啡就会离开，离开前他总要刁难一下。

"我要一个冰立方。"他说。

"我不明白什么是冰立方。"他就大叫起来,咖啡给了他力量。

"冰立方你也不知道。"他愤怒地说,就是一种口香糖。

"你说口香糖就好了嘛。"郁欢翻翻白眼,反正他也看不见。

"口香糖有无数种。"他说。

有一次,郁欢对马克这种态度很生气,她说:"我已经尽力了,但你还不满意,那你就去别的店,往前走一条街,有一个加油站。"

这其实就是下逐客令,郁欢以为马克会大声咆哮,没想到他反而安静下来。

对不起。他说,我向你道歉,我不去加油站那里,车多不安全,人也没你好。

这是马克第一次向郁欢表示好感,郁欢立刻原谅了他。

真正让马克改变生活的是安妮。安妮是一个盲女。那时安妮的母亲还在世,老太太经常带女儿来买东西。看得出来,安妮是娇生惯养的乖乖女。每次来,安妮都一手拉着金毛导盲犬,一手挽着母亲的臂弯。母亲每次都给她买糖果、红酒或者小物件,与安妮相比,马克就显得孤独多了。

马克也不是没有朋友,有一段时间,他和罗尼关系不错。郁欢见到他们一同外出。开始郁欢以为罗尼也是盲人,因为他有盲人的标配,他戴墨镜,挂手杖,买东西时候用手摸钱币左上角的盲文,把钱叠成不同的样子。比如二十元横着叠两次,十元竖着叠一次,五元横着叠一次,但是有一次我看到他坐在街边的长椅上看手机,这让我大吃一惊。

"嘿。"郁欢说,"你知道吗?罗尼不是盲人,他在外面看手机呢。"

后来罗尼摘了墨镜。在对事情不满意的时候，罗尼翻白眼。罗尼是一个弱视者。

马克在道路上走时，是直线走，罗尼不是，罗尼像螃蟹一样横着走。他用盲手杖点着地，在狭窄的人行道上，他从一边一直点到另一边，行人们见了，自动站在一边等他通过，在盲人中，罗尼明显是一个大胆鲁莽的人，他比马克自我。

有一次，罗尼摇晃着手杖的动作幅度过大，掀起了等在路边的女生的裙子，这引起了那女生的尖叫。虽然对方是盲人，而且翻着白眼珠，但那女孩仍然很气愤。这一幕被葡萄牙人哥伦布看见，笑得前仰后合。

"你知道吗？罗尼用手杖掀女生的裙子。"哥伦布说。

罗尼的举动让马克很不满。马克从此与罗尼分道扬镳。

"我不喜欢有被人笑的朋友。"马克说。

安妮和马克相遇在小店里，那时候马克坐在绿椅子上喝咖啡，红鼻子匹诺曹那天来得早。本来如果他来得晚，马克走了，红鼻子匹诺曹就会坐在马克的绿椅子上。现在马克坐在那里，挂着手杖，红鼻子匹诺曹就只好站着。他站在马克的身后，好像一个保镖。他们一个人端着咖啡，一个人端着啤酒，无论谁进来，两个人都不动声色，好像没看见一样。马克看不见，匹诺曹是看见了就像没看见。后来安妮的声音传过来，马克的脸色就变了。安妮第一句话一出口，马克的脸突然就涨红了。安妮的声音再出口，马克的脸就苍白了。安妮的声音就像一条细细的鞭子，打在麦克的脸上，出现了不同的印痕。

啊，郁欢心里想，原来声音是看得见的。

马克坠入了爱情，他爱上了安妮。

可怜的安妮。有一天马克对郁欢说,她母亲去世了。她哭得嗓子都哑了。你知道她原来有一个多么好的嗓子,像百灵鸟一样。"我喜欢她的声音。现在她母亲去世了,她就没有保护人了,我想做她的保护人,不知道行吗?"他说。

大脾气的马克说这句话时候,是胆怯的、可怜兮兮的。郁欢想起中国的一句话,脾气大的人胆子小,但她宁可认为马克在爱情面前胆怯了。爱情是什么?爱情就是教你谦卑。

二

至于格伦与爱丽丝的爱情,郁欢认为很不靠谱。爱情学的公式是稳定加不稳定等于不稳定,稳定加稳定等于稳定,而格伦和爱丽丝是两个不稳定因素。

格伦来到纽曼街的时候,是骑着一辆自行车来的,在郁欢的生活中,她从未见过把自行车骑得如此风驰电掣的人。格伦脑后披一头披肩发,背着双肩包,风把他的长发吹得飘飘洒洒。他来到郁欢小店门前,突然刹车,一只脚结结实实地钉在地上。他把墨镜从眼睛上拿下来,推到头顶,然后晃着肩膀进了门。

"哈哈哈,我的朋友,你好吗?"他说,发出轰隆隆的声音,好像石块从山上滚下来。

那是一个炎热的夏天。郁欢小店还是老式叶窗空调,格伦进来后没有停留,直接进了冰房。蒙特利尔人喜欢喝凉啤酒,每个店都有一个冰房。格伦在那里待的时间很长,长到引起郁欢的怀疑。在冰房中待这么长时间,可以干很多坏事,比如把啤酒放在背包中,或者把啤酒直接喝掉;再或者,老店主秦叔宝说有人把毒品藏在某个角落，接头的人拿走，就做成了黑市交易。郁欢想到这些有些害怕，想过去看看，有害怕有危险，没人知道他有没有枪。正犹豫不决，格伦却自己走了出来，大声叫着好痛快，原来他躲在里面降温去了。

格伦是一个建筑工人，却不属于任何公司，打零工的他来自北方，并不是蒙城土著，他到这里来是因为他姐姐住在这条街。格伦的姐姐劳拉，也是郁欢的客人，常年戴着口罩，经常处于生病状态。将格伦与劳拉联系在一起，让郁欢对家庭成员之间的差异有新看法。劳拉身材弱小，面色苍白，一头干枯的头发野草一样，连说话都有气无力。格伦则像一头荒原狮子，身高九尺，体格健壮，脸色红润，结实的牙齿一看就是食肉动物。他的胸腔声音极饱满，完全是不受任何约束的样子。格伦毫无节制的肆意奔放让安静的小店有一种躁动不安，郁欢感到了一种威胁。

但刘翔并不这样看，刘翔身高一米八，此时正值壮年，也算是一个壮汉，站在格伦身边，只有他肩膀高，而且戴着一副眼镜，让他显得文弱很多。但刘翔意志坚强。刘翔说咱们又不招惹他，只是买卖关系，你不用怕。

说是这样说，那段时间，刘翔到底不敢让郁欢在店里时间长，他宁可自己多熬点时间。

他们并没有想到格伦成了固定客人。格伦很快找到一份工作，他非常开心，对刘翔说他在西山区给一家砌墙，是口香糖公司的老板。

这家的人真是有钱，格伦睁大眼睛说，一口结实的牙像动物一样地动着，腮也随着动，好像磨牙一样。

两个楼都是他的，中间一条车道像马路一样。我去过一次他家的前厅，我只在好莱坞电影里看到那样的气派。我不知道怎么形容了，总之上帝，太有钱了。

刘翔站在他对面温和地笑。格伦就更快乐了，他很快与刘翔做了朋友。

"等我有了钱，我请你喝一杯。"他们重新示好，两个人拳头对着拳头，相互碰一碰。刘翔不知道这是年轻人的方式还是民间示好方式，但既然纽曼街上的人们喜欢用这种方式示好，刘翔就入乡随俗。

这个比握手好，郁欢认为，这个比较讲卫生。

一个温暖的黄昏，爱丽丝出现在小店里，她穿着波希米亚长袍。

她来到刘翔面前，说我给你看样东西。

鼻梁上架着一副白边眼镜的中国男人刘翔，目瞪口呆地看着爱丽丝拉开她的上衣，露出一片雪白的胸脯。

刘翔急忙转过眼睛，慌不择言地说，盖上盖上。爱丽丝走上前，甜蜜地说："给我一瓶酒。"

刘翔说："不给。"

"我已经给你看过了，为什么不给？"爱丽丝困惑地说。

两人正在交涉，秃头老人走进来。爱丽丝立刻像来了救星一样，伏在老头怀里说："他不给我酒。"老头用手抚着爱丽丝的后背，指着刘翔说："你为什么不给她酒？"

爱丽丝口齿清晰地说："他已经看过了。"

老头口齿不清地重复道："你已经看过了。"

三

美丽的夏天,开满花朵的季节,郁欢目睹了马克和格伦的爱情。看着他们渐入佳境,她没有想到有一天她也陷入了情事。突然有一天有人在微信中叫她,她没想到叫她的正是初恋情人。郁欢的初恋来自大学,那时候她爱上了高年级的同学辛凯。

郁欢曾经算过命,那算命先生说她命中注定是要嫁给白头翁的。郁欢吓了一跳,这白头翁到底要比自己大多少呢?算命先生翻了翻白眼,说这只是比喻,只要比你大,就是白头翁,郁欢这才放下心来。两个人有一段时间走得很近,也曾出双入对地去图书馆看书,考试之前一起复习,还一起在食堂吃饭。他们貌似一对情侣,其实却没有说破心事。郁欢是因为女孩的矜持,她自认为天下所有爱情都是两情相悦、一点灵犀,并不知道生活复杂,并不如小说中写的。到了毕业的时候,辛凯的正牌女友浮出水面,原来是主管毕业分配的人事处长的女儿。辛凯果然如愿以偿分配到了某重要机关,郁欢因此很是郁闷了一段时间。

后来郁欢认识了刘翔,也就把前事看淡了,尤其是结婚之后。她想辛凯也没有什么对不起自己的地方,人家从来没说过爱你,没对你有任何语言上或者肢体上的表白,至于学习吃饭用友谊二字也可解释。尤其是做了母亲之后,郁欢对人间情事有了全新的理解。所谓男女之情,只是存在于以小时为单位的荷尔蒙爆发,她确定婚姻才是人生之大事。而婚姻的本质就是生活状态,你同谁结婚就有什么状态,与不同人结婚就会出现完全不同的生活状态。她对自己的婚姻很满意。她喜欢干什么就干做什么,刘翔从未有过微词。她兴之所至，便高歌一首或者大声叫几句古诗，刘翔也从来没有打扰过她的雅兴，当然也没有鼓励过她，刘翔当作没看见。这种态度让郁欢格外开心，这让她感到如入无人之境。

然而郁欢没有想到有一天，辛凯突然在微信里叫她。辛凯说我过几日到蒙城去，想见你一面，好久不见。郁欢很高兴，对刘翔说我要去会朋友了。

郁欢穿了件漂亮裙子，短上衣，把头发卷起来，特地去买了一双半高的皮凉鞋。她已经好几年不穿高跟鞋，也不穿裙子了。夏天空调，穿裙子冷，店里干活儿，高跟鞋也累。但这次，她着实打扮了一番。对着镜子，郁欢左看右看，对自己突然生出不满的心。因为她看到镜子中的自己比出国之前胖了一圈，加拿大的甜饼干和浓郁的牛奶，生生把一个淑女催成玛达姆的样子。捏捏脸，不仅两腮下坠，下巴也成了双。郁欢对着镜中的女人沉思良久。她最终把衣橱中的衣服翻了一遍，又都扔到床上，穿上原来选好的出门。她对自己的张皇失措有些不满，对泛滥的虚荣也很不满。

郁欢站在车站等车的时候，阳光照在脸上暖洋洋的。这个街角有一个超市，来来往往的人很多，一个姑娘穿了短裤，拖着人字拖走过斑马线。街斜角是一个17层的高楼，在这一片两层小楼的居民区，鹤立鸡群，形成了一个风口，冬天的风十分凛冽，黑大卫说这是地狱之风。

但是夏天就不同，夏天站在风口中感到清凉，郁欢摸一下额头，刚刚洗过澡，头发湿漉漉的，她用一个猴筋儿套把头发系在脑后。从去年开始，她就这样把头发系成一个道姑头，这样的头发让她感到自己还年轻着。这时她看见黑美人走过来。

"你好。"她笑着说，"真高兴见到你。"

"我也是。"郁欢与她拥抱说。

黑美人有黑人中少有的玲珑的心形脸庞，一双又大又深邃的眼睛，牙齿洁白，笑的时候很好看。

我来买彩票，她说，昨天我梦见我丈夫了，他给了我六个号。她说着哈哈大笑起来。黑美人的丈夫索原来是一个有钱人，偶然一次坐飞机遇到了黑美人，他就坠入了爱情。有钱人追求爱情的方式有些变态，就是乘坐飞机。每次黑美人登上飞机就会看到，那个方脸大头卷毛的中年男人，坐在头等舱等着她服务。

索坐在飞机上，两只眼睛像小狗追随主人一样，追随着黑美人的身影，一秒钟都不肯离开。那时候索的眼睛虽然小得像玻璃球，但还是深黑色的。不像郁欢认识他时，索的眼睛已经变了形，一只是深黑色的，一只是浅黑色的。那只浅色的眼睛蒙一层蓝莹莹的光。索说那是因为青光眼。

索跟着黑美人飞了三年。索追求姑娘的方式肆无忌惮。索像机场工作人员一样，常年在天上飞。他熟悉空中工作人员的任何一个步骤，任何一个航班。他进入了完全忘我的境界，他被黑美人迷得团团转。但黑美人不为所动，那时她只有十八岁，已经有了男朋友。而索已经结婚，而且是两个孩子的父亲。

四

郁欢告别黑美人，下了车一直奔到唐人街的地铁站。地铁站对面就是假日酒店，她来到二楼酒吧，一水池的锦鲤在脚下悠游，远远地看到辛凯，竟是一团花白头发，好像另一个人。如果走在大街上，郁欢不知道自己会不会认识他。这样想着，郁欢的心怦怦跳起来。两个人伸出手匆匆握了一下，就散下来，好像触电一样。服务生过来问喝什么。郁欢说就红茶吧。服务生便将红茶、牛奶和方糖一一放好。辛凯低着头，一直到服务生离开才抬起来，向着服务生的背影望一眼，眼神中竟满是犀利，像寒光扫过。郁欢见了，竟打个寒战。顺着辛凯的眼神看过去，见服务生已经在柜台后面坐好，朦胧的灯光中，黑背心已经遁入黑暗，只有两只白袖子。两个人对坐着一时无语。还是辛凯说你胖了。郁欢听了，也不知道他是夸奖还是评判，就回话说，你也变了。

辛凯年轻的时候，是一个细瘦的身材，头上顶着一头浓厚的黑发，待到中年人发福，一头黑发竟稀疏了。如今坐在郁欢对面，又清瘦了，原来白胖的脸如今奇迹般反转，又变回了青年时的棱角和骨骼，只是头发好像又多了一些。相比之下，郁欢以前的瓜子脸如今玉盘般圆满。郁欢一时不知说什么，只将茶盏注满了，水立刻现出红色。郁欢不敢喝浓茶，片刻将茶袋拽出来，放在盘中。

辛凯说原来是自驾游，他儿子在温哥华留学。今年来看儿子，租了一辆车，到东部来看看。郁欢对辛凯的自驾计划很赞赏，自己出国近二十年，每天困在小店里，还没有自驾游过，这样说是对自由的概念有了新理解。郁欢说所谓自由是一种相对概念，人们说你去北美欣赏壮丽风光吧，可是我来了二十年都为衣食奔波，去欣赏壮丽风光还真没有几次。

说起以前的熟人，辛凯带来他们的一些新消息，郁欢居然都不知道。郁欢便惊讶，惊讶之后说，天天在微信群里，没见他们说这些呀。辛凯笑一笑说，谁会在微信中说这些？微信也是个社交所在了。

辛凯又说最近心情不好才出来自驾的，他母亲去世了，这段时间一直抑郁。郁欢知道辛凯与母亲感情深厚，便也安慰感慨了一番。辛凯说不知道你这么忙，还想着我们可以一起自驾游。郁欢听了，心中跳了一下，莫名其妙地感到脸上火烧一样。郁欢说我哪里有你那样的经济实力，还要为稻粱谋。辛凯便不再说话，停一停说，我看你最近写的小说，那个叫《追踪谎言》的，很担心你。郁欢说，为什么？辛凯顿一顿说，担心那女主是你。郁欢听了忍不住要大笑，看看周围一片安静，便努力压着笑声说，谢谢你了，还当真了，那都是瞎编的。辛凯说总要有原型吧。郁欢说那也不是我。

酒吧里没有窗子，灯光暗淡，让对面的人显得模糊，产生了朦胧美感。郁欢看一下表，想到小武已经放了学，刘翔还在店里饿着肚子，虽然意犹未尽，却也站起来告辞。辛凯把郁欢一直送到楼下。郁欢说你回去吧。辛凯说我反正没有事。两个人慢慢踱着步子下楼。唐人街上不知是什么活动，许多人都扮成动漫人物，有人像兔子，有人像金刚，走在街上过节一样。辛凯站在楼角的阴影中，郁欢站在他身边。一群孩子从他们身边经过，兴高采烈，脸上画着彩妆。风将郁欢的裙子吹起来，郁欢用一只手去抓那裙角，然后用手摁住。两个人突然无语，郁欢转身便走，听到身后辛凯说，我会想你的。

郁欢不敢回头，快步过了马路，走进地铁口，人多起来。她站在人群中慢慢回过身，想看看辛凯还在不在。她的眼睛越过人群，望着假日酒店，门口没有人，玻璃旋转门安静地停着，一动不动，好像很久没有人动过了。

五

早晨七毛五没来买报纸，是他妻子苏菲来的。苏菲早年与朋友一起从英格兰来，就留在这里。她是一个非常温和的妇人，十分注重仪表，她每周按时做头发，穿清洁干净的衣服，眼影和口红都是淡淡的，看起来十分自然。郁欢喜欢苏菲的生活态度。她每次来，都喜欢讲以前的事情。其实她和七毛五并不是天生一对。那时七毛五喜欢另一个女孩，就是和她一起从苏格兰来的，但那女孩并不喜欢他。后来苏菲问，那你觉得我怎么样？郁欢听了笑起来，说你真这样说的？苏菲也笑，说是啊，因为我很喜欢卡特。

卡特是七毛五的本名，七毛五这个绰号是老店主秦叔宝留下的，那时大公报七毛五一份，如今已经两块钱了。卡特的中文水平除了你好，谢谢，就是七毛五，而且每次他付了钱，都重复一遍，证明他今天练习过中文了。有一段时间卡特的确下过决心，他有一本英汉字典，他把字典揣在怀里，说每天学一个字，但他并没有坚持下来。因为他学习的初衷是锻炼大脑，医生说学习不同的语言可以锻炼大脑不同区域，中文的方块字与英法语的拉丁语相距甚远，是最好的选择。卡特说他能看到这一点，因为给他建议的医生是一个亚洲年轻人，动作快，说话快，判断也很快。他认为那年轻医生非常聪明。

格伦那时不在纽曼街，格伦回北部小镇了，爱丽丝倒是经常来，而且与不同男人一起来，那些男人给她买酒喝。郁欢对爱丽丝这种背叛很不满，因为格伦回北部小镇，是想与劳拉商量卖房子的事情。父母去世之后，劳拉回到北部，姐弟俩商量不卖房子的，但格伦说现在不一样了，现在他遇见了爱丽丝，爱丽丝是他的天使，他想和她结婚。

我从来没结过婚。格伦说。他的蓝眼睛因爱情闪闪发光。这个夏天，格伦在口香糖总裁的家里砌了两次墙，还是同一面墙。他来到纽曼街之后找到的第一份工作就是这面墙。这面墙让他有了第一笔收入，过了没多久墙就塌了。口香糖老板没有抱怨他，而是让他再来砌一次，给他同样的工资，格林因此很高兴，他认为这是爱丽丝给他带来的好运。

格伦为爱丽丝着迷。爱丽丝生得很漂亮，肤如奶油，虽然她是一个肮脏拖沓、居无定所的流浪女。郁欢经常看到马路对面的草地上堆着一堆看不清颜色的东西，那是醉酒后的爱丽丝，卧在草地上睡着了。有一次郁欢看到两只松鼠在爱丽丝乱麻般的头发旁蹲着，松鼠们双手合十，不知是在吃东西还是在祈祷，而爱丽丝一动不动，睡得天昏地暗。

循规蹈矩的郁欢对爱丽丝的生活方式很费解。

"好歹格伦也是劳动者。"郁欢说，"他算是个自食其力的人吧，他如果和爱丽丝结婚，会是什么样呢？"

刘翔的看法与郁欢不同。刘翔说格伦与爱丽丝虽然生活方式不同，但是精神是非常接近的，格伦的豪放与爱丽丝的不羁多么相似。

那是不羁吗？郁欢不同意，那是精神不正常。

她的状况的确不太好。格伦哈哈笑着说。他依然保持着最初来小店的习惯，每次来就一头钻进冰房去降温，刘翔和郁欢对此熟视无睹。

"等我结婚了，我就买个房子，如果钱不够，我就租一个大的，让她在家里住，有一张固定的床。"格伦说。

格伦这样说时，郁欢就无话可说。她想起辛凯说的话，一个男人舍得给一个女人花钱，那他就是爱她的。郁欢当时认为这句话很世俗，却是真相。

辛凯走后没有再与郁欢联系。后来小七说辛凯其实是红色通缉犯，他是贪污了很多钱跑出来的。这个消息让郁欢有些震惊，也有些难过。郁欢想起辛凯年轻时的样子，那样清纯阳光、朝气蓬勃。这些年发生了什么？他又怎样成了红通犯？郁欢想不明白。辛凯曾经是个有理想的青年，视金钱如粪土。许多陈年琐事重新浮现，让她夜不能寐。她不知道辛凯在哪里拐进了弯路，甚至想，如果他们在一起，她不会让他走上这条路的。但郁欢也明白生活如流水，是回不去的。谁能两次站在相同的河水中？有一晚她恍惚中做了一个梦，梦见她和刘翔在修房顶，而辛凯是她前世的儿子，正坐在地上望着他们。醒来时她突然醍醐灌顶，明白了前世今生。这样想着，仿佛所有牵挂瞬间消失了。她伸出手摸摸身边的刘翔，突然感到他的颅骨开始有了父亲老年的样子，月光清凉，郁欢愣了一会儿，就睡着了。

那么格伦就是真心爱着爱丽丝的。她想。原来狮子般的格伦，在面对爱情时如此柔软，他在对爱丽丝的呵护中，大概还有拯救的意思吧。

六

格伦在一个炎热的傍晚回到了纽曼街，他像平时一样开着他的宝马。郁欢站在窗前，看到他在小店前停下来，当街脱下T恤，他把两个袖子撕下来，扔进垃圾桶里，然后将无袖背心穿上，走进小店。

他一进门就哈哈大笑，高举起一只胳膊，与刘翔拍手击掌。他说你都不知道多顺利，我把房子卖了。郁欢说，那劳拉怎么办？格伦说她开始不同意，等我把房子卖了，给她钱时，她高兴坏了。你知道我们从来没有过这么多钱。现在她分了一半钱，过好日子去了。

我带了钱回来，我要结婚了！现在，烟、酒、爱丽丝，这就是我的幸福生活。

他一边说，一边将酒装进背包。他伸出戴着黑色手套的双手，那手套只有手掌而没有手指，这让格伦的手看起来像某种动物的爪子。

"我从来没有想到我会有这样的生活。"格伦宣誓一样说。他实在是太兴奋了。

接下来的几日，格伦每天都飞车而来，每次都带来新消息，比如他终于找到了爱丽丝，他在爱丽丝面前单腿下跪，掏出一个首饰盒打开，里面露出戒指，向爱丽丝求婚。出乎意料的是，爱丽丝竟然一口拒绝了格伦的求婚。爱丽丝是宁愿过着流浪女的生活，也不愿成为格伦笼中的小鸟。她那时正在街角公园喝酒。爱丽丝放浪不羁，对自己的身体完全没有限制，没有隐私的概念。最奇怪的是爱丽丝的脸庞，郁欢认为爱丽丝的脸庞如果不能称为圣洁，也可以称为无邪。爱丽丝的脸上，毫无勾引或者淫邪的意思。她只是把性、身体和男人看成一种东西，一种自然的东西。

"她非常自然，完全自然，她毫无限制。"格伦说。

毫无限制的爱丽丝让格伦神魂颠倒。但现在爱丽丝拒绝了格伦的求婚。

格伦陷入了极度痛苦中。

格伦消失了几天，终于在一个落日熔金的美好黄昏出现在纽曼街角。那时刘翔正在放风，他在店前放了一张沙滩椅，没人的时候他就坐在上面。沐浴几天阳光之后，小店主刘翔晒出了沙滩色。

"你的工作真是太好了。"乔治走过去时说，"你还应当再喝上一瓶啤酒。"

刘翔就笑笑，他想乔治的建议是对的，于是他返身回到店里，拿了一瓶啤酒。

刘翔身心放松，这是一个美好的黄昏。这时候有人出现在他面前，格伦不是一个人，还有另一个人，就是爱丽丝。

"哈喽，刘。"格伦大叫着，他声音如此嘹亮，楼上熊部落立刻伸出好几个脑袋。

"我向你介绍，这是我的妻子爱丽丝。"他一边说着，一边伸出一个黑爪子，向着爱丽丝的屁股拍过去，爱丽丝哇哇大叫起来。

刘翔闻到了荷尔蒙爆棚的气味，像霰弹一样弥漫了空间。两只狗在街角处相遇，嗷嗷叫着，但它们的主人拒绝停下脚步，他们飞快地擦肩而过，皮带圈套住了小狗的脖子。小狗们回过头跳起来，相互打招呼。但颈圈着实太紧，小狗们只兴奋了一下，叫声就变成了呜咽，垂头丧气地紧跟着主人们的脚步各奔东西了。

"毫无狗权。"郁欢说。人们只顾自己高兴，而小狗连互相问候的权利都没有。

郁欢必须承认，爱丽丝比以前规矩多了，至少她现在来，不再打开她的前胸。她跟在格伦后面，脸上现出茫然的表情。生龙活虎的爱丽丝、充满诱惑的爱丽丝，在与格伦结婚的当天现出茫然表情，好像不知道如何生活了一样。她脱去波希米亚长袍，穿了一件短袖衬衫，牛仔短裤，她的头发在脑后扎成一束，不像以前那样，披着一堆乱麻。爱丽丝成了另一个人，她不再是流浪女郎，爱丽丝成为别人的妻子。

妻子是什么？郁欢认为爱丽丝并不清楚这一点。为人之妻，就失去一部分自我。爱丽丝不是家雀，她一直都是野鸟。

七

在格伦春风得意成为新郎的同时，马克与安妮的爱情却触礁搁浅，安妮的哥哥从渥太华过来，他要将安妮带走。

安妮还是一个孩子，安妮的哥哥这样说。她还不能照顾自己，我把她转到渥太华盲人中心，可以就近照顾她。

但是马克跟安妮的爱情呢？没有人知道他们究竟是怎么样的，因为安妮跟着哥哥走了。

安妮走了以后，马克就生病了。那段时间他没有来小店，没有喝咖啡，也没有买口香糖，更没有买报纸。

丹尼那时候心情不好，他离婚了。也许是因为这个打击，丹尼的身体一下子垮下来，出现了很多病症。比如他的腰，弯不下去。有一天洗澡，他看着肥皂掉到浴缸里，他试图去捡，腰却弯不下去，他只好单腿跪地，口中说着，您好，女王。

就像正在给女王行礼。他嘲笑自己说。

然后他的眼睛也有了问题，不能见阳光。现在他也戴上了墨镜，他像盲人一样出入于盲人中心，只是手中缺少了一根盲手杖。

并不是所有人都有手杖，丹尼笑嘻嘻地说，手杖是权力的象征。

马克的身体在春天好了起来，但人变得沉默了。有一次马克对郁欢说，收音机里一个女科学家在讲花与血型。她说郁金香现在有了多颜色的，有红黄相间，还有白色上有一条红线。郁欢想，这样的讲演对麦克来说实在是很残忍，因为这些有关颜色的词语，他终生都不会了解。但马克听得津津有味。郁欢想，马克已经突破了他对不了解的事物的戒备心理。

然后马克向郁欢提出一个问题，他说女科学家说，现在每个人都可以有自己的花朵，那就是将自己的血液注入花朵里，花就有了人的DNA。马克说，我很想做一个这样的花朵。他停了一下说，我想做一朵玫瑰，在情人节的时候献给安妮。

八

纽曼街每年都有两次关街活动，所谓关街，就是禁止车辆通行，所有店铺都将货品摆在街上，当街叫卖。餐馆也将桌子摆在街上，有一些哑剧表演，也有爵士乐表演。孩子们手举着棉花糖，荧光棒在各种食物间流连忘返。

郁欢说那真是一个热烈火爆的夜晚，那个夜晚注定要发生一些令人难忘的事情。

先是在黄昏时，刘翔的小店生意异常火爆，因为那是个周末，劳作一周的人们都来买啤酒。就连温森教授也来买一瓶酒。温森教授过着非常有节制的生活，他只在每周五来小店买一袋薯条和一小瓶啤酒。教授说这是他对自己的奖赏。作为异乡人的刘翔，对纽曼街的邻居们抱有感恩之心，比如温森教授，刘翔很多次看到他骑着单车在马路上飞奔，单车前面放一个木盒子，里面放着购物袋。在距离刘翔小店三个街区就有大型超市，里面货物琳琅满目，应有尽有，散发着咖啡和新烤面包的香味，人们可以在那里买到任何想要的东西。但是纽曼街的邻居们却还是在小店买东西。刘翔开始并不了解原因，后来教授对他说，这是他支持小生意的一种方式。

教授说："在任何一个小生意后面都有一个家庭，加拿大有许多这样的小生意。从经济学的角度讲，我们鼓励这些小生意，就是帮助这些家庭。"这种表白让刘翔很感动。在教授的经济学课之后,刘翔开始注意到纽曼街上小生意真是不少,各种族裔的小餐馆更是无处不在。小店主多是从世界各地来的移民,他们靠着不多的资金,在新的国家站稳脚跟。教授的经济学,消解了刘翔的担忧,因为越来越多的人担忧实体店的存在。对面楼的新移民对他说,她来到加拿大最大的不方便就是不能在网上淘宝。

"这里太不方便了。"她抱怨说,"简直是乡下。"

什么是方便的生活呢?刘翔不能回答,因为现在国内的生活非常方便,刷卡、刷脸、网购,相比之下加拿大的生活像20世纪80年代的中国,还保持着朴实传统的生活方式。

也有年轻人用手机付费,但很多人坚持用现金。就像玛卡金说的,她从不用卡付费,因为那样她就不能感到花钱了。她必须用手指触摸到钱币,才能感到真实的花费,从而控制自己的欲望。人是需要控制的,不能想干什么就干什么。

"这是我爸爸告诉我的。"她说。

玛卡金在技校当老师,她长得小巧玲珑,金发碧眼,小圆脸白皙得像奶油蛋糕。她唯一的爱好是喝酒。这天玛卡金买啤酒叫了辆出租车,虽然只有五块钱的路途,但这是玛卡金的第二箱啤酒,她已经半醉了。喝醉的玛卡金十分可爱,她表情生动,喜笑颜开,乐不可支,脚下有些不稳,走起路来像跳舞一样。她走的时候忘记了拿柜台上的香烟,刘翔便走出去送给她。

就是这个时候发生了一些事情,乔治楼上着火了。

那个夜晚好像注定要发生一些事情,因为夏季的夜晚太炎热也太迷人了,格伦和他的伙伴们坐在乔治餐馆的楼上,喝了一杯又一杯。格伦对波希米亚人的背叛,随着这一杯又一杯的啤酒,愤怒达到了高峰，格伦在酒精的昏迷中有撕开世界的冲动。格伦对瘦猴说你信不信我会放火。瘦猴还保持着清醒，他说别这样。瘦猴虽然是一个打工仔，但他很诚实。但他的诚实对格伦来说毫无用处。格伦认为他太傻，既然你妻子背叛你，你为什么还等她回来，她当然是不会回来的。于是高大的格伦站起来，他将纸揉成一团，然后点燃，格伦的身体像一只巨大的熊。

那天晚上刘翔和郁欢关门很晚，因为这不平静的夜晚，也因为生意火爆，这样的夏夜让人们失去了理智，也让这条街失去了平衡。平日里温文尔雅的人们、衣冠楚楚的人们，因为夏季的狂欢而醉酒，那些穿着夏威夷花衬衫的人们因为这一条街的狂欢而醉在了夕阳里。

刘翔和郁欢收拾完，已到深夜。走到街上，刚刚热闹的街市已然散去，街上有一种曲终人散的安静，夜风袭来，竟有一丝丝的清凉，让疲惫了一天的他们身心放松。刘翔握着郁欢的手，两人一路前行，突然听到木棍敲地的声音，看到远处马克的身影，一路走来。那天月光很明亮，照在他身上。他用盲杖探索着人行道，在寂静无人的街道上，马克的手杖敲得十分清脆，而节奏清晰。刘翔牵着郁欢的手，郁欢站在刘翔身旁，远远就停下脚步，把人行道全部让给他。两个人站在草地上，凝神屏气，静静地看着马克走过。马克比白天走得大胆，甚至可以说大步流星。马克一边走，一边唱歌。

啊，今夜无人睡眠。

郁欢感到马克的手杖仿佛不再是为了探索道路的盲杖，他好像成了迈克的一件武器，一件能够展示自身力量的工具。在悄无声息的道路上，世界熟睡，只有马克在歌唱。

爱情是什么，这是个让郁欢反复思考的问题。今年夏天实在是一个热情的季节，格伦进了监狱，爱丽丝还在街那边的草地上熟睡着，她天生没心没肝。倒是瞎马克让郁欢感动，你看他在夏夜走得多快，夜晚是属于他的。

　　有一天，郁欢看到七毛五和苏菲等着过马路，苏菲好像刚刚大病之后，七毛五还是满面红光，腰杆挺拔。七毛五扶着苏菲的胳膊，小心翼翼，不知所措，大声问她这样好不好。郁欢看了，叹一口气。无论多么热火朝天的爱情，都敌不过这样的景象。那个白头到老、相互搀扶的人儿，才是爱情最终的归宿。

发表于《广州文艺》2020 年第 11 期

偷自行车的人

一

秋末的时候,纽曼街上发生了一桩怪事。刘翔居住的38号楼,地下室里开始丢东西。最早察觉的是二楼的西班牙人古楼。夏天的时候古楼失业了,失业之后他就变得神经兮兮的,尤其对声音敏感。无论谁家有声音,他都去敲门干涉。只要大门一响,他就从门缝中伸出脑袋,两只黄眼珠滴溜溜乱转,口中念念有词,见是邻居,方才缩回去。郁欢对此颇不适应。小武说他失恋了吗?郁欢奇怪地看小武一眼。小武解释说,如果失业又失恋,容易产生心理问题。郁欢这才想起来小武正在修心理课,并且很迷恋。郁欢就说,感谢上帝,他太太还在。

古楼一般不出门,唯一出门是在后院遛猫。他给英格兰大爪猫脖子上套了个环,用带子牵着。大爪猫很不满,走起路一扭一扭的别扭。有一次与郁欢走个正着,还龇龇牙,压低喉咙吼一声。郁欢认为它在向自己撒气,打不过主人还打不过你吗?郁欢绕着它走,她认为一只猫被遛是可耻的。

古楼的太太娜塔莉也很少出去,他家门前总是摆着两双一模一样的鞋，一男一女。

那时还没有人知道涛哥家的故事，也不知道小涛失踪了。

涛哥原本是住在38号一楼的。夏天他们搬到温哥华去了。几年前，涛哥在市中心买了一个食杂店，靠近康考迪亚大学主校区。康大这些年招了许多中国留学生，由原来一座老旧的建筑迅速发展成一个可观的校区。这个校区没有校园，就建在地铁站附近，是名副其实的城市大学。接着，校区里出现了许多中国餐馆，如雨后春笋一般，东北饺子、云南米线、武汉热干面、湖北焖黄鳝，还有奶茶和面包店，都是为留学生准备的。涛哥的店就在附近。刘翔说那是一个好地方。涛哥撇撇嘴，说好什么，一点儿都不好，接了店才知道，是一个不挣钱的烂店。

那你为什么还买？郁欢睁大眼睛不解地问。郁欢的脸型很对称，但五官不太对称，一个眼睛比另一个小一点儿，一边嘴角比另一边斜一点儿。平时不明显，每到表情丰富的时候就看出来了，却不难看，带着一种略显天真的可爱。

涛哥说本来这个店的老板是我一个哥们儿，租约到了，房东要涨租金，涨得实在太离谱了，老板有些气，就让涛哥把店接下来便宜卖给他。涛哥当时也喜出望外，后来涛嫂小林说，你干吗买，就等着他破产好了，等他破了产，你再租下来，不是白捡一个店。涛哥暗地里去找房东续租约，居然就续下来了。那老板心中虽然恨，却没办法。也是个想得开的人，没有像涛哥预料的那样，抡一把斧头把店砸了，倒是什么也没做，把一个店完好无缺地白送给了涛哥。

涛哥接了店，生意却不好，到底已经关了两个月，顾客跑得差不多了，再让他们光顾很难，想留住他们更难。顾客就是这样，哪里便宜去哪里。如今知道了别的店价格更便宜，便不再来了。还好，周围店距离比较远，图方便的顾客陆陆续续又回来一些。无奈租金实在太贵，一个小店养家还是不够。涛哥就还像以前一样，清晨送广告报纸，有机会就接国内来的旅行团。他接小团，七个座的车子就够了。涛哥喜欢说话，说话的时候不用大脑，像流水一样流畅。按语言学家的话，他的语言在大脑思维之前。按涛嫂的话，涛哥就是一个话痨。他的话多是道听途说，在刘翔看来，毫无理论依据。所以每次涛哥来，刘翔都不冷不热，尽量借机走开。倒是郁欢，喜欢与涛哥聊天。涛哥就斜着身子，像一棵长歪了的树，身子不动，只有嘴巴一开一合，喋喋不休，一侃就是小半天。涛哥开心的时候少，气愤的时候多，遇见的客人常不如意，吵架斗嘴是家常便饭。不过涛哥自有妙计。比如那天他跟游客因为小费生气，他就说，他还想投诉我，想得美。我直接告诉他，我这去大使馆找彭大使，让他评评理，看谁给中国人丢脸。

真正让涛哥烦心的是他的儿子小涛，这孩子长得又高又大，秉承了父辈西北人的粗犷彪悍，却不像父亲那样爱说话。他沉默寡言，只喜欢玩游戏。他是游戏一代的孩子。开始涛哥并没有放在心上，一直到上小学。上学不久被调了一个班，与一些进步缓慢的孩子在一起。老师解释说，小涛在接受能力上有些问题，也就是说，智商不是很好。涛哥脸涨得通红，眼珠也鼓起来，却奇怪，说不出话，后来眼珠子也憋红了，只说了一句，你才弱智。

涛哥把小涛转学再转学，每到一个学校，开始几天还好，日子稍长，就会有问题，最终公校待不下去，只好去私校。到了中学，私校居然也待不下去，只好辍学。辍了学，还好，有个便利店在等他。小涛就到店里干活儿，收银，倒是如鱼得水，小账算得很快，尤其是他帮助吉娜算账的时候。

吉娜是个法国小姐，小林生乔伊斯的时候，吉娜来做小时工。吉娜是个蓝眼睛姑娘，喜欢在耳朵边扎两个麻花辫，穿翠绿色掐腰上衣。涛哥不知道吉娜数学是怎么学的，她完全不会心算，一切都靠计算器。小涛和吉娜站在一起，吉娜仰望小涛的眼神好像看一个英雄。涛哥见了很欢喜，更是坚决不承认儿子弱智。

涛哥是个心气高的人，对唐人街里混得像样的人一律不服。比如发财的，他都知道是怎么发的。得癌症死了的强哥，把加拿大塑料垃圾卖给中国，做跨国生意，一个集装箱里，外围是垃圾，里面都是崭新的，说白了就是走私。余晓东混得好，是因为这些年国内富豪来买房，却完全不懂加拿大的行情，他们语言不通，又不懂规则，手里攥着巨额钞票，却不知如何花出去，所有的行动都要依赖这里的熟人。余晓东看好了这个市场，只做家乡人的生意。他在大温考了个地产经纪人，几年工夫就做得风生水起，自己也在西温买了豪宅，面向大海，春暖花开。

如今华人要发财，仅凭老侨时期的勤劳致富远远不够。涛哥说。这样说的时候，搔一搔头发。郁欢说只是搔一搔头皮，涛哥常年剃光头，省了剃头钱。涛哥说勤劳只能养家糊口，要想致富，则必须跟国内做生意。

祖籍国的意义是什么？祖籍国的意义就是你永远有一个家可以回，永远有一个祖国可以依赖。涛哥这样说，郁欢就想起身边的客人。比如皮特，他二十岁从英格兰到蒙特利尔，但当他要修牙的时候，他会飞到英国去，因为英国修牙比蒙特利尔划算。再如阿米尔，他在加拿大贷款，回科威特去盖房子出租，准备退休回去养老。郁欢认为涛哥所言不虚。一个人，总要有一个梦想的远方吧，每个移民梦想的远方都是祖籍国。那个当年他们离开的地方，在时间和空间的变化中，成了另一种诗和远方。

涛哥决定去找余晓东，去赚国内土豪的钱。他从纽曼街搬走的时候，着实清理了一段时间，但他走后并没有看出清理的结果。六户人家共有的地下室里照样堆得满满的，有他第三个孩子的所有财产，从摇篮到学步车，一共八个小车，都是继承来的。

那是两个月前的事情了。

二

没有人知道涛哥回到了蒙特利尔。他回来是为了寻找小涛。

涛哥回到了蒙特利尔，呼吸了一口久违的空气，这空气与温哥华有所不同。虽然当初离开时如释重负，有奔向新生活的兴奋，但如今在温哥华，像沙滩上的鱼搁浅了几个月之后，他回到这里，心中居然升起一丝感伤。尤其在此时，站在曾经是自己家的窗下，暮秋的树上，结满果子，小小的红果。

卖房子时候，涛哥没有交出楼门的钥匙，因为他还有很多东西在地下室里。他掏出钥匙，打开门，动作娴熟。楼门的弹簧一直不太好使，合上时很沉重，但这次却不一样。涛哥上了台阶，门才在身后合上，缓慢而清晰，好像一个脾气暴躁的人突然改了性情，变得安稳、耐心、有礼貌。这很出乎涛哥的意料，他停下脚步，站在台阶上回望了一下。台阶依然是老旧的，他在自己家门前有些踌躇。如果不是必须，他真的不想敲开这扇门，当时卖房过户时曾经很不愉快。那时候他以为此生再不会见到这户人家，他提出了一些不太合理的要求，他想多赚点钱。但此时他必须敲开这扇门。

开门的是一个高大的男孩，与小涛一样的身高，甚至脸庞都很像，都是来自中国西北的男孩子，继承了大唐羌族的血液。他一恍惚间脱口叫出了儿子的名字。

"小涛。"他说。

那男孩眨一下眼，他的眼神明亮而陌生，不是小涛的眼神，他回过神来。

"是涛叔。"那孩子说，"我是强子。"

他记得这个孩子。那时候他们乘同一架飞机，从西安出发，越过太平洋，来到圣劳伦斯河边安家。刚来时，他们还住在同一个移民之家，共用一个厨房。过了一个月，各奔东西，他们在东区找了房子，强子一家去了西区。

他知道强子会感到惊讶，谁不会惊讶呢？如果眼前突然出现了一个去远方的人，这人走的时候信誓旦旦，不再回来。

他做好了不再回来的准备，他把房子卖给了同乡，漫天要价，不留一丝人情。

"强子。"他说，充满血色的脸上浮起有点儿滑稽的笑容，家里有大人吗？

"没有，只有我。"强子说。

"我想问你，你见过小涛吗？"

"他不是跟你们去了温哥华？"

"没有，他没有去，所以我来找他。如果你看到他，请告诉我。"

然后他关上门，退出了强子的家。在他退出之前，他仔细地看了这间曾经属于他的房子。墙壁重新粉刷过，地板也重新漆过，整个房间焕然一新。窗台上摆满了花盆，茶几上摆着一束盛开的鲜花，看得出新主人的好心情。原来放电视的地方还放着电视，但不是他的，墙上原来挂着雅迪娜的画，如今挂着鲜红的中国结，空气中充满新味道，一切都物是人非了。

他有点儿张皇失措，有点儿不知所措。他曾经憎恨这间房子，那时他认为这是一间小监狱，那么小，里面住满了人，父亲、母亲、妻子、儿子、女儿、小儿子。小涛是从中国带来的，雅迪娜和乔伊斯都是在加拿大出生的，他们是意外，一个意外接着一个意外，就像多米诺骨牌，一直到小涛失踪。有时他不知道这个意外会不会继续下去，这种想法让他有点儿害怕。

尽管他不是一个胆小的人，或者用他妻子小林的话说，他是一个傻大胆儿。在别人看来，风险迭起的生活，他凌波虚步。他有时不知道自己要什么，有时又很清晰。不要什么你来加拿大干什么来了？不是为了过好日子吗？不是要赚更多的钱吗？

可有时他又会怀疑，我真的只是为了赚钱才来的吗？

余晓东去了大温，在蒙城混了几年之后。他一直学不好法语，就放弃了。在温哥华，国语是重要的，那里到处都是华人，他开始做房地产经纪，他把房子卖给国内那些有钱人。最初他只认识一个，给一个人做地产经纪，但很快他就认识一群，在第一笔交易完成之后，他进入了一个圈子，这个圈子里都是有钱人，他们都想在温哥华买一栋房子，余晓东终于咸鱼翻身，一夜暴富。他的兴奋通过电话线传给了涛哥，那时候涛哥还在他的杂货店里搬啤酒、扫地、与法国佬吵架。他讨厌一切说法语的人，他不能学法语，只要一拿起书，他的大脑就莫名其妙地疼。这种疼，好像孙悟空被套上紧箍咒，他感到此生与法语的相遇是上帝的惩罚。

那个小店是他在蒙特利尔风尘仆仆奔波数年后的犒劳，他听了小林的妙计，没有花钱就白捡了一个店。如果不是女儿和小儿子的意外出生，小林也不会被解聘。如果继续受聘，她早就是摩托罗拉的白领雇员，就不会同他一起在杂货店里挣钱养家。涛哥对小林充满感激，他目睹过身边的朋友，因为暂时失意而离婚，妻子跟着别人跑了。在这里，在蒙特利尔，东方女人离开家庭，奔向婚姻市场，有了更广阔的选择，中女西男，是很多人向往的婚姻模式。

三

　　涛哥从纽曼街38号走出来的时候，有些失魂落魄，他不知道继续向何处去，他此行的目的是寻找小涛。那时候他决定去温哥华找余晓东。余晓东是他人生的上限。余晓东说来吧，来看看我的豪宅，就像我当年在蒙特利尔等你的时候一样。如今哥哥我与二十年前不一样了，那时我只能在一个小公寓等你，现在我在西温等你。

　　涛哥就卖了店，奔着余晓东去，奔着有黄金的地方去，就像一百多年前的华侨，奔着金山的方向去。人的一生就像水，像水一样漂流，像海水、河水、任何一种水。人们说有海水的地方就有中国人。一百多年前他们漂过太平洋，奔着金山走，到有金子的地方。多年前漂洋过海的人们，并不知道他们在异乡埋头苦干，抬起头望，大洋彼岸的故乡已经高楼林立，就像海市蜃楼一样。

　　"必须赚国内人的钱，因为现在他们太有钱了。"余晓东说。涛哥一直认为他有独立船头的能力。余晓东可以做任何一个时代的弄潮儿。

　　即使是一百多年后又怎么样呢？涛哥想。那些在金山淘金的人们，如今已经是社区的侨领前辈，而我们这些后来的人，也是随着钱的漂流而动。形象的说法，钱在哪里，人在哪里。

　　搬家前先要分散人口。涛哥决定先把父母送到多伦多去，他妹妹在那里，妹妹嫁给了西人。但涛爷不想去，涛爷以前是好脾气，现在常常生气。

去年涛爷回故乡，是为了卖房子，那时申请移民的事情批下来了。他们回去迟迟没有回来。他们在老社区喝茶打牌消遣，在医院检查身体，他们开足了三年的药，降压降血脂降血糖，还有一堆数不清的营养药。老伙伴们都羡慕他们，夸他们运气好，儿子女儿都出国留洋了，三十年前望父看子，三十年后望子看父。他们没说在加拿大的生活，他们基本不敢出门，只在附近转转，有人敲门坚决不开，电话也不接，他们不会洋文，没有朋友，不会开车。每天靠看中国电视剧打发时间。苦恼的时候，老两口儿就相互抱怨几句。日子并不开心，空间小了很多。尤其是生了小孙子，儿媳妇就不让他们在厅里看电视了，说影响孙子睡觉。

"我都只在厨房待着。"小林说，"好像给他们树立样板。"

他们留恋那老房子，自己名下的，二百多平方米，前后门开着，夏天有清凉的穿堂风。涛奶在阳台上种芍药和绣球。他们也留恋老社区。茶楼、超市、点心铺子都走着就到，还有羊肉泡馍，吃多少次都吃不够。在众人羡慕的眼神中，他们忘记了在异乡的不如意。是的，空气是好的，水是好的，食物是好的，还有好些西洋景。与儿子生活在加拿大，人类最适合居住的地方——还有什么可以抱怨的呢？如果涛爷说我不去了，我要留下，是不是人们都会说他疯了？还有，如果留下来，生活又会是什么样？病了身边没有儿女，就成了鳏寡孤独中的字眼，涛爷不敢这么想。不这样想，却忍不住这样想。他躺在家里的床上望着窗外的月亮，都说外国的月亮圆，却没有家乡的月亮知心、好看，有无限的韵味。

他甚至希望自己病了，病了就不用选择了。七十多岁移民，这样的选择很艰难。

却不病，连一点儿头疼脑热也没有。

他们最终在亲友和朋友羡慕的眼光中离开了家乡。老李头说得好："早就看你天庭饱满，地阁方圆，双耳轮大，是个福相，并不知道你还真是老来有福，到外国去吃洋面包和洋牛奶了，哎呀什么时候我能去看一眼，我就知足了。"

涛爷就笑一笑说："洋面包我吃不惯，洋牛奶喝了就拉肚子，我们在家里还是吃红焖羊肉、羊肉泡馍。"老李头就羡慕地笑，说谦虚，谦虚呀，不忘本！有了洋牛奶不喝，还是喜欢泡馍，给你点赞！

他说的都是实话，老朋友们听了，却说他谦虚，还说他不忘本。他是想忘，可他忘不了，那洋牛奶他就是喝不了，喝了就闹肚子，要上厕所呀。

涛爷在家乡盘桓多日，一直到雅迪娜要开学了，不回不行了。房子也过了户，跟卖家说好了日期，就这么走了。涛爷在七十六岁那年把老根拔断，做了新移民。

涛爷也想过搬出来自己过日子。开始住在一起时，想着可以发挥余热，自己能做饭，能打扫卫生，能管家务，让儿子儿媳去工作赚钱，自己做个好后勤。涛爷做一手好吃的红焖羊肉，每次做的时候楼道飘香，隔壁的洋鬼子就站在楼道口，不停地吸鼻子。开始涛爷以为他是馋，后来才知道他嫌味道太难闻，他还没有闻惯西北地区的香辛辣味道。对他们的味道，比如奶酪、咖喱，涛爷也闻不惯。开始洋鬼子见面还笑一下，哈喽一下，后来因为味道，居然生分了，大家都板着脸。涛爷这一生做红焖羊肉，人们从来都是说好吃，闻着都馋。但洋鬼子不一样，他们居然不喜欢。他也不能理解，有的时候他会开一下门，屋里做菜，油烟大，冬天开窗又冷。

"放放味。"他说，"把一只鞋放在门缝处，把门挡住。"

有一天，他又放味道，结果隔壁的洋鬼子手里拿一瓶空气清新剂，正在楼道里，看见他开了门，就朝着他家的方向喷。他也很生气，他把门开得更大一些，把一堆冬天的棉鞋都踢过去。

现在涛哥决定去温哥华。涛哥说让他们先去多伦多住一阵子。涛爷本不想去，他在那里住不惯，那个洋人女婿说什么他听不懂，他又很少去，每次去只住三两天。有一次住了一周，女婿就不理睬他们，总是跟女儿说相同的一句话。后来听隔壁中国人说，女婿不明白他们为什么还不走。涛爷觉得屈辱，但他把这个归结到儿子和女儿就是不一样上，他马上打电话给儿子，让他过来接他们走。他与儿子在许多问题上有分歧，但在传统的养儿防老上，他们有相同的观念，这是涛爷最为欣慰的地方。

是的，他与儿子有许多分歧，对孙子的态度，是他与儿子最大的分歧，这一家最大的分歧，他们有着永不调和的问题。面对小涛，面对辍学，他坚持认为，儿子的方法是错误的。他也没有像儿子那样毫无理智地坚持小涛是一个可造之才；相反，凭多年教师的直觉，他承认孙子是一个智力平平的孩子。在他教孙子数学的时候，他能体会到这一点，聪明孩子和资质平平的孩子眼神是不一样的，小涛望着数学的眼神里，充满了迷茫和空洞。

四

涛哥沿着纽曼街一直向前走。走到刘翔的店门前，他站在门前，翘足向里面望，看见刘翔坐在摇椅上，两眼望着前方。涛哥知道那里摆着一台电视机。涛哥还没下决心去温哥华时，对蒙特利尔还有热情。人对一座城市的感情是奇怪的，就像对一个人一样，如果缘分消失了，就会厌倦。涛哥想起刚落地的时候，那时他感到这里很美，但生存的压力比优美风景更有力量，后来他决心去温哥华，对生存的梦想战胜了风景的优美。那时他并没想到小涛的感受，或者他比自己更爱这座城市。他站在那里待了一会儿，犹豫着是否进去。这时有个牵着黄狗的西方人走过来，把狗拴在门外，推门进去，刘翔站起来。涛哥就转身向前走，他觉得，如果进去，是为难自己。

这条熟悉的街道，他走过好几年。已是深秋，树叶摇落，树叶一半在树上，一半在地上，天地一片色彩斑斓。涛哥却无心观看。小时候，涛哥在父亲的严厉教育下，曾经背过很多诗：渭城朝雨浥轻尘，客舍青青柳色新；窗含西岭千秋雪，门泊东吴万里船。那时候他眼看着余晓东他们在外面玩耍，自己却只能关在家中，背这些毫无意义的古诗。一直到考大学，他全靠偏文科，把下滑的分数拉上来，这时他开始感谢父亲的用心。

他本来以为自己可以做一个好父亲，但是时代发生了变化，他到了蒙城，这使他与小涛之间的代际矛盾再次升级，变成了代际加文化的矛盾。涛哥的宗旨是老婆孩子都是自己的，自己打得骂得，别人却不能。就像小涛在学校，蓝眼睛丹尼尔说他接受能力有问题，他就去骂丹尼尔；老师说小涛吃饭声音太大，他就说老师是猪。在他看来，这些蓝眼睛的法裔对中国移民充满歧视。

他曾经与楼上2号刘翔的儿子交流过，小武长着一双细长的眼睛，是个疑似天才。他听了涛哥的话，沉吟了一下，用完全不像十七岁的老成语气说，如果说歧视，这世界存在多种形式，即使在本民族中也存在许多歧视，比如性别歧视、城乡歧视、年龄歧视、贫富歧视。解决所有歧视的方法，社会能给予的并不多，更多的是个人的内心，要做一个心智成熟的人，正确看待世界存在的不公平，因为只有在乌托邦里，才有绝对公平。然后，那小孩用肯定的语气说，他从未感到过歧视。

那小孩的话让涛哥目瞪口呆，小武只比小涛大两岁，小涛从未用这种方式解释问题。这让涛哥第一次产生了怀疑，有点儿相信蓝眼睛丹尼尔对小涛的判断是正确的。

涛奶站在莫妮卡菜园中，四处张望，她就要离开这个地方了。对于离开的理由，她心存怀疑，她不知道涛哥描画的蓝图是否能够实现。自从移民到这里，她感到命运颠簸得越来越厉害，她努力与儿媳相处好，她认为这是一个家庭必须有的和谐。同儿子在一起总是有所依靠。

不大的一间屋子住满了人，夏天通风不好，她就在超市里待着。药房边上有一排椅子，她就坐在那里。有时候坐得久了，感觉有些痴呆。她有时有些恍惚，越来越感到恍惚，她会想起自己的童年；想到老房子，后院里有一棵樱桃树，很多年都不结果子；想起母亲，眯着眼睛看樱桃树，喝大叶茶，那时她不明白母亲的心事，现在她明白了。

时间呀，涛奶想。张开自己的手掌，一缕光线晃动着，在指缝中漏下去。涛奶喜欢看它们来了又走，她想时间是一个多年轻的小孩，永远不老，而人什么也做不了，时间将小孩养大，将自己养老，将母亲渡到另一个世界。时间是大力水手。

有一次她看见一个金发碧眼的姑娘看她，她有点儿害怕，以为人家不让她坐在这里，就下意识地欠起身子。她太胖，行动有些迟缓，她也害怕别人说话，那些洋文她不懂。有时候她感到自己越活越小了，不是身体的号码，而是她游走在世界中的号码。原来人们都能看见她，现在人们很少能看见她，她走过去走过来，好像是对别人无关紧要的。

  人老了就这样吧，她想。

  这样想时，她对自己的要求就放松了，比如她不再打扮自己，不在乎衣着，也不在乎行动。天太热，她就躺在公园的长椅上。那里常有人坐着，但她四脚朝天四仰八叉地躺着，十分不好看，她也不管那么多。如果在多年前她还是语文老师，是不会这样的，那时她是一个注意仪表的人，但现在顾不上这许多。天太热，她要热死了。

  来来往往去莫妮卡菜园的人们见到了，也没有人说什么。来种菜的中国人多，每家租一小块地。中国人喜欢种韭菜和豆角，菜园中有韭菜根是一件大事。老太太从左邻右舍，这个要几个根，那个要几根，现在终于有了三条垄。

  我要去多伦多了，她想，这三条垄的韭菜我要带着。这样想时，她感到某种酸楚，金窝银窝不如草窝，如今草窝也没有过了，中国的没有了，这里的也没有了。

  到多伦多只是暂时借住。儿子说。他的目的地是温哥华，那里靠海，有许多海鲜。那里在西部，回国方便，十小时就可以直航到北京。

  但是会不会回国呢？她不知道。如今在那块大地上，她一无所有。

五

  涛哥手里拿一张儿子的照片，他无论走到哪里，随身都带着这张照片。

涛哥打算从熟人开始寻找，虽然不情愿，他还是来到刘翔的小店。郁欢看到涛哥很惊讶，她说你原来有头发呀。涛哥就不好意思地笑了，他现在有一头长发，还是羊毛卷。郁欢说你应该一直留头发，看着年轻好几岁，然后才问他怎么回来了？涛哥就说找儿子的事情。郁欢说还真不知道，一直也没看见他。她建议涛哥去警察局问问。

他曾经去过警察局。警察说小涛十八岁了，是一个成年人，而且与别人有联系，说明他不是失踪，只是不想与你有联系。公民有权利安排自己的生活。那个灰眼睛的警察说。他这样说的时候耸一耸肩，爱莫能助的样子。

儿子不能算失踪，因为数日之前他曾出现在脸书上，但后来就一直没有动静。涛哥心里着急，他还没有跟父亲说这件事。

本来说好大家在温哥华会齐。父亲去了妹妹那里，他们带着两个小儿女先到温哥华，儿子在蒙特利尔收尾，然后飞到温哥华与他们会合。

他到机场接儿子，但没接到。小涛就此消失了。

或者在平常的岁月中，他忽略过这个孩子，他想。当他为衣食奔波的时候，当他们有了雅迪娜和乔伊斯，当他们谈笑说雅迪娜比小涛聪明多了，乔伊斯更聪明更可爱的时候，小涛就坐在那里一动不动。没有人注意他的感受，他好像也没有什么不适。他从来没说过什么不满的话。他的性格与父亲完全不同，涛哥常常很冲动。

帮个忙又怎么了？涛哥喜欢这样说。但能帮忙的人越来越少，这是个冷漠的世界，他说。甚至包括父母，他能感受到父亲的不满，当他不满的时候，就会抱怨涛哥花了他的养老钱。

有一次他竟然和母亲抱头痛哭，一边说："你怎么办？你千万别有病，你有了病，我没有钱给你治病。"

不是还没有病吗？涛哥不满地想。有病的时候，我已经发财了。

他不知道是不是父亲的冷漠传给了他，让他对小涛也有这样的冷漠，一样的冷漠，一样的不满，一样的恨铁不成钢。他说你都不如傻透了，我还可以把你送给政府。

让他出乎意料的是父亲，如今对小涛很好，好像被时间洗了肠子一样。

"每个孩子不一样，你不用逼他。"涛爷说。

他记得那一夜他们吵到夜半，好在是冬天，关门闭户，没有人听见他们的叫喊。后来他到车里坐了一夜，半夜里他突然醒来，头脑也清醒了，很惊讶地发现月亮很圆，星星若隐若现，街道上很安静，没有车也没有人。他冻得瑟瑟发抖。他想：如果我现在死了，也没有人知道。他望一望黑洞洞的窗口，没有人等他回家，父母妻子都关灯睡了。他有被遗弃的感觉。他想："我不如死了，死了清静。"

离开蒙特利尔那天，他们是天黑走的。本来计划早晨走，天黑前到多伦多。但那天好像中了邪，一件事连着另一件事，先是乔伊斯迷了眼睛，后来雅迪娜来了初潮。雅迪娜今年十岁，对小林来说，女儿的初潮来得有点儿早，有点儿不合时宜，自己是十三岁才来的。但想到如今女孩都是早熟，女儿长得比同龄人高一些、胖一些，小林就接受了这个事实。但如果让她选择，她会拖延几天再走。女儿的第一次，最好保养得好一点儿。但涛哥说所有事情都安排好了，今天不把车子开到多伦多，明天的机票就全部作废。他们因此吵了起来，他们吵架时从不回避什么，并没有想到女儿的羞涩和儿子的成长期，也没想到儿子居然加入了他们的争吵，这实在是第一次。以前他们吵架，小涛常常独自一人到地下室去。

这个地下室是整栋楼的杂货间，每家分得两平方尺的小隔间，用铁丝隔开，剩下的地方堆满了各家的杂货。三楼住的福建人，女主人是过埠新娘，二十岁时嫁到这里，五年生了四个小孩，肚子几乎没闲过。他们不知从哪里继承了那么多东西，光是童车就有十几辆，从小摇车到学步车，还有床垫、桌椅，应有尽有。总之，地下室好像一个杂货店。原本有空地的时候，小涛还在这里支了一个球网，打打旱地冰球。如今六户人家以飞快的速度拣马路上的东西，不仅没有了空间，还有了再摆一层的可能。涛哥不知道小涛为什么喜欢在这里待着，他也没有想过为什么，青春期的男孩子，有时是十分内向的，他们住在自己内心之中，与父母很少交流。小涛是个内向的孩子。而夏天，最舒服的地方就是地下室，凉爽宜人，比一家人挤在一起受用得多。

但今天小涛突然说话了，他说我们为什么去温哥华？那里比这里好吗？我不想去。我不去，雅迪娜也不该去。涛哥和小林在那一瞬间有些出乎意料，他们相互看了一下。他们说问温哥华有什么不好，你没去过，你怎么知道不好？他们异口同声，瞬间站成了一条战线。他们从来都是这样，本能地这样。他们站成一条战线，对抗父母和孩子。因为要对抗父母和孩子，他们相互对抗的越来越少，但如果不对抗父母和孩子，他们会不会有矛盾？他们没有想过。生活已经足够他们焦头烂额，不可能再分心想其他的事情。那些离异的人、那些有外遇的人都是温饱生淫欲，而他们没有那份闲心，他们目前能做的就是拧成一股绳，把日子进行到底。

小涛站起来，他长得很高大，也许是鲜卑祖先的关系，也许是涛爷的红焖羊肉做得太好吃，严家的儿女们都长得高大，臂力过人，不怕冷。冬天他们穿得不多，敞开着衣衫，有时连鞋带也不系，直接趿拉着鞋就走了。他们身上常带着牛羊味道，游牧民族的味道。雅迪娜有点儿胖，或者是婴儿肥，是大唐美女的标准身材，一个美人坯子。

小涛站起来，比爹地已经高出了半个头，涛哥如今要仰视才能看见儿子的脸。

你们从来没有为我们着想过。小涛说。我不想去温哥华，我也不想搬走。

涛哥于是生起气来，他一生气脸就红，红得像关公。他说："我不为你们着想，你吃的是哪来的？穿的是哪儿来的？你的学费是哪来的？我的一生都奉献给了你们，我还没有为你们着想吗？你这个忘恩负义的东西！"他说着就抄起了一盏台灯，一边说一边比画，然后，他不知道自己做了什么，小涛的脸上渗出血来。到一切都安静下来，小林和雅迪娜都哭了。后来他们决定按照计划走，这时候他们已经精疲力尽，好像结束了一场战争。

他们吃了一锅面条，然后上路。那时已经黄昏，夏日的黄昏很美，绿树成荫，晚霞在天空中弥漫，由褚红到金粉再到灰烬，像一个喜怒无常的画家，从兴奋到百无聊赖地画一幅水彩画。他们从家中鱼贯而出，先把乔伊斯和雅迪娜安排好，车上挤满了东西，没有任何缝隙。在同一栋房子里住了十年，搬家是一件艰苦的事。他们下定决心，奔向余晓东的方向、金钱的方向。他们坚信自己的未来比现在更好。移民是什么？涛哥认为就是把生命从出生的地方连根拔起来，插到另一片土地上，这之后即使再到哪里，都无所谓，即使一次两次三次，只要不是家乡，都不重要了。

小涛没有跟他们一起走,他留在这里,把最后的事情处理完,然后他会直飞到温哥华与他们会合。

机票已经买好,涛哥对小涛说,到时他会到机场接他回家。

六

涛哥短租了一个空房间,那里什么也没有。但他知道什么都会有。38号地下室里什么都有。他着实搬走了很多东西。有的是他家的,有的不知道是谁的。今天他需要一个自行车,他就去拿一个。地下室里有好几辆自行车。

涛哥把自行车从地下室推出来,并没有想到古楼在后院遛猫。古楼一眼就看到涛哥推的是自己的自行车。古楼一把揪住了涛哥。

"你为什么偷我的自行车?"古楼说。

"我没有——"涛哥有些不知所措。涛哥不知道这个自行车是谁的。"我只是需要一个自行车,去找我儿子。"

古楼不相信他的话,他说:"你们一家都是贼,搬走了还回来拿东西,前几天我还看到你儿子在地下室里。"涛哥一激灵,说他来拿什么,古楼翻翻眼睛,说什么都拿。

警察来的时候,涛哥已经彻底崩溃了。他用手抓住门框,防止自己瘫倒在地上。那个自行车已经作为赃物,被古楼把持着,站在他对面。长着蓝眼睛的警察,有一双毛茸茸的眼睛,稚嫩得像一个孩子。涛哥想他应该与小涛年龄相仿。现在他看谁都像小涛。强子十分老练地处理了这件事,他完全不像一个十八岁的孩子。他已经长出了连绵胡子,他黑发,黑眼睛,黑色胡须,圆圆的脸庞,好像一只漫画小熊。他对警察说是一场误会,涛哥是以前的住户,他拿错了自行车。

　　涛哥对这个孩子的老练感到惊讶。他记得前几年他还是一个少年，喜欢踢球、打冰球、玩篮球。有一段时间，他与小涛在一个球队。涛哥紧攥着的手放松一些，他不知道对警察说什么能解脱自己，事实上他的确记不得这自行车是谁的，也许是自己的，也许是别人的，他记不得了。自从小涛失踪，他就丧失了一些记忆，他目前唯一的愿望是尽快找到小涛。涛爷已经问过几次孙子的情况，他一直瞒着父亲，他不知道如果涛爷知道了会是怎样的情景。父母在妹妹家表现得十分焦躁，一直问什么时候能到温哥华去？他们的洋女婿已经开始抱怨，而且有离家出走的迹象。

　　警察让涛哥交出钥匙。涛哥就把钥匙交出来，他望着警察，汗从头发里一滴一滴渗出来。

　　涛哥终于找到了小涛，是通过吉娜找到的。小林一直在脸书上查找小涛的行踪，终于发现小涛与吉娜的对话。小林不敢相信的是，吉娜与小涛的对话居然充满温情、活泼、有趣，是她在小涛身上从未见过的。小林很快联系到吉娜，请吉娜劝说小涛见涛哥一面。

　　他们决定在公园里见面，双方认为这是一个中间地带，在那里，谁都可以改变主意，如果谈得不好，可以转身离开。

　　现在小涛在超市打工，他不想再回学校上学。他认为自己这样生活很好，他能养活自己，也不用受父母指责。

　　在看到小涛那一刻，涛哥几乎不相信自己的眼睛，他心情复杂。从外表看，小涛没什么改变，还是那样的衣着和表情。

　　涛哥向前走了几步，想离儿子更近。但他一向前走，小涛就向后退，始终与他保持距离。涛哥说跟我回家吧。他的嗓子是沙哑的。小涛摇摇头，他说，我不跟你走。我已经长大了，我能养活自己。

"我不再要求你上学了。"涛哥说，声音有些哽咽。

小涛望着他，不说话，然后转过身，向公园的另一角走去。涛哥跟着走了几步，小涛就加快了脚步。涛哥停下来，站在那里，望着小涛在他的视野中消失。他望着儿子的背影，由清晰变得模糊。他想这孩子从此有了自己的生活，那生活是他永难抵达的。父子一场，他们就此分手。人生一直向前，充满悲伤和无奈。与此同时，涛哥的内心也有一种让他惊讶的释然。这个被蓝眼睛丹尼尔诊断的弱智孩子，居然可以养活自己，涛哥紧绷的神经突然松懈下来。每个人都有自己的生活和命运。现在他的工作，就是向小林解释为什么带不回小涛。谁也不能带他回来。就像时间一样，时间一直向前，不回头。而我们每个人，都是时间的孩子。

发表于《世界日报》2020年11月

醉花阴

一

若子接到小夏的信息时，正在向吉米要债，手机嘀嘀响了几声，若子也没看。吉米已经欠了二百块钱，也就是说，若子赊给他二百块钱的啤酒，但吉米还不了。他说他只有20块钱，要用这个钱买今天的啤酒。

"你知道我不能没有酒喝，因为我的身体不允许。"吉米可怜巴巴地说，一张细瘦的刀条脸上满是乞求。他一激动脸就胀得鼓鼓的，伤疤亮亮的。

若子有些生气。"每次你都来这一套。"她说。一张鹅蛋脸涨得通红，细长的脖子挺起来，形成一个好看的弧线。她当然知道吉米不能没有酒喝，因为吉米常年喝酒，血液中必须有酒精才能正常生活；如果没有酒精，他就会跌倒在马路上。他脸上的伤疤就是冬天时跌破的。

若子还是卖给他20块钱的啤酒。她叹一口气，也想不出好办法。二百块钱不少，但如果坚持让他还债，他就会跑到对面黎巴嫩人的店去买酒，不仅丢了钱，还会丢掉一个固定客人，鸡和蛋一起丢了。

若子没办法，做个小店不容易。

吉米走后，若子才看小夏的信息。小夏说，嫂子，我们明天到蒙特利尔。若子有点儿手忙脚乱。若子说我到哪里接你，小夏说不用接，我们是旅行团，统一食宿，统一活动，等我住下来，就告诉你地址。若子说好。小夏又说特别想见到你，见见小宝宝。若子又回复说好，明天见。

放下手机，若子有点儿失魂落魄。她坐在木椅上发了一会儿呆，想整理一下思绪，还没想明白什么，就到下班时间了，老赵来接班。若子又忙了一会儿，然后给儿子打了一个电话。她说，安迪，你姑姑明天来。安迪那边有点儿惊讶，说她来干什么。若子说来旅游，跟旅游团。那边就松一口气，说我忙得很，哪有时间接待她。若子说也不用咱们干什么，就是明天晚上一起吃个饭。安迪说，明天晚上我当班，口气很是懈怠。若子说那就和别人倒个班。安迪说你就是心软，把他们做的那些事儿都忘了。若子说忘不了，但那都是你爸干的，与你姑姑也没什么关系，说起来你不是还姓秦。安迪就不声响。若子说带上你老婆孩子，一家人吃个团圆饭。

若子开的这个小店在纽曼街上，每天早七到夜里十一点。晚班的雇员老赵白天在家具店装家具，晚上才来上班。若子问他明天能不能早来。老赵说来不了，下了班先回家吃饭，最快也要7点以后。若子叹一口气说，那我就锁门，你来了自己开门，钥匙放在门檐上。

二

若子下午就开始收拾自己，二十年没见小夏了，也不知她变成了什么样。从微信上看，小夏保养得挺好。小夏现在退休了，跳跳广场舞，学学画画，平时与朋友聚餐旅游，都在朋友圈晒。若子同小夏早断了关系，前几天在同学群才联系上，把她的朋友圈全部翻了一遍，不好奇是假的。若子今年68岁，还没有退休。她舍不得退休，加拿大退休金按入籍时间和纳税算，她来得晚，纳税少，退休金只有一点点，且不说自己生活拮据，要照顾儿子孙子是不可能的。若子是个传统女人，也是要强女人，她不仅养活自己，还能养活别人，这是若子引以为傲的事情。

想到能养活自己，若子就感慨不已。刚到加拿大，若子一句英语也不会说。一落地，秦小冬就告诉她，他已经另有所爱。那时候若子欲哭无声，她绝望过，甚至想到过死。不过那都是过去的事情了，如今她活得好好的，她要让全家人看看，离开秦小冬，她好得很。

进了夏天，她就没染过头发，自从上次染发过敏后，就下决心不再染了。但若子内心止不住浮躁，她看不惯头顶上那一片小白云。它们会越长越大，像个帽子遮盖头顶，有一天，自己会变成白头山。但那是以后的事，现在若子还不认同。每次出门时，她就怀念年轻时的样子。若子年轻时长得像海清，那个眉清目秀的女演员，被誉为中国第一媳妇。若子也曾想当一个好媳妇儿，她想起和秦小冬刚结婚那会儿，她照顾他，从头到脚。他出门应酬喝醉了，回来睡在床上，她给他洗了头又洗了脚，再给他剪脚指甲，那时她多么爱他。

她是把他看成一个家的，一个终身的家。她从小没有家。还没有生下来，父母就离异，然后是母亲再嫁，父亲再娶，她就跟着爷爷过活。爷爷过世又转到姑姑家。一直到被送到母亲家时，她很快发现不能在母亲家安身立命，继父带过来三个兄长，个个都虎视眈眈地看着她。她便逃到父亲家去，在父亲家短暂地住了一下，就像一只小鸟，借着树枝，在风雨飘摇中歇一歇脚，她必须再飞走。凭着自己不屈的心和正在成长的脚力和翅膀。她从来没有抱怨过任何人，父亲也好，母亲也好，她相信离开他们，自己可以创造出新生活。若子不是多愁善感的女子，多愁善感的女子都是有闲的。若子的生活告诉她，她没有时间去思考那些仇和怨，她必须像生活一样粗粝，才配得上粗粝的生活。一旦软弱下来，她只能被压垮。若子喝了一碗咖啡。她喝咖啡只为了提神，她用大碗，兑上牛奶，一饮而尽。然后在后仓房烧水，调染发剂，头发擦净了，将染发剂揉进去，用热毛巾包好，每做一个程序，都会有门铃响，她就冲出去打发顾客。这样折腾来折腾去，染一个头发，竟然用了三小时。到四点时，安迪来电话，她的头发刚刚染好，正在用力擦掉额头上染发剂的棕红色。

宝宝是轱辘着进来的，口中大呼小叫，一张小脸红得像苹果。若子用力亲着他，自从有了孙子，若子就不再找男人了，孙子是她的小情人。

儿媳跟在后面，然后是儿子。若子将选好的衣服穿上，紫色上衣，白色七分裤，停停当当，精精神神，一家人赴宴去。

三

小夏住在伊莎贝拉酒店19层，上楼是电梯，宝宝很高兴，跳上跳下。蒙特利尔的住宅4层以上才有电梯，宝宝很少乘电梯。若子看着他蹦蹦跳跳，沉闷的心慢慢明朗起来。他们从电梯出来，小夏已经在电梯口等待，本来是一家人，见了面竟有些尴尬，一时都无言。还是小夏迎上来，叫一声，嫂子。

这一声嫂子，叫得若子眼泪差一点儿流下来。她低下头忍住了，说还是叫若子吧，早就不是你嫂子了。小夏的脸僵硬一下，说那也是一家人。又见了安迪一家，对宝宝格外亲了又亲。

一家人坐在酒店大厅吃饭，小夏和若子挨着坐。安迪点了蜗牛、牛排和海鲜，额外要了一瓶法国红酒。菜上来了，每人一份。若子将这些菜都放在桌子中央。安迪又要了几个盘子，大家分食，就像中国菜一样。小夏倒没有什么，安迪见了，就说若子的做法是中不中西不西，若子说我们本来也是中不中西不西的。若子能感到侍者来回走动时好奇地看，也能感到顾客们好奇的眼睛。她不在乎他们的眼神和窃窃私语，吃西餐是各吃各的，但她这种互相分享的做法，并没有碍着别人什么事儿。倘若这是最初出国时，若子不仅不会这样做，还会入乡随俗，努力向别人学习，学习别人如何使用刀叉，如何把餐盘中的食物吃得干净。如今她不会这样做，这些年她学会了我行我素。

若子以前曾经是多么地贤妻良母，多么地逆来顺受。当兵时有些女娃把裤脚裁瘦，衣服掐一分的腰，她从来没干过。她眼见小夏被班长叫出列，训得哭哭啼啼，还坚持着穿瘦腿裤，她不敢。她年轻时没有做过出格的事。在她眼里，平静的生活、不惹人注目的生活就是幸福。她折腾怕了，只渴望有一个平静的家。即使是个逆来顺受的人，也会被命运折腾，逆来顺受并没有得到人们的安抚，却激起了命运的不满。命运是如此巨大，而她如此渺小，若子想。与其想不通，不如就不想。

沙朗是个黑女人，很穷，每次买电话卡只买一块钱。今天上午来买两块钱，哭得快站不住了。她说在同一天她的两个姐妹都死了，一个在纽约，车祸；另一个在英格兰，心脏病。她说那个车祸，撞得人都找不全了，手腕上戴的项链是她从母亲那里夺来的，为这个她们还吵过架。英格兰的姐妹去世时，她们还在电话上，正说着话，她突然说不好受，电话就摔在地上。沙朗将头向上扬，一双手举得高高的，说："上帝啊，我不明白你，你为什么带走她们，是因为她们应该受到惩罚吗？"

若子不认为死亡是一种惩罚，死亡更是一种解脱。但当她听到秦小冬去世时，还是有一种震动，她当时正在给郁欢烫头发，若子手巧，什么都会，原来在国内时小伙伴都互相烫头发，那还是1978年，大家开始爱美了，又没有那么多钱，她们就自己烫发，把头发弄成各种各样的卷，有蓬松的大卷，也有爆炸卷。小夏还烫过长发，叶塞尼亚妹妹的麦穗头。若子烫过栗原小卷的短发。那个短发非常适合她，头发从耳边卷过来，在她的腮边形成一个圆弧。小夏说那头型让她看起来特别童真，弯弯的头发衬出脸部的轮廓，衬出小巧的鼻梁和嘴唇。就是那次之后，小夏悄悄对她说，她哥哥回北京了，我们找他吃老莫好不好？

那是若子第一次吃西餐，北京的莫斯科餐厅，罐牛、罐虾、红菜汤、黑面包，对若子来说，红菜汤太甜，黑面包太硬，但小夏的哥哥秦小冬给她留下了深刻印象。秦小冬有一对浓密的眉毛、一双细长有神的眼睛，还有一个灵巧的头脑。秦小冬说着一口南腔北调的军人腔。他开朗乐观，能说会道，还有一种坚硬，他像红菜汤，也像黑面包。

小皮特跪在椅子上吃得津津有味。小夏把皮特放在自己身边，把他的盘子堆得满满的。皮特从小就是一个爱吃的孩子，只要有吃的，他就非常安静，一声不响，眼皮也不抬，只管吃盘中的食物。

小夏对皮特的吃相赞不绝口。小夏说皮特真安静,皮特真省事儿,皮特真健康,皮特真聪明。小夏在形容皮特时都是最高级形容词。若子能在小夏眼中看到姑奶奶的溺爱,就是安迪小时候,小夏的眼神也没有这么溺爱过。

琳琳对小夏的态度有说不出的满意,当然任何一个母亲都会是这样。一个家族的长辈如何喜欢他的孩子,小夏的态度让琳琳骄傲,这是她给这个家族的贡献,尤其是对一个三代单传的家族。如今秦小冬已经不在了,这一顿家族的聚餐有了另一种意味。

郁欢的头发又黑又密,若子的卷发器已经不够了,就叹一口气说年轻真是好,我小时候也是两条粗辫子,如今只有这一把白毛了,又干又涩,像枯草,秋天就要入冬的枯草。郁欢哈哈笑,说染一染焗一焗就好了,头发也是要养的,若子说都想剃一个秃头,再长出来就新生了。这样说着,若子突然就想起秦小冬那一头浓密的头发。她呆一呆,说,你知道吗,那个人——她一直到现在都叫不出秦小冬的名字——那个人死翘翘了。郁欢就愣了一下。

"哪个人?"她问。

"就是——安迪的爸爸。"

若子说她还是前几天知道的,小夏说的。如果不是小夏告诉她,她还不知道。郁欢说你哭了吗,若子说没哭。停了片刻,说:"他对我伤得太深了。"

"你这一生。"郁欢开玩笑说,"与伟大的共产主义战士白求恩有两个相同,一个专业是医生,二是同一个人结了两次婚,离了两次婚。"

若子与秦小冬在莫斯科餐厅认识之后就结了婚。结婚不久,秦小冬便转业,做起了生意。他从北京出发,一路向南,先去香港倒了一些服装回来，然后去安哥拉贩卖清凉油，那时候他把若子打扮得像一个香港女郎，紫红色的连衣裙，掐腰的灯笼袖。小巧玲珑的若子，像米雪，像翁美玲。同事们都知道她有一个能干的丈夫，满世界捞金。男人嘛，不上战场就上商场，秦小冬说。这话成了他的口头语。人们的生活发生了巨大变化，偶像瞬间坍塌，道路模糊不清，河流宽阔，而未可知晓。分不清哪里是暗礁，哪里是一帆风顺。有人说摸着石头过河，大家就都挽起裤脚，纷纷向大海方向奔涌。其中有人水性好，有人压根儿就不会水，但向着大海的渴望让他们兴奋，让他们忘记了有关水性的问题。他们奔向大海，渴望蓝色的大海——

若子有时想，如果秦小冬不下海经商，今天也许他们就会像前海胡同里的老人一样，退休之后下棋、踢毽子、跳广场舞，或者遛鸟养鱼，做做北京老人们爱玩的事情。秦小冬下得一手好棋，若子喜欢跳舞。但这些假设的前提，是秦小冬必须是一个安分守己的人，若子知道自己这一个理想国，是无论如何不可能存在的。如果存在，也不会发生在她和秦小冬之间，或者将她和秦小冬与生俱来的性格重新改写。前几天她听说现在DNA可以重新编辑了，笑了一下，许多年前她曾经非常苦闷，希望自己能够重活一次，可以选择其他的人生道路，不过现在她不这么想了。她经历了人生的大起大落，终于与各种幻象虚空欲孽和解了。如今人类进入了新阶段，长生或者永生，这些与若子已经没有多大关系了，她曾追求一生纯美的爱情，现在她已经不再追求了。她很失望。

有一次郁欢问她，此生是否得到过真正的爱情。若子认真地想了想说，没有。这样说时她很不甘心，但相比于她年轻时向往的白头偕老，她认为曾经的生活算不上真正的爱情。真正的爱情应该是天长地久、一餐一饭。两情若是久长时，就是在朝朝暮暮。不过与秦小冬的婚姻，是不是爱情？她那时分明感到了脸红心跳。当秦小冬将一双手放在她的手上，手把手教她如何使用刀叉，左手是刀，右手是叉，将叉子插在牛排上，用刀用力割下，手要用力，将肉切成小块，像格子一样的方块，然后用叉子送到嘴里。秦小冬站在他身后，他的胸贴在她的后背，他的右脸挨着她的左脸，他的身体散发出一种雄性的气息。若子的眼睛，差一点儿流出热泪，她差一点儿哭出来，她不知道为什么会有流泪的冲动，那个时候她不知道自己是谁。

雄性——秦小冬是一个雄性动物，他的荷尔蒙燃烧，他燃烧她，燃烧香港小姐，燃烧后来的四川女人。若子想如果秦小冬没有荷尔蒙就好了，他不是雄性动物就好了。他伤害她，不仅是动物之间的欲望，她最恨的还是他坦白地告诉她，他的多次出轨，他出轨的细节。她认为他没有羞耻心，对她不尊重。她不想知道那些细节。但是他坚持这样做，因为他认为忏悔必须彻底，革命必须在灵魂深处，否则就是革命得不够，就不能让自己清白——但她不是牧师，她不愿意听人忏悔。

多年以后，当她坐在蒙特利尔老港金碧辉煌的教堂里，看那些小小的忏悔室，牧师坐在这一边，忏悔的人跪在另一边，中间是细密的木格子屏障，如此细密，看不清忏悔人的脸庞，她想象着他们忏悔的内容。上帝饶恕这些罪人了吗？上帝依据什么饶恕他们？是不是像秦小冬一样，逞一时之快，或者在忏悔中还有回忆的甜蜜？若子就想起秦小冬的脸，丑陋的脸。秦小冬曾昼夜向她忏悔，痛哭流涕。她看清了他的脸庞，他歪斜的眼睛。她在这张脸上没有看到忏悔，她看到的是快乐，是压抑不住掩饰不住的快乐。无论他如何忏悔，她都不会宽恕他，他只能激发她的仇恨。

爱的快乐，欲望的快乐，她不知是哪一种。爱和欲望能够分开吗？灵与肉能够分开吗？如果没有爱怎么会有欲望？

这个问题一直萦绕在若子的头脑海中，挥之不去。有一段时间若子认为，灵魂和肉体或者是可以分离的，比如隔壁比萨店的小伙计来换零钱，他缩着脖子说天可真冷，我的身体还不能适应这种变化。若子愣了一下，低头看看自己的身体，她以前从来没有把自己的头脑和身体分开来看，从来没有把身体当作客人看。我就是我，我就是这具身体和头脑和在一起的存在。但如果身体和灵魂能够分离，秦小冬是不是可以被原谅？若子走火入魔地想。但她很快否定了这个理论。所有不忠的灵魂都是有缺陷的。

四

安迪一直沉默着，他有分寸地照顾母亲、妻子和小夏。他十分绅士地将牛排、煎鱼和鸡胸切成小方块，然后分给女人们。安迪十岁来到加拿大，养成亦中亦西的国际口味，今天的晚餐从头到尾都是他在张罗。若子看他一眼，发现小夏也正看着安迪。小夏说，安迪已经是家中顶门立户的人了。若子说是呢，这孩子全凭自我成长。小夏就回过头去，照顾皮特。皮特将一口鸡块放在口中，正要咽下去，却噎住了。小夏就拍后背，抚胸口。琳琳也冲过来，桌上乱作一团。

若子没有动，若子看出皮特其实没什么，是小夏太紧张，或者想转移话题。饭桌上貌似一团和气，但若子和小夏都感到一种压力，还有安迪那种冷淡的礼貌。他时时将眼光朝着天花板，下巴上带着尖刻。若子努力想和小夏和解，但心中耿耿，不知如何消解。若子有一肚子话想问，但当着儿子、儿媳的面，她把话咽了回去。有什么好说的呢？她想。这一次相遇，吃完这餐饭，小夏就回酒店，明早离开蒙特利尔到多伦多去，然后回北京，人生苦短，说不定是最后一次相见。

母亲以前常说想想对方的好处。若子活到六十岁才知道母亲是对的。道理上是这样，心里却过不去。她想起第一次离婚，是因为那个香港女人。但香港女人最终也没嫁秦小冬。本来就是萍水相逢，那女人只是为赚钱。那时秦小冬还有一腔热血和痴情，不知道一向高傲的自己在灯红酒绿的香港只是大陆客。在不断挣扎中，他终于了解了自己的一厢痴情，没有回报。他继续漂，最终漂到了蒙特利尔。他对若子说我要把儿子弄来，你也来吧。若子以为他回心转意了，浪子回头金不换，并不知道他一踏上北美大陆，又与另一个女人住在一起。秦小冬说："这次我没犯错误，你知道上次我伤透了心，不想再惹女人。这次是女人勾引了我，她来看我，说天黑不敢回去了，她可以睡在沙发上。我就去厨房，回来时她已躺在我的床上，你不知道她的眼神多诱人，而我那时候多寂寞。"若子说，你不要说了。

若子叹了一口气，她抬起头看着儿子，安迪正把一个蜗牛递给琳琳，又将另一个递给小夏。小夏递给若子，说你吃吧。若子说你先吃。两个人就让来让去，让了一会儿，刀叉不给力，蜗牛落在了皮特盘中。小夏叹一口气，说看到你们一家团圆，日子过得好，我也放心了，我哥哥实在是对不起你们。如今他去见上帝了。安迪和皮特到底是秦家的孩子，秦家后继有人，我也放心了。若子说看你说的，当然都是秦家的孩子。安迪听了，淡淡地一笑，眼睛向上方虚空的地方瞟一下，一口烟吐出去，袅袅地升起来。

若子知道儿子的心事。当年若子与秦小冬第二次离婚，就在这冰天雪地的蒙特利尔。离了婚，秦小冬就回国了。若子气不过，也跟了回去，将才十四岁的安迪一个人留在这里。等到若子在国内转了一圈，感情也没了，工作也没了，才又转回来。看到儿子与室友同住，满屋都是啤酒和可乐瓶子，安迪只打电脑，不运动，变成一个痴肥的胖子，见到她，也不起身，只看她一眼，又回身打电脑。若子说：我是对不起儿子，该陪他时没有陪，欠了的就得还，于是心甘情愿将同居的男朋友赶出去。若子本来是不忍心的，这么多年，只有那一段时间，有人陪她走在夜里回家的路上。

五

若子说一个人的生活——真是有苦说不出来。有一天夜里，她突然感到心慌，空落落的慌，一股子凉气从脚心蹿上来，沿着小腿、大腿，一直到了胸口。小腿开始痉挛，连着心脏。小腿和心脏有什么关系？有一根线，把她拽得像木偶一样，若子知道那一根线，就是孤独和恐惧。她怕自己死了都没有人知道，就像小店对面的斯宾塞，挺着大肚子，大肚子里埋着心脏起搏器，每天都来小店晃晃。有一天对面楼来了很多人，穿白袍戴面罩，打扮得好像生化部队，若子才知道原来斯宾塞死在自己家里，没有人知道，已经烂掉了。

秦小冬回了国，又娶了一个媳妇，生了一个孩子，如今去世了，一分钱也没给安迪留下，但还有房子。琳琳说，要不要回去分财产？母子俩都沉默，沉默中带着落寞的清高。若子说，有什么可分的，当年我什么也没要，今天你什么也不要。

连最后一点儿情感也不要。若子想。秦小冬刚回国时还给她打电话,每次打电话都命令她回去。

"你回来。"他说,语气是秦小冬式的蛮横,你回来,咱们还是一家人,还在一起过日子。

若子对他这种说辞不能理解。他已经再婚了,还想让她回去,他们是什么关系?秦小冬再婚的是一个四川女人。这个女人够辣,将喜欢拈花惹草的秦小冬管得像个青蛙,只在她那一亩池塘里蹦跶。若子不知道那女人是怎么做到的,一物降一物。后来安迪回去找过他爸爸,在那个家住了一个月,亲眼见到那个女人对秦小冬的态度。那女人不爱说话,只爱动手,柳眉倒竖。四川妹子练得一手好拳脚,白日吵架,半夜听到咚的一声,秦小冬被踢到了床下。若子听了不禁莞尔,想着秦小冬被打得鼻青脸肿的样子,她说活该。那个本来是情敌的女人,为她报了一箭之仇。她笑完之后,心中突然空落落的。

若子后来一直都在找男朋友,她很想知道男人是什么。在她的生活中,男人都是奇怪的动物,是与她相对立地存在。比如父亲,在她没出生时就抛弃了母亲;再如秦小冬,一次一次抛弃她。她认为秦小冬既没有责任也没有道德。责任与道德这两个词,对秦小冬来说,就像天上的星星一样遥远,毫无用处,也不能激励他的精神。头顶灿烂星空,心中道德准绳,这样的话语让若子流泪。她流泪,是因为被感动。她想能说出这样语言的人,一定是一个完美的人。后来她知道那个叫康德的德国小老头儿一生未婚,只与他的狗在一起。

秦小冬没有道德律令,也没有束缚自己的任何教条。他把一生中对女人的需要认为是人性。人性的需要、人性的贪恋、人性的不洁，所有这些都是理所当然。秦小冬有自己一套理论，他说所谓一夫一妻，本来就是违背人性的，在原始社会、父系社会、母系社会，人和动物一样，不存在律令，只存在本能。

你应该好好学习人性，而不是否定人性。秦小冬说。

若子承认，秦小冬一度成为她的人生导师。在秦小冬离开蒙特利尔之后，若子经历了一段十分混乱的生活，第一是生存。首先要解决吃饭问题，她给人看孩子、打杂工、借钱开小店，然后开始寻找男朋友。她找过很多男朋友，在网上。她现在想起来，那大概只是一种倾诉、一种情感的宣泄。网上的情感是可望而不可即的。若子喜欢用汉语交流情感。小店里来来往往的人中着实有些单身汉。汉斯就是一个不错的男人，他抽烟喝酒，但很有节制。有时他来，打开门看看就走了。他穿风衣，白衬衫，在电业局做工程师。他喜欢若子，说她有天鹅一样的脖颈。但他说法语，若子认为语言限制了他们深层的交往。许多女人是勇敢的，她们敢于与不同语言的男人交往，但若子不能。如果一个人不能通过语言了解她的内心，她就不能接受。她已经很孤独了，她不能再守着另一个人，继续孤独下去。

对于汉斯，若子有些歉意。汉斯在每个节日送花，还把他母亲留下的瓷器送给若子。他说这些瓷器来自中国，送给一个中国女士特别适合。后来汉斯搬了家。搬家时，若子的柜台上已经有一堆中国瓷器了。安迪仔细研究过，他手拿放大镜反复看，最后认为都称不上古董。若子把汉斯的情谊看得更重，是不是古董并不重要。时间是老天的事情，不是汉斯的事情。

汉斯算是个好男人吧，若子想。但五十岁的汉斯一直单身，从来未婚，若子对此有些信不过。一个人，孤独时间久了，难免有难为人道的特殊性。汉斯是不是一个奇怪的人，若子不知道，她也不想知道。说到底，对于中国女人若子来说，蓝眼睛的白人汉斯，只是窗外的风景。若子站在窗子里，一步都不向外走。汉斯就像街对面那些树，若子偶尔抬头看一看，树与人不是相同的种类。

那些过往，都像浮云。

若子看看小夏，看到她眼角细密的皱纹，若子想她也老了。若子本来不想见小夏，与他有关的人她都不想见，那两个老人和他，都已经去了另一个世界，这个家族与她已经是毫无关联了。郁欢听了咯咯笑。郁欢说怎么没有关系，你在遥远的加拿大，给秦家养着儿子、养着孙子。若子就笑一笑。想着郁欢的一针见血，心中酸甜苦辣，一直向上到了喉咙。这些年的生活，除了伤害还是伤害，但子孙还是秦家的。小夏说秦小冬听说自己有了孙子，大笑了三声，喝了一个烂醉。若子想得出来。秦小冬给她打过电话，说想看看孙子，照片也行，若子直接把电话挂了。那时候若子不认为秦小冬与安迪和皮特有什么关系。你既然已经抛弃了他们，就不要再把他们当作孤独中的安慰。

若子觉得一生中遇到秦小冬是她的不幸。最不幸的是秦小冬毁坏了她的信仰。她本来信仰纯洁的爱情，从一而终，但被秦小冬毁坏了。更有甚者，后来她也按照秦小冬的说法去寻找过人性，若子认为秦小冬毁了她的一生。

若子后来换了电话号码，与秦小冬就此别过。有时她望着窗外，看到四季更迭，雨雪纷纷，想自己从万里之外来到这里，究竟是为什么？若子想来想去，最大的好处，就是摆脱了秦小冬的纠缠。

但是如果走了万里之遥，只为摆脱秦小冬，那么秦小冬是不是还是自己的人生目的？想到这一层，若子有些心惊，也对自己有些失望。三十多年努力忘记的一切，还是不能忘记，还是让她感伤，还是让她若有所失。

吃过饭，小夏提出要到若子那里住上一宿，聊聊天，说说心里话，若子本来是想拒绝的。若子说明天她要和郁欢去看枫叶，想好好休息一下。蒙特利尔的枫叶在这一周全线飘红，从沙墩到汤波朗，如果明天不去，再过一周，枫叶就会凋零脱落，疏枝斜上，成为准备过冬的老树。

如果今晚同小夏同住，若子知道，她会控制不住自己的感情，会说些伤害她的话。这么多年，家里终于来了一个人，不是爱又伤害过她的人，却是他的同胞手足。他已经去了那个遥远的地方，临走没对她说一句话。小夏说他走得很快，正吃饭，筷子掉在地上，就撒了手。若子忍不住冷笑，说他倒修了一个好走法。

但若子最终还是带着小夏回到小店，她自己也不明白，为什么语言就在舌尖上就改变了词汇，也改变了心意。回到纽曼街，她和小夏下了巴士，看见吉米拎着买酒的布袋子正穿过马路，要到黎巴嫩人的店去买酒。若子就让小夏等等，紧走几步，赶上吉米，说让他回到店里买酒，想到他以前给的小费，就算他付过了。吉米听了有些不好意思，说："等我有了钱，一定还给你，我保证。"然后跟着若子折回来。一条斑马线上，两个老人一前一后相跟着，化干戈为玉帛。

天气真是好，这几天是入冬前最好的天气，老天爷做媒，响晴着，让树叶干得透彻，哗啦啦响得银铃一样。人们心里明白，一阵风来，一阵雨来，树叶就集体下落了，美过，灿烂过，枯萎过，零落成泥。若子突然想起认识秦小冬那年，他们从莫斯科餐厅里出来，已经是黄昏，是秋天的黄昏。北京的秋天是最美的，树叶也是最美的。那一树一树的红叶，燃烧着，像火焰，像青春。秦小冬站在树下等她，一棵巨大的树遮住他的脸，若子恍惚觉得她又一次看到秦小冬，只是他倏然消失了。若子突然感到没有什么可抱怨的，秦小冬有他的生活，若子也有自己的。凭着这一双手，她养活着自己，带大了孩子。如今秦小冬走了，自己也老了，心中的疙瘩也该解开了。谁能站在天堂门口清算俗世的爱恨？秋天的树叶，春天的花朵，都是老天的馈赠。她站在门前的枫树下抬了抬头，没来由地想起这两句诗，她忘记了谁写的，但记得很清楚，不知道原谅什么，好像一切都可以原谅。

发表于《天津文学》2022 年 2 月

莫妮卡花园

如果从英语直译，这个叫莫妮卡的小园子，应该叫花园，但华人们都叫它菜园子，因为华人都种菜。西洋人有种菜的，也有种花的。有的是杂着种，有花也有菜。

小园子是波尼社区的菜园，波尼是蒙特利尔的一条小街。每到夏天，附近几栋楼的居民都可以申请一块地。租金很便宜，地也不大，长乘宽大概六平方米，却是人们夏天的惦念。每天上下班都去浇浇水、拔拔草，就是老天爷赏水，下过雨后，也绕个弯儿去看看。

小安的这块地种了三年了。最早她没租，还是若子鼓动她，让她租一块。

可好玩了，若子说，看小苗长，就像看小孩长大一样。

只要有空，若子就去园子。有一次天太黑，她被关在园子里，给小安打电话，说：快来救我。小安拿着钥匙去救她，见她澡也洗过了，还穿着家居的衣服，说洗了澡还不睡觉？若子说还是要来再看看。

其实那块地有什么呢？就是三垄韭菜、几颗西红柿，还有点儿小白菜、小生菜、羽衣甘蓝。去年邻居给了她一棵香椿，种在地里，她就想着香椿炒蛋的香味。她吸吸鼻子，感到生活很美好。今年就可以实现香椿自由了。

其实若子不太会种地。她出国之前在海边长大，会赶海，知道各种海产的名字。但若子肯学，搞不懂的时候就上网查，查了就实践。世上无难事，只怕有心人。

若子旁边那块地是沈大姐的。沈大姐是从国内来探望女儿的。她种得好，韭菜绿油油。相比之下，若子的韭菜好像受气的丫头，又瘦又小。

"你要施肥。"沈大姐说，一边说一边摘下草帽。她的草帽上套着网罩，既遮阳，又遮蚊子。她蹲在地里的姿势也对头，腰板直着，两条腿蹲得低低的。若子不行，蹲一会儿就累了。

"农把式嘛，姿势要对，不然怎么熬过下乡那些年。"沈大姐说，一边用眼角瞟一下若子，居高临下。

若子模仿了一下，果然舒服多了。

"不施肥苗怎么会长得壮，看你的韭菜，细得像头发丝，我都替韭菜难受。"沈大姐说。

若子有些不好意思。就按照沈大姐指点，到豆腐西施那里买了豆渣，趁夜黑埋在地的四个角里，深挖沤肥，等到看不见白渣渣，再撒到地里。千万不能浅埋，容易招苍蝇。

果然土地看着油了些。其实若子也不知道这种方法好不好，西洋人不做这个，他们到超市买羊粪土和鸡粪土。

"太贵。"沈大姐说。沈大姐长一张浅黑色的脸，隐隐有几颗麻子，脖子却白。若子不知道是不是日光晒的。但沈大姐总戴着草帽。沈大姐说她不耐晒。沈大姐说她有好几块地，她说纽曼街和波尼街交界的地方还有一处菜园子，她在那里租了两块地。

若子说做那么多干什么，这一块地也能长很多菜。沈大姐说一块地怎么够，家人多，两个外孙子呢。若子就不再说话。看沈大姐手脚麻利地打开一个塑料袋，将超市买的小葱插到地里，插完了，拍拍手，说明天种豆角。

若子很眼馋沈大姐的东北豆角。西洋人超市只有阿拉伯豆角，手指头长，细细的绿，上海人叫四季豆，东北人叫架豆角。沈大姐说她吃不惯。哪里是豆角，豆都看不到。她说。她有豆角种子，叫兔子翻白眼、老鹰干瞪眼。

"为什么都叫眼？"若子问。

因为又大又圆呗。我们东北人吃豆角吃的是豆，又不是皮儿。沈大姐一边说，一边撒豆角种子，那种子果然圆溜溜的，像一块块小鹅卵石，上面还有花，白色的有红线，棕色的有小黑斑，都饱满，像小鸟蛋，在太阳下闪着光。沈大姐用小铲子挖洞，每个洞里扔下两三颗。若子看她将种子撒完，踩实了土就走了。若子知道这种子金贵，因为都是私底下流传的。加拿大海关不让种子入境，抓住要重罚。

也不知谁这么大胆。若子想，第一颗豆角种子是谁带进来的呢？

到了五月下旬，连着几个响晴天，气温一下子到了二十多摄氏度。小苗们好像憋足了劲，一下子就蹿出来了。豆角苗刚出来时是小圆叶子，两瓣三瓣的嫩绿，煞是可爱。沈大姐就开始撒咖啡渣，若子不明就里，说撒这个干什么，沈大姐说施肥，咖啡渣是上好肥料。沈大姐将咖啡渣撒了一层，那土地看着更黑了，又散发出咖啡的香味。沈大姐说也不敢多撒，浓度太高，咖啡是过了一水的。

"这周超市咖啡特价，3块99一大罐。"

"比羊粪便宜。"沈大姐又说。

莫妮卡菜园是有领导的。若子叫她们三人领导小组。领头的是莫妮卡，还有妮娜和萨宾娜。莫妮卡细高个头儿，一头白发，有一个坚强的下巴。若子猜她起码有七十多岁，一条腿不好，却整天都在菜园里。莫妮卡菜园周围用铁丝网围着，上面长满青藤，正中央是工具房，工具房外是一个小凉亭，亭里有长桌长椅，上面放着消毒水。今年莫妮卡格外强调，进园子都要戴口罩，不戴就罚款。租户们知道莫妮卡的脾气，言必出，行必果，绝不食言。莫妮卡也以身作则。但有一天菜园子没有人来干活儿，莫妮卡和妮娜、萨宾娜就在长椅上坐着喝咖啡，有人看见她们都没有戴口罩，将口罩挂在下巴上，有说有笑，就嘀咕说莫妮卡不守规矩。但看着三个白头发老太太开心，也就不说什么了。

但总的讲，莫妮卡是一个讲规矩的人。有一次小安看见莫妮卡让刘翔把装工具的小盒子降下来十厘米。刘翔是工程师，用手指比画一下就要钉钉子。莫妮卡叫他暂停，用一个水平尺量着，端直了，才让刘翔动手。小安问莫妮卡，你退休前是老师吗？莫妮卡说不是，你为什么这样说？小安说你特别认真。

老太太们是把这里当成家的。去年遗留的植物遗骸，铁丝网上干枯的枝干、隔离带上的杂草，都是老太太们清除的。莫妮卡穿一件短袖衫，一条大短裤，拖着一条腿，手脚不闲。她们连没租出去的地也不放过，将那地用白苫布罩上，周围用大铁钉子固定住，大风天也稳稳不动。

图什么呢？沈大姐看着不顺眼，没出租就荒着呗。买白苫布的钱，比租地还贵。

三人领导小组的另一个任务就是给租户发邮件，这个任务由萨宾娜完成。萨宾娜浅金色短发，眉清目秀，一辈子没结婚，喜欢跟在高大的莫妮卡身后。萨宾娜矮小瘦弱，与小安印象中的萨宾娜不一样。小安第一次看到这个名字是《生命不能承受之轻》中的那个风流女孩,喜欢戴老祖父的男式呢帽做爱。现实中的萨宾娜却是另一个形象。萨宾娜是敬业的,她以前是会计,对数字很敏感,每写一个邮件,要用至少三种语言,英语和法语,还有西班牙语。她也是勤奋的,一点儿事情不合规则都会及时沟通。有时若子一天收到好几个邮件,比如小道边的青草要拔了,下周检查,否则罚款;比如洗手的水龙头下的水桶洗完必须倒掉,还必须倒在下水道口,否则罚款;比如爬藤的木条不能高于铁丝网,否则罚款。若子私下给她们又起了个外号,叫小脚侦缉队。

但这个小园子却是一道风景。即使一眼望过去,也能分清哪块地是西洋人的,哪块地是华人的。若子没事时喜欢到处转,看看别人都种了啥。这不仅是因为种的植物不一样,还因为管理模式不一样。东南角的威廉姆是德国人,他在地里拉了很多白线,横着十条,竖着十五条,用特定的硬塑料标签固定,再用细麻绳分成150等份。每等份都是方方正正的一小块。若子不知道他要干什么。过几天看到他开始下种,都在小方块的正中央,间距一致,丝毫不爽,只好感叹其精细。隔一条小道的是土耳其人,自从租了地,只来了一次,一块地好像没主的弃儿,杂草丛生。莫妮卡嘟囔了好几天,终于将土耳其人弄来了,他也不进地里,只站在过道,手里攥着一把种子,东撒一颗,西撒一颗,然后又走了。若子一直不知道他撒了什么。

黑人坚尼是个胖子,他将园子分成几个小区,一个角里放了一个废轮胎,里面种了几朵花,边上种了几棵番茄,在园子一角还立了一块碑,上面写着他这块地的编号。萨利的园子里种了葡萄,按莫妮卡的要求,葡萄架不能太高,只有一米左右,围成一个藩篱,葡萄架下放了几个小瓷人,有坐有卧,享受夏日清凉。到了六月就结葡萄，一串串青涩的小葡萄只有手指头那么大，密密匝匝拥挤得一塌糊涂。地角一个小筐里插了一个木棍，小安仔细看过，原来是各种体育器械，有高尔夫球杆、冰球杆，还有一个木棍上挂了一把玩具小铁锹，虽然老旧不堪，却别有情趣。

每块地都显示出主人的情绪。阿拉伯人只种了几株雏菊，地中央摆了几块石头，上面放着玻璃水瓶，水瓶半满着水，好像在做道场。

转了一圈，小安就笑，想我们是种菜，他们是园艺。

妮娜说今年你分享的豆子长得很好。小安对妮娜用"分享"这个词有些惊讶，如果是她，会说种的豆子。细细思量，有些感慨。心想我是种菜吃，在她眼里却是分享，有演出的意味。再看看各家园子里的景象，的确是一种分享。这样想着，有些汗颜。在别人眼里，自己这块地是什么呢？过于简单，也过于平淡了。她突然感到每块地都像主人的灵魂，生活，艺术品位，都像家里的客厅，方寸之间其实也是大有可为的。小安于是计划到小店里买几个铁青蛙、小风车，也装饰一下。

韩国素姬的园子就像沈大姐的一样，种得密密麻麻，寸土寸金。唯一不同的是植物。沈大姐种的若子都认识，素姬种的若子不认识。若子问她是什么，她就说韩语。若子听不懂，素姬也不知道英语怎么说，就张开手掌，好像将饭送到口中一样，说吃、吃。若子就不再问。种地为什么，当然是吃，究竟怎么吃，若子不知道。就是知道了，各民族也有自己的吃法。有一次若子买小水萝卜，在园子里摘叶，当她把水萝卜的樱子摘掉时，印度拉兹问她为什么将叶子扔掉。

"不能吃。"若子说。

"怎么不能吃,非常好吃。"拉兹说,瞪大眼睛,"新鲜的蔬菜都好吃。"

"怎么吃?"若子问。

"凉拌,做汤。"拉兹说着,将三个手指撮起来放在嘴边,双唇吧嗒一下,说我们都喜欢吃,非常美味。

若子将水萝卜缨子捡回来,塞到塑料袋里。

什么都能吃。旁边走过的莫妮卡说。所有食物都是上帝的礼物。土豆皮洗净炸了,又脆又香,好吃极了。

莫妮卡也有一块地。莫妮卡今年只种西红柿。

清晨若子上班时,照常来看她的小苗。却看见沈大姐蹲在地上发呆。原来撒了太多咖啡渣,肥料过于丰厚,那些珍贵的豆角承受不了,全军覆没了。

好可惜。若子说。虽然都是华人,但若子有点儿不知道跟沈大姐说什么,凭直觉,沈大姐不太好交往。两个人年龄相仿,语言相同,按理说应该是做好朋友的。但沈大姐生性冷漠,除了指导若子施肥播种以外,从不说自己的家事,有一种高高在上的优越感。开始时若子以为她看不上自己是因为她不会种地,会干活儿的人看不会干活的人就会不顺眼,让一个农把式看人种地也是受苦,若子理解。

可恶。沈大姐说,然后一猫腰站起来。她的脸都气歪了。

若子以为沈大姐不再种了,到底别人家的苗都长高了嘛。没想到沈大姐倒不服输,继续种。这次她下了本钱,将一小块地都用网子罩起来,在种子边上,连木杆也搭起来,沈大姐的木杆是各种各样的。有高有低,有胖有瘦,有树枝削的,也有超市里买的标准件。还有几条是二手货,已经被用过,上面还有红红绿绿的油漆。

沈大姐的小苗这次没上咖啡，却也长得飞快。若子的小白菜被鼻涕虫偷袭时，沈大姐的苗还是油绿的。沈大姐说是洒了药。若子说领导小组不让洒，我们种的是绿色食物，要没有农药没有化肥。沈大姐从草帽下面冷笑一声，说不用杀虫剂还能种地？没听说过。不用理他们，老外就是事儿多。说着将土松一松，用力过猛，冲着若子扬过来，若子连忙躲了。

转眼到了仲夏，日子一天比一天长，气温一天比一天高。各家的菜园都蒸蒸日上，生机盎然。韩国素姬的地里油绿一片。萨拉的园子里郁金香败了，玫瑰花开了，还有大朵大朵的芍药，将花茎都压弯了。芍药伏着身子，几乎贴在地里面。若子想起有关芍药的种种诗句，想起史湘云与芍药的典故，想起好久没看《红楼梦》了。《红楼梦》是若子的圣经。萨宾娜的玫瑰是长柄紫红色，魁北克独特的品种，叫玛利亚玫瑰。玫瑰半开的时候，萨宾娜拎着大剪子剪了两枝，一枝插在凉亭的长桌子上，一枝抱着回家去了。

如今若子在小园子里待的时间越来越长。有时她也会坐在凉亭里看周遭的人。印度拉兹来种地时，妻子和孩子也会来，还带一张椅子。他们的小女儿只有八个月，坐在母亲怀里看爹地干活儿。他们家的美国短毛猫也来，那猫脸下半部分是白色的。若子第一次见吓了一跳，以为猫也戴了口罩，原来是白色的毛，生下来就戴口罩来着。不仅戴着口罩，还戴着手套，四个蹄子也是白色的。戴口罩的猫咪在主人身边蹭，小婴儿的手也在猫身上蹭。若子觉得这一幕很好看。这样想着就感到了自己的孤单。她也想找个伴儿，成个家。若子一个人过了好几年了。本来是同丈夫一起来的，本来出了国，夫妻应该相依为命，偏不能。为孩子忍了好几年，孩子上了大学，两个人就和平分手了。

西红柿事件发生在六月,那时花园中的植物都长出来了。连土耳其人的地也有了小苗,原来他种的是圆白菜,虽然稀稀落落,到底有小苗长出来。土耳其人说他种的是秋菜,不着急。

小安今年也种了豆角,是美国的姐姐邮寄来的。小安说让若子也种,若子不种,她的地实在没地方了。沈大姐的豆角长大的时候,小安的豆角也开始爬藤。这时她就体会到若子的心情,就像看小孩子长大。小小的绿苗长出来,有了叶,有了蔓,细小的蔓好像小手,在风中轻快地舞动。小安就忍不住弯下身,把手围在蔓尖上,好像怕风把它吹疼一样。

小苗一旦长出来,就疯长,见风就长。除了浇水,什么都不要人做。好像知道在这个城里出生不容易,过两个月就要下雪了。小安天天去浇水,她在城市长大,第一次种地没经验,害怕旱,又害怕涝,纠结得很。她原以为土地下面还是土地,原来还有许多乱石子。小安就又去买土加肥。

豆角长上来,就要架秧子。隔壁西门是意大利人,也种豆角,是意大利豆角,青绿色,有一尺多长,皮厚,豆子却不多。西门每次来,行色匆匆,但豆角种得不错。比小安的长得还快。西门的秧架子是从百货店买来的,统一标准件。小安舍不得买,问过,嫌贵。她就四处找,捡了一些"散兵游勇",长短粗细都不同。她也没有想什么,不就是种地吗?

有一天下班照例去看,却看到架子被放平了大半。没有秧架子,小豆苗好像没了依靠,蔫蔫地斜下身子,伏在地上。小安见了好心疼,却不知道谁做了这样的事。放眼望去,见三人领导小组正坐在凉亭下聊天。还没等她问,莫妮卡已经走过来。莫妮卡说你的架子太高了,你不知道架子不能高过围栏吗?小安有些莫名其妙,说从来不知道。莫妮卡说那你就是不看邮件。你要仔细看邮件。又说这些架子不合格不能用，必须用标准件。小安没办法，又心疼小豆苗，饭也不回家吃，就去买标准件。一边走，一边嘟囔说这是什么规定啊，不就是菜园子吗？

莫妮卡听着说，菜园子就不能有规定了？你不知道蒙特利尔的所有建筑都不能高过皇家山吗？没有规定，怎么能有人类社会生活？

小安哭笑不得，这才明白莫妮卡菜园为什么叫花园。华人种地是为了吃绿色新鲜菜，老外种地是一种游戏。他们玩得中规中矩，不惜花费精力和资金，要的是一个好看。

莫妮卡说我们的规定也不只是你，那边的豆角架子也太高，我们一样拔下来，要求她要用标准件。上了50号公路，拐个弯，那边的装修超市都有卖的。

小安顺着莫妮卡的手指看，原来被规则的还有沈大姐的地，原本红红绿绿的木杆子被放倒一片，好像一场行为艺术结束。

其实细算下来，在超市买菜比种地便宜多了。你想，租地、补土、施肥、买苗、架秧子，处处都要投资。有收成还好，如果被小松鼠刨了，被鸟吃了，还会血本无归。

这种事常发生。小安种的几棵中国黄瓜，果实就被小松鼠吃掉了。那是她特地从农场买来的，刚长出小瓜纽就牺牲了。眼睁睁发生在她面前。那天她刚走到菜园门口，就见一个小松鼠双腿站立，前臂抱着一根黄瓜，小安刚要喊，就见小松鼠双臂一用力，黄瓜已经咔嚓一声，应声成了两截。

小安心疼得要命，又不敢吃。松鼠是啮齿类动物，不知道有没有传染病。那时她有些绝望。她想明年不种了。到第二年她还是又租了。她也不懂自己是为什么。

这就是生活吧，小安想，有得到有失去。有时失去的比得到的还多，却也没办法。失去的过程也是得到的过程，谁能分得清呢。

鼠害虫害都是不能避免的。如今还要服从莫妮卡规则。想到小苗蔫头蔫脑的样子，小安不忍心。她买了标准秧架子之后，又将小苗一棵棵扶正，将它们的手指搭在架子上，看它们扶紧了，没摔着，这才回了家。

本来以为只有自己是被莫妮卡规则修理的，没想到第二天莫妮卡也被修理了。邮箱一天就收到萨宾娜三封信，其中一封充满愤怒，讲昨天不知道谁对莫妮卡种的西红柿做了手脚，已经结了小果子的秧子一夜之间全部死掉。最后一封是莫妮卡的信，开篇回忆了花园历史，在20世纪70年代，莫妮卡是建立这个花园的第一人，这个花园还在市政建设中得过奖。结尾说到西红柿事件，莫妮卡气愤地说，是谁干的，去下地狱。

小安去看莫妮卡的地，那些秧苗本已经长到2尺多高，叶子宽大，结了一串串樱桃西红柿，红玛瑙一般。如今蔫头蔫脑，叶子都黄了，小柿子也纷纷落地，一幅凄凉景象。外面用网布绕成一圈，本来是为了阻拦小动物们进入，如今网布完整，没被破坏，不知那人是怎么将西红柿杀死的。

很多人都去看现场，对无辜受死的西红柿致以哀思。

若子正在浇水，见小安来看，就说三人领导小组很生气，正在调查。小安说有线索吗？若子说不知道。正说着，见沈大姐走进来，直接走到她的地里。她的韭菜已经长成尺把高，收获三茬了。沈大姐依然戴着草帽。草帽边围着一圈白纱布，戴着两只花套袖，俨然是从几十年前的宣传画上走下来的。她见若子和小安望着她，也不说话，像不认识一样。若子说你看莫妮卡的菜地，西红柿都死了，不知道谁干的。沈大姐抬一下头，嘴角上扬，说谁知道。若子就不再说话。

　　已是九月，蝉叫得正欢。这时节还能种什么？一块地就这样荒掉了。莫妮卡难过了几天，用厚厚的白苫布将自己的地罩起来。丰收时节，满园子都是油绿的，也有花开，只有莫妮卡的地荒芜了。那白苫布好像提醒着人们，坏蛋还没有抓到。

　　傍晚来种田的人探头探脑地张望，却不多话。韩国素姬问意大利人怎么能将西红柿弄死。意大利人从深凹的眉骨中看素姬，说为什么你问我，好像我知道一样。素姬连忙道歉，说绝没有这个意思。于是花园中的人们都住口，没有人再说这个话题，好像这话题有毒。

　　小安以为莫妮卡会穷追不舍，会弄个水落石出，说不定还有批斗大会，却没有，再没有后续。人们是如此善于遗忘，很快他们就将莫妮卡的西红柿放弃了。原本有些刺目的苫布也看得顺了眼，好像莫妮卡的那块地本来就应该是那样的。莫妮卡也恢复了原状，依然整天在凉亭里坐着，依然与瘦小的萨宾娜和胖胖的妮娜谈笑风生，见了谁种得不规矩，就说上几句。每周还是会检查，小径的野草在谁的地边就叫谁拔掉。每周一，三人领导小组去检查，不合格的就发信提醒。检查过了，还上榜公布，在园子门前戳一个木板，上面贴着各家的问题。小安提心吊胆地去看，还好，没有自己。

　　有一天小安浇水后把蓬头挂在柱子上，被莫妮卡看见，告诉小安水管里还残留着一点儿水，也要全部浇在地里。

　　水管里没有水了，才能挂上。她说，每一滴水都很宝贵。

　　而且，把水管排空后，关了水，还要在挂钩上适当滚一下。如果没有排空，软管内的水会达到高度，会有危险，软管还会过早老化。她又说。

小安点头。

自从西红柿事件之后，小安对莫妮卡有了一些改变。一个老太太终日在园子里做义务管理工作，只是爱这块地，也没有什么错，虽然有些苛刻，但看到那么多人在园子里不同的行为，也了解不同种族的不同生活方式。入乡随俗，入山问禁，也没什么可抱怨的。这样想着，有时也会聊几句。

有一天莫妮卡说她丈夫会说中文。小安有些惊讶。莫妮卡很得意，说他会六种语言。小安说为什么学中文？莫妮卡说只是喜欢。若子说他教书？莫妮卡哈哈笑，说他是建筑工人，连中学都没毕业，当年我们结婚，我家不同意，因为他是英国人。原来莫妮卡是法裔，祖先来这里有好几百年了，是魁北克早期移民。

小安问那他怎么学，莫妮卡说他自学，看书、听磁带、自言自语，稀奇古怪，说到此处哈哈大笑。然后沉默半晌，神情有些落寞，说他去世以后，就没有这种乐趣了。若子听了同病相怜，说你一个人过日子？莫妮卡说一个人二十多年了。以前都是他做饭，他喜欢做汤。他去世后我就再没有好饭吃，只吃冰冻食品，微波炉里热一热。

若子说你自己可以做呀。

莫妮卡耸耸肩，说我倒是吃过正宗中国餐馆，就是纽曼街那家，只是吃了一会儿就饿，没有奶酪，热量不够。

沈大姐听了，不以为然，用中文嘀咕说他们会吃什么，吃个自助餐就开心得很。若子说他们是不大懂中华美食。沈大姐撇撇嘴，说我最不能吃奶酪。有一次小外孙买了一块，上面长着霉斑，我不吃。我女儿非让我尝一口，哎呀，我都吐了。

若子就笑，奶酪的确是因人而异。若子来了三十年，还是不能吃奶酪。

若子虽然也是一个人，却打理得好，包子饺子一大堆，就对莫妮卡说你喜欢吃饺子吗？莫妮卡说喜欢。以前刘翔先生给过我，好吃，鸡肉青菜的。若子就说，明天我给你带点儿过来。

十月来临，天气渐冷。蒙特利尔短暂的夏天就要结束了。萨宾娜发来通知，先祝贺园丁们收获了美丽的植物，然后说五号要关园子，每块地都要清理干净。若子的羽衣甘蓝已经长成老叶，吃到口中硬硬的像胶皮，只有菜心还能吃。若子下了班就去罢园，装了满满一袋子生菜和小白菜，叫小安来拿。小安来时天色已晚，见小园子里只有若子一个人，猫着腰还在拔菜，就喊一声。没想到沈大姐也在地里，她蹲得低，正在剪韭菜根，说是要剪到分叉的地方，用土埋上，明年才能长出新芽。

月亮朦胧着，有一种看不清的昏黄。夜风很清凉。沈大姐心情好，将她的韭菜给小安和若子分一点儿。若子不要，说："你们家人多，还是给小孙子留着。"沈大姐没说话，半晌叹一口气，说还什么孙子，都被他爸爸带走了。小安说带到哪里去，沈大姐说离婚了呗，只有我和女儿两个人了。要不是疫情走不了，又看她难过，自己早就回去了。回去打麻将，一伙姐妹玩得开心。

若子和小安一时不知道说什么好。沈大姐倒爽快，说离就离了，我女儿也没吃亏，分得一份好家产。然后有点儿气愤，说白人就是怪，行事和我们不一样，靠不住。

包好菜，三个人坐在凉亭里歇一会儿，感到很惬意。每天下班的日子，夜色中对谈，还能听得蝉声一片。原来田园生活本是触手可及，更是妙不可言。

坐了一会儿，小安突然发现她们坐的地方正是莫妮卡三人领导小组平日的位置。若子就笑，说她们倒是会享福。小安放眼望去，见莫妮卡的苫布在夜色朦胧中泛着白光，十分刺眼，说那个西红柿案也没有结论。若子说没听说，莫妮卡再也没提过。小安说这是怎么能做到的呢，网布没破，西红柿都死了。沈大姐就笑一声，说这有什么难的，冲一壶热盐水浇下去，什么秧子也受不了，立刻就死。若子和小安就面面相觑。沈大姐也突然住嘴，好像说漏了口。

　　寒蝉声冷。一阵风来，枫树上的叶子还绿着，竟也纷纷落下了。

发表于《广州文艺》2021年第12期

黑石榴小镇

一

　　刘翔在失业的日子里心急如焚,每天在《大公报》和华人网上寻找做小生意的机会。经过一段时间的努力,他对蒙特利尔岛上的生意几近绝望,被新移民炒到新高的小店价格,没有最高,只有更高。他于是把眼光转到岛外,据说在蒙特利尔之外的小镇上,还有一些营业额很高的生意可以寻找。魁北克这个地方的政策很怪,如果你买一个小店,银行不会给你贷款,因为小店属风险投资。但如果你买一个房子带着一个店,倒是可以贷款,因为房子是固定资产。很多房主就利用这个政策的空隙,将房价抬高、店价压低。如果幸运,可以得到百分之八十的贷款,买一个房加店倒比买一个店还便宜。刘翔既然此时无资金,就考虑这样做。买连房带店的生意,岛上是买不起的,房价实在太高,于是他将眼光转到了岛外。

　　去岛外做生意,郁欢本来不同意。她考虑的是小武的教育问题。但生存排第一位,教育倒要在排在生存之后。再说小武也要上大学了,上大学就可以自己租房,独立生活。于是在生存压力下的两个人,就开启了岛外寻找小店的旅程。

到黑石榴小镇去看生意，是在一张华文报上看到的消息。刘翔给那经纪人打电话，想了解一些诸如店价营业额之类的常规问题，没想到对方说这是商业秘密，要先来签一个意向书，才能告诉这些问题。刘翔就开车到了岛东，按图索骥，找到一幢办公大楼，一路到达九楼。出了电梯，见楼道里灰墙灰地，无声无息，十分安静，刘翔敲了902，门开了，一个高大男子出现在他们面前。那男子国字脸，大背头，仪表堂堂，西服有些旧，样式也是老的，但在刘翔眼中，已经有些奇怪。在新移民中，经纪人这个职业，说不清是白领还是蓝领。刘翔见到的第一个经纪人叫华生，是柬埔寨华人，他约刘翔在晚上去看店。刘翔见到他时，他穿着满身污迹的工装，刚刚从工厂下班。他说下午在高温中几近虚脱，原来经纪人只是他的另一份工作。相比之下，近年来的新移民经纪人，大多把这职业做成专业，因为追求专业效果，包装也讲究起来。

双方自我介绍，一个贵姓王，一个贵姓刘，王经纪让刘翔进来。房里灯光暗淡，刘翔的眼睛有些不适应，过了几秒钟，他才看清楚。这与其说是一个办公室，毋宁说是一间库房，到处都是陶瓷，大的有半人高的将军樽，小的有瓷碗瓷盘，有些打开了包装，有些还没有，有的拆了一半堆在那里。大肚弥勒坐在半开的箱子里，看不到脑袋，只有一个白花花的肚子。刘翔往前迈了两步，差点儿踩到半个盘子上。王经纪示意他坐下。刘翔低头看，见到一个仿红木的老式太师椅，他刚要坐下，却发现是三条腿儿，王经纪说让他坐另一个，自己就坐在大班台对面的转椅上。郁欢没有椅子坐，王经纪也不让她坐，好像她是个影子。郁欢就站在太师椅后面，两只眼睛望着王经纪。这场面有点儿怪，郁欢想。王经纪的转椅对着刘翔的太师椅，很古典，也很现代。

王经纪拿出一张有表格的纸，让刘翔签字，大意是保守商业秘密，无论成交与否，都不能泄露机密给第三者云云。刘翔想这些都是废话，好生意自己当然要买，生意不好也不会推荐给别人。但还是签了，大笔一挥，行云流水。王经纪仔细看了，又问清楚中文名字的正规写法，这才将地址告诉刘翔，说："这个生意是个大漏，你捡了，就是你的了。"

二

第二天刘翔和郁欢早晨就出发。郁欢有些兴奋，一是因为希望在前，二是她对小镇的名字有些好奇，一心想着满城都是石榴树，是一个世外桃源。听说黑石榴小镇是魁北克第五大城市，不算是乡下，离蒙特利尔也不远。但这里居民均是法裔，说口音很重的中世纪法语。刘翔心中畏惧，突然想起杜至美就在这城里，便和他打了招呼，说明天到贵宝地。

杜至美和刘翔是麦吉尔大学的同学，那时他们一起学计算机证书班。杜至美是南方人，身材修长，细皮白肉，细长眼睛，一副书生模样。也曾来过刘翔家里，吃过饭，谈过天，还计划过做生意。那个时候他们对蒙特利尔不了解，好像雾中看美人，有无限憧憬，尽管生活的窘迫是如此真实。那时杜至美就将眼睛盯在做个生意维持家用上，那时他想买个破房子出租。刘翔还没认孬，对未来还有幻想，认为不必为五斗米折腰。其实杜至美学得比刘翔好，他在国内已经是名牌大学副教授。而刘翔下海折腾了几年，没干专业。等到他们同班学习时，高下立见。杜至美学习能力强，不仅能完成自己的作业，还能帮助别人完成作业。刘翔能经过努力完成作业。每次努力的时候，大脑就像久未使用的中轴，每一思考就会发出咔咔的响声。

太久没维修了。他说，摸一摸脑袋。他希望中轴的转动不要影响睡眠。

但杜教授明显游刃有余。因为他不仅学计算机，还交女朋友。这个能力，让刘翔刮目相看。班上那些女同学，来自世界各地和祖国各地的女同学，很多人有了家庭所累，有些不是理工科出身，学起来就吃力。当然这些小困难难不倒有创意的人们。王萌萌就是这样。王萌萌本来是学英语的，如今要学计算机，并不在书本上下功夫，下了也没用，她的中轴根本不转。她剑走偏锋，她把自己打扮得漂漂亮亮，穿着破洞牛仔裤，薄纱透视衣服，眼睛画着烟熏妆，一头法式乱发，每次上课都迟到5分钟，每次进来时都让老师惊艳。教数据的老师是个细高的法裔，听说是当地贵族之后，双方眼睛看眼睛，好像可以扯出一根红线。果然半个学期后她就成了老师的新女朋友。

小刁也想这样做，但她知道这样做没戏，因为小刁本钱不好。小刁没有王萌萌那么漂亮和会拿情调，所以她要走另一条路，就是找一个好的小组参加。学计算机主要的工作是做项目，所有人都想与学得好的人在一个小组里，跟着太阳就能走到白天里。

小刁不漂亮，但是很年轻，年轻就是漂亮。

刘翔一路开车到达黑石榴小镇时，刚到十点，他径直去找杜教授。到达杜至美给的地址，见一个小二楼，一边是银行分理处，另一边是小超市。超市门前摆着加了锁的冰块机、烧壁炉的劈柴，小铁网里锁着烧烤用的煤气罐。这些东西是一般小商店不卖的，因为周转得不快。杜至美的超市卖这些，说明他的商店是个大型店。刘翔推门进去，见宽大的铺面摆得井井有条。柜台里站着一个穿白衣的清秀女人，脸色有些苍白，一脸的冷好像能滴出水来。刘翔说自己是杜至美的同学。那女人也不跟他说话，拿起电话来说了几句，大意是杜至美，有人找你。放下电话依然不说话，只低头去整理柜台里的什物。刘翔一时不知如何是好，便走出超市，到外面去等。

郁欢天生是个热情的人，没见过这阵势。忍不住说那女人是谁，刘翔说是杜至美夫人。郁欢松一口气说，以为是店员。她怎么那么冷淡？郁欢说着，将两道眉毛扒到太阳穴上，像外八字一般。刘翔说，谁知道。两个人就不再说话，生怕杜夫人突然出来听见，反倒不美。郁欢扬起头望二楼，见平台上整齐地挂着一排排花盆，花红叶绿，格外好看。上午的阳光不急不缓，也很温暖。郁欢心里却不舒服。刘翔看她一眼，小声说他不喜欢杜至美的夫人。郁欢就释然。

过了一会儿，杜至美来了，远远看起来，身材还没变，离得近了，却看出眼袋大了，皮肤也松懈了很多。见了刘翔便说昨夜睡得晚，本来是要早来，倒是太太比他起得早，她早来了，他就再睡会儿。刘翔说好福气。杜至美好像没听见一样，眼睛望着脚下，突然蹲下身，将几棵小草从石板路边拔出来，然后拍拍手说："那咱们就去干正事。"

他坐上刘翔的车，指点着刘翔一路开过去。郁欢没想到黑石榴镇是这么小的一个城市，只有一条商业街，街上有各种小店铺，低矮老旧。也没见石榴树，就问杜至美，小镇可有黑石榴。杜至美的脸上就出现了好笑的表情，说哪里有什么黑石榴。郁欢说那为什么叫这个名字，杜至美说，谁知道，或者是音译，或者是想象的。郁欢就有些失望。

他们一路向居民区里面开，到一个破旧的小店前停住。二层小楼，外楼梯是铁皮的，涂着褪了色的淡蓝，几个黄头发的小孩子坐在楼梯上玩耍。一个小男孩趴在土地上，脸画得像个小花猫，怀里抱着一只小白狗。小白狗不驯服，一边叫一边挣脱。

他们下了车，走几步就是小店的门，一进去便是柜台。那柜台是用一整块木头做的，上面还有树皮，只是脏得有些年头了。上面摆着收银机和小秤。刘翔放眼望去，看到店里不仅有烟酒糖茶，还有蔬菜水果，零零散散地堆了一地。有些已经开始腐烂，便忍不住皱一皱眉。他计划里不想买这样的店，水果蔬菜太容易损耗，是有可能不赚还赔的东西。

一个二十多岁的蓝眼睛小伙子站在柜台里，正在同一个白头发的老人说话。老人穿一双水靴，上面都是泥泞，脸上是常年风吹的红润。两个人见了杜至美就停下来，脸上满是好奇。杜至美平日里最爱夸口，说自己说得两口流利外语，一口是英语，一口是法语。如今张嘴说话，用上了一口。那小伙子就打电话，一会儿一个老妇人走进来，自我介绍是布朗夫人。老太太身材挺拔，眉眼却是疲惫。她与杜至美交谈，刘翔站在边上，只能听懂一二，就不再听，走开，绕店一周，去看商品的价格。刘翔有的是开店经验。语言不是绝对的，脑子才是绝对的，语言不通，可以看文字，阿拉伯数字是全球通用的，刘翔很感谢发明阿拉伯数字的人。

杜至美翻译说这个店是布朗夫人的父亲开的，如今他们又开了一代人，算来也有七十年历史了，只是如今他们老了，没有精力做得好，布朗先生又生了病，更是无暇照顾。说到这里，布朗夫人就用涂着红指甲的手指指地上的菜，说但凡有精力，菜也比这个新鲜，实在是心有余力不足。如果刘翔买下来，还是有利可赚。他们也会卖得便宜，然后说了价格，的确低得惊人。但刘翔此时已经打定主意，虽然便宜，但烂白菜终究是烂白菜。杜至美对此看法相同，他说生意不好，房子也没有什么价值，买了就是砸在手上。再说，他看看刘翔，你的法语也对付不了这些人。

三个人就告别。刘翔不好意思正视那老妇人热切的眼光。老妇人说："再便宜一些也是可以的，我老伴儿住在医院里，我们的确是做不来了。"刘翔只好用磕磕绊绊的法语说："我回去同我妻子商量之后再告诉你。"他这样说时涨红了脸。老妇人就把眼睛转向郁欢，摊开一双手。郁欢能感到那老妇人的失望，她其实已经明白，他们是不会回来的。

上了车，三个人都不说话。从清晨一路开来，结果是失望。刘翔和郁欢没精打采，倒是杜至美不以为然。杜至美的眼睛一直望着窗外。他说："你看那边有一个店，以前很好，比我的店好，现在不行了。那边还有一个，跟我的差不多，不过他们的店营业额虽然多，却辛苦，要做三明治。你知道做三明治就需要人手多，食材要新鲜，没有人做和卖不出去都不行，所以相比之下，还是我的性价比最高。这个城市也就是这三个店了，其余的都是小鱼小虾。"杜至美着实是指点江山的意思，他谈到这些事情的时候声音高了八度，眼睛发光，很兴奋，热病一样的兴奋。

时近中午，杜至美说："我请你们吃饭，这附近没有好的餐馆，要开出一段路，在与圣劳伦斯中间地带，有一个中国自助餐还行。"车子先开到他指定的地方，他说要先去问问他岳母去不去，于是下了车，进了一幢灰色的大宅。刘翔和郁欢坐在车里看着。郁欢说，瞧这个房子，安上轮子推到蒙特利尔，比西山区那些富豪的房子不差。过了一会儿，杜至美从大宅里出来，上了车，先给他太太打电话，告知岳母不想去。他们便一路走，开到一块宽阔的空地，一片灰白色的矮建筑铺在大地上。北美这地方太辽阔,有的是地方盖房子,所以高楼是不需要的,高楼只适合人口密度高的地方、寸土寸金的地方,那里人要有地方住,就要向空中发展。北美多乡村野地,大型购物中心外面都是野草甸子,盛开着无边无际的野花。

他们进了购物中心,到处是北美的品牌店,比如希尔西、扣斯扣、一元店等。中国自助餐也在里面,窗明几净,他们便坐下来,侍者摆上了刀叉。杜至美这时的脸开始活泛起来,他们坐成一个三角形,杜至美和刘翔相对坐着,郁欢叨陪末座。杜至美便讲起他这几年的经历。他说本来也是开了一个小店,后来摊上了官司,不得已才将店卖了。至于摊上什么官司,他不说,刘翔也不问,他就继续说下去。

杜至美说卖了店之后,无事可做了一段时间,就看好了现在的房子和店,那时老店主马修说要卖三百万,杜至美不干,跟他讲价,讲得差不多了,马修又不卖了。过了一阵子,马修来找他,他说:"我不买了。"马修说:"我八十万卖给你。"杜至美大喜过望,就买下来。后来才知道马修得了癌症,果然不到半年就去世了。

你知道我们是有一个小圈子的,我们互相支持,流动资金。杜至美说着,将一张脸摆在饭桌中间,刀条脸上突然出现了汗珠。他的脸现出潮红,嘴唇抖动起来,他说:"我要告诉你一个秘密。"

杜至美这样说时,刘翔和郁欢都感到惊讶,他们互相看了一眼。

"我要告诉你,再过几年,不用二十年,也不用十年,魁北克将有中国富人的诞生。他们不是十个,也不是二十个,比这个更多,他们将是千万资产的拥有者。"

杜至美的宣言让刘翔无言以对,刘翔根本就没想到杜至美的秘密是这个。

在大学读书时，杜至美是一个才子，或者说是一个风流才子。那时他还爱着小刁，但同时小刁爱着别人，他们形成了三角阵容。小刁是一个讲实际的女人，她爱的那个人在庞巴迪工作。新移民走出国门的第一个阶级分层，就是工作，有了白领工作的男人是有魅力的；相反，再英俊的男人，如果没有工作，就没有魅力了。当然小刁爱的男人格外有魅力，他不仅长得像潘长江，还一口潘长江那样幽默的语言。小刁跟他好，他就有可能把小刁带进庞巴迪。两个人果然好了一阵子，但"潘长江"有家，也没有离开家的意思。"潘长江"遵循家里红旗不倒、外边彩旗飘飘的原则，自己在外面花，家里却糟糠之妻不下堂，这让小刁流了不少眼泪。"潘长江"到小刁这里来，无论多么缠绵，也从不过夜，即使夜半也回家去。小刁最难过的不只是这个，更是节日里。华人的节日很多，因为他们不仅过加拿大节日，还过中国节日。每次过节，"潘长江"就玩失踪。小刁因为孤独升起的嫉妒心是如此强烈，让她很多次都想做出非理性的行动。

郁欢了解小刁这一段情事，那时候他们还住在凡尔登，小刁跟他们是邻居。过年时小刁来找郁欢，小刁说你们多好，你们多好，说着就哭起来。郁欢便留她吃饭。小刁喝醉了就说："我要给他打电话。"郁欢以为她是给"潘长江"打电话，不知道她是给"潘长江"的太太打电话，还用英语打电话。她说要试试"潘长江"夫人的英语如何，能不能独立生活。小刁是这样想的，如果"潘长江"的太太英语好，离婚之后能有收入，独立生活，她就一定把"潘长江"抢到手；如果她英语不好，离婚后要分"潘长江"一半收入，她也就明白了"潘长江"为什么不离婚。

小刁打过电话，她说流利英语，那边的女人半天没说话，然后就挂了。

后来小刁就跟杜至美诉苦，有点儿像祥林嫂说阿毛的故事。杜至美听了很生气。杜至美说："你真是那么爱他吗？那我也是那么爱你的，你怎么不想想我的感受？"杜至美这样说时很气愤，他说小刁把他看成了一个垃圾桶，把她的感情垃圾一直倒给他，也不管他的桶是不是满了，是不是也需要倒一倒，更主要的是这些垃圾着实伤害着杜至美的情绪。杜至美也是一个有情感的男人，怎么在小刁眼里倒像块木头，杜至美对此十分不满。

杜至美说："好吧，你爱他也可以，你爱他我也接受，那么你也接受我对你的爱好不好。"小刁说："那是怎么回事，怎么样是我爱他，你爱我？"杜至美狠狠心，说出了心里话，这话有点儿不好出口，但说了就说了，杜至美认为爱就应该是赤裸裸的。我说了，你懂了，大家就明白了。

"那就是三个人互相爱嘛。"杜至美说。

小刁说可是爱情是两个人的事情啊。

杜至美说："怎么是两个人的事情，如果是两个人的事情，应该是潘长江和他妻子的事情，你是什么？而且不只是你们三个人的事情，如今加上我，加上我太太，是五个人的事情。"

刘翔说到这里就停住。郁欢就笑，说这么狗血。

刘翔说后来小刁害怕了，没读完就跑了，跑之前杜至美想和小刁吃饭。小刁不去，杜至美便求刘翔请客。三个人吃了饭，杜至美却不付账单，让刘翔付。

"为什么你付？你都当了灯泡了。"郁欢说。

"就是，我也不知道。"刘翔说，"付就付了，今天算他还我的。"

三

到了年底，刘翔终于看好了一个店，资金却不够，看到报纸上有一个华人经纪人，可以找她贷款，花园银行的，口碑不错。郁欢打电话给那个叫莫妮卡的女人，那女人声音听起来很干练，马上就约了第二天见面，明天一上班，你是第一个客人。那女人说。

郁欢感到那女人很温暖，就说："你真好。"

"同胞嘛，总是要相互照应一点儿的。"那声音爽朗地说。

第二天刘翔和郁欢兵分两路，刘翔去看店，郁欢去见莫妮卡。

银行前厅正在装修，用胶合板隔开来，郁欢站在前厅里，不敢坐，怕莫妮卡看不到她。过一会儿，一个女人出现在柜台边，叫她的名字。原来莫妮卡是个胖女人，十分富态，蓬松的短发打理过了，脸上敷了脂粉。穿一件鹅黄色小西装，里面的低胸小衬衫是淡黄的，让郁欢想起那句诗，一树鹅黄，一树淡黄。

两个人面对面坐下来，郁欢便将自己目前的情形一五一十地对她说了，说得有些苦恼。莫妮卡听了便笑，说："你这算什么？什么都不是。你不知道这些年我办了多少这样的贷款，那些早年开店的人，哪个不是我在这里贷款，今年买了明年卖，就再来贷款。有个人五年贷了五次，老外记不住中国人的名字，这次都记住了。我的经理说你能不能别再说这个名字，我头疼。"

郁欢有些惊讶，说："这样啊。"

莫妮卡说："这就是资金周转嘛。"

郁欢说："我听说开店不容易贷款。"

莫妮卡就笑，说："这就看谁来操作了，关键是文件，这中间有窍门的。好在咱们中国人都不会出什么大差错。"然后叹一口气说，"我这也是为同胞拼了。"

郁欢像听天方夜谭一样，说："那老外就做了？"

"他们也要业绩嘛。每个人都要吃饭。"莫妮卡将身体往椅子上一靠，扬一扬头说。

郁欢说："你还真是帮了同胞了。昨天我们去黑石榴镇，有个店主做得好大，就说是贷款买下来的。"

莫妮卡说，你说的是杜至美吧。

郁欢的表情停一停，说你怎么知道。

莫妮卡说能不知道吗，最熟了。他就是那个五年倒了五个店的人。说完一笑说，杜至美人是聪明，就是胆小，他太太管得太严。可话又说回来，他太太如果不那么严，他也早就不知道哪里去了。

郁欢想这世界真是小。昨天看到这个人，今天就听说这人的故事，真是一点儿秘密也藏不住。

莫妮卡看起来很有兴致，她说杜至美也是活该被囚禁，他太太是为了他自杀过的人啊，什么事干不出来，他们两个是你死我活的冤家。杜至美没办法，只好走一步一报告。莫妮卡又叹一口气，说："一个女人与你死磕，也不知是福气还是晦气。"

郁欢很惊讶，说："他太太好刚烈，还为他自杀？"

莫妮卡冷笑一声，说："这样的男人不用自杀吓唬他，还能镇住？男人就是要管牢，抓住不能松手。"

郁欢就张大嘴，半天合不上。

莫妮卡就笑，缓一口气说："你看杜至美是个文弱书生，不知道他的脾气。你知道杜至美前一个店为什么卖了？"

郁欢说："我只听他说卖了，原因不知道。"

莫妮卡说:"因为警察嘛。有一天几个小年轻到他店里抢啤酒,他就开车跟到后面,要轧过去,那个黑孩子跪地求饶。有人报警,警察来了,把他抓进去,后来被罚在社区做了半年义工。到了圣诞节,他的店被人抢了,从房顶上挖个洞下去的,警报没响。杜至美怀疑是那伙年轻人干的,叫了警察,又没有真凭实据。"

郁欢说:"那后来呢?那案子没破?"

莫妮卡说:"不只没破,后来又被盗过,让贼惦记上了。"

郁欢就想起小刁。小刁后来也没拆散"潘长江"。如今"潘长江"还同妻子生活在一起,听说也被管制得服服帖帖。这世界野生的男人如今都家养了,敲敲桌子就吃饭,太阳一出来就干活儿,倒也安生。小刁没得到"潘长江",也没屈就杜至美,她一个人去了美国,在那里遇见一个白男,开启了另一段人生,过得很开心。郁欢很想把小刁抱着混血儿子的名片推给杜至美,那张照片着实是好。小刁如今已经由阴郁长成阳光灿烂的模样,她穿低胸的蓝色小背心儿,怀里的小男孩十分可爱,原来一前额的刘海恨不能把眼睛盖上,看人都是从头发缝里向外看,如今露出一个光洁的额头,眼神也不再茫然,是真切的明亮,有聚焦的那种。她身后是郁金香,白色小栅栏,真是好看。但郁欢想想就住了手,她想起杜太太那张冰冻三尺的脸,有点儿不寒而栗。

四

奔走了一阵子,到底没找到合适的店铺。转年,刘翔找到了计算机工作,华丽转身,失业人员变成了 IT 精英,成了小刁眼中的魅力男。郁欢在家中闲得无聊,在微信上认识了一些人。文艺女中年,大多是居家女人，在一起唱歌跳舞、写写画画，也种花草，也喝咖啡，有时还去做陶艺。后来又掺沙子，认识了文艺男中年。男中年不同于女中年，想把事情做大，有各种想法，比如做个沙龙，中加文化交流之类的大口号。刘翔对她的新生活方式很好奇，倒也没意见。郁欢是个爱家女人，总会把家事和孩子弄好才出门疯。后来居然跟秦叔宝也联系上，原来秦叔宝也开始学摄影，说加拿大风光好，不照下来可惜了。郁欢问他跟谁学，他说在网上学，专门照小鸟。还参加比赛，说参赛的照片上必须只有一只小鸟，必须是完整的，一根羽毛也不能少。两个人就在电话中聊，一聊就是一个小时。刘翔说原来秦叔宝不是寡言，只是没找到话题。郁欢说天下哪里有寡言的人，都有个闸门，打开了，一泻千里。于是往来越加频繁。一伙人玩着玩着就起幺蛾子，要办摄影展，看好了一个地方，可以免费展览。有一天秦叔宝来找郁欢，说参展的人组织了一个小分队，去看地址，让郁欢也看看。郁欢就去了。

一路向北。车子转来转去，居然到了黑石榴镇。郁欢说这么远，谁来看展览？秦叔宝说上了车，踩一脚油门跟再踩一脚有什么区别？郁欢便不作声，从车窗向外看，回忆起几年前来看店的事情，竟然历历在目。倒是杜至美，好久没联系了。她一直记得杜至美对金钱的热病反应，有时开玩笑，说他是金钱饥饿者。后来刘翔说你不知道，杜至美是农村孩子，他和他弟弟都考上了大学，家里供不起，只好抓阄，他才上了学。他弟弟供他，都卖过血。

车子七转八转，转眼到了一个平房前，前院开阔，众人从一扇窄门进去，穿过长廊，从另一扇门出去，别有洞天，是一个大空地。秦叔宝说这个房子是个土豪的，人在国内，想进军影视界，先买了这个地方，准备建个摄影棚。如今空着，很有仓库画廊感，问大家怎么样。人们就站在空地上，听风在耳边飕飕吹过去，幻想着这里是摄影棚，每日上演爱恨情仇的戏剧。其实也说不出什么，谁也没见过摄影棚，因为是作为文化人被请来的，也要端着，便纷纷点头，附和着说好地方、大手笔之类的话。

郁欢左看右看，有似曾相识之感，就问秦叔宝，这里原来是什么样的？秦叔宝说本来是一个旧楼，实在破，土豪买下来就拆了，要的是土地。见郁欢有些发呆，就又说，楼下原本是一个杂货店，破产了。郁欢一时有些恍然。

回到楼上，在客厅里坐好，两排沙发中间是长桌子，上面摆着茶具，都蒙了尘，应该是好久没人来过。秦叔宝有备而来，带了些薯片饮料之类，是一个茶话会的意思。一众人等纷纷落座，刚坐好，门却响了，一个一身崭新的男人走进来，黑裤子白衬衫，都带着熨过的线条，好像一动，那些线条就嘎嘎响。头发是三面青，左右后面都是青皮，只有头顶的头发打了充分的发胶，像一个固体，一丝不乱，细眼睛白净脸，戴着眼镜，却没有书生气，板得像个扑克牌。

郁欢正望着，秦叔宝跳起来，说张总回来了，怎么也不说一声，我们好去接你。

张总说昨夜刚到，过来看看。却并不看什么，一边说，一边凑过来。秦叔宝赶忙把最好的位置让给他。张总坐下，就开始说在加拿大应该如何发财，人们便住口，眼光齐齐地向张总望过去。秦叔宝试图打断张总的话，问嫂子和孩子也回来了吗？张总说她们还在欧洲旅游，过几天才到。然后又回来讲发财，口若悬河，滔滔不绝，从建筑材料说到股市，连义乌的纽扣都说到，一双眼睛紧盯着在座各位，一副恨铁不成钢的痛心疾首。人们便缄默不语。本来是来附庸风雅的，如今被人捉住，强行上课，却偏偏在人家家里，走也不是，不走也不是。秦叔宝望望郁欢，眼神中半是不安半是无奈。郁欢明白他的意思，好歹给他面子，让他有时间周旋。郁欢知道，这样的眼神，秦叔宝传达给了所有人。

张总的想法和座中众人的想法，隔着巨大误差。加拿大这样的国家，税重，市场成熟，暴富的可能性很小，多少人从热气腾腾的中国市场来，以为还能再展雄姿，最后都是黯淡收场。来得越久的人，越是倾向平淡生活，好像被加拿大的好山好水软化了骨头，安心过自己的小日子。众人心里明白，却没有人反驳。反驳是没有用的，夏虫不可语冰。每个人心里都这样想，相互交流着眼神。

于是房内出现了尴尬的局面，空气也凝固了一样。张总坐在一个吧凳上，比众人高出一头，却没有人做向日葵仰望他，只各想各的心事。郁欢有些好奇，抬头望望，张总就捉住她的眼神不肯松开，好像只有她是个好学生，可以单独辅导。郁欢就忍不住好笑起来。

正微妙着，只听门锁咔嚓一响，有人开门进来，人们都纷纷打招呼。进来的是个女人，卷发，粉色西装套裙，化着浓妆，粉团一样滚过来，身后飘来一股子香水味道。郁欢一看，吓了一跳，竟然是杜至美的太太。她比以前胖了很多，颇有珠圆玉润之感。如果不是上次印象深刻，郁欢无论如何都不敢认她。杜太太径直走到张总身边，张总也不停下演讲，依然滔滔不绝。杜太太就在最靠近张总的椅子上坐下，身子与张总的身体做半个交集。杜太太一坐下，粉色西服就向外咧一咧，打底内衣挂得低低的，露出一道深深乳沟。郁欢听人说，西洋人有一种专门勒胸的方法，能勒出这样的效果，自己一直不知道，忍不住好奇。杜太太坐在正中，比张总更像核心。郁欢见到几个男人唯唯诺诺的样子，心里明白了几分。有人介绍她，杜太太便微笑，点头致意，眼里全是漠然而礼貌的应酬。郁欢便也漠然而礼貌地回应过去。

等到张总稍一停顿，秦叔宝就立刻张口，语速极快，连逗号也没有，说："张总刚回来，一路车马劳顿，需要休息，今天我们大开眼界，受益匪浅，然而再好的讲座，也有下回分解的时候，今天就到这里，就到这里，咱们告辞。"

众人纷纷起身，好像大赦，鱼贯而出。最后起身的是杜太太和张总。张总大概余兴未了，还有点儿不甘心的样子，却也只好跟在后面。一众人不敢回头，胜利大逃亡一样，只管向前。走到窄门前，秦叔宝口中说着留步，见杜太太和张总已经在二楼楼口留步，杜太太在前，张总紧靠在她身后，两个人笑容可掬，俨然是男女主人送客。杜太太半抬着手臂，招手致意。走了几步，郁欢回头看，见两个人已经转身进去了。

外边不知什么时候下了雨，地上都是湿的，天空是雨后的浅灰色，夹带着些许暗红。风吹过来，湿润而缠绵。郁欢左右看了一下，她方向感差，又只来过一次，这里是不是布朗太太的旧址，实在想不起来了。

发表于《湖南文学》2021 年第 8 期

日　落

一

　　酋长一家搬来的那天，是一个风暴夜。魁北克二月的天气，是全年最坏的，气温经常在零下30℃，加上强劲的风，体感温度可达零下40℃。刘翔一个人守在小店里，从窗户看出去，整个城市空旷寂静。在这暴风雪肆虐的夜晚，街上偶有行人，武装得好像未来战士，只露出两只眼睛。就是在这样的夜晚，刘翔听到寂静无声的楼上突然一阵骚动，头顶上突然变成了移动的群山，天花板上的白炽灯被震动得摇晃起来。这骚动来得如此凶猛，以致刘翔的第一个反应是地震来临。他迅速从柜台里跑到门口，这时他发现门外大地平坦，承受着暴风雪的旋转，他看到一辆小卡车停在侧门前，几个黑乎乎的身影正在搬家，刘翔这才明白楼上搬来了新邻居。

　　这栋三层小楼的房东也是华人，第一次见面是刘翔买店的那天，双方约好一起去做租赁公证。两个人相互打量一眼，房东说："我是狄先生。"从此刘翔就称他狄先生。狄先生矮且胖，行动却迅速，走起路来好像一颗小炮弹，总处于再飞一会儿的状态中。除了每个月一号来收房租，平时绝少看到。刘翔刚开这个小店的时候，楼上住的是老店主秦叔宝一家，卖了店，秦叔宝以最快的速度搬离了此地。狄先生多次劝刘翔入住，但刘翔拒绝了。上居下铺是方便，但房租委实不菲。如果刘翔一家在这三层楼中租两层，一年几万加元，刘翔就所剩无几。相比之下，郁欢宁愿住在几条街外，虽然远，但房租便宜，离地铁近，孩子上学也方便。他们在诸多因素中折中，追求生活的平衡。

秦叔宝搬走之后，楼上静悄悄地沉默了一个月，安静得荒芜，让刘翔感到寂寞。夜幕降临，隔壁韩国素姬的洗衣店、伊朗莎拉的理发店都关门上锁，就连热狗店的马克也经常投机取巧，提前关门，溜之大吉。这小小的居民社区就只有刘翔小店是亮着灯的。向北走，过了热狗店就是康考迪克大学，巨大的操场一片苍茫。在这样沉寂的夜晚，少有顾客登门。如果关门回家，刘翔心有不甘。他是个敬业的人，无论做什么都讲规则，再说刚盘下的店铺，还欠着秦叔宝余晓东诸多债务。有时郁欢说没有客人来，早点儿回来吧。刘翔就说指不定会有人来呢，挣一分是一分，再说在哪儿待着不是待着，回家和在店里都一样。郁欢就不再说话。只有刘翔自己知道，在家里和店里是不一样的，家里有妻子孩子的笑声，店里只有自己，穿着羽绒服，听风声从门外憋着气地尖叫。偶尔进来一个客人，带着一阵风进来，又带着一阵风离开。如果是熟人还好，如果是生客，还要格外留心被抢劫。秦叔宝卖店之后反复交代说，看见穿帽衫的汉子要警惕。秦叔宝在柜台里最顺手的地方放了一把手枪，高仿的，十分逼真。秦叔宝说能吓退当然好，吓不退就报警。

这里，秦叔宝弯下腰指给刘翔看。刘翔也弯下腰，两个身高五尺的男人，头对着头，挤在窄小的柜台下。刘翔看到一个小小的红色按钮。

"这个按钮是最高级别的报警。一旦遇到劫匪，你趴下时就可以按这个按钮，没有声音，谁也听不见。直通警察局。平时千万不要碰到它，如果情况不危急，你可以打电话拨911。"秦叔宝反复叮咛说。秦叔宝曾经被抢劫过，但卖店之前他没有说，怕吓着刘翔，如今店已经卖了，秦叔宝就把事情一五一十说出来，告诫刘翔多加小心。

"所有店都会遇到抢劫偷盗，你也不用怕。主要还是要机灵，多加小心。"秦叔宝对目瞪口呆的郁欢安慰说，你家刘翔没问题，身手矫捷，小时候肯定打过架。

所以，当酋长家在风雪夜里从天而降的时候，刘翔是欣喜的。现在他有了一个楼上的邻居，这让他有回到人群的感觉，尽管楼上的声音沉重得如大象移动。刘翔甚至对二楼的骚乱产生了好奇，新搬来的一家是什么样的人呢？

见到正牌邻居，是在第二天下午，风已经停了，雪还在下，是碎碎的小雪花。生意照例不好，二月是全年最清淡的月份。

魁北克的冬天，太阳好的日子格外寒冷。中风刚好的威廉来过一次，他拄着冰叉，穿着鞋套，缩着脖子走进来。威廉是荷兰人，本来是荷兰乡下的小伙子，年轻时到斯德哥尔摩闯世界，打零工。有一天几个小伙伴意外中了奖，他们就去小酒馆喝酒，喝得半醉时走到港口，不知道怎么就上了大轮船，也不知道怎么，就漂洋过海到了加拿大。因为生命中的这种偶然，威廉变成了一个中奖主义者，他相信彩票大奖是一定能得到的，也是注定会改变人的命运的。无论是穷是富，他都坚持不懈买彩票，他相信幸运之神一直在等待他。后来他遇见了灰眼睛尤莉丝。尤莉丝拿走了他的心，也拿走了他的钱。但尤莉丝并没有走开，而是与威廉保持了三十年良好的婚姻关系，还生了两个儿子。在遇到尤莉丝之后，威廉保持有节制地购买彩票。

"尤莉丝是我的女神。"老威廉说，"爱情改变一切。她让我的生活更完整。"

老威廉还没有走，店门突然开了，滚进来几个灰色的人。他们身材矮小，灰头土脸，衣服和脸上都是石灰，抹得东一片西一片，却生龙活虎。他们进得门来，瞬间四散开去，每个人都拿了好几样东西到柜台前付账，刘翔这才看到这一伙人是三男一女，都是年轻人，为首的个子矮小，细眉细眼，嘻嘻地笑，对刘翔说，他们是楼上的，昨天刚搬来，又介绍自己是大哥，那几个人依次是老二，老三，最小的是妹妹。一伙人买了可乐薯片巧克力，像来时一样，一阵风去了。

老威廉摇一摇头，刘翔不知道他为什么摇头，刘翔也不问。

二

自从做了魁北克的小店主，郁欢就像变了一个人，用刘翔的话说，很八卦。郁欢不以为然，她认为在陌生的环境里，八卦是一种生存本能。在魁北克，尤其要八卦，八卦帮助她与人交往，了解环境，放松因陌生而紧张的心情。她以八卦精神，很快搞清楚昨天发生的一切。楼上的新邻居，是一家印第安人，人口多，可视为一个部落，从北部乡村来闯世界。长子的名字，含义是"夏天清晨即将消失的雾"。这个名字用中文名字无法概括，郁欢便掐头去尾，重新命名他叫夏雾。郁欢自认这两个字保留了长子名字中的精华，与长子眼神中的迷惘和不知所措也很般配。他们在一个采石场工作，无论年长年幼，男人女人，一样地出力干活儿，一家人 AA 制，各花各的钱。

过了几天，酋长来了，是一个五十多岁的壮年汉子，与孩子们一样的身高，皮肤黛黑，脸上皱纹纵横交错，他的笑也像孩子一样，有些木讷，非常质朴，露出一排参差不齐的牙齿。双腿是弯的，成一个 O 形，让郁欢想起草原上的骑马人。与孩子们唯一不同的是，酋长只笑，不说话。

酋长不说话的原因是他不会说英语。酋长夫人也来过，矮小，没有牙，头发梳在脑后，挽一个小发髻。她买做馅饼的肉末和面皮，那时候郁欢还不知道这个东西。酋长夫人就笑一笑，笃定地说，她要去大超市买了给郁欢看，她应该知道这个东西，普通的食物。

"你怎么不知道？你不吃肉馅饼吗？"她轻蔑地说。

晚上酋长长子来，非常激动，他说："你不知道我会有这么多钱。"他指着上衣兜和裤子，手胡乱比画。这里也是钱，那里也是钱。然后他要买烟和酒。刘翔查了他的身份证，才知道他其实已经二十七岁了。

从此刘翔夜晚的生活热闹了许多。酋长家的几个人每晚都会上上下下几次，入店率大幅提升。单调和寂寞一旦打破，时间过得也快了很多。

三楼住的是一家黑人，单身母亲，六个小孩。虽然小孩多，她看起来还年轻，有一张光洁的脸，侧影很像非洲木雕，有清晰的后脑线条和尖下巴。郁欢就叫她黑美人。黑美人家中常有男人进出，却不知道哪个是正牌男友。郁欢仔细观察，发现有一个貌似憨厚的男人，每次来，只给小三和小四买冰棍，其他孩子围观。判定是他们的父亲。有一天来了一个小黑人，是康大的博士生，见到黑美人热情拥抱，向郁欢介绍说，在牙买加的时候，他们是大学预科同学。郁欢才知道黑美人也曾受过教育。黑美人不工作，靠孩子们的牛奶金生活，却不给孩子们买什么，每晚给自己买一瓶德国啤酒。有一天刘翔看到酋长长子给黑妹妹买食物，两个人走在台阶上分享一袋薯片，你一口我一口，很温馨。

孤狼也经常来店里聊天，他是意大利人，有两只猫头鹰一样的圆眼睛，方嘴，牙齿大而坚固。每次看到他的牙齿，郁欢就会想到瑶琳仙境的钟乳岩，当然是比较光滑的那一种。孤狼本名杰克，孤狼是他给自己起的名字，他曾在北京工作多年，说一口流利的中文，对中国人格外有好感，也喜欢把自己的生活尽量与中国人联系在一起。他就住在纽曼街上，原来与秦叔宝也很熟，但来得不多。孤狼认为秦叔宝是一个沉默无趣的人。刘翔来了之后，孤狼来得多起来，原来孤狼喜欢听段子。

孤狼认为中文是一种绝妙而神秘的语言，因为语言，他想到种族，他认为中国人是十分有趣的，有着其他民族所不了解的幽默。但对于许多事情，他从一个意大利人的角度，着实是难以理解。

比如说吧，那时候刘翔的小店已经开了年余，终于捋顺了与公司和顾客的关系，想到小武这一年多疏于管理，也疏于陪伴，郁欢想周日请一个人帮忙，于是李娟就来到刘翔的小店。自从李娟来到小店，孤狼就开始了他的爱情，他每周日都来找李娟，两个人在小店里谈天说地。刘翔开始并不知道，一直到有一天孤狼来找刘翔，问中国女人是怎么回事，为什么只允许他触摸上半身？孤狼那神情颇受伤害。刘翔听了沉默不语，内心却有些气愤，对李娟也有不满。后来李娟的室友张洪立来，说李娟的婚姻正在危机中。李娟的丈夫是阿拉伯人，在移民中心认识的，很快坠入爱河，并不知道这个白面黑发的年轻人还有两个妻子。阿拉伯人是茶壶婚姻,可以有四个妻子。但李娟是中国人,新中国妇女,她不想成为四个杯子中的一个。

张洪立听到李娟在夜里哭,打电话都会说:你走开,让我自己待着。

"与其这样不如离婚,等什么呢。"张洪立撇撇嘴。

张洪立口中这样说,自己却不离婚。张洪立本来在深圳银行工作,来读MBA。他太太却不来,在深圳做生意。有一天从北部来了一个女同学,还特地带到小店给郁欢认识。那女同学长得人高马大,比张洪立高出一头。中午做的油焖面,特地给郁欢送了一碗,让郁欢很感动。张洪立说烧水壶坏了,喝不上热水。郁欢就把她的水壶送给他,说自己有两把。女同学住了一晚就走了,走的时候来跟郁欢告别,郁欢一直把他们送出门外。女同学走了,郁欢心里莫名难受起来,好像走的是一个再也看不见的人。那时郁欢正在听宗萨仁波切讲因缘。要把每一次见面看成最后一面。郁欢想,自从来到加拿大,见过的人,有些还来往过,一起欢聚过,如今都各奔东西了,说不见就不见了,人生真是如萍似水。离乡的人,只要离开家乡,漂到哪里都是漂萍了。

周日李娟来,先是笑,笑够了,把嘴一撇,说那天吃完饭大家还闲聊,到要睡了,我还以为他们两个有一个睡在客厅,没想到两个人都进了卧房,门就关上,再没开过。郁欢也笑,不知为什么,脑子里却想起孤狼说的李娟只开放上半身。都是孤男寡女,张洪立和李娟住在一个公寓里,每天面对着,就是弄不到一起,这也是缘分吧。

三

到狄先生来找刘翔，那时他的计划已经完全成熟了。

那是一个夏夜，刘翔打电话给郁欢，说房东狄先生来过了，要卖房子。当年买店签房租时，有条款规定，第一买主须是租客，如果他们不买，房东才能卖给别人。郁欢听了很高兴，说好事啊，谁都想当自己的房东。刘翔说价格也好啊，接着说了一个天价。郁欢吓了一跳，说就他那个破房子还卖这个价？刘翔说："今年租约到期，你若买房子就接受他的天价，你若不买，他就不再续签，你就关门，一切归零。"

郁欢这才意识到问题很严重，原来是个陷阱。十年前与狄先生去公证租赁合同的情景恍然如昨天，怎么就这样了呢？郁欢有些郁闷，问刘翔："你怎么答复。"刘翔说："考虑一下。"

晚上刘翔回到家，两个人也不睡觉，将家中的银行户头都翻出来，清算了一下。两个人平日都是不管钱的，有钱就存一点儿，没钱就只管吃喝，图的是一个省心。如今大事来了，这两个夏天只管唱歌的鸟儿突然手忙脚乱起来。本来这个店是东挪西借干起来的，前两年的钱都还外债，后几年买了房子，如今手头也没什么。

两个人算到半夜，自认是提不起这个重担。狄先生说给他们贷一些个人款，郁欢本以为是借钱给他们，刘翔解释说并不是，只是在银行借贷中他担一部分，利息更高。郁欢想原来是披一张羊皮。两个人再仔细算，如果他们买了这栋楼，再还高利贷，每个月吃饭也紧张。店里本来就是工作15小时，很难让一个人出去打工，外快也赚不到。刘翔一向散漫，最怕压力，先表明态度，说不想给自己找一个锅背上。郁欢说不背怎么办，如果店关门，岂不是血本无归。刘翔说那怎么办，郁欢咬咬牙说抵押房子，抵押了这个房子，去买那个房子。

郁欢的房子很小，本来是旧房改建，解决低收入家庭的房子，当时政府有补贴，就是第一次买房的人，一次性补贴五年的物业费。郁欢看好这房子，离店近，价格不贵，笑言说丑妻近地家中宝。他们本能地给自己的生活留一点儿余地，尽量把自己放在安全的地方，这两个人都有某种不入世的清高，对钱的态度不够积极。

"人生是苦。"刘翔说，"不必再给自己更多的苦。"

但现在苦来了，只能承受。

第一想到的是去银行。到了银行说明情况，爱丽丝女士听说要房屋抵押贷款，说没问题，刘翔问能贷多少，爱丽丝说大概5万。两个人相互望望，交换眼神，松了一口气。爱丽丝便趴在电脑上算，算来算去，从5万减到1万，最后1万都拿不走，他们很惊讶。爱丽丝便直起身，给他们解释原因，原来房子是共管公寓，即这栋楼归所有房主共有，费用支出都是每户平摊。这种公寓的市值比独立公寓低很多，抵押不出多少钱。郁欢和刘翔十分沮丧。郁欢回到家，正巧若子来电话，若子说："既如此，你就再试试别的银行，说不定哪个就行了。"又叮咛说要找华人经纪人，不能找西洋人，说办这种事，还是同胞尽心。

郁欢也认为还是找中国人办事稳妥。跟西洋人打交道，顺利的时候少，麻烦的事情多。问题不只是语言，还有文化，即使语言没问题，也存在语义上的误读。郁欢就开始找报纸，查网络，打电话，这时候她才明白很多人看报纸并不看新闻，只是为看广告。他们在报纸上找各种应付生活的信息。这个发现，对曾经是报纸副刊编辑的郁欢，是一个强烈的打击。她本来以为每个人看报纸都会看副刊，那时候她清晨上班，在车站看到有人在看她第一天编辑的报纸，心中非常愉快。

郁欢找的第一个银行经纪人是朱丽叶，报纸上写的是朱丽叶·雪娥·朱。郁欢给她打了电话。电话中的女人是个爽朗的大嗓门，郁欢心里有点儿高兴，就把自己如今的窘境对她说了，着急抵押房子，面临破产，请帮助。

朱丽叶·雪娥·朱很侠气，说别着急，明天就看房子。咱们尽快贷款，没问题。郁欢就说了在爱丽丝那里遇见的问题和自己的担心。朱丽叶·雪娥·朱说这个别担心，咱们做的，就是西洋人做不到的。实在不符合规矩，咱们也可以适当调整各种数字。郁欢说那能行吗，收入不能改的，要与税表一致。雪娥说，姐姐呀咱们是银行，又不是政府。雪娥这样说，有些苦口婆心的意思，口气中有一丝豪迈的亲昵。郁欢感到了女侠的豪爽仗义，胆子立刻壮起来。两个人约好第二天见面，郁欢不上班，在家立等。

第二天郁欢醒得早，将刘翔和小武打发走了，就开始收拾房间，洗地板，特地用了清洗液，洗得满室柠檬清香。茶几擦得锃亮，沙发也换了衣裳。从九点等到十点，朱丽叶没有动静。到了十点半，郁欢有点儿沉不住气，就给雪娥打电话。雪娥说正在路上，堵车，寸步难行，20号公路口封了，她只好拐回去，让郁欢耐心等。郁欢就耐心等，等到一朵朵乌云散了，阳光照进房间。郁欢将房子又检查一遍，坐一会儿站一会儿，想到如果贷款不行，也不知日后怎么生存，心中一团乱麻。

快到12点，楼下终于传来了门铃声。郁欢伸出的手比抢答还快，先按开门按钮，然后开了门，站在门前等待。见狭窄的楼梯上爬上来一个人，像一个巨大的雪团。终于爬上来，站在郁欢门前的是一个五短身材的女人，喉咙里发出沙哑的嘶嘶声，一头蓬松的头发像狮子一样四散着，圆脸红红的，散发着热气。郁欢连忙让进去，雪娥个子虽然只到郁欢肩膀，步伐却大，几步就走到沙发边，一屁股坐下来，一边用手作扇子状，不停地扇。

"热死我了。"雪娥喘息着说。

郁欢连忙将果汁递过来，她一仰脖子就喝到底。郁欢见她真是渴坏了，急忙又送上一杯，连干三杯之后，雪娥终于喘出平缓之气，神情安逸下来，脸色也平滑了，依然是红的，因为原本就是红的。

这时雪娥就跷起二郎腿，将后背靠在沙发背上，手放在扶手上，是一个盛气凌人的样子了。郁欢见她的形象突然高大起来，就产生了好奇。郁欢这个人，有时候有一种莫名的痴气，这时她已经忘记了雪娥来的目的、她自己苦等的原因，她十分不合时宜地找出了雪娥像雪球的原因。雪娥穿了一件有皱褶的上衣，上衣的胸口叠满一寸长短的花边儿，层层叠叠好几排，就像枕套一样。这些花边让雪娥的形象膨胀起来，雪娥因此就更加像雪球了。

雪娥倒没在意郁欢观察的目光，此时雪娥正在看房子的文件。刘翔提早把所有文件整理好，夹在夹子里，一目了然。雪娥看了说："都齐全，都符合规矩。你放心，我回去就办。"郁欢听了，吐出一口长气，人也高兴起来，说："还是同胞好，我们去花园银行，怎么也办不出来，本来说好的数额，东减一点儿西减一点儿，就没什么了。"雪娥说："老外就这样，办事不灵活，死板得很，跟他们打交道，能气死你。要说变通，还是咱国人。"郁欢连连称是，说："那就麻烦你了。"雪娥从沙发里站起来，将复印件装进背包，说："放心，这两天就给你消息。"郁欢将她送到门口，说着拜托的话，眼见着一个雪球滚落下去。

  回到房里，急忙报喜。刘翔听到郁欢形容雪娥穿得像枕头一样，忍不住苦笑了一下，他对郁欢这种不知愁苦的性格毫无办法，只能做投降状。他没有郁欢乐观，相反他听了雪娥的大包大揽，格外小心。他说我们还是再找找别的银行吧，我觉得雪娥有点儿不靠谱。郁欢说怎么不靠谱，你就是太小心，雪娥这样灵活的人，如果办不下来，别人也难。

  三天之后，雪娥还是没有回音。郁欢就给她打电话，这次雪娥平稳了许多，没有荷尔蒙爆棚的激动，倒是懒懒的，听起来好像睡意蒙眬。原来爆豆一样的声音，也拖着长音，如果不是嗓音的沙哑，郁欢简直怀疑不是一个人。提到这个位于纽曼街的小房子，雪娥倒是记得，说电话里说不清，来银行吧。

  郁欢放下电话就要去，刘翔不放心，他怕郁欢去了，又只看雪娥穿的衣服，也许今天不是枕套，变成床单了。郁欢说不会是床单，床单是简约的时尚之风，雪娥的审美是复古风，繁复又烦琐。刘翔说你这样，我更不能让你去，不干正经事儿。郁欢就让刘翔去，自己也认为刘翔更靠谱。早年在国内时，两个人各有职业，相交的只是家庭生活，刘翔忙，倒是郁欢承担的责任多些。出国后，他们承担的责任发生了变化，甚至郁欢的性格都发生了变化。她变得越来越依赖刘翔。她把责任推得干干净净，除了在生活中找乐子，干点风花雪月的事情，对银行账单报税各种事宜，自动关闭所有感官，偶尔去唐人街参加老乡会等社团活动，问她做了什么，谁说了什么，她基本不知道。

  "我只是去会朋友的。"她说，"如果不是为了会朋友，我才不去。"

  只有刘翔知道，郁欢不是在及时行乐，也没有人们看到的放松，她只是用这样的方式掩盖她的紧张。郁欢很紧张，她语言不好，办事有障碍。但她又不肯吃苦学习，得过且过，她由一个独立女性逐渐萎缩，变成一个跟在丈夫后面的小女人。

如果生活发生变化怎么办？刘翔有些苦恼。他只能撑着。

四

刘翔到了银行，坐在大厅里，等着雪娥来叫他的号。他身边还坐着一位同胞，身材细长，是个木形人的样子，脸庞却像个果子，上窄下宽，小额头，倒有一个宽下巴，露出一排正方形的蒙古牙。那人见他就笑，自来熟地问他找谁。刘翔说是雪娥朱，那人说也找她，等会儿一起进去。刘翔听了奇怪，说要办事情。那人说："不瞒你，我是雪娥的男朋友。她今天特别忙，一直没出来见我。"刘翔又打量他一眼，见他与自己年龄相仿，张口男朋友女朋友，倒是得了魁北克的真传。魁北克这地方，八十岁的老人互相都叫男朋友女朋友。刚开始他不习惯，时间长了，耳也顺了。那人自我介绍说，他叫鲁南子，说着伸出手。刘翔一肚子心事，本不想与他搭讪，又碍于情面，就伸出手与他握一下，却握出一手汗水。夏天银行大厅冷气十足，这个人却是汗水淋淋，刘翔迅速判断他是个阳虚的病人。鲁南子倒不在意刘翔的眼神儿，哈哈说："我们一起进去，我跟她说点事，说完就走。"

过了一会儿，雪娥出来叫刘翔的名字，本来浑圆一张脸喜气洋洋，见了鲁南子立时变色，说你来干什么。刘翔这才意识到自己被鲁南子利用了。鲁南子说，我就一句话，进去说吧。雪娥就转身，在他们前面走，迈着阔大的军人步伐。鲁南子跟在雪娥后面，刘翔跟在鲁南子身后，三人一条直线，到了雪娥的办公室里。一张桌子前面两把椅子，左角放着打印机和电脑，银行格子间的标配。雪娥的窗子面对马路，外面汽车来往穿梭。刘翔坐下来，刚好看到一个金发红唇的老太太，推着学步车蹒跚而过，弓起的腰身像背着一个小锅，却穿着女中学生穿的红绿格子百褶裙。刘翔突然有一种坐观他人生活的感觉。这种感觉来得异常猛烈，让他在几秒钟的时间，遗忘了自己此行的目的。他突然有些神思恍惚，好像远离了这个喧哗烦恼的人世。耳朵突然关闭了。当他转过神来，鲁南子已经走出了办公室。只有雪娥坐在他对面，如果不是雪娥强大的脸上居然挂着泪珠，他几乎不能肯定，刚才还有一个男人与他一起进入这个房间。

　　她为什么哭了？刘翔错愕地想。

　　雪娥没说话，拎出一张手纸，擦一下脸，稳定情绪，直接进入正题，说："我查阅了你的文件，发现你买房时是有条件的，你的贷款必须在花园银行才能实行，花园银行以外的银行都不能给你贷款，条款在这里。"雪娥打开十六开加长的文件副本，翻到第7页，说这是开发商与银行的协议。刘强愣了一下，所有的文件都是法语的，他和郁欢法语不好，就没有逐条逐款仔细看。现在问题出现，他倒冷静下来，把副本拿过来，在雪娥的指点之下，有一种不见棺材不掉泪的倔强。看到第22条，并没有详细内容，雪娥的手指就伸过来，沿着第22条，一直延伸到页码下面的备注，从密密麻麻的蝇头小字中挑出几个字，倒也清清楚楚。刘翔感到后背生出凉意，头皮上却冒出热汗，说谁会注意这么小的字？雪娥说这你就不明白，所有的陷阱都在小字号里。有经验的卖家，都会把对自己最不利的部分，藏在最不引人注意的地方。刘翔盯着白纸黑字，意识空白，半响才恢复过来。雪娥将身体靠在转椅上，伸出一截白藕样的胳膊，将手指放在桌上，是一排小白藕，一边敲着一边说："我可是尽了力的，没办成，我也没赚到佣金。"刘翔说那我现在该怎么办？雪娥说："没有怎么办，任何一个银行都不会给你办，要么你就回到花园银行再跟他们探讨，能抵押多少算多少，不够你就只能卖房子。"

这次刘翔听明白了。脑子也清醒了很多，就站起身，谢过雪娥，走了出来。鲁南子还在门前站着，嘴里叼着一支烟，见刘翔出来，迎上来问办下来了吗？刘翔说办不成，现在只好卖房子。鲁南子听了，把口中的烟蒂一扔，说卖给我呀。刘翔说你要买，就卖给你。鲁南子说给个价，刘翔说原价卖给你。鲁南子睁大眼睛说，你都要破产了还原价？便宜卖了吧。刘翔听了很生气，说你这就是趁火打劫，乘人之危。鲁南子也不抵赖，说危了就要承认，你卖给我，倒出钱来开始新生活，还要感谢我呢。刘翔听了很生气，说我又不是无路可走，羊肠小道过了，说不定有阳关大道，就不卖给你。说完转身便走。鲁南子追着说，别生气嘛，我们可以再谈一谈。刘翔头也不回，向后挥挥手说，不谈。

刘翔回到店里，将事情一五一十向郁欢说的，说到贷款不行，只有卖房一条路，又说到鲁南子一段，郁欢说要不就卖给他。刘翔说不卖，卖给谁也不卖给他，乘人之危嘛。郁欢说如今钱紧，要卖原价还真不容易。两个人就沉默不语。郁欢打起精神说，找经纪人吧，卖房。

晚上郁欢回家，刚吃完饭，刘翔就从店里打电话过来，说房东狄先生和太太来了，叫郁欢过去，商量一下买房子的事。郁欢安顿好小武，独自一人出来。走到纽曼街上，天还亮着，夕阳已经下了楼房顶，晚霞还热闹着，粉红金黄铺成一片，没有光的地方就像灰烬，黯淡下来。路灯已经亮了，躲在树丛中贼溜溜的晃人眼睛。热了一天，这时清凉下来，感觉十分惬意。郁欢见黑戴维背着双肩包，熊一样走在几米远的地方，想到黑戴维还欠着自己的钱，就赶上几步与他并肩走，郁欢究竟心里急，问黑戴维什么时候还钱。黑戴维说还没有上班。前几个月领失业金，过了半年，失业金领完了，他还在诊断中。郁欢说到底什么病，黑戴维举起一只手，一个保护用的白色弹力罩，横穿手掌，包住拇指。

"这儿。"黑戴维说，"拇指拉伤。我已经看了三个医生，两个说可以工作，一个说不让工作。我还要再看两个医生，争取到三个医生说不能工作，之后去找工会保护。"郁欢说："如果你找不到三个医生呢？"黑戴维说："那就继续找嘛。我知道我手指有问题，不能工作。"郁欢说："如果医生确诊你可以工作呢？"黑戴维就笑。一张小脸像泰迪熊，很是可爱。他说："虽然有医生，但医生不是上帝；虽然有机器，但机器也不完美。人体如此复杂，谁能说我就没有问题，我是真的感到疼痛，不能工作。"

郁欢知道自己的账一时半晌要不回来，就住了口。到了店门口，黑戴维说："能给我两瓶酒吗？我一有钱就还你。"郁欢断然拒绝。黑戴维也不纠缠，笑眯眯地举起那只无法确诊的手，向郁欢告别，说别担心，就快乐。

郁欢进了门，见狄先生夫妇站在柜台前，不知他们在说什么，刘翔一张脸板得紧紧的，额头上渗出了汗。已经黄昏，空调停下来，郁欢在夏夜的祥和中嗅到了紧张。

狄先生见她来了，就把身子向边上靠一靠，望着刘翔说，这就是最后的价格了。郁欢问什么价格，刘翔说58万。狄先生说调查过，向前100米的比萨店，那个楼与自己的楼相似，他卖62万，自己比他还便宜呢。

刘翔说他是连房带店，狄先生的只是房子。狄先生说自己这也是连房带店。刘翔郁欢面面相觑。狄先生就不耐烦，说："房租到期，我不再续约，你现在的店难道不是我的？"刘翔这才明白，原来他们借钱买来辛苦经营的店，在狄先生眼中，早就是他们的了。

狄先生倒一点儿不在意刘翔的惊讶，仰着一张胖胖的小猪脸，得意扬扬地说："本来十年前我买这个楼，是给孩子买的。那时候我想如果他们考不上大学，就开一个快餐店。"刘翔大睁眼睛，没想到十年前自己就已经在别人的算计里面，竟然一点儿都不知道。狄先生见他愕然，更加得意，就信口开河，兜出他的全部计划。他说十年前签租约时，他就计划好了。没想到两个儿子争气，如今都上了大学，小儿子还考上了医学院，也不需要这个房子了，如今房市好，他想卖出去。

"卖出去，也是一笔好买卖。"他太太说。

刘翔正无话可说，布莱恩戴着一顶巴拿马草帽走进来，他是新来的客人，住在乔治餐馆的楼上。布莱恩是盎格鲁斯人，长相英俊，高个儿宽肩，五官很有雕塑感。与酒鬼居的客人俨然不同，他出手阔绰，不拘小节，虽然声音大，动作快，让郁欢感到有些紧张，但平日里倒也没有什么出格，买了酒就走。今天却奇怪，要赊账，刘翔心情不好，当场拒绝。没想到布莱恩撒起泼来，指着刘翔大骂。刘翔也不示弱，立刻就要叫警察。正纠缠着，布莱恩突然放声大哭，这一哭吓坏四个中国人。布莱恩哭得惊心动魄，一张脸上，双眼紧闭，只剩一张大嘴，崭新的巴拿马草帽也滚到了地上，声音震得本来不平的货架嗡嗡作响。郁欢只好劝他不要再哭。狄先生夫妇呆立一边，狄太太一张脸已经灰黄。狄先生就说："那你们考虑，我们先走了。"

　　布莱恩一边哭一边控诉，他开始骂他父亲，骂他哥哥，说本来房子有他一半，家里的产业也是他的，不知道怎么回事，他就什么都没有了。如今每个月只给他固定的生活费，那点儿钱怎么够他花销，喝酒都不够。如今沦落到了没人给钱的地步，产业也成了他哥哥的。上次他想要点钱，到他哥哥的公司门前，那个浑蛋居然不见他。郁欢这才明白他搬出来的原因，想起去年夏天从美国佛罗里达来的那个皮特，来的时候穿着白裤子红衬衣，戴一顶两头翘的小凉帽，来到这里是分家产的，开始是一天一小瓶酒，但随着分家产情况的越来越糟，就改成一天喝三瓶，到后来改喝大瓶劣质酒，等到离开的时候，已经变成了一个衣冠不整的酒鬼，来时的彬彬有礼也变成了满口诅咒胡言乱语。财产真不是好东西，它让人们失去理智，失去正常的生活，变成一个病人。

　　面对布莱恩，郁欢没办法，说借给他一瓶吧。刘翔犯了倔，坚决不干。布莱恩哭够了，便蹲下腰，将草帽捡起来，胡乱扣到脑袋上，一路骂骂咧咧地走了。

五

　　少华打电话来，问刘翔晚上有事没有，说要来拜访。少华是刘翔大学校友，年龄比刘翔小十来岁，学计算机的，来了很快就找到工作。海外生活孤单，校友会就实行起来，只要有三五个人，就竖起一杆大旗，然后招兵买马，有发朋友圈找人的，也有登报启事的。刘翔的校友会开始只是三五个人，现在发展到十来个人。在异乡，本不认识的人们，因为一个学校名字突然亲昵起来。刘翔让他来吃晚饭，少华说不用，饭后再来。

　　少华是日落之后来的，青灰色的云断断续续飘在天空中，好像燃烧后的灰烬。少华依然胖胖的，但脸上却有一层阴云。刘翔把他让进屋，到厨房坐下，本来郁欢炒了几个清淡小菜，少华摇头说吃过了，只想喝茶，就坐下喝茶。少华也不拖延，开门见山，说他太太有了外遇，现在他想了解一下离婚事宜。刘翔与郁欢很意外，说他们并不知道离婚事宜。少华说你们身边朋友有没有离婚的，少华说着，打开手机，说给你看看，就翻出一些照片。郁欢看一眼，见是一条网状长筒袜的大腿上游走着一只毛茸茸的手。少华说这就是他们的照片。说着嘴巴和手抖抖地动起来。那激动多是愤怒，好像火山要喷发。这样忍了一会儿，少华眼睛就红了。郁欢很震动。男人的受伤与女人不同，显然更加需要控制。少华是一个有理性的男人。

　　三个人沉默了一会儿，少华叹一口气，说："是她老板，如今她提出离婚，让我净身出户。"郁欢说不是平分财产吗？少华说哪里能平分，两个孩子小，平时她又不让我带，如今都跟我生分。若都判给了她，我真的是要净身出户了。这还不算，离了婚，她收入低，我要一直供养她，一直到她再婚。郁欢说她已经有了人，再婚也会很快。少华说这里的老外，有几个要婚姻，如果他们只同居不结婚，我就要一直供养她。那个老板我见过，是个轻佻浮华的人。我不明白的是女人，那个人哪点比我好，说白了，钱赚的也没有我多。如今倒好像靠上了她，如果离婚，我不仅要养她，还要养她的情人。

　　郁欢见过毛丽丽，长腿细腰，脸庞长得却怪，两眉之间很开阔，两只眼睛好像吊在鬓角上，一张厚嘴唇，前排牙微微鼓起，有小动物一般莫名的性感和可爱，一种有欲望的可爱。

少华叹一口气，说最受不了的是两个孩子，他们管那个浑蛋叫比利叔叔，回来说跟比利叔叔滑雪，跟比利叔叔游泳。比利叔叔有许多冰球队的卡片，老版的，他十几岁时买的卡片，如今三十多年了，很珍贵很值钱。他们谈论比利叔叔，口气中满是崇拜，好像他才是父亲，而自己在他们眼里毫无意义，好像根本就不存在。

刘翔和郁欢都没有说话，也不知道说什么，只能倾听，而少华现在需要的也是有人倾听。少华好像一个燃烧的火炉，一杯接一杯地喝茶，他试图浇灭那些火。郁欢唯一能做的就是给他添茶。少华喝得大汗淋漓，然后他说还是要寻找能保住财产的方式，如果老婆保不住了，财产也不能让她都拿走。自己受不了人财两空。

刘翔说，我还真不懂离婚的程序，或者你问问别人。少华说，朱海洋也在离婚。刘翔吃了一惊，说他不是刚生了一个孩子。少华说是第三个孩子呢。郁欢说孩子刚生下就离婚。少华说开始是他太太嫌他赚钱少。郁欢有些糊涂，说在西山区住的人，会赚钱少吗？少华说那是他太太家的钱。岳父付首期的。独生女，岳父母打算跟他们住。后来朱海洋回到中国，在那里遇见了另一个女人。他本来也是IT精英，如今创业股上市，赚大了，又不想离婚分走财产，如今把公司做成一个空壳——说到这里，少华似有所悟，眼睛朝向半空中翻着，呆一呆，说这倒是一条道路。

刘翔小店中，酋长家成为生力军。他们不再去采石场采石头了，他们开始以卖石头为生。有一天夏雾来，手中端着一块绿莹莹的石头，半尺高，是一个印第安女人，披着头发，抱着一个婴儿，一双眼睛却没有眼珠，是大大的空洞。夏雾说这块石头能卖很多钱，刘翔问他是谁做的，他说是母亲做的。原来酋长夫人是艺术家。

三石头也满了十八岁，他们便开始喝酒，喝得不多，却容易醉，醉了就在楼上打架，噼噼啪啪，不知是哭声还是叫声。到了晚上，一家人结伴去酒吧，第二天再来，每个人脸上都挂着彩，玛莎眼圈瘀青。郁欢说，你这是怎么了？玛莎也不掩饰，说昨晚去酒吧跟人打起来，就这样了。过了一段时间，酋长的儿女们迷上了买彩票刮刮乐，他们就好像不吃不喝，不买面包，也不买啤酒，只管一路刮下去。

到了第三阶段，刮刮乐也不玩了，他们开始吸大麻，终于有一天，郁欢站在柜台前望窗外时，看到从二楼阳台有东西扔下来，是门上的铁框，还有砖头。酋长站在阳台上，一件一件扔到楼下来，让郁欢心惊胆战。她对刘翔说不好了，酋长家吸得太嗨，开始拆房子了。

但狄先生对此一无所知，他平时从不来纽曼街，只在收房租时候来，这个房子是他赚钱的一个碗，他不想投入什么。

酋长家搬走时，就像搬来时一样，是天黑之后。刘翔听到噼噼啪啪的声音，却没在意，他以为还是打闹哭叫，旧病复发。在那段时间里，酋长家持续着这样的闹剧，每次争斗之后，警车和救护车就会一前一后而来，有人被抓走，也有人被送进医院。刘翔很少出门去看。总有客人会来告诉他发生了什么。有一次三石头来，少了一颗门牙。三石头患有癫痫，每次发病都会引起楼上的地震，但他很快就好起来，他好了就来买东西。他憨憨地笑着，圆脸上是一副呆傻的表情。他那懵懂不知世事的样子，让郁欢对他今后的生活很是担心。

作为母亲，她开始用另一种眼神看酋长夫人。她看到这个没有牙齿的女人，与中国人长得相似的肤色和骨骼，她不太爱笑，沉默寡言。有一次郁欢回家，在波尼公园外经过，看见酋长夫人一个人坐在公园的长椅上，那公园很空旷，长椅边是一片小树林，前面是一大丛开始变红的剑茅。酋长夫人安静地坐着，一动不动，整个人融化在优美的环境中。郁欢想这一时刻，对酋长夫人来说，真是难得的自由时光。

酋长夫人无疑是一个操心的母亲，但她拒绝操心，怎么操心呢？生活就是这样摆在这里，每一个孩子都这样生活着。在一个雪夜，刘翔一个人在店里，突然听到外面骚动，他走出门，门一开，见到夏雾从加油站一路奔跑过来，后面跟着警察。夏雾跑到店门口，被警察用枪顶着脑袋，他抬起头，脸吓成了土黄色。他对刘翔说："我的朋友，快对他们说，我是好人。"但他的乞求没有用，因为刘翔也被命令不能动，警察对刘翔说："回店里去，没你什么事儿。"刘翔就遵命退回店里，刘翔望着警察把跪在地上、哆嗦成一团的酋长长子夏雾，拎小鸡一样拎起来，检查他的全身，什么也没有。

警察便放了他，夏雾站起来，拍拍身体，进了门，脸色还是土黄色，惊魂未定。刘翔说："你干了什么？"他说："我什么也没干，他们以为我偷了东西。"刘翔说："为什么认为是你？"夏雾就耸耸肩，他说："因为我是印第安人。"

酋长部落是在一个黑夜搬走了，就像来时那样。刘翔只听到乒乒乓乓的声音，并不知道他们正在搬家。

六

狄先生在数天之后来到纽曼街。

房东狄先生是中国香港人，难民，他自称是台山人，偷渡到香港，然后到达加拿大，后来回去娶了过埠新娘。按照拼音，郁欢知道她的名字叫丁俊惠，因为每个月的支票不仅要写上狄先生的名字，还要写上丁俊惠的名字。丁俊惠对资产怀着极大的热情和控制欲，在刘翔买了秦叔宝的小店之后，去公证过户时，丁俊惠就是以房东的身份去的。她穿一件柠檬黄的上衣，脸上挂着不太自然的笑容，她的笑容让郁欢觉得僵硬。在丁俊惠看来，做房东有一种高高在上的地位，因为要匹配这个地位，她需要拿出一个恰当的笑容，她好像戴了一个面具。郁欢不善于假装一个面孔，她小性子。用刘翔的话说，她的脸像一个门帘儿，卷得快落得快，全凭心情。

丁俊惠与狄先生形影不离，至少在纽曼街收租子的短暂时间里。丁俊惠眼看着支票上写上她的名字，才长舒一口气，脸上微微一笑。有一次她买了一根冰棍，一边掏钱一边对郁欢说："我帮衬你啊。"

郁欢说："她真是没有安全感，你看她脸上肌肉好紧张，只有看到钱的时候才放松。"

狄先生来的时候，并不知道酋长一家已经搬走，他们大吃一惊，因为阳台上的门框没了，房内的家具没了，炉头上的铁圈没了，甚至窗户上的玻璃和木框也被拆了大半。房中只有垃圾。

狄先生来到刘翔店里，很不满，他说："你应该告诉我一些情况，好歹我们都是中国人。"这是有产阶级的狄先生第一次对刘翔表示同族人的示好，这句话让刘翔有点儿受宠若惊。刘翔说："我真不知道他们在拆房子，还以为他们在打架。"狄先生就长叹一口气，说现在没别的办法，只好打官司告他们，也不知道他们搬到哪里去了，能不能找到，找到后能不能把钱要回来。

狄先生给刘翔留了足够的时间，让他去办买房子事宜，但这并不是意味着见不到他。自从开始卖房子，房子就不让他省心。酋长家搬走之后，二楼的新租客是使馆领事，这一家人口众多，刘翔郁欢分辨了很久才认出是三儿三女，另有女婿儿媳数人。领事夫人从未露过面，牛奶面包都是最小的女儿购买，她还没出阁，身量还没有长高，一张椭圆形的脸，两只大眼睛。与同龄的女孩打扮完全不同，她永远是民族着装，露脚趾的鞋拖，宽大的白裤子在脚踝处收紧，上衣长到膝盖，肩上松松地搭着沙丽。郁欢看到小沙丽跑来跑去，就会想起自己小时候，在家里也分担这样的家务。小沙丽的眼睛大而直率，嘴唇像画出来一样清晰。后来她去上学，也是一身民族服装，从来没有穿过牛仔T恤，与一群当地女孩在一起，格格不入。除了小沙丽，二哥来得比较多，二哥什么都不买，他来，是为了和郁欢说中文。二哥长得很帅，有一张圆中带方的脸，五官清秀。有人说世界上最美的人种是印度人，开始郁欢不相信，后来尽数历届世界小姐，竟都是印度人，才慢慢改变了态度。不过郁欢是中国人，喜欢古典传统的中国人形象，比如绣像本《红楼梦》中的蜂腰削肩。对她来说，过于浓眉大眼的长相有些激烈，有点儿消受不起。二哥说他在巴基斯坦时候，曾与在那里工作的中国人有交往，学会了一些中文，能简单交流。他说当时找房子，听说房东和楼下小店主都是中国人，大生好感，这也是他们最终决定住在这里的原因。

  二哥的目的渐渐清晰。有一天他对郁欢说，他最大的梦想是想娶一个中国姑娘为妻，让郁欢有好姑娘给他介绍一下。郁欢说好，但转念想不知他们的生活习惯，中国姑娘是否能接受。

  自从他们来，狄先生的工作就翻了倍。早晨刘翔来开门，发现天花板漏了水，像断了线的珠子一样。还好落在地上，湮湮地形成一个小水洼儿，刘翔就给狄先生打电话。狄先生来了，去关水阀。过一会儿水滴小了，狄先生就搬来梯子，开始修缮。

  郁欢如今学会了打发时间，听听音乐，看看肥皂剧。那天她正在听收音机里面的歌曲，罗尼说好听，蝴蝶夫人。郁欢说："我倒不知道，你好厉害。"罗尼说自己是意大利人。好像意大利人与歌剧是生而一体的。郁欢对这种将民族骄傲挂在嘴上的人，颇有好感，那种骄傲不是装的，是发自内心的。

郁欢说自己喜欢帕瓦罗蒂。罗尼就说："那是最好的。我见过多明戈，绝对英俊，绝对有型。"郁欢说现在也见老了。两人正谈论偶像的时候，听到后面哗啦一声，原来狄先生手执一根大铁棒，将天花板捅了一个大窟窿。天花板里面的碎石子碎水泥和小木屑，一股脑坠在地上。狄先生此时也如水泥人一样，周身都是灰尘，连眼镜上都是灰尘，一时双手乱抓。优雅的罗尼就皱皱眉，说一句ciao ciao，快快地走了。

狄先生像猫一样，将自己的脸抹了半天，回过神来，站在梯子上看了一会儿，说里面水管没事儿，我现在就上楼找他们。隔了一会儿回来说，这些人，洗脸洗澡，不在水池里，撩起水就往身上扑，扑得遍地都是水。然后说要给地板打防水层，就走了。剩下天花板上吊着一个黑洞，明晃晃的，让郁欢感到自己站在废墟中。

黄昏时，领事一家人出来了，领事夫人穿着镶金边的沙丽，摇晃着富态的身子，走在几个女眷中间。大女儿抱着小宝宝，小女儿跟在后面，还有二女儿和媳妇站在两侧，都是飘飘洒洒的沙丽和轻薄衣裤，是一个有仪式感的散步姿势。郁欢饶有兴致地目送她们走到很远，感到很有异域风情。

狄先生忙了几天，终于给二楼打了防水层。接着来修小店的天花板。他以最简单的方式施工，在一个小板凳上，将长木板截成段，然后塞进天花板上的窟窿里去，又将石棉网钉在木板上，将水泥涂到石棉网上。狄先生是一个眼镜男，所以当他面对天花板施工时，显得分外吃力。第一他要将梯子加长，第二是水泥落在眼镜上，就模糊了他的视线。这种手忙脚乱，让狄先生有些窘迫。他丧失了耐心，忍不住破口大骂起来。开始他用粤语骂。郁欢不懂粤语，但从他的形体动作和声调中，能感到他的愤怒。后来狄先生的骂詈中就夹杂着英语、法语，什么顺口就骂什么。郁欢感到有些惊骇。因为那都是很难听的词、街上的粗词。郁欢一时起了疑心，不太相信狄先生受过大学教育。受过教育的人，可能是在街上长大的，可能会说俚语俗语，但应该有羞耻心。在那些失去理性的辱骂声中，郁欢没有看到狄先生的羞耻心。但她并没有说什么。狄先生如果需要她帮忙，她就帮忙。不需要的时候，她就坐在柜台前看肥皂剧。那时她正在追美剧《老友记》。

七

郁欢那时感到某种来自内心的空虚。来到魁北克几年之后，她终于安定下来，却感到自己失去了许多。衣食温饱之后，灵魂从身体中苏醒过来，精神的诘问让她尴尬和不安，从东方到西方，目的是什么，是仅仅寻求一种新的生存方式吗？是为了远离而远离吗？是实现一种虚幻的梦想吗？有的时候，她会感到生活毫无意义。有一天雨后，她走在湿漉漉的街道上，雨后的潮气从马路上蒸腾开来，空气中充满潮气。前方雾蒙蒙的，罗尼居住的那栋楼有些虚幻。那幢楼是灰色的，中间用一些暗红色的长方形装饰了一下。楼的左边是一个小教堂，教堂的尖顶直刺青天。郁欢突然想到好多年以前，自己做过一个梦，梦见过这个似曾相识的景象。梦里自己走在街道上，街对面是一个尖顶小教堂。也是一个雨后雾蒙蒙的清晨，那时她十八岁，还在上大学。她的城市里充满了欧式建筑，中世纪，复古主义，折中主义。小时候在革新街，现在改叫果戈里大街，据说是恢复20世纪20年代的名字。这种更名好像为了让人们遗忘中间近百年的历史。那些喜怒哀乐、悲欢离合的历史。但历史真的能在街名的恢复中消失吗？曾有一段时间，每天下课，郁欢都经过那个教堂。那时候她正在读一本书有关传教士的书，关于阴谋的故事。那是她们相互传阅的秘密小说，有关革命，有关战争，也有关这个城市。郁欢常感到童年里混杂着许多说不清的事情，那些传说或者是往事，在她的头脑中形成虚幻的不真实。

暑假的时候，郁欢想回去一次。父亲去世之后，她很想念母亲，前几天小妹来电话，说母亲突然口齿不清，送医院后，说是局部脑梗。出院时走在街上，突然说这是哪里，小妹很惊讶，那可是她走了一生的地方。母亲原来就是这所医院的职工。接下来，母亲开始遗忘。不认识来访的客人，她倒还聪明，只是笑，也会寒暄，等人走了才问小妹那是谁。郁欢听了，心里难过，恨不能生出翅膀飞回去，却脱不开身子。上周日店里被抢了一次，李娟就说被那个抢劫的人把她吓坏了，不想干了。郁欢明白她是试探，到底是她当班，让小店受损，却没有挽留。想到今后不确定的生活，郁欢还是选择自己干活儿。能省一点儿是一点儿。小妹说："你回来也没用，就是妈认得你，你一走，还不是让她难过？"口气中带着略微的不满。郁欢想反驳，但小妹说的是实话，心里难受，也没说什么。想到母亲对她说，出去了，好好生活，好像那时母亲就把她舍出去了一样，心里钝钝地难受。不仅是母亲，还有许多生命中的过往。她在头脑中常常逐一回忆，连同大学同学、中学同学，甚至小学同学。每张脸记忆中的表情，许多细节。每次回家，都有一种奇怪的感觉，好像从一个星球抛落到另一个星球。人类在相同的星球上，生活方式却存在着巨大的差异。时间与空间并不是问题。只要十几个小时，她就可以从东方飞到西方，科技解决了人们困惑已久的时空距离，尽管如此，人们头脑中的观念，却是难以统一的。她常常怀着满腔热情，却遇到某种打击。这种打击有时只是一句话，只是一件微小的事情，但她感到了这种打击，让她在故乡的自信变得越来越小。她好像一个风筝，越飘越远。但牵着这条风筝的线是那么细，又是那么坚韧，这条线是用血液拉扯的。每一次拉扯，都扯到她心痛。但她却只会一直漂下去。

或者生来就是要远行的吧。她想。她的心痛起来，好像不能跳动了一样。

狄先生要卖房子，他们怎么办？这个时候，郁欢不能走。刘翔也不让她走。刘翔说："你若走了，回来有可能找不到家了。"平时开玩笑的一句话，如今听了，充满无奈的苦涩。

既然抵押不行，只有卖房。打定主意，郁欢就开始在报纸网站上找经纪。

郁欢这房子又小又破，却也有一个好处，虽然不是市中心，但离市中心不远，乘上巴士，再转地铁就到市中心了，交通方便。晚上趴在网上，仔细研究了各位经纪人，发现把这个小区房子价格卖得不错的只有一个人。报纸上有照片，全身，两条细长的腿，占身体的三分之二，一头披肩发，戴一个黑边圆框眼镜，今年流行款式，有些笨笨的可爱，像中学女生。细眉弯眼，笑得很阳光，郁欢喜欢长成这样的人。重要的是她业绩不错，这个小区从开始入住到现在，卖了几套，都只在原价上下徘徊，有一套还赔了本。只有这个经纪人卖得好，她这一套房居然把价格拉高起来，让整体价格好看了很多。

第二天早晨就约这个女经纪人，名字也好，叫明月。声音是呢哝的南方口音。郁欢说着急出售，明月说没有问题。又说她明天领国内来的人看西山区的豪宅，之后就来看郁欢的房子。

转一天，经纪人果然按时到达，是一个小巧的南方女子，进了门，身材小巧玲珑，与报纸上的长腿细腰判若两人。女子却精明，见郁欢一脸迷惑，就说："与你想的不一样吧，那张照片是华为的新款，朋友趴在草地上仰角照的。"郁欢就笑，说手机时代，大家都一样。

明月模样清纯，说话却练达。进了房也不坐，里里外外转了一圈，说房子挺干净，保持得挺好，只需稍加装饰一下就可以上市场。看郁欢有些困惑，说："这个我来弄，等开盘的时候，我带些窗帘沙发套什么的，你这个也挺好，就是太素净，家居还行，卖房子还是要高大上一点儿。你要相信我。我刚从西山区过来，都是富人房子，没的说，但只要再装饰一些，价格就更高了。"郁欢说："我就一小破房，与西山区扯不到一起。"明月就笑，说咱们同胞，住房与西洋人不一样，有时候从外表看一栋房子，是看不准的。西人的房子，外表普通，内里装修保养极好，华人买房图大，却疏于保养。我刚看那家，里面正经家具都没有一件，乱七八糟的装饰品都是 Yard sales（后院拍卖）买来的，好像一个杂货店。郁欢听了，心跳一下，想到朱海洋说这几天卖房，就问房子在哪里。明月说房子是好位置，正对着圣杰斯福教堂，风水是一流地好。可惜两个人要离婚，吵得脸皮也不要了。三个孩子，最小的还抱在怀里。哎呀，真是——再好的风水也要有福人住才行。

原来真是朱海洋的房子。刘翔回来，两个人感叹了一番。说到少华，还在婚姻纠结中，过不下去，又离不得，每天煎熬，又忍不住气，常常开车跟踪毛丽丽，整个人都变得神经了。刘翔有些动情，说："好歹我们在一起，比什么都强。"又说到狄先生如今整天修房子，就是这个破房子，还要那么高的价钱，他着实觉得不值。真的拼力买了，修缮也不知道要多少，实在是一个黑洞。郁欢有同感。两个人坐下来，刘翔喝了点酒，对给他做饭的郁欢立下誓言，说："你放心，店没了，我去找工作，给我三年，让你们过上好日子。"

郁欢说："那房子呢？还卖不卖？"刘翔说："不卖了。不怕吃苦的人是打不败的。"

周日，刘翔和郁欢在江泰隆菜市场买菜，小武在店里值班。来电话说狄先生到店里，来谈卖店事宜。那时他们正行驶在路上，天空突然下起雨，刘翔就把车停在路边。暴雨来得快，走得也快，风停雨住，刘翔还不开车回去。郁欢说走吧。刘翔说不想回去，他这样说的时候，眼神躲着郁欢，他拒绝与妻子对视。郁欢在那一刻看到刘翔的彷徨和软弱。这种发现让她突然感到失去了依靠。

在这座城市里，每天都有破产的人，每天都有倒闭的店铺，现在这些名词就要落在他们身上了。夫妻两个在滂沱大雨后，坐在车里，茫然望着窗外。雨过天晴，转眼间太阳就出来了，热烈地照在湿漉漉的大地上，郁欢的头脑中莫名其妙地冒出一句台词：太阳出来了，太阳不是我的。

八

秋天落叶的时候，张洪立来，手中拎着一把烧水壶，还给郁欢。

说他就要回国了，反复掂量过，觉得还是深圳有前途。这两年也没白来，拿个洋学位回去，对未来升职有好处。又留下电话号码，说如果去深圳一定找他。郁欢问有什么需要帮助的，张洪立说没有，来时两个箱子，回去还是，轻装。然后张洪立说，他一直有一个问题想问："你们会不会考虑回归？"郁欢呆一呆，她说出来这么多年了，回去能干什么，还有位置吗？

狄先生下了最后通牒，房租也到期了，刘翔紧张了三个月，必须做一个了断。时间是世界上最好的东西，它让紧张变得麻木，让看似遥远的事物就在眼前。既然该想的方法都想了，还没有办法化解，只能顺其自然。刘翔迎来了人生中的第一次破产。原本以为无法承受，真的来了，反而平静下来。刘翔定下心，开始有条不紊地收尾，好像一场战争，到了打扫战场的时候。他开始给烟酒公司打电话，处理货物，能退的退，不能退的就折价处理，一时小店乱作一团。客人们来，对此很吃惊，问及原因，都说房东贪婪。哈利是犹太人，听说房东与刘翔同族，摇头说："他真的不必要，我们犹太人都是互相帮的。"

刘翔的事情未了，三楼黑美人却也被狄先生赶了出去。

那时他们三个月没付房租了，有一天狄先生来修房子，发现了大麻和注射针头。丁俊惠说难怪不交房租，这样子以后也难保有钱交。很可能是第二个酋长部落，趁黑跑路。于是就起诉，法院裁决房东胜诉。

清晨法院来了一个穿夹克衫的男人，男人从站在门前开始，计算时间，狄先生和几个人来得早，在门外等，门一开就进去，往外扔东西，一个小时之后东西扔完了。黑母亲和一群小黑孩儿就站在大街上，法院的人一分钟也不多耽误。狄先生锁了门，这一场房东与租客纠纷案就完成了。

狄先生丁俊惠以及一同来的几个广东仔上了车，一溜烟跑了。

郁欢第一次对黑美人产生了同情。

"以后你怎么办呢？"她看着一地的东西和孩子说。

黑美人叹口气，说："我能借你的电话吗？"

黑美人一口气打了好几个电话，不一会儿，三个父亲都来了，各自带走了他们的孩子。这时就只有黑美人，她不跟任何一个男人走。

"我哪儿也不去。"她喜眉笑眼地说，"我回牙买加休息一下，看看我的故乡。"

郁欢对黑美人的不知死活表示敬佩。她想如果是自己遇见这样的事情，肯定急着找房子，急着有落脚的地方，急着打工赚钱，到餐馆跑堂端盘子，到衣厂剪线头叠裤子，只要能挣来明天的房租和饭钱，什么都干。

但黑美人不这样。黑美人送走了她的孩子，自己去自由了。

装满家用的黑色塑料袋被拿走了一些，还剩几个。黑美人说："能帮我个忙吗？我想把这些存在你店里。"郁欢对她的豁达表示赞许，她是活在当下的真正践行者。

"或者我们也可以这样生活。"郁欢望着黑美人的背影，对刘翔说。为什么我们必须按部就班地遵守传统生活规则？

刘翔说不是不可以，问题是你能不能做到。

郁欢想一想，自己回答办不到。但同时，隐隐地感到一种松弛。或者，破产也没有什么不好。天上飞的鸟儿，都只有翅膀。

当晚，郁欢在网上申请了学校。她知道，躲在丈夫身后过日子只是自欺欺人，只是鸵鸟把自己的头埋在沙中，尾巴还是暴露在风沙里。当郁欢看到刘翔的眼泪，心像被某种钝器击了一下。她的心因为疼痛而苏醒了。

郁欢对刘翔的选择无话可说。破产了，他们就重新进入风雨飘摇的就业市场，他们没有资金重新来过。他们重新回到十多年前，那个刚刚踏上魁北克大地的冬天。那是飞雪的寒冷冬天。他们一夜间回到了刚来的日子。好在如今他们对这个城市有所了解，不再是盲目无知。

就像十年前他们第一次见到狄先生一样，双方相互看一眼，眼神就移开了。他们谁也没说话，擦肩而过。刘翔将钥匙挂在锁上，留下一个空荡荡的房间。

两个人走出来，见希腊餐馆的乔治围着围裙，倒坐在一张木椅子上，胳膊架在椅背上，脸朝着小街深处张望，见他们走过来，就微笑着点头。郁欢停下脚步，问乔治在看什么，乔治说在看日落。郁欢抬头看过去，果然见一轮落日正从云层跌下来，挂在正在变红的枫树上，好像一个巨大的橘子，天空被染成一片火红。两个人就站在乔治身后，一起凝望着落日时分，不说话，好像被美景摄了魂魄一样，浑然忘记了一切。

"明天是个好天气。"郁欢说。

发表于《山花》2021 年第 2 期
转载于《中篇小说选刊》2021 年增刊第 1 期